셜록 홈즈

-단편 걸작선-

셜록 홈즈
-단편 걸작선-

개정판 1쇄 발행 | 2022년 12월 31일

지은이 | 아서 코난 도일
옮긴이 | 조주연

발행인 | 김선희 · **대 표** | 김종대
펴낸곳 | 도서출판 매월당
책임편집 | 박옥훈 · **디자인** | 윤정선 · **마케터** | 양진철 · 김용준

등록번호 | 388-2006-000018호
등록일 | 2005년 4월 7일
주소 | 경기도 부천시 소사구 중동로 71번길 39, 109동 1601호
         (송내동, 뉴서울아파트)
전화 | 032-666-1130 · **팩스** | 032-215-1130

ISBN 979-11-7029-219-7 (03840)

셜록 홈즈

-단편 걸작선-

아서 코난 도일 지음
조주연 옮김

매월당

  어린 시절, 문고판으로 나왔던 홈즈 시리즈는 나뿐만 아니라 우리 가족의 애독서였다. 왓슨 박사와 함께 늘 나를 설레게 했던 셜록 홈즈의 모험은 추리소설이라는 매혹적인 장르에 깊이 빠지게 하곤 했으며, 독서라는 취미를 가질 수 있게 했다. 냉정해 보이지만 친절함을 감춘 홈즈는 늘 소설 말미에 그의 추리를 명확히 설명해 주곤 했지만, 가끔 이해되지 않을 때는 앞부분을 다시 읽기도 했다. 엄마와 동생과 함께 책을 읽으면서 추리 과정을 서로 토론한 경우도 한두 번이 아니었다.

  셜록 홈즈에 대한 기억은 성인이 된 이후에도 여전히 강하게 남아 있었다. 처음 런던을 방문했을 때는 일정을 쪼개 적지 않은 입장료를 내고, 셜록 홈즈 박물관을 찾아 갖가지 소품들과 유명한 사건들의 배경까지 관람하기도 했다. 역 앞에 있던 베레모와 파이프 담배로 대표되는 그의 동상을 보았을 때 잠시 홈즈가 실제 인물은 아니었을까 하는 생각을 하기도 했다.

홈즈와 왓슨 박사의 가장 흥미진진한 모험을 담아 만든 이 책은 그런 점에서 더욱 특별하다. 감히 최고의 단편들이라고 말할 수 있을 만큼 알찬 이야기들로 구성된 이 책은 어린 시절에 홈즈를 접했던 독자라면 새로움을 가지고 읽을 수 있을 것이며, 홈즈를 처음 접하는 독자라면 현대의 감성에 전혀 뒤떨어지지 않는 추리소설의 맛을 느낄 수 있을 것이다.

우리나라뿐만 아니라 세계 각국의 영화나 드라마를 보면 현대의 과학 수사가 얼마나 발전되어 있는지를 쉽게 볼 수 있다. 바야흐로 머리카락 한 올, 지문 하나만으로 범인을 밝혀낼 수 있는 것이다. 하지만 셜록 홈즈의 이야기를 읽는 독자라면 현대 추리소설이나 시각적인 자극을 요하는 드라마에서는 느낄 수 없는 감동을 느낄 것이다. 또 읽는 내내 홈즈의 기지에 끊임없이 감탄하는 놀라운 경험을 할 수 있을 것이다.

기존에 수없이 번역되고 읽혀진 소설을 다시 한 번 번역한다는 것은 쉽지 않은 일이다. 새로운 감각으로 번역하기 위해 노력했지만 그것을 판단하는 것은 온전히 읽는 사람의 것이다. 온 가족이 함께 읽으면서 공감대를 형성할 수 있었던 그의 작품들을 이제는 독자가 아닌 옮긴이로서 다시 접할 수 있다는 것은 책이 주는 또 다른 즐거움이었다.

이 책을 작업하는데 많은 도움을 주신 김종대 사장님과 박옥훈 편집장님께도 감사의 인사를 전하며, 앞으로 홈즈의 숙적이라고 할 수 있는 아르센 뤼팽의 이야기도 새로운 책으로 독자를 만날 수 있기를 기대해 본다.

차 례

보헤미아 왕국의 스캔들
A Scandal in Bohemia

셜록 홈즈가 그녀에 대해 말할 때는 항상 '그 여성'이라는 표현을 쓴다. 그녀를 다른 호칭으로 부르는 일은 거의 없을 뿐만 아니라, 그에게는 그녀가 다른 여성들과 비교가 되지 않을 만큼 우월하고 아름다운 존재이기도 했다. 그렇다고 해서 홈즈가 '그 여성'이라 부르는 아이린 애들러에게 특별한 연애 감정을 느꼈던 것은 아니다. 자신을 제어할 줄 아는 냉정한 감정을 지닌 그에게 연애나 사랑 등의 감정은 오히려 거추장스러운 것이었다. 오랫동안 그의 친구로 지낸 나 역시 홈즈가 누군가의 연인이 된다는 생각은 하기 어려웠다. 그는 기계처럼 완벽한 추리력과 관찰 능력을 가지고 있는 유일무이한 존재이지만 사랑에 대해서는 무척 서툴렀다. 그는 사랑에 대해 늘 냉소적이었고 비웃음과 조롱으로 표현했는데, 그것은 객관적인 관찰자의 성격을 지닌 그에게는 무엇보다 잘 어울리는 모습이기도 했다. 그러한 그에게 한 여자가 있었는데, 분명한 정체를 알 수 없지만 많은 사람들의 기억 속에 남아 있는 그녀, 고(故) 아이린 애들러 양이었다. '그 여성'을 생각하는 것만으로도 엄숙해지곤 했던 홈즈가 그녀에게 남다른 감정을 가졌던 것은 분명하다.

내가 결혼을 하면서 홈즈와 나 사이는 자연스레 멀어졌고, 최근에는 홈즈를 만난 적이 거의 없었다. 결혼이 주는 뿌듯한 행복감과 가장이라는 책임감이 주는 일상은 흥미로웠다. 그러한 생활에 빠져 살다보니 홈즈와의 다양한 모험들은 조금씩 잊혀지기도 했다. 그러나

Sherlock Holmes

일상에 익숙해져 있는 나와 달리 홈즈는 여전히 정신적인 정착을 얻지 못한 채 베이커 가에서 혼자 살고 있었다. 누구보다 화려하고 다양한 인맥을 갖고 있으면서도 사교 생활을 거부하던 홈즈는 언제나 고서적 더미에 몸을 묻고 오늘은 코카인에 빠진 마약 중독자, 내일은 중대한 일을 맡은 수사관이 되기도 했다. 그는 단서를 찾아내고 사건을 추적하여 해결하는 것에는 누구보다 천재적인 재능을 가지고 있었고, 범죄 연구에 깊이 몰두하면서 경찰도 포기한 미해결 사건을 완벽하게 해결하곤 했다. 그 과정에서 나타나는 탁월한 관찰력은 오랜 수사 경력을 가진 경찰조차 따라가지 못할 정도였다. 홈즈의 활약상은 신문 등을 통해 내 귀에도 자주 들려왔다. 러시아 오데사에서 초청을 받아 해결한 트레포프 살인사건을 비롯하여, 트링코말리(실론섬의 항구)의 앳킨슨 형제에게 일어났던 비극적인 사건을 밝혀낸 일, 네덜란드 왕가를 위해 섬세하고도 복잡한 임무를 해낸 일 등이었다. 하지만 이것은 나 외에도 모두가 알고 있는 사실이다. 결국 나는 개인적으로 오랜 친구이자 동료인 홈즈의 근황에 대해서는 거의 모른다고 해도 과언이 아니었다.

 1888년 5월 20일 밤, 본업인 의사의 업무를 다시 시작하여 왕진을 다녀오는 길에 홈즈가 살고 있는 베이커 가(街)를 우연히 지나가게 되었다. 홈즈의 하숙집 문 앞에 도착하자 아내와의 첫 만남과 즐겁지만은 않았던 다양한 사건의 기억들이 떠올랐다. 놀라운 능력으로 복잡 미묘한 사건들을 해결했던 홈즈가 요즘은 어떤 일을 하고 있는지도 궁금해졌다. 올려다본 그의 창문에는 불이 켜져 있었다. 그의 그림자는 고개를 아래로 향한 채 뒷짐을 지고 서성이고 있었다. 그의

A Scandal in Bohemia

기분에 따른 행동과 버릇을 모두 알고 있던 나는 그가 어떤 일을 골똘히 생각하고 있음을 알 수 있었다. 새로운 사건 해결을 위해 열중해 있는 그를 보기 위해 나는 초인종을 눌렀다. 곧 전에 함께 살았던 그 방을 안내받았고 나는 드디어 홈즈와 얼굴을 마주 대하게 되었다.

감정의 표현을 극도로 자제하는 홈즈였지만, 그가 나의 방문을 매우 기뻐한다는 것을 알 수 있었다. 그는 나에게 부드러운 미소를 띤 채 의자에 앉으라고 손짓하며 시가와 술을 권했고, 나는 자연스럽게 예전의 분위기에 젖어들었다. 그는 난롯가의 불 앞에서 따뜻하지만 날카로운 눈으로 나를 살피며 말했다.

"왓슨, 자네는 결혼생활이 만족스러운 듯 보이는군. 마지막으로 만났을 때보다 3.5킬로그램은 늘어난 것 같으니 말이야."

"이런, 자네가 틀릴 때도 있군. 3킬로그램이 늘었다네."

나는 웃으며 대답했다.

"보기에는 좀 더 나가 보이는데. 병원을 개업했다는 이야기는 아직 듣지 못했는데 개업을 했나보군, 축하하네."

"며칠 되지 않았다네. 그런데 자네는 어떻게 알았나?"

"자네를 보면 알 수 있다네. 들어오자마자 아이오딘폼 냄새가 가득 풍기더군. 검지에는 까만 질산 자국이 묻어 있고, 청진기가 들어 있어 중산모(中山帽)가 불룩하지 않은가. 개업 외에도 자네가 얼마 전에 비를 흠뻑 맞았고 서투르고 조심성 없는 가정부를 집에 두고 있다는 것도 알고 있지."

"자네에게는 못 당하겠군. 정확하다네. 자네가 몇 세기 전에 태어났다면 아마 마법사로 오인해 화형에 처했을 것 같군. 지난주 시골길

을 가다가 비를 맞기는 했지만 옷도 갈아입었는데 어떻게 그 사실을 알아냈는지 난 짐작조차 못하겠군. 게다가 가정부 메리 제인은 정말 어떻게 할 수 없는 아이라네. 아내도 벼르고 있는 참이지. 자, 이제 어떻게 그 사실들을 알았는지 차근차근 설명을 해주게나."

홈즈는 손을 비비면서 친절하게 말했다.

"사실 아주 간단한 일이라네. 자네 왼쪽 구두 밑창에 나란히 난 상처가 보이는가? 이건 구두 밑창의 가장자리에 붙은 진흙을 함부로 떼어내려다가 난 상처야. 이것만 봐도 자네가 비오는 날씨에 거리를 돌아다녔고 조심성 없는 가정부를 데리고 있다는 것을 알 수 있다네."

간단하게 자신의 추리를 설명하는 홈즈를 보면서 나도 모르게 웃음을 터뜨렸다.

"자네의 말을 들으면 누구나 그 정도는 알아야 할 것 같은 기분이 드는군. 하지만 설명을 듣지 않으면 어떻게 알아냈는지 도무지 알 수가 없다네. 자네보다 내 시력이 더 좋다고 확신하고 있지만 말이네."

"그럴 수도 있겠네만."

홈즈는 안락한 소파에 앉아 시가에 불을 붙이며 말했다.

"대부분의 사람들이 그렇듯이 자네 역시 눈으로 볼 뿐 관찰은 하지 않아. 단지 눈으로 본다는 것과 주의를 기울여 관찰한다는 것은 전혀 다른 거라네. 자, 하나의 예를 들어보겠네. 자네는 현관에서 이 방으로 올라오는 계단이 몇 개인지 아는가?"

"글쎄, 세어본 적이 없어서 정확히 모르겠는걸."

"그게 바로 그저 보기만 할 뿐 관찰하지 않는 거라네. 나는 계단이 모두 17개라는 것을 확실히 알고 있지. 자네는 보는 것에 그치지만 나는 보는 것과 동시에 관찰하지. 아, 그런데 자네가 흥미를 가질 만한 자료가 있네. 이전에도 내가 처리한 사건에 관심을 가지고 기록을 한 적이 있으니까 이 사건에도 관심을 가질 거라 생각하네."

그는 테이블 위에 있던 분홍색 편지지 한 장을 나에게 건네주었다.

"자네가 오기 전에 배달된 거라네. 꼼꼼하게 읽어보게."

나는 읽기 전에 편지지를 살펴보았으나 이름이나 주소는 물론 날짜도 없이 내용만 덩그러니 있었다.

오늘 저녁 7시 45분에 매우 긴요하고 중대한 문제로 의논을 하고 싶어하는 사람이 찾아갈 것입니다. 당신은 최근에 어느 왕실에서 일어난 중요한 문제를 해결하는 것으로 뛰어난 능력을 보였습니다. 그 외에도 당신에 대한 얘기는 여러 방면에서 들어왔고, 중요한 문제를 마음 놓고 상담할 수 있는 분이라고 생각합니다. 위에 언급한 시간에 상담을 원하는 사람이 찾아갈 테니 집에서 기다려주기 바랍니다. 그 사람이 얼굴을 가리고 있어도 불쾌해 하지 마시오.

"이건 무슨 편지인가? 자네는 이 편지가 무슨 뜻인지 알겠나?"

내가 어리둥절해 하며 물었다.

"편지만으로는 모든 것을 알 수 없지. 게다가 단서가 없는데 추측하게 되면 오히려 사실을 왜곡하기 쉽다네. 하지만 이 편지는 몇 가지 중요한 사실을 알려주고 있어. 자네는 이 편지로 무엇을 알 수 있는지 설명해 보게."

나는 편지를 조심스럽게 살펴보았다.

"일단 이 편지를 보낸 사람은 굉장히 부자인 듯해. 종이의 질이 아주 질기고 튼튼한 것으로 보아 한 묶음에 반 크라운(약 1달러) 이상 하는 비싼 가격임에 틀림없어."

"틀린 말은 아니군. 이 종이를 불빛에 비추어보게나. 영국 종이가 아니라는 것을 알 수 있다네."

나는 그가 시키는 대로 했다. 놀랍게도 종이에는 'E'와 'g', 'P', 'G'와 't' 등의 알파벳들이 보였다.

"아니 이 글자들은 뭔가? 종이 회사 이름인가?"

"그렇지 않다네. 'Gt'는 독일어로 '회사'를 뜻하는 '게젤샤프트 *Gesellschaft*'의 약자이네. 영어에서 '회사*Company*'를 'Co.'로 줄여서 쓰는 것과 같지. 'P'가 '종이*Papier*'를 의미한다면 'Eg'는 무엇일까? 잠깐 기다려보게. 《대륙 지명사전》을 찾아보자고."

홈즈는 갈색 표지의 두꺼운 책을 안쪽에 있는 선반에서 뽑았다.

"아, 여기 찾았네. '에그리아*Egria*.' 보헤미아에 있는 독일어 사용 도시라고 써 있군. 또 '카를스바트에서 멀지 않은 곳으로, 보헤미아의 정치가 발렌슈타인이 살해된 현장이며, 유리 공장과 제지 회사가 많이 있다.' 자, 뭔가 느껴지는 게 있는가?"

홈즈는 호기심이 가득한 눈으로 담배 연기를 뿜어내며 말했다.

"보헤미아에서 만든 종이라는 걸 알 수 있군."

나는 당연하게 말했다.

"바로 맞혔군. 그리고 몇 가지 추가하자면 이 편지를 쓴 사람은 독일 남자라네. 문장이 다소 딱딱하다는 것은 편지를 읽어보았으니까 알겠지? 프랑스 사람이나 러시아 사람이라면 좀 더 부드러운 어투를 사용했을걸세. 게다가 동사를 마지막에 쓴 걸 봐도 독일인임에 틀림 없지. 이제 남은 건 보헤미아 종이를 사용하는 독일인이 얼굴을 감추 면서까지 무엇을 원하는지 알아내는 것뿐이군. 오, 우리의 궁금증을 풀어줄 사람이 곧 당도할 것 같군."

홈즈의 말이 채 끝나기도 전에 말발굽 소리와 마차 바퀴 소리가 들 리더니 뒤이어 초인종이 울렸다. 홈즈는 경쾌하게 휘파람을 불었다.

"소리를 들어보니 쌍두마차 같네."

홈즈는 창 밖을 내다보며 계속 말했다.

"오 역시! 두 마리 말 모두 훌륭한 준마군. 마차도 고급스러운 사륜 마차인 걸 보니 어떤 사건이든 간에 보수는 크겠는걸."

"아무래도 난 가는 게 나을 것 같네."

"그렇지 않다네. 거기 있게. 자네는 나의 보즈웰(Boswell, 새뮤얼 존 슨의 전기 작가)이지 않은가. 이 사건은 꽤 흥미로울 것 같으니 자네도 함께 있는 편이 좋을 것 같군. 놓치면 서운할 것 같지 않은가?"

"복면까지 한 걸 보면 분명히 나를 못마땅해 할 것 같은데."

"내가 이해시키도록 하지. 사건에도 자네의 도움이 필요할지 모르 고 말이야. 손님이 올라오고 있으니 거기 의자에 앉아서 의뢰인의 이 야기를 잘 들어보자고."

육중하고 느린 발소리가 계단을 올라왔다. 발소리는 홈즈의 방문 에서 멈췄고 이어 역시 무거운 노크 소리가 들렸다.

"들어오십시오."

홈즈가 점잖게 대답했다. 방 안으로 들어온 사람은 180센티미터 가 넘는 키에 떡 벌어진 어깨와 가슴, 헤라클레스같이 건장한 체구로

Sherlock Holmes

강한 인상을 주었다. 그의 옷차림은 영국적인 기준에서는 지나칠 정도로 화려했다. 더블 버튼 상의 소매와 앞자락에는 폭넓은 털 모피가 띠로 덧대어 장식되어 있었고, 짙은 군청색 망토는 진한 분홍색 비단 안감을 사용하고 있었다. 깃을 고정시킨 녹주석 브로치는 남성용이라고 보기 어려울 만큼 밝고 화려했으며, 무릎 아래까지 오는 부츠는 윗부분에 부드러운 갈색 털이 장식되어 있어 옷차림 전체에서 풍기는 부유함을 완벽하게 마감해 주는 듯한 느낌이었다. 한눈에 봐도 고급스러운 챙이 넓은 모자를 손에 든 그는 편지에서 말한 것처럼 검은 복면으로 얼굴을 가리고 있었다. 복면은 이마와 눈, 광대뼈까지 덮을 정도로 컸고 방에 들어오기 직전에 썼는지 계속해서 매만지고 있었다. 윤곽이 뚜렷하고 두꺼운 입술, 단호하고 고집스러운 턱을 보면 그가 강한 성격과 의지를 가진 사람이라는 것을 알 수 있었다.

"아까 편지를 보낸 사람입니다. 제대로 받으셨습니까?"

그는 독일어 억양이 강하게 섞인 굵은 목소리로 말하면서 우리를 번갈아 보았다.

"일단 이쪽으로 앉으십시오."

홈즈가 그를 향해 말했다.

"이쪽은 저의 동료이자 오랜 친구인 왓슨 박사입니다. 사건 해결에 도움을 주기도 하지요. 편지에는 이름이나 주소가 없던데, 누구신지 여쭈어도 되겠습니까?"

"소개가 늦었군요. 저는 보헤미아의 귀족 폰 크람 백작입니다. 물론 당신 친구는 비밀을 지켜줄 신뢰할 만한 사람이라고 생각하지만, 매우 중요한 일을 상의하고자 하니 둘이서 이야기했으면 합니다만."

나는 그의 말을 듣자마자 일어섰지만, 홈즈는 나를 의자에 앉혔다.

"이 친구가 들을 수 없는 이야기라면 저도 듣지 않겠습니다. 저에게 이야기할 수 있다면 이 친구에게도 이야기할 수 있으니 안심하셔도 됩니다."

백작은 듬직한 어깨를 으쓱했다.

"그렇다면 어쩔 수 없군요. 대신 약속 하나만 해주시오. 앞으로 2년 동안에는 지금 하는 이야기를 절대로 발설하지 않겠다고요. 2년이 지나면 아무 문제가 없지만, 솔직히 말해서 지금은 유럽의 역사를 움직일 수도 있을 만큼 중요한 문제일 수도 있습니다."

"약속드리겠습니다."

홈즈가 말했다.

"저도 약속하겠습니다."

이어서 내가 말했다.

"내가 복면한 것을 이해해 주기 바랍니다. 사실 나는 대리인이고, 이 사건을 의뢰한 분은 제 신분조차 밝히길 원하지 않습니다. 조금 아까 밝힌 이름도 본명은 아닙니다."

이상한 손님이 말했다.

"이미 알고 있습니다."

홈즈는 특유의 냉정한 목소리로 대답했다.

"의뢰하고 싶은 사건은 매우 미묘한 스캔들입니다. 자칫하면 엄청난 스캔들로 발전해서 유럽의 어느 왕실에 큰 손실을 입힐 수도 있습니다. 그것을 막기 위해 내가 당신을 찾아온 것입니다. 그리고 이 스캔들은 보헤미아의 2대 왕가인 대 오름슈타인 가와 관련되어 있습니다."

"그것도 이미 알고 있습니다."

홈즈는 의자에 몸을 파묻으며 눈을 감았다. 유럽 최고의 명석한 이론가에 정력적인 사립 탐정이라는 소문을 듣고 왔을 의뢰인은 그의 늘어진 모습을 보면서 당황하는 듯했다. 홈즈는 천천히 눈을 뜨고 거구의 의뢰인을 보면서 말했다.

"만약 폐하께서 자신의 사건을 솔직히 말씀해 주신다면 제가 확실하게 도움을 드릴 수 있을 것으로 생각됩니다만."

손님은 갑자기 벌떡 일어나더니 방 안을 이리저리 서성댔다. 그러다가 모든 것을 체념한 목소리로 복면을 벗고 홈즈를 바라보았다.

"그대의 말이 옳소. 나는 왕이오. 하지만 마지막까지 밝히고 싶지 않았소."

"폐하의 마음을 충분히 이해합니다."

홈즈는 공손하게 말했다.

"저는 폐하가 들어오자마자 보헤미아 왕실 카셀펠슈타인 대공작 가문의 빌헬름 고츠라이흐 지기스문트 폰 오름슈타인이시라는 걸 알 수 있었습니다."

"그대도 알고 있겠지만 나의 행동을 그대들이 이해해 줄지는 자신이 없소. 직접 처리하는 것 역시 익숙하지 않지만 대리인에게도 섣불리 사건을 맡길 수가 없었소. 혹시 약점이라도 잡혀서 협박을 당한다면 또 하나의 문제가 발생될 테니 말이오. 그래서 직접 당신을 만나서 사건을 해결하기 위해 다른 사람들 몰래 프라하에서 왔소."

보헤미아의 왕은 희고 넓은 이마에 손을 얹으며 한숨을 쉬었다.

"이제 사건을 자세히 말씀해 보시지요."

홈즈는 이렇게 말하고 다시 눈을 감았다.

"간단히 말하겠소. 5년 전 내가 바르샤바에 오래 머물렀던 시기에 아이린 애들러라는 여자를 알게 되었소. 유명한 가수인 그녀에 대해서는 당신도 알 것이라고 생각하오만."

"왓슨, 미안한데 내 자료철에서 그녀를 찾아주겠나?"

홈즈는 오래 전부터 시간을 들여 인물과 사건에 대한 기사를 요약해서 정리해 놓았기 때문에 어떤 인물이나 사건도 그 자리에서 찾아볼 수 있었다. 아이린 애들러의 자료는 유대인 랍비와 심해어 논문을 발표한 해군 중령 사이에 끼여 있었다.

"1858년, 미국 뉴저지 출생. 콘트랄토(여성 최저음 파트로 테너와 소프라노 중간 음역) 가수로 스칼라 극장 출연, 바르샤바 임페리얼 오페라의 프리마돈나, 은퇴 후 런던에 거주 중. 폐하는 이 여성 가수와 알게 되었고, 문제의 소지가 될 편지를 보냈는데 그것을 찾고 싶은 것이군요."

"그렇소. 근데 어떻게 그걸 바로……."

"혹시 비밀 결혼을 하셨습니까?"

"아니오."

"법적 효력이 있는 서류나 증명서 등을 써주신 건가요?"

"그렇지 않소."

"그렇다면 걱정을 하시는 이유를 모르겠군요. 젊은 여성이 불순한 목적으로 폐하의 편지를 제시한다고 해도 폐하의 글씨임을 증명할 수 없을 텐데요."

"필적이 증거가 될 것이오."

"필적은 위조할 수 있습니다."

"내 전용 편지지에 쓴 것이오."

"훔쳤다고 하면 됩니다."

"내 봉인을 찍었소."

"그것도 위조가 가능합니다."

"함께 찍은 사진이 있소."

"오, 그건 안 되겠군요. 폐하가 그렇게 경솔한 행동을 하시다니."

"그녀를 만나던 당시 난 왕세자였고 그녀에게 빠져 제정신이 아니었소."

"돌이킬 수 없는 일입니다. 사진을 찾아야겠군요."

"몇 번이나 시도했지만 모두 실패했소."

"거금을 주고 사는 건 어떻습니까?"

"그녀는 팔려고 하지 않았소."

"훔치는 것은 어떻습니까?"

"이미 다섯 번이나 시도했소. 도둑을 고용하여 집안을 두 번이나 뒤졌고, 그녀가 여행 중에 소지품을 탈취해 보기도 했소. 길에 잠복시켜 몸을 뒤진 적도 두 번이나 있지만 모두 실패했소."

"사진의 흔적도 없었던 겁니까?"

"전혀 없었소."

"오, 매우 흥미롭군요."

홈즈가 가볍게 미소를 지으며 말했다.

"나는 매우 심각하오."

보헤미아의 왕은 홈즈가 못마땅한 듯이 말했다.

"그런데 아이린 애들러는 그 사진으로 무엇을 하려는 겁니까?"

"나를 망가뜨리려는 속셈인 것 같소."

"어떻게 폐하를 망가뜨린다는 겁니까?"

"나는 곧 결혼할 예정이오."

"그 소식은 신문에서 보았습니다."

"왕비 예정자는 스칸디나비아 왕실의 둘째 공주, 클로틸드 로트만 폰 삭스메닝겐이오. 스칸디나비아 왕실은 매우 엄격한 가풍을 지니고 있소. 게다가 공주는 매우 민감하고 예민한 여성이오. 나의 행동에 작은 오점이라도 발견된다면 혼담은 성사되지 않을 것이오."

"아이린 애들러의 계획은 무엇입니까?"

"그녀는 스칸디나비아 왕실에 사진을 보내겠다고 협박하고 있소. 충분히 그렇게 하고도 남을 것이오. 그녀는 무쇠처럼 단단하고 강한 의지를 가진 여자이기도 하오. 외모는 천사처럼 아름답지만 마음은 어떤 남자에게도 지지 않을 만큼 강하다오. 내가 다른 여자와 결혼하는 것을 막기 위해서 어떤 일이든 할 여자임에 틀림없소."

"혹시 벌써 사진을 보낸 것은 아닐까요?"

"그녀는 약혼을 발표하는 날 사진을 보내겠다고 했소. 발표는 다음 주 월요일에 할 예정이오."

"아, 그렇다면 아직 사흘이나 여유가 있군요. 즉시 조사해야 할 중요한 문제가 몇 가지 있기 때문에 당장은 해결하기 어렵습니다. 폐하는 당분간 런던에 계실 예정이시죠?"

홈즈는 하품을 하며 계속 말했다.

"물론이오. 폰 크람 백작이라는 이름으로 랭엄 호텔에 묵고 있소."

"그렇다면 일이 진행되는 과정을 전보로 알려드리도록 하겠습니다."

"부탁하오. 걱정이 돼서 견디기가 힘들다오."

"보수는 어떻게 주실 생각이십니까?"

"백지 수표를 주겠소. 원하는 만큼 적으시오."

"정말입니까?"

"그 사진을 찾을 수 있다면 왕국의 일부라도 주고 싶소."

"그렇다면 일단 당장 쓸 비용을 부탁드리겠습니다."

그는 망토 속에서 가죽 주머니를 꺼내어 탁자 위에 올려놓았다.

"이 안에는 황금으로 3백 파운드, 지폐로 7백 파운드가 있소."

홈즈는 수첩을 찢어 영수증을 쓰고 왕에게 건넸다.

"아이린 애들러의 주소는 알고 계십니까?"

"세인트존스 우드에 있는 서펜타인 가, 브리오니 저택이오."

홈즈는 그대로 받아 적었다.

"한 가지 더 여쭙겠습니다. 폐하와 함께 찍은 사진은 캐비닛 판(18 ×12.5센티미터)입니까?"

"그렇소."

"폐하, 이제 돌아가셔도 됩니다. 곧 좋은 소식을 보내드리겠습니다."

홈즈는 왕의 마차 소리가 멀어지자 나에게 말했다.

"왓슨, 내일 오후 3시에 이곳으로 다시 와주게. 사건이 어떻게 되어 가는지 알려주고, 자네가 도울 일이 있다면 부탁하도록 하지."

다음날 3시 정각, 나는 베이커 가에 도착했으나 홈즈는 외출을 했 는지 집에 없었다. 하숙집 주인인 허드슨 부인에게 물으니 아침에 나가서 아직까지 돌아오지 않았다고 했다. 그의 성격을 익히 알고 있는 나는 그가 올 때까지 기다려야겠다고 생각하며 난로 옆에 앉았다. 그에게 말하지 않았지만 난 이 사건에 깊은 관심을 갖고 있었다. 이 사건은 최근에 기록한 두 개의 사건처럼 특징적인 부분은 없었지만, 재미있는 이야기와 의뢰인의 높은 신분으로 충분히 독특했기 때문이다. 또한 홈즈가 이 사건을 정확히 파악하고 속이 시원하게 추리해 나가는 과정을 보면, 그 자체로도 큰 만족을 느낄 수 있을 것이다. 홈즈는 맡은 사건을 모두 해결했기 때문에 그가 실패할 가능성은 전혀 염두에 두지 않았고 그래서 사건은 더 흥미진진했다.

4시가 다 되어갈 무렵, 방문이 벌컥 열리더니 술 취한 마부가 방 안으로 들어왔다. 마부는 헝클어진 머리에 턱수염을 기른 붉은 얼굴에 지저분한 복장을 하고 있었다. 홈즈의 교묘하고 완벽한 변장술에 익숙해진 나였지만, 한참을 본 후에야 그가 홈즈임을 확신할 수 있었다. 홈즈는 눈인사만 한 뒤 침실로 들어갔고, 약 5분 뒤 평소의 말끔한 모습으로 다시 나타났다. 그는 두 손을 주머니에 넣은 채 난로 앞에서 다리를 벌리고 서서 한참을 크게 웃었다. 홈즈는 숨을 가다듬기 위해 헉헉거리다 다시 웃기를 반복하더니 마침내 의자에 주저앉았다.

"무슨 일인가?"

"너무 재미있어서 웃지 않을 수 없군. 자네는 내가 오늘 무슨 일을 겪었는지 상상도 못 할 거야. 특히 마지막에 있었던 일은 말이지."

"모르지. 하지만 자네가 아이린 애들러에 대해 조사했을 거라는 것은 알 수 있네."

"그렇다네. 하지만 그것뿐만이 아니야. 나는 오늘 아침 8시에 일자

Sherlock Holmes

리를 잃은 마부로 변장하고 집을 나섰지. 마부들의 동료의식은 매우 강해서 단합이 잘 되기 때문에 그들 사회에 들어가기만 하면 어떤 소문도 쉽게 알 수 있다네. 아이린 애들러의 집은 금방 찾을 수 있었어. 아담하고 멋진 2층집으로, 집 앞쪽으로는 도로가 나 있고 뒤쪽에 정원이 있는 구조더군. 현관은 잠금 장치가 잘 되어 있고, 그 오른쪽에는 훌륭한 가구들이 가득 들어차 있는 거실이 있었는데, 바닥까지 닿는 커다란 창문도 나 있었어. 하지만 그 창문은 아이들이라도 열 수 있을 정도로 그저 형식적으로 자물쇠를 채워 놓은 것 같더군. 그리고 뒤쪽에는 특별한 게 없었어. 아참, 마차 차고의 지붕으로 올라가서 복도로 이어지는 창문으로 들어갈 수 있다는 건 빼야 하겠지만.”

홈즈는 말을 이었다.

“집 주위를 꼼꼼히 돌아본 뒤에는 모든 각도에서 집을 다시 살펴보았지. 길을 따라 근처 주변을 좀 더 돌아보고 있는데, 예상한 대로 뒷마당의 정원과 담을 끼고 마구간이 있더군. 마부가 혼자 일하고 있어서 난 일을 좀 도와주고 2펜스와 맥주 한 잔, 담배 두 대를 얻어 피웠다네. 덤으로 아이린 애들러에 대한 정보와 함께 알지도 못하는 이웃 사람들의 소문까지 들어야 했지만.”

“그래, 아이린 애들러에 대한 특별한 이야기를 들었나?”

“부근에 사는 모든 남자들은 다 그 여자에게 푹 빠져 있더군. 그 여자만한 미모를 가진 여자는 없을 거라는 것에 마부들 모두 동의했다네. 가끔 음악회에 출연해 노래를 부른다는 사실 외에는 조용하게 살고 있다고 하더군. 매일 5시에 마차를 타고 나갔다가 정각 7시가 되면 저녁 식사를 하러 들어오는 규칙적인 생활을 하고 있다는 사실도 알아냈다네. 그 집에 남자 손님은 딱 한 명인데, 그는 변호사협회에 소속된 갓프리 노턴이라고 하더군.

그는 까무잡잡한 얼굴에 활기찬 미남으로, 마부들은 그를 태운 적도 많아서 잘 알고 있었지. 이 정도면 마부야말로 정통한 소식통이라는 내 생각에 자네도 동의하겠지? 정보를 수집한 다음에 나는 다시 아이린 애들러의 집으로 가서 작전을 짰다네. 그녀의 변호사 또는 애인으로 생각되는 갓프리 노턴은 이 사건에서 핵심인물일 것 같았어. 마부들의 말처럼 하루에 한두 번씩 아이린 애들러를 찾아올 정도의 친분이라면 그 사진을 그에게 맡겨놓았을 가능성도 있기 때문이지. 이 문제에 대한 대답에 따라 아이린 애들러의 집을 조사할 것인가, 변호사협회의 갓프리 노턴의 사무실까지 조사 범위를 넓힐 것인가를 정해야 했다네. 지루하겠지만 이렇게 긴 이야기를 하는 이유는 자네가 상황을 잘 파악할 수 있도록 돕기 위해서니까 이해해 주게.”

“지루하기는커녕 매우 재미있군.”

“조사 범위를 결정하지 못하고 고민하고 있던 중, 갑자기 마차가 집 앞에 서더니 한 신사가 내렸다네. 마부들에게 들은 이야기로 미루어보아 그가 갓프리 노턴임이 분명했지. 그는 상당한 멋쟁이였는데, 몹시 서두르며 마부에게 기다리라고 큰 소리로 말하곤 집으로 들어갔다네. 그가 집 안으로 들어가는 태도는 매우 자연스러웠어. 마치 익숙한 자기 집을 들어가는 것 같더군. 그는 약 30분 정도 머물렀는데, 거실에서 손을 흔들면서 열심히 이야기하는 모습을 볼 수 있었지. 얼마 후 그는 들어갈 때보다 더 급한 모습으로 금시계를 꺼내 보면서 전속력으로 달리라고 마부에게 말하며 이런 말을 했다네.

'먼저 리젠트 가의 그로스 앤 행키에 들러주게. 그리고 에지웨어 로의 세인트모니카 성당으로 가야 하네. 20분 안에 교회에 도착한다면 반 기니를 주겠네!'

마차가 막 떠나고 어떻게 해야 할지 고민하고 있는데, 옆 골목에서 멋진 마차가 한 대 나오더군. 마차의 마부는 매우 서두르는 모습이 역력했지. 셔츠 단추는 반밖에 채우지 않았고 넥타이도 한쪽으로 쏠려 있었어. 마구의 끈도 쇠고리에 제대로 걸려 있지 않았다네. 그 마차가 현관 앞에 서자마자 한 여자가 급히 올라탔다네. 언뜻 봤지만 정말 아름답더군. 보헤미아 왕이 빠질 정도로 말이야. 여자는 마부에게 '존, 세인트모니카 성당으로 가줘요. 20분 안에 도착하면 반 파운드를 주겠어요.' 라고 말하더군. 이렇게 좋은 기회가 또 있을까 싶었지. 하지만 어떻게 가야 하나 또다시 고민을 하지 않을 수 없었네. 마차 꽁무니에 매달려서 가야겠다고 생각하던 찰나, 마침 마차 한 대가 오더군. 내 차림새가 허름했기 때문에 마부는 의심스럽게 쳐다보았지만 얼른 올라타며 마부에게 '세인트모니카 성당으로 가주시오. 20분 안에 도착하면 반 파운드를 주겠소.' 라고 말했지. 그때가 11시 35분이었고, 나는 뭔가 중요한 일이 일어나고 있다는 것을 쉽게 짐작할 수 있었네."

그는 잠시 숨을 가다듬고 다시 말을 이었다.

"그렇게 빠른 마차는 난생 처음이었네. 하지만 앞서 간 마차 두 대를 따라잡지는 못하더군. 내가 성당 앞에 도착했을 때는 그들의 마차가 모두 도착해 있었으니까. 마차의 말들은 모두 콧김을 내뿜고 있었고 내가 탄 마차의 말 역시 마찬가지였네. 나는 마부에게 돈을 지불하고 성당 안으로 급히 들어갔지. 성당 안에는 아이린 애들러와 갓프리 노턴, 그리고 신부 세 명밖에 없었네. 신부는 두 사람에게 무언가를 말하고 있었는데 나한테까지 들리지는 않았다네. 난 옆의 복도를 어슬렁거렸지. 그런데 갑자기 그들이 모두 나를 쳐다보더군. 그리고 갓프리 노턴이 내게 다가오더니 '오, 하느님! 감사합니다. 천만다행이군. 자네 이리 오게나.'라고 말하더군. '무슨 일인지 말씀해 주시지요.' 내가 그에게 말했지. '일단 이리 오게나. 3분이면 충분해. 시간이 넘으면 법적 효력이 없어진다네.' 나는 그에게 잡힌 채로 끌려갔다네. 그리고 그들이 일러주는 말을 중얼거리면서 서약했지. 내가 한 일은 바로 아이린 애들러와 갓프리 노턴의 비밀 결혼식의 증인이 되는 것이었어. 식은 금방 끝났고 신랑 신부는 나에게 감사의 인사를 했다네. 결혼식이 약식이었기 때문에 신부님이 증인이 없으면 결혼은 무효라고 했던 것 같았어. 다행히 그때 내가 나타나서 증인이 되었기 때문에 신랑은 큰길까지 나가서 사람을 찾지 않고서도 결혼식을 무사히 치를 수 있었던 것이지. 그래서 감사의 표시로 1파운드짜리 금화도 주었다네. 난 기념으로 그 금화를 시곗줄에 매달고 다닐 생각이지."

"정말 뜻밖이군. 이런 식으로 이야기가 진행될 줄이야. 그래서 그다음은 어떻게 되었나?"

"두 사람의 결혼으로 내 계획에 차질이 생길 것 같아 걱정이 되었지. 그래서 난 급히 새로운 계획을 세워야 했어. 그런데 두 사람은 성당 앞에서 헤어지더니 신랑은 변호사협회로, 신부는 자신의 집으로 돌아가더군. 그녀는 헤어질 때 5시에 공원을 산책하겠다고 말했고, 난 그 말을 듣자마자 새로운 계획을 위해 이렇게 집으로 돌아온 거라네."

Sherlock Holmes

"그 준비는 무엇인가?"

"차가운 스테이크와 맥주 한 잔이라네."

홈즈는 허드슨 부인을 부르기 위해 초인종을 누르면서 말했다.

"바빠서 먹는 것도 잊어버렸지 뭔가. 오늘 밤은 더 바쁠 것 같은데, 자네가 나를 도와줄 수 있겠지? 물론 사건 해결을 위해서라네."

"자네 일이라면 물론 돕겠네."

"법을 어겨야 하는 일일지도 모른다네."

"괜찮아."

"체포될 수도 있다네."

"사건을 해결할 수 있다면 상관없다네."

"고맙네. 자네가 도와줄 거라고 믿었다네."

"그런데 무엇을 도와주어야 하는지 물어봐도 되나?"

"허드슨 부인이 음식을 가져오면 그때 자세히 말하겠네. 오, 식사가 오는군."

그는 하숙집 아주머니가 가져다준 음식을 허겁지겁 먹으면서 말을 계속했다.

"시간이 별로 없으니 먹으면서 말하겠네. 벌써 5시가 되었군. 두 시간 후에는 현장으로 나가야 하네. 아이린 애들러, 아니 노튼 부인은 7시가 되면 산책에서 돌아오네. 우리는 그녀의 집 앞에서 그녀를 기다려야 해."

"그 다음에는?"

"다음 일은 이미 계획되어 있으니까 모두 내가 알아서 할걸세. 명심할 것은 자네는 어떤 일을 봐도 나서지 말아야 한다는 것일세."

"그냥 가만히 있으라는 건가?"

"그렇다네. 조금 불쾌한 소동이 일어나겠지만 자네는 그냥 가만히 있게. 내가 그 집으로 들어가서 약 5분 뒤에 거실 창문이 열릴 거야. 그때 자네는 창문 옆에서 내 신호를 기다리고 있게."

"알겠네."

"내가 손을 들면 내가 준 물건을 방을 향해 던지고 '불이야!' 라고 소리치게. 알았나?"

"설마 불을 지르는 건가?"

"아니라네. 이건 위험한 물건이 아니야."

홈즈는 품속에서 긴 시가 모양의 두루마리를 꺼냈다.

"이건 배관공들이 사용하는 발연통이라네. 자연 발화가 될 수 있도록 양끝에 뇌관이 있지. 자네는 아까 말한 대로 이걸 던지고 '불이야!' 라고 소리만 지르면 된다네. 그 다음에 큰길 끝에서 나를 기다리면 내가 10분 후에 그리로 갈걸세. 모두 이해했나?"

"정리해 보겠네. 난 가만히 상황을 보다가 창가로 가서 자네를 지켜본 뒤, 자네가 신호를 하면 발연통을 던지고 '불이야!' 라고 소리치는 거지. 그리고 길모퉁이에서 자네를 기다리면 되는 거고. 맞나?"

"정확히 이해했군."

"그 정도면 충분히 할 수 있네. 안심하게."

"그럼 이제 새로운 역할을 준비해야겠군."

홈즈가 침실로 잠시 들어갔다가 마음씨 좋은 목사가 되어 나타났다. 폭이 넓은 바지, 검은 모자, 하얀 넥타이, 온화한 눈빛과 상냥한 미소는 존 헤어(John Hare, 당대 최고의 배우)를 능가했다. 옷차림뿐만

이 아니라 표정과 말투까지 전혀 딴사람이 되었다. 그의 모습을 보면서 그가 탐정이 되기로 결정했을 때 과학계에서는 뛰어난 과학자를, 연극계에서는 훌륭한 배우를 잃었다는 생각을 하지 않을 수 없었다.

홈즈와 나는 6시 15분에 집을 나섰다. 우리가 서펜타인 가에 도착은 예정 시간보다 빠른 6시 50분이었다. 주위는 이미 어둠이 내려 컴컴해졌기 때문에 가로등이 환하게 길을 밝히고 있었다. 우리는 여주인을 기다리면서 브리오니 저택 주변을 어슬렁거리고 있었다. 브리오니 저택은 홈즈의 설명을 듣고 내가 상상한 그대로였다. 그러나 한적한 동네의 모습과 달리 길 이곳저곳에는 이상하게 활기가 넘쳤다. 길 한쪽에서는 허름한 차림의 남자 몇 명이 담배를 피우며 이야기하고 있었고, 숫돌을 들고 칼과 가위를 갈고 있는 사람도 있었다. 두 명의 근위병은 아이를 데리고 있는 젊은 하녀와 농담을 주고받고 있었고, 시가를 물고 길을 가는 잘 차려입은 젊은이들도 몇 명 있었다.

"왓슨, 사실 두 사람의 결혼으로 사건 해결은 더 쉬워졌다네. 우리의 고객 보헤미아 왕이 약혼녀인 공주에게 애들린과 찍은 사진을 보여주고 싶지 않듯이, 아이린 애들러 역시 갓프리 노턴에게 그 사진을 보여주고 싶지 않을걸세. 그런데 문제는 사진을 어디에 감추어 놓았을까 하는 것이군."

"글쎄, 어디에 보관하고 있는지 나도 궁금하군."

"직접 가지고 다니지 않는 건 확실해. 캐비닛 사이즈라면 너무 커서 옷이나 가방에는 숨길 수 없을 게 분명하거든. 게다가 두 번이나 당한 경험이 있으니 몸수색의 위험을 또다시 감수하지는 않을 거야.

즉, 갖고 다니지 않는다는 결론이 나오게 되지."

"그럼 역시 집에 보관하고 있는 걸까?"

"처음에는 은행에 보관하거나 변호사에게 맡겨두지 않았을까 하는 생각도 했었네. 하지만 지금까지 봐온 바로는 둘 다 아닌 것 같아. 여자는 비밀을 아주 좋아하기 때문에 일반적으로 자신의 물건을 남에게 맡기지 않아. 왕이 대리인에게 맡기지 않았듯이, 그녀도 다른 사람에게 맡겨 혹시 모를 위험을 감수할 것 같지는 않군. 게다가 2~3일 안에 그 사진을 꺼낼 생각이므로 쉽게 손이 닿을 수 있는 곳에 사진을 보관했을 거야. 바로 자신이 살고 있는 이 집 말이야."

"하지만 왕의 말로는 두 번이나 집을 뒤졌다고 하지 않았는가?"

"변변치 않은 놈들이 제대로 일을 했을 거라고 생각하지 않네."

"그렇다면 역시 특별한 방법이 있는 건가?"

"내가 직접 찾는 것은 아니야. 그녀가 직접 사진을 숨긴 곳을 밝히게 하는 거지."

"그녀가 그렇게 해줄 리가 없지 않은가?"

"그렇게 할 수밖에 없는 계획이 있다네. 오, 그녀가 탄 마차 소리가 들리는군. 아까 내가 부탁한 순서 기억하는가? 꼭 그대로 해주게."

"걱정하지 말게."

홈즈의 말대로 아이린 애들러의 마차로 보이는 예쁜 소형 마차가 나타났다. 마차는 브리오니 저택 앞에서 멈춰 섰는데, 부랑자가 동전 하나를 얻으려는 생각으로 마차의 문을 열었다. 그러나 뒤이어 달려온 다른 부랑자한테 떠밀리면서 치열한 싸움이 벌어졌다. 근처에 있던 근위병은 싸움을 말리기 위해 달려왔고, 숫돌을 든 남자도 무리에

합세했다. 욕설과 주먹질이 오가는 중에 마차에서 내린 아이린 애들러는 남자들의 싸움 속에 갇히게 되었다. 그때 갑자기 홈즈가 그 무리로 들어가 그녀를 보호하려고 했으나 달려간 순간 얼굴에 피를 흘리면서 쓰러졌다. 홈즈의 모습을 보고 부랑자와 근위병, 숫돌을 든 남자들은 모두 도망가 버렸고, 근처를 서성이던 잘 차려입은 젊은이들이 달려왔다. 젊은이들은 그녀를 돕고 홈즈의 상처를 돌보기 시작했다. 그녀는 재빨리 돌계단을 올라가 집 현관 앞에 섰고, 아름다운 모습으로 난장판이 되었던 거리를 돌아보았다.

"이런, 그분은 많이 다치셨나요?"

그녀가 걱정스럽다는 듯이 물었다.

"죽은 것 같습니다."

한 젊은이가 말했다.

"아니에요. 숨을 쉬고 있어요. 하지만 병원까지 가다가는 죽을지도 모르겠어요."

다른 젊은이가 말했다.

"이 사람이 아니었으면 아가씨는 지갑과 시계를 빼앗겼을 겁니다. 정신 나간 부랑자 같으니라고. 이분을 아가씨 댁으로 옮길 수 없을까요?"

"괜찮고말고요. 거실로 모셔 와서 소파에 눕혀주세요."

젊은이들은 홈즈를 천천히 옮겨 브리오니 저택으로 들어갔다. 나는 그가 말한 창가 옆에서 그 모습을 지켜보았다. 방 안에는 램프가 있어서 밝았고 창문에 커튼도 치지 않았기 때문에 홈즈의 모습을 잘 볼 수 있었다. 아름답고 친절한 그녀의 모습을 보노라니 강한 죄책감에 사로잡히게 되었다. 하지만 그녀 역시 좋지 않은 마음으로 보헤미아 왕을 협박하고 있었다. 게다가 홈즈와는 이미 약속했으므로 마음을 강하게 먹고 발연통을 든 채 그의 신호를 기다렸다.

잠시 후, 누워 있던 홈즈는 몸을 일으켰고 답답하다는 듯이 하녀에게 무언가 부탁했다. 하녀는 창가로 달려와서 창문을 열었고, 동시에 홈즈는 나에게 손을 들어 신호를 보냈다. 나는 발연통을 던지고 '불이야!' 라고 소리쳤다. 방 안이 연기로 가득해지면서 창문 바깥으로까지 흘러나왔다. 연기 속에서 사람들이 뛰어다니더니 잠시 후 불이 아니라 누가 장난친 것 같다는 홈즈의 말이 들렸다. 나는 홈즈가 말한 대로 창가를 떠나 큰길 끝으로 갔다. 10분 후에는 홈즈가 나의 손을 잡아끌었고, 소동이 일어난 장소에서 벗어날 수 있었다. 홈즈와 나는 에지웨어 로(路)로 통하는 조용한 거리까지 말없이 빠르게 걸었다.

"왓슨, 잘 해주었네. 모든 일이 계획대로 되었어."

"사진은 찾았는가?"

"그녀가 감추어둔 장소를 알려주었다네."

"차근차근 설명해 주게."

"아주 간단한 일이었네. 길거리에 있던 사람들 모두 내가 고용한 사람들이었다는 것은 자네도 이미 알고 있었겠지?"

홈즈는 계속 걸으면서 말을 이었다.

"그건 이미 알고 있었네."

"싸움에 내가 합류했을 때 나는 손에 물감을 갖고 있었네. 그 손으로 얼굴을 문질러 피가 난 것처럼 한 것이지."

"그것도 알고 있었네."

"사람들이 나를 데리고 거실 소파에 눕혔지. 사진이 거실에 있을

거라고 생각한 나에게는 아주 다행이었다네. 소파에 누워 있을 때 창문을 열어달라고 해서 자네의 역할을 다할 수 있도록 했지."

"그건 어떻게 된 것인가?"

"집에 불이 나면 여자는 가장 소중한 것부터 챙기게 되지. 이건 어쩔 수 없는 본능이라네. 달링턴 사건과 아른스워스 성 사건 등에서 본 것처럼 기혼녀는 아기를, 미혼 여성은 보석 상자를 챙기는 거지. 아이린 애들러에게 가장 소중한 물건은 아마도 그 사진일 테니까 불이 나면 가장 먼저 그곳으로 달려갈 거라 생각했다네. 연기가 솟아오르고 사람들이 웅성대면 아무리 침착한 여자라도 당황할 수밖에 없으니 말이야. 그녀는 내 예상대로 오른쪽 설렁줄 바로 위, 판자벽 뒤의 오목한 공간에서 사진을 꺼내더군. 그 모습을 확인하고 난 소동을 정리했지. 그녀는 발연통을 잠시 쳐다보더니 급히 밖으로 나갔고 돌아오지 않았네. 사진을 꺼내오고 싶었지만 마부가 나를 미심쩍은 눈으로 쳐다보고 있어서 그냥 나올 수밖에 없었네. 일단 사진의 위치만 안다면 꺼내오는 것은 아주 간단한 일이기도 하고. 괜히 서둘렀다가 사진을 보관한 장소를 바꾸면 큰일이지 않은가."

"이제 어떻게 할 생각인가?"

"조사는 끝났네. 내일 폐하와 함께 그 여자를 방문해서 사진을 되찾을 거라네. 자네도 같이 가세나. 우리는 거실에서 기다리겠지만 그건 아주 잠시일 것이고, 우리는 사진과 함께 돌아올 거라네. 폐하 역시 직접 사진을 찾는다면 충분히 만족할 테지."

"몇 시에 갈 예정인가? 나도 가고 싶은데."

"오전 8시라네. 그녀는 그 시간에 일어나지는 않을 테니까 우리에게 주어진 시간은 넉넉할 것 같군. 결혼으로 그녀의 생활습관이 바뀔지도 모르니 서두를 필요가 있어. 일단 폐하에게 전보를 쳐야겠군."

우리는 어느새 베이커 가에 도착했고, 홈즈는 문을 열기 위해 열쇠를 찾고 있었다. 그런데 지나가는 사람이 인사를 했다.

"안녕하세요, 셜록 홈즈 씨."

인사를 건넨 사람은 긴 외투를 입은 날씬한 젊은이로, 인사를 하자마자 지나쳐버려 길을 지나가던 행인 속에 파묻혔다.

"귀에 익은 듯한 목소리인데 누군지 모르겠군."

홈즈는 젊은이의 뒷모습을 보면서 고개를 갸우뚱했다. 나는 다음 날 아침 일찍 집을 나서야 했으므로 그날 밤은 홈즈 집에서 신세를 지기로 했다.

다음날 아침, 홈즈와 아침 식사를 하고 있는데 보헤미아 왕이 급하게 들어왔다.

"사진을 찾았다는 것이 사실이오?"

왕은 홈즈의 어깨를 잡고 얼굴을 뚫어질 듯이 노려보며 말했다.

"아직은 찾지 못했습니다."

"그럼 어디 있는지는 알고 있는 것이오?"

"물론입니다. 곧 폐하의 손에 건네 드리지요."

"그럼 바로 갑시다. 나는 한시가 급하오."

"마차가 오면 바로 가겠습니다."

"아니오. 내 마차를 대기시켜 놓았으니 그걸 타고 갑시다."

"그렇게 하지요."

잠시 뒤 보헤미아 왕과 나, 홈즈는 브리오니 저택을 향해 출발했다.

"폐하, 아이린 애들러는 어제 결혼했습니다."

"결혼이라고? 상대는?"

"갓프리 노턴이라는 영국인 변호사입니다."

"맙소사, 그녀가 다른 사람을 사랑할 거라고는 생각하지 않았소."

"저는 그녀가 변호사를 사랑하기를 바랍니다."

"그러기를 원하는 특별한 이유라도 있소?"

"만일 그녀가 남편을 사랑한다면 폐하에게는 이미 애정이 없다는 것이고, 앞으로는 폐하를 협박하거나 괴롭히지 않을 테니까요."

"그건 그렇군. 하지만……. 그녀가 나와 신분이 비슷했다면 정말 훌륭한 왕비가 되었을 텐데."

왕은 더 이상 말을 하지 않았고, 서펜타인 거리에 닿을 때까지 마차 안에는 정적이 흘렀다. 브리오니 저택에 도착하여 마차에서 내리자, 나이든 여자가 우리를 놀리는 듯이 쳐다보더니 말을 걸었다.

"셜록 홈즈 씨 맞습니까?"

"맞습니다."

당황한 홈즈가 여자를 바라보며 말했다.

"역시 그렇군요. 홈즈 씨가 올 거라고 부인이 말씀하셨습니다. 부인은 남편분과 함께 오늘 아침 5시 15분 기차로 채링크로스 역을 출발해서 유럽으로 가셨습니다."

"뭐라구요? 그럼 영국을 떠난 겁니까?"

홈즈는 비틀거리며 그녀에게 되물었다.

"다시는 돌아오지 않을 거라고 말씀하셨습니다."

"사진은 어떻게 되는 건가?"

왕은 낮은 목소리로 홈즈에게 물었고 홈즈는 말없이 거실로 뛰어 들어갔다. 거실의 가구와 서랍이 마구 흩어져 있는 것으로 보아서 짐을 서둘러 챙겼다는 것을 알 수 있었다. 홈즈는 사진이 있던 판자벽 뒤에서 사진 한 장과 편지 한 통을 꺼냈다. 사진은 야회복 차림의 아이린 애들러였고, 편지 봉투에는 '셜록 홈즈 귀하'라고 쓰여 있었다. 홈즈는 봉투를 바로 뜯었고 우리는 모두 편지를 바라보았다. 날짜는 어젯밤 12시로, 내용은 다음과 같았다.

셜록 홈즈 씨!
당신이 매우 뛰어난 솜씨를 가졌다는 것은 이미 알고 있었으나 이렇게 멋지게 일을 해내실 줄은 몰랐습니다. '불이야!'라는 소리에 저는 전혀 눈치를 채지 못했고, 당신을 의심조차 하지 않았어요. 그러나 사진을 꺼내려다 갑자기 예전에 받은 어떤 충고가 떠올랐습니다. 폐하가 이 사건을 홈즈 씨에게 의뢰할지 모르니 당신을 경계하라는 말이었지요. 저는 당신의 주소까지 미리 알아놓았고 나름대로 준비를 하고 있었습니다. 그런데도 결국 당신이 원하는 대로 해버렸습니다. 저는 그토록 친절한 목사님을 나쁘게 생각하고 싶지 않았어요. 하지만 확인은 꼭 해야 했답니다. 저는 배우를 지망할 정도였고, 무대에서 다른 모습이 되는 것에 익숙했기 때문에 남자로 변장하는 것은 어려운 일이 아니었습니다. 마부 존을 시켜 당신을 감시하게 하고 당신을 미행했지요. 당신이 셜록 홈즈 씨라는 것을 확인하고 가볍게 인사까지 한 뒤 저는 남편을 만나러 갔습니다.
남편 역시 이렇게 무서운 분이 노리고 있다면 도망치는 것이 가장 좋은 방법이라고 생각하여 급히 영국을 떠납니다. 아마 당신이 이 편지를 볼 때쯤이면 우리는 영국을 벗어났을 거예요. 사진에 대해서는 안심하시라고 당신의 의뢰인에게 전해 주세요. 저는 좋은 분을 만나 결혼까지 했으니까요. 그분은 제게 마음의 상처를 주셨지만 저도 더 이상 그분을 괴롭히지 않겠습니다. 사진은 저를 보호하는 목적으로 갖고 있을 것입니다. 대신 제 사진 한 장은 남겨둡니다. 폐하가 원하신다면 사진을 드리셔도 좋아요. 그럼 안녕히 계세요.

－ 아이린 노튼, 애들러

"역시 대단한 여자야. 정말 훌륭해."

편지를 읽고 난 뒤 보헤미아 왕은 감탄하며 소리쳤다.

"역시 아이린은 지혜롭고 강인한 여자군. 신분 차이만 없었다면 보헤미아 왕비로 손색이 없었을 텐데 정말 안타까운 일이오."

"제 생각에 노튼 양은 폐하와 어울리지 않는 것 같습니다. 그리고 의뢰하신 일을 제대로 처리하지 못해 매우 죄송합니다."

홈즈는 냉정한 말투로 말했다.

"아니오, 매우 만족스럽소. 그녀가 약속을 지키리라는 것은 확실하니까. 사진은 이미 처리된 것과 다름이 없소."

"그렇게 생각해 주신다니 다행이군요."

"당신에게 어떻게 감사를 표해야 할지……. 원하는 것이 있으면 무엇이든 말하시오. 감사의 표시로 이 반지라도 주고 싶소."

왕은 커다란 에메랄드 보석이 장식된 반지를 손가락에서 뺀 뒤 홈즈에게 내밀었다.

"폐하, 저는 갖고 싶은 다른 물건이 있습니다만."

"무엇이든지 망설이지 말고 말하시오."

"그녀의 사진입니다."

"아이린의 사진을 갖고 싶다는 것이오?"

왕은 매우 놀란 눈빛으로 홈즈를 바라보았다.

"좋소, 당신이 원한다면 그렇게 하시오."

"감사합니다. 폐하의 일은 마무리되었습니다. 안녕히 가십시오."

홈즈는 왕이 내민 손조차도 의식하지 못하고 돌아섰다. 나는 그와 함께 베이커 가로 돌아왔다.

이것이 보헤미아 왕과 관련된 스캔들로, 셜록 홈즈의 뛰어난 계략이 한 여성의 기지 앞에서 무너져버린 이야기이다. 자주 여성의 지혜를 비웃던 그는 이 사건 이후로 여자를 비하하는 말을 절대 하지 않았다. 또한 아이린이나 그녀의 사진에 대해 이야기를 할 때면 언제나 경건한 말투가 되면서 <그 여성>이라는 경칭을 사용하였다.

Sherlock Holmes

빨간 머리 연맹
The Red-Headed League

작년 가을 어느 날, 나는 홈즈를 찾아갔다. 그는 붉은 빛이 도는 얼굴에 머리가 아주 새빨간 중년의 뚱뚱한 신사와 진지한 분위기로 상담을 하고 있었다. 나는 그들에게 대화를 방해해서 미안하다고 사과하고 바로 방을 나오려고 하는데, 홈즈가 나를 불러 세웠다.

"오, 왓슨. 때마침 잘 와주었군. 여기 앉게나."

그는 나에게 다정하게 말을 건넸다.

"방해해서 미안하네. 의뢰인과 이야기하는 것 같은데."

"자네가 보듯이 의뢰인과 이야기 중이라네."

"나는 옆방에서 기다리는 게 좋겠군."

"아니야, 잠시만 기다려보게. 윌슨 씨, 이 친구는 여러 사건에서 나의 협력자이자 조수로 활동해 준 사람입니다. 이번 일도 이 친구와 함께 한다면 우리에게 큰 도움이 될 거라고 생각합니다."

중년의 신사는 몸을 반쯤 일으키더니 작은 눈을 들어 나를 살피며 고개를 끄덕였다.

"자네는 그쪽 소파에 앉게나."

홈즈는 나에게 말하고 다시 의자에 앉았다. 그리고 생각에 잠길 때면 늘 하던 버릇대로 양손의 손가락 끝을 맞추었다.

"왓슨, 나는 자네가 판에 박힌 일상과 관습을 벗어난 것들을 매우 좋아한다는 사실을 잘 알고 있지. 나처럼 말이야. 자네가 내 수사 기록을 하나의 이야기로. 만드는 일에 그렇게 열정적으로 매달리고 있는 것은 그런 취향 때문이지. 자네는 내 모험담을 정말 잘 꾸며주고 있다네."

"사실 자네 사건들은 정말 흥미롭거든."

나는 평소 생각하고 있는 대로 말했다.

"왓슨, 지난번에 메리 서덜랜드 양이 의뢰했던 사건 기억나지? 지극히 간단한 사건처럼 보여도 기묘한 것을 찾기 위해서는 그 삶 자체로 들어가야 한다고 말했던 적이 있지 않은가. 인생이란 건 항상 그 어떤 상상보다 더한 것을 보여준다고도 말한 기억이 나는군."

"홈즈, 미안하지만 나는 그때 자네의 이론에 동의하지 않았다네."

"아, 그렇군. 하지만 자네는 내 의견에 동의하게 될 거야. 어차피 자네가 가지고 있는 논리는 내가 쉴 새 없이 제시하는 실례들 밑에서 납작하게 깔리게 될 테니까. 그렇게 되면 아마 내 말이 옳았다는 걸 어쩔 수 없이 인정하고 말 거야. 이 자리에 오신 자베즈 윌슨 씨는 좀처럼 겪기 힘든 기이한 이야기를 나에게 들려주고 있다네. 이렇게 아침 일찍부터 말이야. 내가 자네한테 이런 말을 한 적이 있을 거야. 아주 기묘한 사건은 드러나는 모습이 큰 사건보다는 오히려 범죄인지 아닌지조차 분간하기 어려운 사소한 사건들 중에 더 많다고 한 얘기 말이야. 윌슨 씨가 의뢰한 사건은 범법 행위의 여부를 아직 판단할 수 없어. 하지만 그 어떤 사건보다도 아주 괴이하다네.

윌슨 씨, 죄송하지만 모든 이야기를 처음부터 다시 한 번 말씀해 주실 수 있을까요? 왓슨 박사에게 이야기를 들려주기 위해서만이 아니라 윌슨 씨의 얘기가 매우 기묘하기 때문에 아주 작은 부분도 기억하고 싶기 때문입니다. 제 자랑처럼 들리겠지만, 저는 사건에 대한 설

명을 아주 조금만 들어도 기억 속에 저장되어 있는 수천 건의 비슷한 사건을 바탕으로 판단을 내릴 수 있습니다. 그렇지만 이 사건은 몇 번을 다시 생각해도 비슷한 사건을 찾기 어려울 정도로 특이하군요."

뚱뚱한 손님은 마치 사건에 대해 자부심이라도 갖는 것처럼 가슴을 앞으로 내밀고 윗옷 안주머니에서 구겨진 신문을 꺼냈다. 그가 신문지를 무릎 위에 펼쳐놓고 얼굴을 가까이 댄 채로 광고란을 살펴보는 동안, 나는 홈즈의 방법을 떠올리며 그를 꼼꼼하게 살펴보았다. 신사의 옷차림과 외모에서 알 수 있는 특별한 정보를 찾아내기 위해서였다.

그러나 아무리 그를 쳐다봐도 특별히 생각나는 것은 없었다. 의뢰인은 몸에 살이 많아서 둔한 편이었고, 점잖은 척하고 싶어하는 전형적인 영국 상인의 모습을 하고 있었다. 약간 때가 묻은 검은 프록코트는 아랫단추만 끼우고 있었고, 헐렁한 회색 체크무늬 바지를 입고 있었다. 어두운 색깔의 조끼 위에는 묵직한 청동 줄을 목걸이처럼 걸고 있었고, 그 가운데에는 구멍이 뚫려 있는 네모난 금속 조각이 펜던트처럼 달려 있었다. 그의 옆에 있는 의자에는 신사의 것으로 보이는 낡은 중산모와 벨벳 칼라가 달린 구겨진 허름한 갈색 외투가 놓여 있었다. 아무리 그를 살펴보아도 불이 붙은 것처럼 새빨간 머리와 억울해 하는 표정 외에는 눈에 띄는 특징을 찾을 수가 없었다.

날카롭지만 빛나는 눈으로 손님을 보고 있던 홈즈는 내가 궁금하다는 표정으로 바라보자 미소를 지으며 고개를 몇 번 저었다.

"내가 이분에 대해 확실하게 말할 수 있는 건 몇 가지 안 되네. 의뢰인은 한동안 육체노동을 한 적이 있고 코담배를 피우는 습관을 가지고 있군. 프리메이슨(18세기에 영국 런던에서 결성되어 평화적 세계 시민주의 운동을 편 국제적 자선·친목 단체) 단원이며, 중국에 다녀온 적이 있지. 그리고 최근에는 글씨 쓰는 일을 많이 했군. 그 이상은 나도 말할 수 있는 게 없군."

자베즈 윌슨 씨는 깜짝 놀라는 표정을 지었다. 그는 손가락으로 신문 한 부분을 짚은 자세 그대로 홈즈를 보았다.

"홈즈 선생, 어떻게 그런 사실을 다 알고 있는 건가요? 특히 제가 육체노동을 했다는 것을 알아낸 건 너무 신기합니다. 저는 예전에 배 만드는 목수 일을 한 적이 있거든요. 선생님이 말씀하신 사실은 정말 정확합니다."

"그건 특별한 방법이 있는 게 아닙니다. 윌슨 씨의 손을 보고 알았거든요. 윌슨 씨의 오른손이 왼손보다 훨씬 크다는 사실은 한 눈에 알 수 있죠. 오른손을 써서 일했기 때문에 근육이 더 발달하게 된 겁니다."

"그렇다면 코담배와 프리메이슨은 어떻게 알 수 있는 건가요?"

"어떻게 알아냈는지 자세하게 말하는 건 윌슨 씨의 교양을 모욕하는 행동이 될 텐데요. 게다가 윌슨 씨는 지금 단체의 엄격한 규칙을 어기고 삼각자와 컴퍼스 장식 핀을 하고 있으시니 주의하셔야 할 겁니다."

"앗, 그런 것까지 알고 있다니. 제가 잠시 규칙을 깜빡했습니다. 그런데 글씨를 많이 썼다는 건 어떻게 아셨죠?"

"윌슨 씨 오른쪽 소맷단의 12센티미터 가량이 닳아서 반들거리고 있는 데다가 왼쪽 소매는 책상에 닿는 팔꿈치 부분이 닳아서 반짝거립니다. 이러한 특징은 조금만 생각해 본다면 알 수 있는 부분입니다."

"그렇다면 중국을 다녀왔다는 것은 어떻게 아셨죠?"

"윌슨 씨의 오른쪽 손목에 있는 물고기 문신을 봤거든요. 그 문신

은 오직 중국에서만 할 수 있죠. 저는 문신에 관해 나름대로 깊이 있는 연구를 했고 작은 책을 낸 적도 있습니다. 물고기 비늘에 이렇게 섬세한 분홍색을 입힐 수 있는 것은 중국에서만 가능합니다. 윌슨 씨의 시곗줄에 달려 있는 중국 엽전도 충분한 근거가 되었지요."

자베즈 윌슨 씨는 큰 소리로 웃었다.

"하하, 어떤 대단한 능력을 가지고 알아냈다고 생각했는데, 알고 보니 대단한 것은 아니군요."

"하나하나 자세하게 설명한 건 제 실수입니다. '알지 못하는 것은 대단한 것으로 여겨진다.' 라는 말도 있는데 말입니다. 솔직하게 털어놓다 보면 조금이나마 있는 제 명성은 한없이 추락할 것 같군요. 윌슨 씨, 아까 말씀하신 광고는 찾으셨습니까?"

"네. 바로 여기 있군요."

윌슨 씨는 붉고 통통한 손가락으로 광고란의 중간쯤을 짚었다.

"모든 일이 다 여기서 시작됐지요. 이걸 읽어보십시오."

나는 신문을 받아들고 광고를 큰 소리로 읽었다.

빨간 머리 연맹

우리 빨간 머리 연맹은 미국 펜실베이니아 주 레바논의 고 이즈키아 홉킨스가 남긴 유산으로 운영되고 있습니다. 빨간 머리 회원들에게 형식상의 봉사에 대한 대가로 1주일에 4파운드씩 지불하고 있는데, 현재 결원이 한 명 생겼습니다. 21세 이상으로 몸과 마음이 건강한 빨간 머리 남자들은 누구나 지원할 수 있습니다. 월요일 11시, 플리트 가 포프 코트 7번지에 있는 연맹 사무실로 와서 던컨 로스에게 연락하기 바랍니다.

"이 광고가 무얼 뜻하는 것이지 잘 모르겠군."

나는 이상하게 보이는 이 광고를 두 번이나 읽고 말했다.

홈즈는 기분이 들떠 있을 때 보이는 행동으로 몸을 뒤틀면서 소리나게 웃었다.

"상식적으로는 이해하기 어려운 내용이군. 윌슨 씨, 일단 자기소개를 해주시고 이 광고가 어떻게 인생을 바꾸었는지 다시 한 번 말씀해 주시기 바랍니다. 왓슨 박사, 우선 신문 제목과 날짜를 확인해 주게나."

"1890년 4월 27일자, <모닝 크로니클>이군."

"고맙네. 윌슨 씨, 그럼 다시 이야기를 시작할까요?"

"그럼 아까 말씀드린 얘기를 다시 하도록 하죠."

자베즈 윌슨은 긴장한 듯이 이마의 땀을 닦으며 말했다.

"저는 구시가 근처 코버그 광장에 있는 작은 전당포를 운영하고 있습니다. 가게도 작고 최근에는 겨우 밥이나 먹을 정도로 장사가 되지 않았습니다. 예전에는 점원도 둘이나 데리고 있었는데, 지금은 한 명으로 줄이기까지 했지요. 그나마 지금 있는 점원도 일을 배우기 위해서 정해진 급료의 반만 받아도 좋다고 해서 쓰고 있습니다."

"오, 기특한 청년이군요. 그의 이름은 무엇인가요?"

홈즈가 신사에게 물었다.

"빈센트 스폴딩이라고 하죠. 사실 청년이라고 하긴 좀 그렇습니다. 나이를 가늠하기 힘든 외모를 가지고 있어서요. 하지만 매우 똑똑한 사람이에요. 독립한다거나 다른 곳으로 간다면 지금 받는 급료의 두 배는 받을 수 있을 거예요. 하지만 지금 일에 만족하고 있는 것 같아서 굳이 그 사실을 말해 주지는 않았습니다만."

"남들보다 급료를 적게 받아도 좋다는 점원이 있다니 월슨 씨는 행운아군요. 요즘 세상에 그런 사람은 찾아보기 어렵죠. 제 생각이기는 하지만, 월슨 씨 전당포에서 일하는 점원도 광고만큼이나 독특한 성격을 가지고 있는 것 같습니다."

"사실 스폴딩한테도 단점은 있습니다. 일은 잘 하지만 사진에 완전히 빠져 있거든요. 툭하면 카메라로 사진을 찍고 필름을 현상하기 위해서 지하실로 자주 달려가곤 합니다. 하지만 일이 있을 때는 부지런하니까 큰 문제는 되지 않지요. 그 외에 다른 나쁜 점은 없습니다."

"지금도 스폴딩은 일하고 있나요? 그리고 다른 고용인은요?"

"지금도 가게를 맡겨 놓고 왔습니다. 스폴딩 말고는 요리와 청소를 하는 14살짜리 여자애가 있습니다. 아내가 죽은 뒤에는 저 혼자 살고 있기 때문에 집안 살림도 단출합니다. 내 집이 있고 빚지지 않고 살면 된다고 생각하고 있고요. 그런데 이렇게 조용한 생활에 돌을 던진 게 바로 이 신문광고였습니다. 약 두 달 전, 스폴딩이 저에게 이 광고를 보여주면서 이런 말을 했습니다.

'월슨 씨, 저도 빨간 머리라면 얼마나 좋을까요?'

'갑자기 빨간 머리 타령은 왜 하는가?'

'방금 신문을 봤는데 빨간 머리 연맹에 빈자리가 생겼다는 광고를 봤거든요. 빨간 머리 연맹에 가입한다는 건 매우 큰 행운이잖아요. 결원이 생긴 탓에 유산 관리인들은 돈을 어디에 써야 하는지 고민하고 있는 것 같아요. 머리 색깔만 빨간색이라면 당장 달려가서 연맹에 가입하고 싶은데……'

'빨간 머리 연맹? 난 처음 들어보는데. 그게 뭔가?'

45

The Red-Headed League

저는 스폴딩에게 물었지요. 전당포 사업은 가만히 앉아서 하는 일이기 때문에 저는 집 밖에 잘 나가지 않거든요. 일이 없으면 몇 주일씩 밖에 나가지 않을 때도 많고요. 그러다 보니 바깥세상이 어떻게 돌아가는지 잘 모릅니다. 그래서 누가 무슨 소식이라도 알려주면 정말 반가웠습니다.

'윌슨 씨 같은 머리색을 가진 분이 빨간 머리 연맹을 모르다니요!'

스폴딩은 동그랗게 커진 눈으로 저에게 말했습니다.

'거기 가입하게 되면 무슨 큰 이익이라도 생기는 건가?'

'회원이 돼서 일하면 1년에 약 2백 파운드 정도 주는 거 같아요. 회원이 된다 해도 특별히 하는 일이 없기 때문에 생업에도 지장을 주지 않는다고도 하고요.'

그 말을 듣자 저는 귀가 솔깃해졌습니다. 2백 파운드는 적은 돈이 아니지 않습니까? 게다가 최근 몇 년 동안 장사가 잘 안 됐기 때문에 추가로 2백 파운드가 생긴다면 도움이 많이 될 테니까요.

'빨간 머리 연맹에 대해 자세히 좀 말해 주겠나?'

스폴딩은 신문광고를 저에게 보여주면서 말했습니다.

'이 광고를 보면 연맹에 빈자리가 났다는 것을 알 수 있어요. 더 자세한 걸 알아보기 위해서는 이 주소로 가면 될 것 같습니다. 제가 알기로는 빨간 머리 연맹의 설립자는 미국의 백만장자 이즈키아 홉킨스 씨인데 아주 괴짜였대요. 자신이 빨간 머리였기 때문에 세상의 모든 빨간 머리들에 대해 깊은 동정심을 가지고 있었다더군요. 죽을 때는 막대한 재산을 관리인들에게 맡기면서 그 이자를 온 세상의 빨간 머리들을 위해 쓰라고 유언을 남겼다고 합니다. 유언 덕분에 연맹에

Sherlock Holmes

가입한 빨간 머리 회원들은 상당한 금액을 받으면서도 하는 일은 거의 없다더군요.'

'그곳이 그렇게 좋은 자리라면 들어가고 싶어하는 사람들이 많지 않을까?'

'별로 많지는 않을 거예요. 회원이 되려면 런던에 거주해야 하고 성인 남자여야 하거든요. 설립자인 미국인 백만장자가 런던이 고향이라서 고향을 위해 뭔가를 하고 싶었나 봐요. 게다가 옅은 빨간 머리나 너무 어두운 빨간 머리는 지원해도 회원이 될 수 없다고 하더군요. 윌슨 씨처럼 환한 색깔의 진짜 빨간 머리만 가입이 된다고 들었어요. 혹시 생각이 있으시면 한 번 가보는 건 어때요? 그 정도 돈이라면 소득이 없더라도 가볼 만한 가치가 있을 것 같은데요.'

두 분도 보면 아시겠지만 제 머리는 숱이 많고 윤기가 흐르는 진짜 빨간 머리거든요. 그래서 경쟁자가 많다고 하더라도 도전해 보는 것도 괜찮다는 생각이 들었습니다. 스폴딩은 연맹에 대해서 많이 아는 것 같았고, 저는 스폴딩을 데리고 가기로 했습니다. 저는 그날 가게 문을 닫고 스폴딩과 광고에 쓰여진 주소로 함께 갔습니다. 스폴딩은 하루 일을 쉬게 되었다면서 아주 좋아했지요.

홈즈 씨, 제 평생 그런 광경은 처음이었습니다. 머리카락에 조금이라도 붉은 색이 들어가 있는 사람들은 다 몰려온 것 같았어요. 플리트 가는 온통 빨간 머리 일색이었고, 포프 코트는 꼭 오렌지 손수레 같았습니다. 사람들의 머리 색깔은 정말 가지각색이었습니다. 연한 갈색, 진한 레몬색, 순수한 오렌지색, 벽돌색, 아이리시 세토 종의 사냥개 털 같은 적갈색, 다갈색, 진흙에 가까운 황토색 등 정말 말로 표현하기도 어려웠습니다. 하지만 스폴딩의 말대로 제 머리처럼 불꽃이 타는 듯한 빨간색은 없었습니다.

　사실 저는 신문의 한 귀퉁이에 난 조그만 광고를 보고 이렇게 많은 사람들이 올 거라고는 상상도 하지 못했습니다. 그래서 많은 사람들을 보고 기가 죽어 이 일을 포기해야겠다고 생각했지요. 하지만 스폴딩은 저를 끌고 사람들을 뚫고 사무실 계단 앞까지 갔어요. 계단에는 사람들이 두 줄로 서 있었는데, 하나는 면접을 보려는 사람들이었고, 다른 하나는 면접에 떨어지고 돌아가는 이들의 줄이었습니다. 우리는 사람들 틈에 끼여 겨우겨우 올라가서 곧 사무실에 들어가게 되었습니다.”

　“오, 정말 신기하고 재미있는 경험이군요.”

　홈즈는 손님이 말을 멈추고 코담배를 맡으며 기억을 정리하는 모습을 보면서 말했다.

　“이야기를 계속해 주시죠.”

　“사무실에 들어가니 나무 의자 두 개와 전나무 책상 하나가 있었고, 책상 앞에는 저보다 더 새빨간 머리의 키 작은 남자가 있었습니다. 그는 지원자들과 몇 마디 말을 나눈 뒤에 여러 불합격 이유를 대며 면접에서 떨어뜨렸습니다. 그 모습을 보니 빨간 머리 연맹에 들어가는 것은 더 어려워 보였습니다. 그런데 이상하게도 제 차례가 오자 그 남자는 매우 호의적인 태도로 바뀌었습니다. 사무실 문까지 닫아서 편하게 이야기할 수 있도록 조용한 분위기를 만들었고요.

　‘이분은 자베즈 윌슨 씨라고 합니다. 빨간 머리 연맹에 가입하고 싶어서요.’

스폴딩이 비서처럼 말하자 빨간 머리 남자는 대답했습니다.

'오, 드디어 적임자가 나타났군요. 정말 완벽합니다. 이렇게 좋은 빨간 머리는 저도 처음 보는군요.'

그는 갑자기 일어나서 한 발자국 뒤로 물러나더니 제 얼굴이 빨개질 때까지 저를 뚫어지게 쳐다보았습니다. 그러다가 갑자기 저에게 달려들더니 제 손을 부서지도록 세게 잡았어요. 그리고 합격이라면서 축하 인사를 건넸지요.

'더 이상 망설일 필요가 없을 것 같군요. 하지만 신중해야 하니까 잠시 확인을 하겠습니다.'

빨간 머리 남자는 갑자기 양손으로 제 머리카락을 세게 잡았습니다. 그리고 아파서 제가 크게 소리를 지를 때까지 제 머리카락을 잡아당겼습니다.

'오, 눈물까지 글썽거리는군요.'

그는 제 머리를 놔주며 말했습니다.

'전혀 문제가 없다는 걸 이런 식으로라도 확인해야 한답니다. 벌써 두 번이나 속았거든요. 한 번은 가발에, 한 번은 물감이었죠. 나중에 윌슨 씨에게 구두 수선공의 왁스 얘기를 들려드리죠. 그 얘기를 들으면 사람들이 얼마나 지독한지 깜짝 놀랄 겁니다.'

그는 창가로 다가가서 모집이 끝났다고 크게 소리쳤습니다. 사람들은 웅성거리다가 금세 모두 흩어졌어요. 이제 빨간 머리라고는 그 남자와 저밖에 없었습니다.

'저는 던컨 로스라고 합니다. 저 역시 너그러운 후원자가 조성하신 기금의 혜택을 보고 있어요. 그런데 윌슨 씨는 결혼하셨습니까? 가족 저는 그의 질문에 사실대로 가족이 없다고 대답했습니다.

제 말을 듣고 로스 씨는 고개를 떨군 채로 무겁게 말했습니다.

'이런! 매우 안타까운 일이로군요. 가족이 없으시다니 정말 유감입니다. 이 기금은 빨간 머리의 유지뿐만 아니라 확산을 목적으로 하고 있거든요. 선생이 독신이라니 정말 아쉽습니다.'

홈즈 선생, 저는 이 말을 듣고 가슴이 덜컥 내려앉는 기분을 느꼈습니다. 돈을 벌 기회를 잃었으니까요. 하지만 로스 씨는 잠시 생각해 본 뒤 다시 말을 꺼냈습니다.

'보통의 빨간 머리였다면 치명적인 결격 사유가 됐을 겁니다. 하지만 선생 정도의 머리카락 색깔이라면 괜찮을 것 같아요. 자, 그럼 언제부터 일을 시작할 수 있을까요?'

'당장은 좀 곤란합니다. 저는 지금 하는 일이 있거든요.'

'윌슨 씨! 가게 일이라면 제가 있으니 걱정하지 마세요.'

스폴딩이 말했습니다.

'일하는 시간은 언제인가요?'

제가 빨간 머리 남자에게 물었습니다.

'오전 10시부터 오후 2시까지입니다.'

전당포에 손님들이 주로 찾아오는 시간은 저녁때입니다. 특히 주급을 받기 전인 목요일과 금요일 저녁때가 가장 붐비는 시간이지요. 그래서 낮에 잠깐 일하는 것은 아주 솔깃한 제안이었습니다. 게다가 스폴딩이 웬만한 일은 충분히 처리할 수 있다는 것도 알고 있고요. 그래서 저는 이렇게 대답했습니다.

Sherlock Holmes

'좋군요. 그럼 급료는 어떻게 됩니까?'

'1주일에 4파운드입니다.'

'어떤 일을 하게 되나요?'

'그저 형식적으로 일하는 것뿐입니다.'

'형식적으로 일한다는 것이 정확히 어떤 일입니까?'

'자세하게 말씀드리죠. 선생은 일하기로 한 시간에는 반드시 사무실에 있어야만 합니다. 이 건물을 벗어나서는 안 되는 거지요. 만약 선생이 정해진 시간에 건물 밖으로 나간다면 회원 자격을 잃게 됩니다. 그것은 유언장에 분명하게 기재되어 있는 부분이기도 하고요. 즉, 선생은 일하기로 한 시간에 사무실 밖으로 한 발자국이라도 나간다면 연맹의 규정을 어기는 것이 됩니다.'

'하루에 겨우 네 시간인데, 그 시간에 이곳을 나갈 일은 없을 겁니다.'

'어떤 일이 있어도 절대 안 됩니다.'

던컨 로스 씨가 다시 한 번 강조하면서 말했습니다.

'병이 나거나 다른 볼일이 생기더라도 이유가 될 수 없습니다. 그 시간에 여기 없으면 자격과 돈 벌 기회를 모두 박탈당하는 거지요.'

'그 부분은 문제없습니다. 저는 어떤 일을 하게 됩니까?'

'《브리태니커 백과사전》을 옮겨 쓰는 일입니다. 저기 사전 1권이 준비되어 있어요. 책상과 의자는 우리가 제공하지만 잉크, 펜, 종이는 선생이 준비해 와야 해요. 내일부터 시작하는 게 어떻겠소?'

'그렇게 하겠습니다.'

'자베즈 윌슨 씨, 그럼 안녕히 가십시오. 선생이 이렇게 좋은 자리를 얻게 된 것을 다시 한 번 축하드립니다. 선생은 정말 운이 좋군요.'

나는 정중하게 인사를 하고 스폴딩과 함께 집에 돌아왔지요. 갑자기 이런 행운을 얻게 되었다는 사실이 매우 기뻤습니다. 정말 그날은 하루 종일 그 생각만 나더군요. 하지만 저녁때가 되고 흥분이 가라앉으면서 다른 생각이 들었습니다. 도대체 어떤 목적으로 그런 일을 하는 것일까 하는 궁금증이 생겼기 때문입니다. 그 일이 장난이나 사기라는 생각이 들었거든요. 알지도 못하는 빨간 머리를 가진 사람을 위해 그런 유언을 남겼다는 것도 좀 이상하기도 했고요. 《브리태니커 백과사전》을 옮겨 쓰는 단순한 일로 그 돈을 지불한다는 것도 말이 안 된다고 생각하게 되었어요.

스폴딩은 고민하고 있는 저를 위로해 주기 위해 노력했지만, 잠자리에 들 때까지 저는 그냥 그만두는 게 낫지 않을까 하는 생각까지 했습니다. 하지만 막상 아침이 되고 나니까 어차피 맡기로 한 일이니 하는 게 낫겠다는 생각이 들었습니다. 앞으로 어찌 되는지를 지켜보겠다는 결심도 섰고요. 저는 잉크 한 병, 깃펜 한 개, 큰 종이 일곱 장을 사가지고 포프 코트로 가게 되었습니다.

그곳에 도착하니 놀랍고 기쁘게도 모든 것이 전날 말한 그대로 있었습니다. 제가 쓰게 될 책상은 이미 준비되어 있었고 던컨 로스 씨는 벌써 나와서 저를 기다리고 있었습니다. 로스 씨는 저에게 A 항목부터 옮겨 쓰라고 말한 뒤 곧 사무실을 나갔습니다. 가끔씩 들러서 제가 일을 제대로 하는지 확인하러 오곤 했습니다. 약속한 2시가 되자 로스 씨는 저에게 이제 집에 가도 좋다고 말했습니다. 제가 옮겨 쓴 것을 보고 잘 썼다고 칭찬도 하더군요. 그리고 사무실 문을 잠그고 저와 함께 나왔습니다.

Sherlock Holmes

홈즈 선생, 이런 일은 매일같이 계속되었어요. 첫 번째 토요일이 되었고 로스 씨는 주급으로 금화 네 개를 주었습니다. 그리고 다음 주도, 그 다음 주도 항상 똑같았어요. 저는 매일 10시까지 그곳으로 출근했고 오후 2시가 되면 퇴근하는 것이 일상이 되었습니다. 던컨 로스 씨는 처음에 몇 번씩 저를 보러 오더니 나중에는 아침에 한 번만 사무실에 들르더군요. 그러다가 나중에는 아예 얼굴조차 보이지 않은 적도 많았습니다. 물론 저는 처음 말한 대로 잠시도 그 방을 떠나지 않았지요. 로스 씨가 언제 돌아올지 몰랐고, 그렇게 편한 일을 놓치고 싶지 않았거든요.

어느덧 8주가 순식간에 지나가 버렸습니다. 저는 '수도원장Abbots' '궁술Archery' '갑옷Armor' '건축Architecture' '아티카Attica' 등을 옮겨 썼지요. 이제 조금만 더 계속하면 B 항목으로 들어갈 수 있었는데……. 종이도 꽤 많이 쌓여서 사무실의 선반 하나가 제가 쓴 종이로 가득 찼습니다. 그런데 갑자기 오늘 아침에 모든 것이 다 끝나버린 거예요."

"일이 다 끝났다고요?"

"네, 오늘 아침의 일입니다. 저는 평소처럼 아침 10시에 사무실로 출근했습니다. 그런데 사무실 문은 굳게 닫혀 있고 문 한가운데는 작은 종이 한 장만 붙어 있었습니다. 제가 그것을 떼어왔어요. 바로 이것이랍니다."

윌슨 씨는 공책 한 장 크기 정도의 흰색 종이를 보여주었다. 그 종이에는 이렇게 쓰여 있었다.

빨간 머리 연맹은 오늘부로 해체한다.

1890년 10월 9일

홈즈와 나는 이 공고문과 그것을 들고 있는 사람의 서글픈 얼굴을 쳐다보며 배꼽을 잡고 웃지 않을 수 없었다.

"아니 뭐가 그렇게 우스운가요?"

윌슨 씨는 머리와 같이 얼굴까지 빨개져서 우리에게 소리를 질렀다.

"두 분이 지금처럼 날 비웃기만 할 거면 저는 다른 곳에 가겠습니다."

"죄송합니다, 앉으세요."

홈즈는 화가 나서 반쯤 몸을 일으켜 세운 손님을 다시 의자에 앉히며 말했다.

"저는 무슨 일이 있어도 이 사건을 놓치고 싶지 않군요. 이렇게 재미있고 신기한 사건은 좀처럼 만나기 힘들 테니까요. 그런데 좀 죄송한 말씀이지만 이 사건에는 웃지 않을 수 없는 부분이 있습니다. 사무실 문 앞에서 그 종이를 발견하고 어떻게 하셨나요?"

"마치 하늘이 무너지는 것 같은 기분이었습니다. 정말 어떻게 해야 할지 모르겠더군요. 저는 건물 내 다른 사무실을 돌아다녔지만 빨간 머리 연맹에 대해 알고 있는 사람은 아무도 없었습니다. 마지막으로 1층에 있는 건물 주인한테 갔지요. 저는 회계원으로 일하고 있는 건물 주인에게 물어봤습니다. 주인 역시 그런 단체는커녕 던컨 로스라는 이름 역시 들어본 적이 없다고 말했습니다.

'아니, 4호실의 신사분인 던컨 로스 씨를 모른다고요?'

제가 물었습니다.

'빨간 머리 남자분을 말하는 건가요?'

'네, 맞습니다.'

'그 사람 이름은 던컨 로스가 아니라 윌리엄 모리스입니다. 법무관인데, 새 사무실을 찾을 때까지 임시로 그곳을 사용하겠다고 말했습니다. 그리고 어제 새 사무실을 구했다면서 이사했지요.'

'혹시 그가 어디로 갔는지 알고 있습니까?'

'저에게 새 사무실 주소를 가르쳐주더군요. 여기 있군요. 세인트폴 근처의 킹 에드워드 가 17번지입니다.'

홈즈 선생, 물론 저는 건물 주인이 말해 준 주소로 던컨 로스 씨를 찾아갔습니다. 하지만 건물 주인이 알려준 주소에는 무릎 보호대 공장이 있었어요. 그 공장 사람들은 윌리엄 모리스나 던컨 로스 둘 다 아무것도 아는 것이 없었습니다."

"오, 당황했겠군요. 그래서 어떻게 하셨나요?"

홈즈가 빨간 머리 신사에게 물었다.

"저는 일단 집으로 돌아갔습니다. 스폴딩에게 이제 어떻게 하면 좋을지를 물었지요. 하지만 그 역시 뾰족한 수가 없었습니다. 혹시 우편으로 빨간 머리 연맹에 대한 소식이 올지 모르니까 우선 기다려보자는 말도 했지요. 하지만 그렇게 포기할 수는 없었습니다. 그렇게 좋은 일자리를 잃고 가만히 있을 수는 없었으니까요. 평소 선생이 어려움을 겪는 사람들에게 좋은 충고를 해주신다는 이야기를 많이 들었기 때문에 저의 답답함을 해결하기 위해 이곳으로 달려온 겁니다."

"정말 잘하신 일입니다."

홈즈는 웃으면서 말했다.

"매우 기이한 사건이기 때문에 조사하는 일 역시 아주 재미있을 것 같습니다. 그런데 윌슨 씨가 말씀하신 내용을 꼼꼼히 검토해 보면 이 일은 처음 생각했던 것과는 달리 아주 중대한 사건 같습니다."

"정말 중요하지요! 저는 갑자기 1주일에 4파운드라는 수입이 없어졌습니다."

"윌슨 씨, 당신은 연맹이 사라져버린 것에 대해 불평하실 이유가 전혀 없는 것 같습니다. 오히려 지금까지 30파운드 가량을 벌지 않았습니까? 백과사전 A 항목에 나오는 주제에 대해 깊이 있는 지식을 얻기도 했고요."

"그렇긴 합니다. 하지만 저는 그게 무슨 일을 하는 단체인지 정확하게 알고 싶습니다. 그들은 도대체 어떤 사람들이기에, 그리고 무슨 목적이 있어서 저에게 이런 장난을 쳤을까요? 정말 이 일이 장난이라면 그쪽에서는 꽤 돈이 많이 드는 장난입니다. 그동안 저에게 32파운드라는 거금을 썼으니까요."

"그 질문에 대해서는 속 시원히 밝혀낼 수 있을 겁니다. 이제 제가 윌슨 씨에게 몇 가지 질문을 하도록 하죠. 처음에 가게 점원이 그 광고를 가지고 왔다고 말씀하셨죠? 그 일은 점원이 가게에 들어오고 얼마나 됐을 때였나요?"

"약 한 달 정도 됐을 겁니다."

"가게 점원은 어떻게 구하셨습니까?"

"신문에 구인 광고를 냈지요."

"지원자는 몇 명이었습니까? 그 사람 혼자였나요?"

"아니오. 지원자는 10명이 넘게 왔습니다."

"그를 뽑은 특별한 이유가 있나요?"

"스폴딩은 매우 친절한 성격입니다. 게다가 돈을 적게 줘도 일하겠다고 했고요."

"보통 월급의 반으로요. 그렇지요?"

"네, 그렇습니다."

"빈센트 스폴딩의 외모는 어떻습니까?"

"키는 좀 작은 편이고 뚱뚱합니다. 하지만 행동은 매우 민첩하지요. 얼굴에 수염은 별로 나지 않았지만 나이는 서른이 넘었습니다. 특징이라면 이마 부분에 하얗게 산(酸)이 튄 자국이 있다는 것 정도고요."

홈즈는 이 말을 듣고 흥분한 얼굴로 허리를 폈다.

"오, 역시 그렇군요. 혹시 그 사람, 귀를 뚫은 자국이 있던가요?"

"네, 있습니다. 어렸을 때 어느 집시가 귀고리를 해준다고 해서 뚫었다고 하더군요."

"아, 그렇군요."

홈즈는 잠시 깊은 생각에 잠겨 의자에 몸을 기댔다.

"그럼 아직도 윌슨 씨의 가게에서 일하고 있는 건가요? 가게를 비울 때 일은 제대로 하고 있나요?"

"일은 정말 잘합니다. 사실 오전에는 할 일이 별로 없기도 하고요."

"좋습니다. 아마 하루 이틀 정도면 윌슨 씨가 의뢰한 일을 마무리지을 수 있겠네요. 오늘이 토요일이니까 다음 주 월요일까지는 모든 사건이 정리될 겁니다."

빨간 머리 손님은 아쉬운 듯한 표정으로 집으로 돌아갔다.

"왓슨, 자네는 이 일에 대해 어떻게 생각하나?"

홈즈가 나에게 물었다.

"글쎄, 난 잘 모르겠네. 정말 이해가 안 가는 사건이군."

나는 솔직하게 대답했다.

"일반적으로 기괴한 일일수록 사건의 본질을 이해하는 것은 쉽지. 사실 제일 해결하기 어려운 것이 아무 특징이 없는 흔한 범죄거든. 평범한 사람의 얼굴이 잘 기억나지 않는 것과 같은 논리지. 일단, 이번 일은 좀 서둘러야겠군."

"그럼 어떤 계획이 있는 건가?"

"우선 담배를 피워야겠군. 이 사건은 담배 세 대 정도로 해결할 수 있는 문제라네. 미안하지만 앞으로 50분 동안은 나한테 아무런 말도 하지 말아주게."

홈즈는 의자에 앉아서 무릎이 코에 닿도록 끌어올리고 몸을 웅크린 뒤 눈을 감았다. 입에 물고 있는 검은 도자기 파이프와 그를 함께 보니 형상이 이상한 새의 부리처럼 보이기도 했다. 그의 잠들어 있는 듯한 모습을 바라보다가 나 역시 졸기 시작했다. 시간이 얼마나 지났을까, 갑자기 홈즈가 단호한 표정으로 자리를 박차고 일어섰다. 그리고 벽난로 선반 위에 파이프를 올려놓았다.

"오늘 오후 사라사테 가 세인트 제임스 홀에서 연주회가 있다네. 왓슨, 관심이 생기지 않나? 오늘 자네 환자들이 많지 않다면 함께 가고 싶네만."

"난 오늘 할 일이 아무것도 없다네. 환자 진료는 별로 재미없고."

"그렇다면 같이 나가자고. 먼저 구시가에 가는 게 좋겠군. 점심은 도중에 먹기로 하세. 내가 미리 프로그램을 좀 봤는데, 오늘은 독일

음악이 많이 연주된다네. 난 이탈리아나 프랑스 음악보다는 독일 음악을 더 좋아한다네. 독일 음악은 스스로를 돌아본다는 느낌을 강하게 주거든. 지금 내가 원하는 게 바로 그것이고. 자, 앞장서게나!"

우리는 지하철을 타고 앨더스게이트로 갔다. 지하철에서 내린 뒤에는 조금 걸어서 아침에 들었던 이상한 이야기의 무대인 삭스 코버그 광장으로 갔다. 그곳은 작고 초라하지만 다소 허세를 부린다는 느낌이 드는 곳이었다. 우리가 도착한 곳은 울타리를 두르고 있는 작은 공유지를 허름한 2층짜리 벽돌집들이 둘러싸고 있었다. 공유지 안에는 마구 자란 잡초와 시들어버린 월계수 덤불이 힘든 싸움을 하고 있는 듯했다.

모퉁이의 한 집에 도착했을 때, 갈색 바탕에 흰색 글씨로 <자베즈 윌슨>이라고 쓰여진 간판이 보였다. 아침에 우리가 만났던 빨간 머리 의뢰인의 영업 장소였다. 홈즈는 그 앞에 서서 빛나고 있는 두 눈을 가늘게 뜬 채 사방을 살펴보고 있었다. 그리고 좌우의 집들을 날카롭게 관찰하면서 주변길을 천천히 왔다 갔다 했다. 그러다가 다시 전당포 앞으로 가서 지팡이로 길바닥을 힘껏 두 번 치고 전당포 문을 두드렸다. 매끈한 얼굴에 영리해 보이는 점원이 나왔고 우리에게 들어오라는 말을 했다.

"죄송합니다만, 여기서 스트랜드 가로 가려면 어떻게 가면 됩니까?"
홈즈가 그 점원에게 물었다.

"오른쪽으로 세 블록을 간 뒤 왼쪽으로 네 블록을 가면 됩니다."
점원은 재빨리 대답한 뒤, 우리가 고맙다는 말을 하기도 전에 문을 닫았다.

"저 친구는 꽤 머리가 좋지."

함께 걸으면서 홈즈가 말했다.

"내 생각에는 말이야, 저 친구는 머리로는 런던에서 네 번째, 배짱으로는 세 번째라고 생각하지. 난 저 친구에 대해서 알고 있는 게 좀 있지."

"흠, 윌슨 씨네 전당포의 점원은 빨간 머리 연맹 사건에서 중요한 역할을 차지하고 있지? 그래서 자네는 그의 얼굴을 보기 위해 전당포 문을 두드린 것이고."

"난 그의 얼굴을 보려고 한 게 아니라네."

"그럼 왜 그를 보러 간 건가?"

"난 그 점원 바지의 무릎 부분을 보고 싶었다네."

"어떻던가?"

"내가 예상했던 대로야."

"그럼 아까 길바닥을 두드린 이유는 무엇인가?"

"왓슨, 지금은 말보다 관찰이 더 중요하다네. 비유하자면 우리는 적의 진영에 들어온 스파이라고 할 수 있지. 삭스 코버그 광장에 대해서는 원하는 것을 모두 얻었다네. 이제는 그 뒤와 주변에 뭐가 있는지 자세히 살펴보자고."

우리가 삭스 코버그의 모퉁이를 돌자 마치 그림의 앞뒷면처럼 완전히 달라 보이는 거리가 나타났다. 우리 앞에 펼쳐진 화려한 거리는 구시가의 북쪽과 서쪽을 연결하는 교통의 요지였다. 도로는 오가는 마차들로, 보도는 사람들로 가득 차 있었다. 끝없이 이어진 화려한 상점과 위세가 당당해 보이는 사무용 건물들이 방금 전에 목격한 허

름하고 정체된 지역과 등을 맞대고 있다는 것은 믿기지 않을 정도로 놀라웠다.

"자, 이제 그럼 볼까?"

홈즈는 길가에 선 채로 건물들을 살펴보며 말했다.

"나는 이쪽에 있는 건물들을 순서대로 기억해야 한다네. 런던에 관한 정확한 지식을 쌓는 것이 내 취미이자 특기니까. 모티머 상점, 담뱃가게와 신문을 파는 가게, 시티 앤 서버번 은행 코버그 지점, 채식주의자 식당, 마차역, 아 이름이 맥팔레인이군. 그리고 다음 구역으로 이어지는군. 왓슨, 이제 해야 할 일은 다 끝났다네. 이제 휴식 시간을 좀 가지는 게 좋을 것 같아. 샌드위치에 커피 한 잔을 마신 뒤 섬세하고 감미로운 바이올린의 세상으로 떠나자고. 빨간 머리 사람들이 괴상한 수수께끼로 우리를 괴롭히지 않도록 말이야."

모르는 사람이 많았지만 홈즈는 매우 열정적인 음악가였다. 그는 뛰어난 연주자이며 그에 못지않은 훌륭한 작곡가이기도 했다. 그는 오후 내내 무대 앞좌석에서 행복에 젖은 표정으로 음악에 맞추어 그의 길고 가는 손가락을 움직였다. 얼굴에는 부드러운 미소가 번졌고 두 눈은 꿈을 꾸는 것처럼 여유로워 보였다. 사냥개 홈즈, 비상한 두뇌를 가진 무자비한 사립 탐정이라고 불리는 홈즈의 모습은 어디에서도 찾을 수 없었다.

이렇게 홈즈에게는 서로 다른 특이한 두 가지 성격이 각각 다른 때에 나타나곤 했다. 한 치의 오차도 없는 정확함과 치밀함을 추구하는 모습은 지금처럼 시적이고 예술적인 정서에 대한 반작용으로 보이기도 했다. 그는 무기력한 상태에서 정력이 용솟음치는 극과 극인 상태를 중간 과정 없이 건너뛰곤 했다. 사실 그가 가장 진지해 보일 때는 안락의자에 앉아서 며칠이고 음악과 책에 파묻혀 있을 때였다. 그런 시간을 보낸 뒤에는 언제나 범죄 수사에 대한 열정이 한없이 치솟았고, 눈부신 추리 능력이 직관이라고 할 정도의 수준까지 높게 상승하기 때문이다. 이렇게 독특한 그의 방식에 대해 알지 못하는 사람들은 그의 능력을 의심하는 경우도 적지 않았다. 그날 오후 세인트 제임스 홀에서 음악에 빠져 있는 그의 모습을 보았을 때, 나는 그의 목표가 된 자들이 홈즈의 칼날을 받으리라는 것을 예상할 수 있었다.

"이제 자네는 돌아갈 시간이 되었군."

연주회가 끝나고 나오는 길에 홈즈가 물었다.

"그렇다네, 나는 집으로 돌아가는 게 좋을 것 같아."

"나는 할 일이 있지. 아마 몇 시간은 걸릴 거야. 사실 빨간 머리 연맹 사건은 보통 일이 아니야."

"그렇게 심각한가?"

"엄청난 음모가 숨겨져 있지. 내가 막아야 할 때가 된 거지. 그런데 하필 오늘이 토요일이라서 문제가 쉽지 않을 것 같네. 오늘 밤 자네가 좀 도와주었으면 좋겠는데."

"그럼 몇 시에 갈까? 자네 집으로 가면 되는가?"

"10시면 충분할 거야."

"그럼 10시까지 베이커 가로 가겠네."

"고맙네. 일이 위험하게 될지도 모르니까 자네 군용 권총을 가지고 오는 게 좋겠군."

홈즈는 내게 손을 흔들고 돌아서서 사람들 속으로 사라졌다.

평소 나는 다른 사람들에 비해 둔하다고 생각하지 않는다. 하지만 홈즈와 가까이 지내면서 나의 우둔함에 대해 다시 생각해 보지 않을 수 없었다. 오늘 역시 마찬가지였다. 나는 아침부터 그와 함께 똑같은 것을 보고 들었지만 모든 일이 이상하고 이해하기 어려운 나와는 달리, 그는 지난 일뿐만 아니라 앞으로의 일까지 명확하게 알고 있는 게 틀림없었다.

나는 마차를 타고 켄싱턴으로 돌아가면서 빨간 머리 남자가 들려준 괴이한 이야기, 삭스 코버그 광장과 전당포의 방문, 헤어지기 전에 홈즈가 들려준 말 등을 다시 한 번 생각해 보았다. 오늘 밤에 해야 할 일은 무엇이고 나에게 군용 권총을 가지고 오라고 한 이유는 무엇일까? 도대체 어디 가서 무엇을 하려는 것일까? 매끈한 얼굴의 전당포 점원이 쉽지 않은 상대라고 말한 뜻은 무엇일까? 빨간 머리 연맹 사건 뒤에 무엇이 있는지 나는 생각해 보기 위해 한참을 노력했지만 결국 포기한 채 그와 만날 시간이 되기를 기다리고 있었다.

집을 나온 시간은 9시 15분이었다. 나는 하이드파크와 옥스퍼드 가를 거쳐 베이커 가로 걸어갔다. 그의 집 앞에는 이륜마차 두 대가 서 있었다. 집 안에 들어서자 위층에서 분주한 말소리가 들렸다. 방에 들어가 보니 홈즈는 다른 두 명과 함께 진지해 보이는 대화를 나누고 있었다. 그 중 한 사람은 나도 구면인 피터 존스 형사였다. 다른 한 사람은 키가 크고 무척 마른 데다 약간 슬퍼 보이는 얼굴을 한 남자였다. 그는 반짝거리는 새 모자와 지나치게 점잖은 스타일의 프록코트를 입고 있었다.

"이제 오늘의 멤버가 모두 모였군."

홈즈는 이렇게 말하고 두꺼운 모직 상의의 단추를 채운 뒤 선반에서 사냥용 채찍을 내렸다.

"왓슨, 런던 경찰청의 존스 씨와는 알고 있지? 이쪽에 계신 분은 오늘 밤 모험에 함께 하실 메리웨더 씨야."

"왓슨 박사님, 다시 한 조가 되어 일을 함께 하게 됐군요."

존스는 과시하는 듯한 태도로 나에게 말했다.

"우리의 친구 홈즈 선생은 노련한 사냥꾼이지요. 선생께서는 오늘 늙은 사냥개와 함께 범인을 추적하게 될 것입니다."

"막상 가보니 토끼 한 마리는 아니길 바랍니다."

메리웨더 씨가 우울한 표정으로 말했다.

"그 점이라면 안심하십시오."

형사는 오만한 말투로 말했다.

"홈즈 선생은 개성이 넘치는 추리능력을 가지고 있습니다. 좀 실례가 되겠지만, 홈즈 선생에게는 과도하게 논리적이고 환상적인 부분도 좀 있어요. 하지만 자질이 뛰어난 탐정이십니다. 아그라 보물이 얽힌 숄토 피살 사건에서는 경찰을 한두 번 능가한 적도 있습니다."

"아, 그렇습니까? 그렇다면 다행이지요."

낯선 사내의 목소리에 갑자기 존경하는 빛이 어렸다.

"솔직히 오늘 밤에 카드놀이를 하지 못하는 게 몹시 아쉽군요. 토요일 밤인데 카드놀이를 못 하는 것은 27년 만에 처음 있는 일이라서 더욱 그렇소."

홈즈가 낯선 사내에게 말했다.

"메리웨더 씨, 오늘 밤에는 그 어떤 내기나 도박보다 흥미진진한

일이 벌어질 겁니다. 메리웨더 씨에게 돌아갈 판돈은 3만 파운드 정도인 데다가 존스 형사는 그토록 잡고 싶어하던 범인을 체포하게 될 테니까요."

"존 클레이는 살인, 절도, 화폐 위조까지 한 중죄인입니다. 그는 젊은 나이지만 범죄 세계에서는 거물이기도 합니다. 그자를 체포하는 것이 제 경찰 인생의 꿈입니다. 존 클레이는 아주 특이한 이력의 소유자이기도 하지요. 할아버지는 왕족의 혈통을 이어받은 공작이고, 클레이도 명문 이튼 학교에 옥스퍼드 대학교를 졸업한 수재이기도 합니다. 그자는 행동만큼이나 두뇌 회전도 매우 빠르답니다. 경찰은 그자가 남겨놓은 흔적과 마주친 일이 한두 번이 아니지만 번번이 놓칠 수밖에 없었습니다. 그자는 항상 동에 번쩍 서에 번쩍 합니다. 이번 주에는 스코틀랜드에 가서 금고를 털고, 다음 주에는 콘월에서 고아를 위한 기금을 모으고 있지요. 저는 몇 년간 그자의 뒤를 열심히 쫓았지만 부끄럽게도 아직 얼굴조차 보지 못했어요."

"걱정 마십시오. 오늘 밤 존스 씨에게 그자를 소개할 테니까요. 저 역시 존 클레이가 관련된 사건을 한두 번 접했습니다. 그가 거물이라는 말에는 저 역시 동의합니다. 벌써 10시가 지났습니다. 출발 시간이 다 됐으니 나가시죠. 두 분이 앞의 이륜마차에 타십시오. 왓슨과 나는 뒤에 있는 마차를 타고 따라가죠."

마차를 타고 가면서 우리는 별로 말을 하지 않았다. 그는 좌석에 몸을 편안하게 기대고 오후에 들었던 곡조를 작게 흥얼거리고 있었다. 마차는 가스등이 켜진 복잡한 거리를 지나 드디어 패링턴 가에 들어섰다.

"이제 거의 다 온 것 같군."

65

The Red-Headed League

홈즈가 말했다.

"메리웨더 씨는 은행장인데 공적으로도 사적으로도 이 사건에 깊은 관심을 갖고 있지. 존스도 데려오는 건 내 아이디어였지. 존스는 사람은 나쁘지 않지만 일은 정말 못 한다네. 하지만 사냥개처럼 용감하고 가재처럼 끈질기다는 장점을 가지고 있어. 한 번 물면 절대로 놔주지 않을 테니 오늘 일에 도움이 될 거야. 자, 내리게나. 저기 두 사람이 이미 우리를 기다리고 있지 않은가."

우리가 내린 곳은 어제 오전에 왔던 거리였다. 마차를 보내고 메리웨더 씨의 안내에 따라 좁은 골목을 내려가 어떤 건물의 옆문으로 들어갔다. 작은 복도를 지나고 엄청나게 큰 철문 앞에 도착했다. 메리웨더 씨가 문을 열어주었고, 다시 나선형의 돌계단을 내려가니 또 다른 큰 철문이 나왔다. 메리웨더 씨는 잠시 걸음을 멈추고 등에 불을 켰다. 흙냄새가 가득한 어둠 가득한 통로를 내려가자 세 번째 철문이 나왔다. 문을 열고 들어가니 넓은 지하실이 있었고, 지하실 사방에는 큰 나무 상자가 곳곳에 쌓여 있었다.

"이곳을 위에서 침입하는 것은 어려울 것 같군요."

홈즈는 등을 들고 주변을 살피면서 말했다.

"위뿐만 아니라 밑에서도 힘들 겁니다."

메리웨더 씨는 지팡이로 포석이 깔려 있는 바닥을 세게 두드리더니 깜짝 놀라면서 말했다.

"아니, 소리가 울리는군요! 이런!"

"메리웨더 씨, 조용히 해주십시오."

홈즈가 무서운 목소리로 말했다.

"당신 때문에 오늘 밤의 수고가 허사로 돌아갈 수 있으니까요. 저 상자에 앉아서 우리가 하는 일을 지켜봐 주십시오."

점잖은 표정의 메리웨더 씨는 언짢은 얼굴을 하고 홈즈의 말대로 나무 상자 위에 앉았다. 홈즈는 바닥에 무릎을 꿇고 미리 준비해 온 등과 확대경을 들고 포석 사이의 균열을 꼼꼼하게 조사하고는 일어나서 확대경을 주머니에 넣었다.

"최소 한 시간은 기다려야겠군요. 놈들은 전당포 주인이 잠자리에 들기 전까지는 움직이지 않을 테니까요. 아마 그 다음에는 무척 서두를 겁니다. 일을 빨리 끝낼수록 도망갈 수 있는 시간이 길어질 테니까요. 왓슨, 자네도 이미 짐작하고 있겠지만 우리는 지금 런던 대형은행의 구시가 지점의 지하 금고에 있다네. 메리웨더 씨는 이 은행의 은행장이시지. 런던에서 손꼽히는 범죄자들이 왜 이 지하실에 깊은 관심을 갖고 있는지에 대해서는 은행장님이 설명해 주실 거야."

"그 이유는 바로 프랑스 금괴 때문이라오."

은행장이 작은 목소리로 속삭였다.

"이 금괴를 탈취하려는 시도가 있을 거라는 경고는 여기저기에서 몇 차례 받았소."

"여기에 프랑스 금괴가 있다고요?"

"그렇소. 몇 달 전 우리 은행은 지불 준비 능력을 강화하기 위해 프랑스 은행에서 3만 나폴레옹(1나폴레옹은 옛 프랑스의 20프랑 금화)을 빌렸소. 그런데 금괴의 포장을 뜯기도 전에 은행의 지하 금고에 금괴가 있다는 소문이 퍼진 거요. 여기 내가 앉아 있는 나무 상자 속에는 2천 나폴레옹의 금이 얇은 납판 사이에 차곡차곡 들어 있소. 평소 한

The Red-Headed League

지점에서 보유하는 것보다 훨씬 많은 양의 금괴가 보관되어 있기 때문에 우리 은행의 임원들은 매우 불안해하고 있다오."

"충분히 그럴 만하지요."

홈즈가 은행장을 거들었다.

"이제 계획을 세울 때가 됐습니다. 제 생각에는 한 시간 안이면 끝날 것 같군요. 메리웨더 씨, 그 침침한 등불에 덮개를 씌워주세요."

"그럼 어둠 속에서 이대로 있어야 합니까?"

"안타깝지만 그렇습니다. 사실 저는 카드를 한 벌 주머니에 넣어왔지요. 넷이서 카드놀이를 하면 메리웨더 씨도 섭섭하지 않을 거라고 생각해서요. 그런데 지금 범인들의 준비 상태를 보니 불을 켜놓고 있는 건 매우 위험할 것 같군요. 이제 각자의 위치를 선택해 주세요. 놈들은 대담하고 무서운 자들입니다. 우리가 선제공격을 하겠지만 조심하지 않으면 놈들이 어떤 폭력을 쓸지도 모릅니다. 저는 이 나무 상자 뒤에 있겠습니다. 여러분도 안전해 보이는 상자 뒤에 숨으십시오. 잠시 뒤 제가 놈들에게 불을 비추면 재빨리 달려들어야 합니다. 왓슨, 저쪽에서 만약 총을 쏜다면 자네도 놈들을 쏘게나."

나는 권총을 나무 상자 위에 올려놓고 공이치기(방아쇠를 당기면 용수철이 늘어나 공이를 쳐서 뇌관을 폭발하게 하는 부분)를 잡아당겼다. 홈즈는 주위를 마지막으로 확인한 뒤 등에 덮개를 씌웠고, 지하실 안에는 어둠만이 있었다. 이전에 경험한 적이 없는 절대적인 암흑이었다. 강렬한 금속 냄새는 등불의 존재를 인식하게 해주었고, 때가 되면 금세 어둠을 밝힐 것이라는 것을 알게 했다. 나는 긴장한 나머지 온몸의 신경이 날카롭게 곤두섰다. 지하실 안의 축축한 냉기와 암흑에는

무언가 짓누르고 있는 듯한 분위기가 흐르고 있었다.

"놈들에게 출구는 오직 하나밖에 없습니다."

홈즈가 조심스럽게 속삭였다.

"은행 뒤에 있는 집을 통해 삭스 코버그 광장으로 나가는 길입니다. 존스, 아까 내가 부탁한 대로 모든 조치를 마련해 놓았나요?"

"네, 전당포 앞에 경사 하나와 경찰관 두 명을 잠복시켜 놓았습니다."

"그렇다면 길목은 완전히 봉쇄되었군요. 자, 이제부터는 조용히 기다립시다."

그때처럼 시간이 더디게 간 적이 있었을까. 나중에 우리가 기다린 시간이 겨우 1시간 15분이라는 사실을 알고 놀랄 정도였다. 하지만 나는 그 시간이 밤이 가고 새벽이 왔을 시간이라고 생각할 정도로 길게 느껴졌다. 감히 자세를 바꿀 엄두도 내지 못했고, 그 탓에 팔다리가 저리고 뻣뻣해졌다. 하지만 극도로 긴장해 있었기 때문에 청각 능력은 매우 예민해졌다. 존스 형사의 거칠고 깊은 숨소리, 은행장이 나지막하게 한숨 쉬는 소리를 구분할 수 있을 정도였다. 내가 있던 위치에서는 나무 상자 너머로 바닥이 내려다보였는데, 갑자기 그곳에서 작은 불꽃이 보였다.

처음에는 돌바닥 위에 나타난 작고 붉은 불씨였다. 불씨는 점점 길어졌고 한 줄기의 노란 불빛이 되었다. 그리고 갑자기 아무 소리 없이 바닥이 갈라지고 손 하나가 튀어나왔다. 여자 손처럼 하얀 손은 불빛 한가운데서 무언가를 찾는 듯이 사방을 더듬다가 다시 땅속으로 사라졌다. 손이 땅속으로 사라지면서 다시 주변은 어두워졌고 희미한 빛줄기만 남아 있었다. 그것은 포석 사이에 틈이 있다는 걸 알려주는 표시이기도 했다. 어둠은 오래가지 않았다. 덜컹 하는 소리와 함께 희고 넓은 포석이 거꾸로 뒤집혔고 네모난 구멍이 입을 벌린 것이다. 그리고 그곳에서 환한 불빛이 쏟아져 나왔다. 소년처럼 피부가 매끈한 얼굴 하나가 구멍에서 올라왔고, 날카로운 눈으로 사방을 살폈다. 그런 뒤, 구멍에서 손을 빼고 다음으로 어깨와 허리를 빼낸 뒤, 가장자리에 한쪽 무릎을 짚고 재빨리 몸을 올렸다. 자신이 모두 올라온 뒤 다시 작고 마른 동료를 구멍 속에서 끌어올렸다. 뒤에 올라온 동료는 창백한 얼굴에 유난히 머리카락이 붉은 남자였다.

"이제 다 됐군."

처음 나온 남자가 작게 속삭였다.

"끌하고 가방은 갖고 왔지? 뭐라고! 아치! 빨리 가져와!"

바로 그때 홈즈가 뛰어나와 침입자의 목덜미를 움켜잡았다. 두 번째로 올라온 녀석은 재빨리 다시 구멍 속으로 뛰어들었지만 존스가 그의 옷자락을 잡아당겨서 옷이 찢어졌다. 권총에서 불빛이 나온 것이 보였으나 홈즈의 수렵용 채찍이 총을 든 손목을 내리쳤고 권총은 힘없이 바닥으로 떨어졌다.

"존 클레이, 이제 소용없어. 다 끝났다."

홈즈는 침착한 목소리로 말했다.

"아, 그런 것 같군. 내가 실패를 하다니."

클레이는 냉정한 목소리로 대답했다.

"하지만 내 동료는 무사히 도망갈걸. 옷자락이 좀 찢어졌지만."

"안타깝겠군. 이미 전당포 문 앞에서 경찰 세 사람이 지키고 있거든."

"이런, 만반의 준비를 해놓다니. 네놈을 칭찬하지 않을 수 없군."

"그건 나도 마찬가지라네. 세상에, 빨간 머리 연맹이라니. 정말 기발하고 그럴 듯한 아이디어였어."

"네 동료는 곧 다시 만나게 될 거다."

존스가 클레이에게 말했다.

"정말 빨리 도망치더군. 굴 속에서 붙잡는 데는 실패했지만 밖에는 경찰이 있으니 조금만 기다리면 동료를 만날 수 있을 거야."

"그 더러운 손이 내 몸에 닿지 않길 바라네."

우리가 잡은 포로는 자신의 손목에 수갑이 채워지는 동안 말했다.

"잘 모르고 있는 것 같은데, 내 몸엔 왕족의 피가 흐르고 있다. 나한테 말할 때는 예의에 어긋나지 않도록 경어를 쓰도록 해."

"원하는 대로."

존스는 클레이를 쳐다보면서 큰 소리로 웃었다.

"전하, 이제 전하를 마차로 경찰서까지 모시겠으니 위층으로 올라가 주시겠습니까?"

"아까보다는 공손하군."

존 클레이는 침착하게 말한 뒤, 우리 셋에게 가벼운 목례를 했다. 그리고 형사에게 팔을 잡힌 채 천천히 걸음을 옮겨놓았다.

다시 들어온 길로 지하실을 나가면서 메리웨더 씨가 말했다.

"홈즈 선생, 우리 은행에서 선생에게 어떻게 사례하면 이 은혜를 갚을 수 있을까요? 정말 감사합니다. 하마터면 은행 금고가 털릴 뻔했는데 홈즈 선생께서 이렇게 미리 놀라운 솜씨로 막아주시다니!"

"저는 존 클레이에게 받아야 할 빚이 있으니 그가 잡힌 것으로 충분합니다."

홈즈가 말했다.

"하지만 이번 일에는 약간의 비용이 들었으니 은행 측에서 그것을 보상해 주시면 좋겠군요. 이번 사건에서 흔치 않은 경험을 했고, 빨간 머리 연맹이라는 상상도 하기 어려운 이야기를 들었으니 보상은 그것으로 충분합니다."

우리는 베이커 가로 돌아와 위스키를 마셨다. 홈즈는 나에게 사건의 경위를 상세하게 설명해 주었다.

"왓슨, 빨간 머리 연맹에 관한 광고부터 백과사전 필사 같은 말도 안 되는 이야기의 목적은 전당포 주인을 매일 몇 시간씩 집 밖으로 끌어내기 위한 것이었지. 이건 매우 분명했어. 방식이 기발하기는 했지만 말이야. 이런 아이디어를 생각해낸 것은 아마 클레이였을 거야. 동료와 전당포 주인의 머리 색깔을 보고 이런 생각을 했겠지. 1주일에 4파운드라는 적지 않은 돈은 주인을 끌어내기에는 충분하지. 수천 파운드를 훔칠 계획을 세우고 있는 자들에게 그 정도는 대수가 아니었을 테니까.

신문광고를 낸 다음 한 녀석은 임시 사무실을 얻고, 다른 한 녀석은 전당포 주인이 광고를 보고 응모하도록 부추긴 것이지. 이렇게 이 일당은 매일 몇 시간씩 주인을 집 밖으로 내보내고 자신들의 목적을 달성할 수 있었던 게야. 점원이 급료의 절반을 받고 일하기로 했다는 말을 듣고 그자가 집안을 장악하려고 하는 것 같다는 의심을 갖게 된 거지."

"하지만 그러한 사실들을 어떻게 그런 방향으로 추리해낼 수 있었는가?"

"집안에 여자가 있었다면 아마 불륜이라고 생각했을 거야. 하지만 집안에는 그럴 만한 여자가 없었어. 전당포 자체도 영세하고 집에 값 나가는 물건도 없었지. 그들이 적지 않은 비용을 써서 그렇게 준비하는 것은 집 밖에 있는 무언가였어. 난 점원이 사진을 좋아해서 시간만 나면 지하실로 사라진다는 얘기를 듣고 뭔가 있다는 걸 알았지. 지하실은 뭔가 수상한 구석이 있지 않은가. 거기에 집중하자 수수께끼가 하나씩 풀리더군. 일단 그 이상한 점원에 대해 조사해 봤고, 그가 런던에서 가장 뛰어나고 무서운 범죄자라는 것을 알았지. 그자는 지하실에서 분명히 뭔가를 하고 있었어. 몇 달 동안 쉬지 않고 하루 몇 시간씩 할 수 있는 일 말이야. 떠오르는 건 오직 하나뿐이었어. 다른 건물로 가기 위해 굴을 파고 있다는 것이지.

자네와 함께 현장답사를 나갔을 때 그런 생각을 계속 하고 있었지. 내가 길바닥을 지팡이로 두들겼을 때 자네가 놀랐던 거 기억하는가? 그때 나는 굴이 어느 방향으로 났는지 확인해 보고 있었다네. 그 뒤 전당포의 초인종을 누르자 점원이 나왔지. 나는 사건 상에서 그와 몇 번 부딪치긴 했지만 직접 대면한 적은 없었기 때문에 얼굴을 잘 알지 못했어. 내가 보고 싶었던 것은 얼굴이 아니라 무릎이기도 했고. 그자의 바지 무릎이 얼마나 지저분하고 너덜거렸는지 자네가 직접 보지 못한 게 아쉽군. 그 무릎의 흔적은 그자가 굴을 파고 있다는 사실을 알려주는 결정적인 증거이기도 했지.

유일한 의문점은 어디를 향해 굴을 파고 있는가였다네. 나는 그 뒤쪽 거리로 돌아갔다가 시티 앤 서버번 은행이 전당포와 등을 맞대고 있는 사실을 알았네. 굴의 목적지를 알게 된 것이지. 어제 연주회가 끝나고 자네가 집에 돌아간 뒤 나는 런던 경찰청과 은행장을 찾아가서 그 상황을 설명했다네. 그 결과는 어제 자네가 함께 경험한 그대로고."

"그런데 그자들이 오늘 밤에 일을 할 거라는 건 어떻게 알 수 있었나?"

"그들이 빨간 머리 연맹 사무실을 오늘 폐쇄했기 때문이지. 그것은 자베즈 윌슨 씨를 집 밖으로 내보낼 필요가 없어졌다는 표시이기도 했으니까. 즉, 굴 파기가 끝났다는 뜻이지. 아무리 지하에 팠다고 하더라도 굴이 발각될 수도 있고 금괴가 다른 곳으로 옮겨질 수도 있어. 그래서 그들은 서둘러야 했다네. 그리고 그들에게는 토요일이 가장 적당했겠지. 도망갈 시간을 이틀이나 벌게 되는 거니까. 이 모든 걸 생각하면 그들이 오늘 밤에 자신들의 계획을 결행할 거라는 사실은 당연했고."

"정말 자네답게 완벽하군. 정말 놀라워!"

나는 감탄하며 말했다.

"논리의 사슬을 꿰는 것은 길어 보이지만, 연결 고리 하나하나는 사실로 연결된다네. 이 사건 덕분에 나는 잠깐이나마 권태를 잊을 수 있었지."

홈즈는 하품을 하면서 대답했다.

"벌써 다시 권태가 몰려오는 듯하군. 내 생활은 진부한 일상을 벗어나기 위한 지치지 않는 몸부림이야. 그래서 <빨간 머리 연맹> 사건처럼 작지만 신기한 문제들이 나한테는 큰 즐거움이 되지."

"자네는 많은 사람들에게 큰 은인이야. 이 사건만 해도 은행을 하나 구했지 않은가."

홈즈는 어깨를 으쓱하면서 말했다.

"글쎄, 약간 도움이 되긴 했을 거야. '사람은 아무것도 아니다. 업적이 전부다.' 라는 말도 있으니까. 이 말은 구스타프 플로베르가 조르주 상드에게 쓴 편지의 한 구절이라네."

얼룩 끈의 비밀

The Adventure of the Speckled Band

나는 지난 8년 동안 홈즈의 범죄 조사 방법에 대해 연구해 왔다. 그 동안 내가 기록한 사건들을 들춰보면 비극적인 사건과 희극적인 사건, 그리고 기묘한 사건이 대부분이었다. 신기하게도 오히려 평범한 사건은 전혀 없었다. 그 이유는 홈즈가 부를 얻기 위해서가 아니라 범죄를 수사하는 자신의 독특한 방법에 대한 애정 때문에 일했던 결과이다. 그래서 독특한 사건이 아니면 아예 손조차 대려 하지 않았다. 이 모든 사건들 가운데 그 유명한 스토크 모런의 로일롯 가문과 관련된 사건보다 더 기이한 것은 지금까지도 생각할 수 없다.

그 사건은 내가 홈즈와 사귀게 되었던 초기, 베이커 가에서 함께 하숙을 하던 시절에 일어났다. 당시 사건에 대한 비밀을 지키겠다는 약속을 하지 않았다면 이 사건은 이미 공개했을 것이다. 그런데 지난달 우리에게 비밀에 대한 맹세를 받아낸 부인이 젊은 나이에 세상을 떠났기 때문에 나는 사건의 진상을 비로소 세상에 알릴 수 있게 되었다. 사실 진실을 밝히는 게 더 나았을 것이다. 왜냐하면 그림스비 로일롯 박사의 죽음에 관해 사실보다 더욱 지독한 소문이 떠돌고 있었으니 말이다.

1883년 4월 초의 어느 날, 아침에 침대에서 일어나보니 홈즈는 옷을 다 입고 내 침대 옆에 서 있었다. 그는 평소에 일찍 일어나는 일이 거의 없었기 때문에 난 더욱 놀랐다. 벽난로 장식 선반 위의 시계를 보니 이제 겨우 7시 15분이었다. 나는 졸린 눈을 깜빡거리며 그를 쳐다보았는데, 달콤한 아침잠을 깨운 홈즈에게 화가 나기도 했다. 나는

Sherlock Holmes

그와 달리 규칙적으로 생활하는 사람이었으니까.

"왓슨, 잠을 깨워서 미안하군. 하지만 오늘 아침 이 집 사람들은 모두 같은 일을 당했다네. 먼저 허드슨 부인이 깨고, 나는 허드슨 부인 때문에 깨고, 또 자네는 나 때문에 깨고 말이야."

"무슨 일이 있나? 설마 불이라도 난 건 아니겠지?"

"그건 아니라네. 의뢰인이 갑자기 찾아왔어. 어떤 젊은 숙녀가 상당히 흥분한 채로 이른 아침부터 날 만나겠다고 왔다는군. 지금 그녀가 거실에서 기다리고 있네. 젊은 여자가 새벽같이 찾아와서 자는 사람들을 깨우는 건 매우 급한 사연이 있다고밖에 생각할 수가 없군. 대단히 흥미로운 사건일 것 같고. 그렇다면 자네가 처음부터 보고 싶어할 것 같아서 이렇게 깨운 거라네. 내가 실수한 건 아니겠지?"

"그런 이유라면 괜찮다네. 나 역시 놓치고 싶지 않거든."

사실 홈즈의 조사 활동을 지켜보는 것은 매우 짜릿한 쾌감을 주는 일이었다. 그는 빠른 직관으로 항상 논리적인 근거를 바탕에 깔고 신속하고 정확한 추리를 하면서 미궁에 빠진 사건을 간단히 해결했다. 그 과정을 보면 언제나 놀랍기 짝이 없었다. 나는 서둘러 옷을 챙겨 입고 몇 분 만에 홈즈를 따라 거실로 나갔다. 검은 드레스에 두꺼운 베일까지 쓴 숙녀가 창가에 앉아 있었고 우리가 들어서자 몸을 일으켰다.

"안녕하세요?"

홈즈는 경쾌한 목소리로 말했다.

"저는 셜록 홈즈이고 이 사람은 저의 절친한 친구이자 동료인 왓슨 박사입니다. 이 친구는 저의 동료이기 때문에 불편해하실 필요는 없습니다. 고맙게도 허드슨 부인이 난로에 불을 지펴 놓았군요. 추우실 텐데 이쪽 난로 가까이 앉으십시오. 제가 뜨거운 커피를 가져다 달라고 하겠습니다. 오, 떨고 있는 것을 보니 밖이 정말 추운가 보군요."

"제가 이렇게 떨고 있는 건 추워서가 아닙니다."

숙녀는 홈즈가 말한 대로 난로 앞으로 바꿔 앉으며 낮은 목소리로 말했다.

"그럼 그렇게 떨고 있는 이유는 뭔가요?"

"홈즈 선생님, 그건 너무나 무섭기 때문입니다. 공포 때문이에요."

숙녀는 이렇게 말하면서 조심스럽게 베일을 걷어 올렸다. 그녀는 정말 몹시 흥분한 상태였다. 회색빛 얼굴은 불안 때문에 일그러져 있었고, 두려움에 떨고 있는 눈은 맹수에게 쫓기는 짐승의 눈처럼 보였다. 용모는 삼십대 여인이었지만 머리칼은 벌써 희끗했고 얼굴은 몹시 초췌하고 수척했다. 홈즈는 특유의 모든 것을 꿰뚫어보는 시선으로 그녀를 가볍게 훑어보았다.

"자, 이제 두려워하실 필요 없습니다. 안심하십시오."

홈즈는 허리를 굽히고 숙녀의 팔을 토닥거리며 어르듯이 말했다.

"되도록 빨리 문제를 해결해 드리지요. 오늘 아침에 기차로 올 정도로 급한 일일 테니까요."

"혹시 저에 대해서 이미 알고 계시는 건가요?"

"그건 아닙니다. 하지만 왼손에 돌아갈 때 쓸 차표를 꼭 쥐고 있는 것 같군요. 그리고 아가씨는 오늘 아침 일찍 집을 나서서 기차역까지 가기 위해 말 한 필이 끄는 이륜마차를 타고 질퍽한 길을 한참 달리셨고요."

그녀는 깜짝 놀라면서 어쩔 줄 모르는 표정으로 홈즈를 바라보았다.

"아가씨, 놀라지 마십시오. 비밀스러운 방법이 있는 건 아니니까요."

홈즈는 웃으면서 말했다.

"왼쪽 소매에 일곱 군데 이상의 진흙이 튀었는데 자국이 아직 마르지 않았습니다. 게다가 말 한 필이 끄는 이륜마차만 그런 식으로 흙이 튀거든요. 그리고 마부 왼쪽에 앉으신 것도 알 수 있고요."

"네, 선생님이 말씀하신 내용은 모두 옳아요. 저는 6시도 안 돼서 집을 나섰고 20분 만에 레더헤드 역에 도착했습니다. 거기서 첫 기차를 타고 워털루 역에서 내렸지요. 저는 더 이상 이런 긴장 상태를 견딜 수가 없습니다. 이런 생활이 계속된다면 아마 저는 미쳐버리고 말 거예요. 안타깝게도 제게는 의지할 사람이 한 명도 없습니다. 절 아끼는 사람이 있지만, 그이는 제게 별로 도움이 되지 않는답니다. 홈즈 선생님, 저는 선생님 얘기를 듣고 찾아왔습니다. 혹시 파린토시 부인을 기억하시나요? 그분이 아주 곤란한 처지에 있을 때 선생님의 도움을 받은 적이 있다고 하더군요. 그 부인이 저에게 선생님 주소를 알려주었답니다. 선생님, 저도 도와주실 수 있지요? 저를 둘러싼 이 암흑을 조금이나마 밝혀주실 수만 있어도 충분해요. 지금 저한테는 선생님에게 보답할 능력이 없답니다. 하지만 한 달이나 6주 뒤에는 저도 결혼을 할 예정이고, 제 수입을 관리할 수 있게 될 거예요. 그때가 되면 선생님께 작게라도 은혜를 갚을 수 있을 겁니다."

홈즈는 책상 서랍에서 작은 파일을 꺼내서 살펴보았다.

"파린토시 부인, 여기 있군요. 이제 누군지 생각납니다. 오팔 보관(寶冠, 보석으로 꾸민 관)과 관련된 사건이었지요. 왓슨, 그 사건은 자네를 만나기 전의 일인 것 같군. 저는 파린토시 부인의 사건을 조사할 때와 똑같은 성의를 가지고 아가씨를 위해 기꺼이 일할 테니 걱정하지 마십시오. 일 자체가 저에게 보답이 되니까 걱정하지 않으셔도 된답니다. 하지만 제가 지출하게 될 비용을 보상해 주시겠다면 그건 형편대로 하셔도 괜찮습니다. 자, 이제 아가씨의 문제가 무엇인지 숨김없이 말씀해 주십시오."

"제가 처해 있는 상황에서 가장 끔찍한 부분은, 저의 두려움이 너무 막연하다는 것과 제가 가진 의혹이 너무도 사소한 문제라는 것입니다. 그래서 적지 않은 주변 사람 중에 제가 도움과 조언을 청할 수 있는 사람도 제 얘기를 소심한 여자의 상상력으로만 넘겨버릴 정도니까요. 그이 역시 제 앞에서 말은 하지 않지만 어린애 달래듯이 대답하는 걸 보면 충분히 알 수 있어요. 하지만 홈즈 선생님은 사람의 마음속에 감춰진 악을 꿰뚫어보는 분이라는 얘기를 들었습니다. 선생님은 제가 처한 이 위험한 상황을 어떻게 이겨내야 하는지 아실 거라고 믿습니다."

"저는 아가씨의 이야기를 귀담아 들을 테니 걱정하지 마십시오."

"소개가 늦었지만 저는 헬렌 스토너라고 합니다. 지금 계부와 같이 서레이 서부 접경 지역에서 살고 있습니다. 그분은 영국에서 가장 오래된 색슨 족 집안에 속하는 스토크 모런의 로일롯 가문의 마지막 후예이지요."

홈즈는 고개를 끄덕거렸다.

"그 이름은 저 역시 들어본 적이 있습니다."

"로일롯 가문은 한때는 영국에서 가장 부유한 집안이었습니다. 영지가 북쪽으로는 버크셔, 서쪽으로는 햄프셔까지 뻗어 있을 정도였으니까요. 하지만 지난 1백 년 동안 가문의 주인 넷을 거치면서 재산은

모두 잃었습니다. 그들은 모두 방탕하고 낭비벽이 심한 사람들이었거든요. 몰락하던 집안을 결정적으로 망친 사람은 도박에 빠졌던 섭정기(1811~1820)의 상속자였어요. 마지막에 남은 거라곤 몇 에이커의 땅과 2백년 된 집이 전부였고, 그나마 저당이 잡혀 있었답니다. 마지막 주인은 그곳에서 가난뱅이 귀족으로 아주 구차한 삶을 이어나갔습니다. 그분의 외동아들이 바로 저의 계부예요. 그분은 새로운 상황에 적응해야 한다는 사실을 깨닫고 친척에게 돈을 빌려서 의대를 졸업했습니다. 의사 면허를 딴 뒤 인도의 캘커타로 가서, 뛰어난 의술과 사람들을 휘어잡는 성격 덕분에 의사로 성공을 거두었어요. 그런데 집에서 도난 사건이 몇 번 생겼습니다. 몹시 화가 난 그는 감정을 다스리지 못하고 현지인 집사를 때려죽였지요. 간신히 사형은 면했지만 장기간 복역해야 했고, 실의에 빠져서 영국으로 돌아왔습니다.

　로일롯 박사가 제 어머니랑 결혼한 건 인도에 있을 때였습니다. 어머니는 그 전에 벵골 포병 연대의 스토너 소장과 결혼해서 우리 쌍둥이 자매를 낳았습니다. 그러나 아버지가 일찍 돌아가셨고, 어머니는 로일롯 박사와 재혼을 했습니다. 우리 자매가 겨우 두 돌밖에 안 됐을 때였지요. 당시 어머니에게는 재산이 꽤 많았어요. 연수입이 1천 파운드는 됐는데 재혼하면서 이 수입을 전부 남편에게 양도했습니다. 물론 우리 자매가 결혼하면 수입의 일정 금액을 해마다 우리에게 나눠주라는 조건을 달았지요. 어머니는 귀국한 직후, 그러니까 약 8년 전에 크루 근처에서 철도 사고로 돌아가셨습니다. 그러자 로일롯 박사는 런던에서 개업하려던 생각을 버리고 조상 대대로 물려온 스토크 모런의 오래된 집으로 저희를 데리고 들어갔습니다. 어머니가 남

The Adventure of the Speckled Band

겨주신 돈이 있어 생활은 충분했기 때문에 우리는 아무 문제없이 행복하게 살 수 있으리라 생각했어요.

그런데 이 무렵부터의 계부는 전에 알던 사람이 아니었습니다. 그는 완전히 달라졌어요. 친구나 이웃들과도 전혀 교류하지 않았어요. 대신 집에 틀어박혀 있다가 당신 땅을 지나가는 사람이 있으면 상대에 관계없이 쫓아나가서 무섭게 싸움을 걸곤 했습니다. 이웃 사람들이 처음에는 스토크 모런의 로일롯이 고향으로 돌아왔다고 자기 일처럼 기뻐해 주었던 걸 생각하면 말도 안 되는 일이었지요. 로일롯 가문의 남자들한테는 대대로 광기에 가까운 폭력적인 기질이 있다고 하는데, 계부의 경우에는 그게 더 심해진 것 같았어요. 무더운 열대 지방에 오래 거주했으니까요. 그는 수치스러운 싸움을 계속 벌였고 약식 재판에 두 번이나 회부되었습니다. 결국 마을에서는 공포의 대상이 되었고, 사람들은 그분이 곁으로 다가오는 걸 보면 슬슬 피하곤 했습니다. 그는 굉장한 힘을 가지고 있는 데다가 화가 나면 누구도 그를 통제할 수 없었거든요.

지난주에는 마을의 대장장이를 다리 위에서 물속으로 집어던졌습니다. 제가 돈을 긁어모아서 피해자에게 찔러준 덕택에 사건이 겨우 무마됐지요. 그분한테 친구라고는 떠돌이 집시뿐이었습니다. 그분은 유랑하는 집시들에게 가문의 영지로 남아 있는 가시나무 투성이인 땅 몇 에이커를 야영지로 내주곤 했거든요. 그 답례로 집시들의 천막에서 대접을 받곤 하지요. 가끔씩 몇 주 동안 집시들을 따라 유랑하기도 해요. 인도의 짐승들을 아주 좋아하기 때문에 지금도 인도의 지인이 보내준 치타와 비비가 그분의 땅에서 활보하고 있어요. 마을 사

Sherlock Holmes

람들은 이 짐승들을 계부만큼이나 무서워하고 있고요 이러한 상황이 니만큼 저희 자매는 생활에 낙이 없었습니다. 하인들까지 집에 있으려고 하지 않았기 때문에 한동안은 저희가 살림을 도맡아하기도 했어요. 동생 줄리아는 서른 살밖에 안 돼서 죽었지만 그때부터 벌써 머리가 하얗게 세기 시작했어요. 지금 저처럼 말이에요."

"동생분이 이미 돌아가셨다고요?"

"그 애는 2년 전에 죽었습니다. 그때 일을 말씀드릴게요. 제가 지금까지 말씀드린 그런 힘든 생활을 하면서 저희는 나이와 지위가 비슷한 남자를 만나기 힘들었습니다. 그런데 저희에게는 해로 근처에 사시는 이모가 한 분 계셨어요. 돌아가신 어머니의 동생인 호노리아 웨스트파일 양입니다. 저희는 계부의 허락을 받고 가끔씩 그 집에 놀러가곤 했어요. 줄리아는 2년 전 크리스마스 때 이모 댁에 갔고, 그곳에서 전직 해군 소령을 만나 약혼하게 되었습니다. 계부는 동생이 약혼했다는 얘기를 듣고 난 뒤에도 별다른 반응을 보이지 않았습니다. 그런데 결혼식을 보름 앞두고 끔찍한 비극이 생겼고, 저는 단 하나뿐인 동생이자 벗을 잃어버리고 말았어요."

두 눈을 감고 머리를 등받이에 기댄 채로 있던 홈즈는 눈을 반쯤 뜨고 숙녀를 보며 말했다.

"그 당시 상황을 자세하게 설명해 주실 수 있을까요?"

"물론입니다. 별로 어려운 일이 아니니까요. 사실 그때 있었던 일들은 하나하나가 저의 뇌리에 지금도 분명하게 남아 있습니다. 말씀드린 것처럼 계부의 집은 아주 오래된 건물이어서 지금은 건물 한쪽만을 쓰고 있습니다. 가족의 생활은 전부 1층에서 하고 있고 거실은 건물 가운데 부분에 있어요. 첫 번째 침실은 로일롯 박사의 방이고, 두 번째가 여동생 방, 세 번째가 제 방입니다. 침실끼리 통하는 문은 없고 전부 복도로 문이 나 있어요. 방의 구조가 이해가 되시나요?"

"네, 이해가 잘 됩니다."

"창문은 모두 정원을 향해 나 있어요. 동생이 죽던 날 밤, 로일롯 박사는 일찍 침실로 갔지만 그는 자러 간 건 아니었어요. 여동생은 그가 피워대는 지독한 인도산 시가 냄새 때문에 골머리를 앓고 있었으니까요. 그래서 동생은 제 방에 와서 며칠 안 남은 결혼식 얘기를 하면서 한참을 있었습니다. 그리고 11시가 되자 자러 가겠다며 일어났어요. 그런데 문을 열고 나가려다가 저를 돌아보고 물었습니다.

'언니, 혹시 밤중에 휘파람과 비슷한 소리를 들은 적 있어?'

'아니, 없는데.'

'언니가 자다가 휘파람을 분 건 아니겠지?'

'그럴 리가 없지. 그런데 왜 물어보는 거야?'

'지난 며칠 동안 밤 3시쯤 항상 낮은 휘파람 소리가 들렸어. 아주 선명한 소리로 말이야. 나는 원래 잠을 깊이 자는 편이 아니잖아. 그래서 그 소리 때문에 잠을 깼는데 어디서 난 소린지 잘 모르겠어. 옆방인지, 바깥인지. 그래서 언니도 그 소리를 들었는지 물어본 거야.'

'아니, 난 못 들었는데. 농장에 있는 집시들이 휘파람을 불었나 보지.'

'역시 그렇겠지? 그런데 그 소리가 밖에서 났다면 왜 언니는 못 들었을까?'

'내가 너보다 깊이 잠들어서 그런 게 아닐까?'

'그래, 그건 별로 중요한 게 아닐 거야.'

　동생은 웃으면서 방을 나갔고 잠시 후 옆방에서 열쇠 돌아가는 소리가 들렸습니다."

　"그런데 밤에 항상 방문을 잠그고 주무셨나요?"

　홈즈가 그녀에게 물었다.

　"네, 매일 문을 잠급니다."

　"왜 그런 행동을 한 겁니까?"

　"아까 말씀드린 것처럼 계부는 치타와 비비를 키우고 있습니다. 그래서 문을 잠그지 않으면 항상 불안했거든요."

　"아, 그랬군요. 그럼 말씀을 계속하시지요."

　"그날 밤 저는 좀처럼 잠을 이루지 못했습니다. 뭔가 안 좋은 일이 있을 것 같은 불길한 예감이 들었기 때문이지요. 우리 자매는 쌍둥이였기 때문에 좀 특별한 관계였습니다. 선생님도 두 영혼이 얼마나 신비스럽게 결합되어 있는지는 잘 아실 거라고 생각해요. 그날은 정말 불안한 밤이었습니다. 바람은 거세게 몰아치고 비는 창문을 두드려댔습니다. 그런데 갑자기 사나운 비바람 속에서 겁에 질린 여자의 비명이 들렸습니다. 바로 동생 목소리였어요. 저는 침대에서 뛰어내려 숄을 걸치고 복도로 뛰어나갔습니다. 방문을 열었을 때 동생이 얘기한 낮은 휘파람 소리가 들린 것 같았어요. 잠시 후 금속이 맞부딪치는 것 같은 철컥 소리도 들렸고요. 저는 동생 방으로 달려갔는데 방문 손잡이가 돌아가더니 문이 스르르 열렸습니다. 그 안에서 뭐가 튀어나올지 모르는 상황이라 저는 겁에 질려 보고만 있었지요. 다행히도 복도의 불빛 아래 나타난 것은 동생의 얼굴이었습니다. 그 애의 얼굴은 공포로 하얗게 질려 있었고, 마치 도움을 청하는 사람처럼 두 팔을 허우적거리고 있었습니다. 몸은 마치 술 취한 사람처럼 앞뒤로 흔들거리고 있었어요. 저는 달려들어서 동생을 껴안았지만 바로 그 순간, 동생의 무릎이 꺾이는 것 같더니 바닥에 쓰러졌습니다. 그 애는 끔찍한 고통을 겪는 것처럼 온몸을 뒤틀고 있었어요. 팔다리에는 심한 경련이 일어났습니다. 처음에 저는 그 애가 절 알아보지 못하는 줄 알았어요. 하지만 제가 동생의 얼굴을 들여다보자, 동생은 갑자기 제가 죽어도 잊지 못할 목소리로 소리를 질렀습니다.

'오, 하느님! 헬렌! 나는 끈을 봤어! 얼룩 끈을!'

동생은 손가락으로 계부의 방 쪽을 가리키며 무슨 말을 더 하려고 애썼습니다. 하지만 다시 경련이 일어났고 동생은 더 이상 말을 할 수 없었습니다. 저는 큰 소리로 계부를 부르며 달려가다가 실내복 차림으로 방에서 나오는 그를 보았습니다. 다시 동생한테 가보았지만 그 애는 이미 의식을 잃은 상태였어요. 계부는 동생의 입에 브랜디를 흘려 넣고 마을 의사도 불러왔지만 모든 노력이 수포로 돌아갔습니다. 그 애는 다시 의식을 회복하지 못하고 죽고 말았습니다. 사랑하는 제 동생은 그렇게 무서운 최후를 맞이했어요.”

“잠시만요.”

홈즈가 말했다.

“아가씨가 들었다던 그 휘파람 소리와 철컥 소리 말입니다. 확실한 건가요?”

“동생이 죽었을 때, 검시관도 같은 질문을 했습니다. 저는 분명히 그런 소리를 들은 기억이 있어요. 하지만 강풍이 몰아치고 있었고 낡은 집이 삐걱거리곤 했기 때문에 제가 착각했을지도 몰라요.”

Sherlock Holmes

"동생은 어떤 옷을 입고 있었나요?"

"그냥 보통 잘 때처럼 잠옷 차림이었어요. 오른손에는 타다 남은 성냥개비를, 왼손에는 성냥갑을 쥐고 있었고요."

"무슨 일이 생기자 동생이 성냥불을 켜서 주위를 살핀 것이로군요. 중요한 건 바로 그 점입니다. 검시관은 어떤 결론을 내렸나요?"

"검시관은 동생이 사망한 사건을 아주 자세하게 조사했습니다. 로 일롯 박사의 행동은 오랫동안 그 일대에서 매우 악명이 높았으니까요. 하지만 그럴듯한 사망 원인을 찾아내지는 못했습니다. 저는 방문이 안에서 잠겨 있었고 창에는 튼튼한 쇠창살이 달린 구식 덧문이 달려 있는데 밤마다 걸어놓는다는 사실을 증언했고요. 검시관은 벽을 조심스럽게 두드려가며 조사했지만 벽은 아주 튼튼하다는 사실이 밝혀졌습니다. 마룻바닥도 샅샅이 조사했지만 결과는 마찬가지였고요. 굴뚝은 크긴 했지만 굵은 창살 세 개로 막혀 있었습니다. 동생이 최후를 맞았을 때 방에는 그 애 혼자뿐이었다는 사실이 분명해졌어요. 게다가 그 애 몸에는 외상의 흔적이 전혀 없었습니다."

"독살 가능성은 없었나요?"

"검시관들이 그 점에 대해서도 조사를 했지만 이렇다 할 이상한 점은 찾지 못했어요."

"그럼 스토너 양은 가엾은 동생이 왜 죽었다고 생각합니까?"

"저는 동생이 극심한 공포 때문에 신경 발작으로 죽었다고 생각합니다. 하지만 동생이 그렇게 무서워한 것이 무엇인지는 전혀 알 수가 없어요."

"그때 농장에는 집시들이 있었나요?"

"네, 그곳에는 거의 일 년 내내 집시들이 있어요."

"그렇군요. 동생이 얼룩 끈을 언급했다고 했는데, 그 '끈band'에 대한 얘기를 듣고 특별히 생각나는 것은 없었습니까?"

"어떤 때는 착란 상태에서 나온 헛소리라는 생각도 들었습니다. 또 어떤 때는 농장에 있는 집시 '떼'를 가리킨 게 아닐까 하는 생각이 들기도 했어요. '얼룩'이라는 표현은 혹시 집시들이 쓰고 다니는 얼룩무늬 수건을 의미하는 게 아닐까 생각도 했고요."

홈즈는 만족하지 못한 듯이 고개를 저었다.

"그건 대단히 중요한 의미를 담고 있는 뜻입니다. 말씀을 계속해 주십시오."

"동생이 죽은 뒤 2년이라는 세월이 흘렀어요. 저는 전보다 더 외로운 삶을 살았습니다. 그런데 한 달 전 오랫동안 알고 지내던 친구가 영광스럽게도 저에게 청혼을 했습니다. 그는 퍼시 아미티지라고 하는데, 레딩 근교의 크레인 워터에 사시는 아미티지 씨의 둘째아들이에요. 계부는 저의 결혼에 반대하지 않았고, 그래서 저희는 올봄에 결혼식을 하기로 했습니다. 그런데 이틀 전부터 건물 서쪽을 수리하기 시작해서 제 침실 벽에 구멍이 하나 뚫렸습니다. 저는 어쩔 수 없이 죽은 동생이 쓰던 방으로 옮겨서 그 애가 쓰던 침대에서 자야 했어요. 간밤에 저는 동생의 끔찍한 운명에 대해 생각하면서 잠을 못 이루고 있었습니다. 그런데 적막한 밤중에 동생이 말한 낮은 휘파람 소리가 갑자기 들려왔습니다. 제가 얼마나 무서웠을지 상상하실 수 있겠죠? 저는 침대에서 뛰어내려 불을 켰지만, 방에는 아무것도 없었어요. 하지만 저는 너무 떨려서 도로 누울 수가 없었습니다. 그래서

옷을 입고 있다가 동이 트자마자 집을 빠져나왔어요. 그리고 길 건너
편에 있는 크라운 여관에서 마차를 타고 레더헤드 역으로 가서 기차
를 탔습니다. 그리고 선생님을 만나 조언을 구해야겠다는 단 한 가지
목적으로 실례가 되는 걸 알면서도 이렇게 새벽같이 달려왔습니다."

"오, 정말 잘하신 일입니다."

홈즈가 다행이라는 듯이 말했다.

"얘기는 이게 전부인가요?"

"네, 제가 하고 싶은 말은 다 했습니다."

"로일롯 양, 그렇지 않아요. 당신은 계부를 감싸고 있군요."

"감싸다니요? 그게 무슨 말인가요?"

대답 대신 홈즈는 숙녀의 옷소매에 달린 검은 레이스 주름 장식을
밀어 올렸다. 하얀 손목에 다섯 개의 손가락 자국이 검푸른 멍이 되
어 선명하게 남아 있었다.

"당신은 계부에게 학대를 당하고 있어요."

홈즈가 근엄하게 말했다.

숙녀는 얼굴을 붉히며 소매를 내렸다.

"그분은 원래 거친 분이에요. 자신이 얼마나 힘이 센지 잘 모르고
있는 거예요."

한동안 긴 침묵이 흘렀다. 홈즈는 두 손으로 턱을 받치고 소리를 내
며 타는 불을 응시하고 있었다.

"로일롯 양, 이번 일은 아주 중대한 사건입니다."

홈즈는 마침내 입을 열었다.

"행동 방침을 정하기 전에 확인해 두고 싶은 점은 여러 가지가 있

지만, 한시도 지체할 여유가 없습니다. 우리가 오늘 스토크 모런에 가면 계부가 알 수 없게 방을 둘러볼 수 있을까요?"

"네, 마침 그분은 오늘 중요한 볼일이 있어서 런던에 올 거라고 말씀하셨어요. 온종일 집에 안 계실 테니 문제가 될 것은 전혀 없을 거예요. 가정부가 하나 있지만 나이도 많고 민첩하지 못해서 제가 쉽게 따돌릴 수 있습니다."

"그것 참 다행이군요. 왓슨, 자네도 같이 갈 수 있겠나?"

"물론이지, 당연히 나도 갈 거라네."

"그럼 우리 둘이 같이 가기로 하지. 로일롯 양은 이제 어떻게 하실 건가요?"

"저는 여기까지 왔으니까 볼일을 좀 보고 갈 생각입니다. 하지만 두 분이 오시는 시간에 맞출 수 있도록 12시 기차로 돌아가겠습니다."

"그럼 저와 왓슨 박사는 점심때가 지나면 가겠습니다. 저도 그 사이 몇 가지 처리할 일이 있고요. 그런데 잠깐 기다렸다가 아침 식사라도 같이 하시는 건 어떤가요?"

"말씀은 감사하지만 곧 가봐야 해요. 힘든 사정을 털어놓고 나니 벌써 마음이 가벼워졌습니다. 그럼 오늘 오후에 다시 뵙기로 해요."

숙녀는 이 방을 들어올 때 썼던 검은 베일을 내리고 처음보다는 가벼워진 발걸음으로 방을 나섰다.

"왓슨, 자네는 이 일에 대해 어떻게 생각하지?"

홈즈는 등받이에 몸을 기대면서 나에게 물었다.

"정말 흉악하고 불길한 사건처럼 보이는군."

"말할 수 없을 정도로 흉악하고 불길한 사건이지."

홈즈는 불쾌한 듯이 말했다.

"하지만 스토너 양 말대로 방바닥과 벽이 튼튼하고 외부에서 문이나 창문, 굴뚝을 통해 방 안으로 침입할 수 없다면 동생이 의문의 죽음을 맞은 것이 분명하지 않은가?"

"그럼 한밤중에 들었다는 휘파람 소리와 동생이 죽어가며 남긴 이상한 이야기는 뭘까?"

"그건 전혀 모르겠네."

"한밤중의 휘파람 소리, 늙은 의사와 가깝게 지내는 집시들의 존재, 의사가 의붓딸의 결혼을 막는 게 이익이 된다고 볼 수 있는 근거, 여동생이 죽기 전에 말한 '얼룩 끈', 마지막으로 헬렌 스토너 양이 들었다는 금속성 소리, 그 소리는 철제 셔터를 내릴 때 나는 소리 같아. 이 모든 것을 종합한다면 충분히 수수께끼를 풀 수 있을 것 같은 생각이 드는군."

"하지만 집시들이 무엇을 어떻게 했다는 거지?"

"그건 아직 알 수 없다네."

"그 가설에는 너무 결함이 많은 것 같은데?"

"나도 그렇게 생각한다네. 오후에 스토크 모런에 가는 것도 바로 그런 이유 때문이고. 나는 그런 결함이 치명적인 것인지, 아니면 충분히 설명될 수 있는 것인지 알고 싶군. 아니, 이게 무슨 일인가!"

홈즈가 소리를 지른 것은 갑자기 문이 벌컥 열리면서 거구의 사내가 방 안으로 들어왔기 때문이다. 사내는 신사 같기도 농부 같기도 한 이상한 복장을 하고 있었다. 검은 중산모에 긴 프록코트, 높이 올라오는 각반, 그리고 사냥용 채찍을 손에 쥐고 있었다. 키가 무척 커서 모자는 문틀에 닿았고 몸통은 문에 꽉 찰 정도였다. 주름이 많고 햇볕에 거무스름하게 그을린 넓적한 얼굴은 무척 분노에 찼음을 보여주고 있었다. 사내는 분노로 불타는 움푹 파인 눈으로 우리를 번갈아 쳐다보았다. 살집이 없는 뾰족한 코는 사납고 늙은 맹금류를 연상시켰다.

"누가 홈즈지?"

도깨비 같은 얼굴을 한 사내가 물었다.

"제가 홈즈입니다만, 당신은 누구신가요?"

홈즈는 조용히 말했다.

"나는 스토크 모런의 그림스비 로일롯 박사다."

"아, 그렇군요. 이쪽으로 앉으시지요."

홈즈는 부드럽게 말했다.

"내가 여기 오래 머물 생각은 손톱만큼도 없다. 내 의붓딸이 여기 왔었지? 난 그 애 뒤를 쫓아왔지. 그 애가 너한테 무슨 말을 했지?"

"오늘 날씨는 좀 쌀쌀하군요."

"그 아이가 여기서 무슨 얘기를 했냐고?"

로일롯 박사가 화난 목소리로 고함을 질렀다.

"이런 날씨인데도 크로커스가 필 것 같다더군요."

홈즈가 천연덕스럽게 말했다.

"이런 고얀! 내 질문을 잘도 피해 가는군!"

손님은 한 걸음 나서서 채찍을 휘두르며 말했다.

"난 네놈이 누군지 알고 있다. 이 악당 놈! 너의 얘기를 들은 적이 있지. 남의 일에 참견하기 좋아하는 홈즈!"

홈즈는 빙그레 웃었다.

"간섭하기 좋아하는 홈즈!"

홈즈는 더 활짝 미소를 지었다.

"멋모르고 까부는 경찰 나부랭이 홈즈!"

홈즈는 큰 소리로 웃음을 터뜨렸다.

"말씀을 아주 재미있게 하시는군요. 가실 때는 문을 꼭 닫으십시오. 문틈으로 외풍이 들어와서 추우니까요."

"나는 할 말을 다하고 갈 거다. 남의 일에 참견할 생각은 꿈도 꾸지 마라. 헬렌이 여기 왔었다는 걸 이미 알고 있다고. 내가 뒤를 밟았으니까! 나 같은 사람한테 덤빌 생각은 하지 않는 게 좋을 거다! 자, 내힘을 보여주마."

로일롯 박사는 재빨리 다가와 부지깽이를 집어 들더니 갈색으로 그을린 큼직한 손으로 단숨에 구부려 놓았다.

"내 손에 걸려들지 않게 몸조심하는 게 좋을 거다."

그는 험악한 얼굴로 소리 지르며 구부러진 부지깽이를 난롯가에 던져놓고는 성큼성큼 밖으로 나갔다.

"정말 귀여운 양반이군."

홈즈는 웃으면서 말했다.

"나는 그렇게 체격이 큰 편은 아니지만 저 의사가 이곳에 더 오래 있었으면 내 손아귀 힘도 만만치 않다는 것을 보여주었을 텐데."

그렇게 말하면서 강철 부지깽이를 집어 들고 원래대로 펴 놓았다.

"나를 경찰 나부랭이로 착각하다니 정말 오만하군. 하지만 이런 일을 겪고 보니 한결 흥미가 생기는군. 불한당 같은 영감을 달고 온 숙녀분에게 별일 없기만을 바랄 뿐이야. 자, 이제 아침을 먹도록 하세.

나는 이제 민법 박사회관에 가볼 생각이네. 이번 일에 도움이 될 수 있는 자료를 찾아봐야겠군."

홈즈가 돌아온 것은 거의 1시가 다 됐을 때였다. 그의 손에는 글씨와 숫자가 잔뜩 적혀 있는 푸른색 종이 한 장이 들려 있었다.

"로일롯 박사의 부인이 남긴 유언장을 열람하고 왔네. 정확한 의미를 판단하기 위해서 부인이 남긴 유산의 시가를 따져보지 않을 수 없었다네. 부인의 사망 당시 유산의 연간 총수입은 1천 1백 파운드였는데, 지금은 농산물 가격 하락으로 750파운드밖에 안 되더군. 딸들은 결혼하면 1인당 250파운드를 받을 수 있게 되어 있고, 만약 두 딸이 다 결혼한다면 영감한테는 푼돈밖에 안 남을 거고 둘 중 하나만 결혼해도 영감에겐 상당한 타격이 되겠더군. 나의 오전 활동이 헛수고는 아니었네. 영감한테는 의붓딸들의 결혼을 막아야 할 강력한 동기가 있다는 것이 증명됐으니까. 사태가 심각하니 꾸물거릴 시간이 없네. 더구나 영감은 우리가 개입했다는 걸 알고 있으니까. 자네가 외출 준비를 마치면 바로 마차를 잡아타고 워털루 역으로 달려가야겠군. 권총을 가져가주면 고맙겠어. 부지깽이를 엿가락처럼 휘어놓는 신사에게는 '엘리 2호' 가 잘 어울리지. 그 위에 칫솔 하나만 더 가져가면 될 것 같군."

워털루 역에 가니 다행히 레더헤드 행 기차가 바로 있었다. 우리는 레더헤드 역 앞의 여관에서 이륜마차를 잡아탔다. 마차는 서레이의 아름다운 길을 약 7~8킬로미터 가량 달렸다. 날씨는 더할 나위 없이 좋았다. 태양은 눈이 부셔 바로 볼 수 없을 정도로 밝게 빛났고 하늘에는 흰색 양털구름이 둥둥 떠다니고 있었다. 가로수와 길가의 나무

Sherlock Holmes

들에서는 연둣빛 새싹이 움트고 있어 생기를 더했고, 대기는 상쾌한 흙냄새로 가득했다. 우리의 눈앞에 있는 무서운 사건과 대지에 가득 찬 봄기운은 너무나 어울리지 않았다. 홈즈는 팔짱을 끼고 마부 옆에 앉아 있었다. 모자를 푹 눌러쓰고 턱을 바짝 끌어당긴 모습을 보니 깊은 생각에 잠긴 듯했다. 그런데 갑자기 내 어깨를 톡톡 치더니 손가락으로 목초지 너머를 가리켰다.

"왓슨, 저길 좀 보게!"

홈즈가 말했다.

야트막한 경사면에 나무가 빽빽이 들어차 있고 꼭대기에서 작은 숲을 이루고 있는 곳이 있었다. 나뭇가지 위로는 오래된 저택이 보였다.

"이보게, 저곳이 스토크 모런인가?"

홈즈가 마부에게 물었다.

"네, 저 집이 바로 그림스비 로일롯 박사님 저택입니다."

마부가 대답했다.

"저 집에서 지금 무슨 공사를 하고 있다고 하던데. 우리는 그 공사장으로 가는 길이라네."

"마을은 저쪽에 있습니다."

마부는 왼쪽으로 조금 떨어진 곳에 있는 높고 낮은 지붕들을 가리키면서 말했다.

"스토크 모런으로 가실 생각이면 이쪽 계단으로 올라가는 것이 더 빠를 겁니다. 그쪽으로 해서 들판의 오솔길을 지나는 거지요. 마침 저쪽에 숙녀분이 걸어가고 있군요."

"저 숙녀는 아마 스토너 양인 것 같군."

홈즈는 손으로 햇빛을 가리면서 그녀가 있는 쪽을 바라보았다.

"그래, 자네 말대로 하는 게 낫겠군."

우리는 마차에서 내려 삯을 치렀고 마차는 덜컹거리며 레더헤드로 되돌아갔다. 계단을 올라가면서 홈즈가 말했다.

"저 마부한테는 우리가 공사장에 볼일이 있어서 온 것처럼 말하는 게 좋을 거라고 생각했어. 그래야 쓸데없는 소문이 퍼지는 걸 막을 수 있을 테니까. 스토너 양, 안녕하십니까. 우리는 약속을 지킨다는 걸 알 수 있겠지요?"

우리의 의뢰인은 미소 가득한 얼굴로 급히 다가왔다.

"두 분을 목이 빠지게 기다렸답니다."

스토너 양은 우리들의 손을 따뜻하게 잡아주면서 말했다.

"일이 모두 잘 되고 있어요. 계부는 런던에 갔으니까 저녁때나 돼야 돌아올 겁니다."

"사실 저희는 이미 로일롯 박사님을 만나 뵙는 기쁨을 얻었답니다."

홈즈는 그녀가 가고 난 뒤 아침에 있었던 일을 간단하게 설명해 주었다. 스토너 양은 그 이야기를 듣는 동안 입술까지 하얗게 질리는 듯했다.

"어머나! 이럴 수가!"

그녀가 놀라서 소리쳤다.

"그럼 제 뒤를 밟은 거로군요."

"네, 박사도 그렇게 말하더군요."

"그분은 정말 교활한 면이 있어요. 그래서 잠시도 마음을 놓을 수가 없답니다. 그런데 언제 온다고 하던가요?"

"로일롯 박사도 조심해야 할 거예요. 자신보다 더 교활한 인간이 뒤를 바싹 쫓고 있다는 걸 알게 될 테니까요. 스토너 양, 오늘 밤에는 방에 들어가서 문을 잠그고 계십시오. 만약 박사가 폭력을 휘두른다면 저희가 스토너 양을 해로에 있는 이모님 댁으로 모셔다 드리겠습니다. 이제 지체 없이 조사에 착수해야 해요. 그러니 우리를 어서 문제의 방으로 안내해 주십시오."

로일롯의 저택은 이끼로 뒤덮여 있는 회색 석조 건물이었다. 중앙 부분은 높았고 그 양쪽으로 마치 게의 집게발 같은 건물이 연결되어 있었다. 왼쪽 건물의 창문은 모두 깨져 있었고 나무판자로 막혀 있는 데다가 지붕 일부가 꺼져 있어 폐가처럼 보일 정도였다. 하지만 가운데 부분은 손을 보았기 때문에 상태가 좀 나았고, 오른쪽 건물은 상당히 현대적이었다. 오른쪽의 방은 창문마다 커튼이 드리워져 있고 굴뚝에서 연기가 모락모락 피어오르고 있어 가족이 거주하고 있다는 사실을 알 수 있었다. 맨 끝 벽에는 비계(높은 곳에서 공사를 할 수 있도록 임시로 설치한 가설물)가 세워져 있었고 돌벽이 일부분 파손되어 있었지만 공사하는 인부들의 모습은 보이지 않았다. 홈즈는 손질한 흔적이 전혀 없는 잔디밭을 거닐며 창문 바깥쪽을 꼼꼼히 살폈다.

"제가 보기에는 이쪽 방이 스토너 양의 방이고, 가운데 있는 방이 동생 방, 건물 중앙부에 접해 있는 방이 로일롯 박사의 방인 것 같군요. 맞나요?"

"네, 하지만 공사 때문에 지금 저는 가운데 방을 쓰고 있어요."

"집을 수리하는 동안이겠지요. 그런데 저 끝의 벽을 급하게 지금 수리해야 하는 이유가 있나요?"

The Adventure of the Speckled Band

"사실 그럴 이유가 없어요. 제 생각에는 제 거처를 옮기기 위한 구실을 만들려고 한 게 아닌가 싶어요."

"저런! 대단히 의미심장한 말이군요. 그런데 이 세 개의 방 뒤쪽으로 복도가 있군요. 물론 복도에 창문은 있겠지요?"

"네, 있어요. 하지만 아주 작아서 사람들이 드나들진 못한답니다."

"그렇다면 방문을 안에서 잠그면 복도 쪽에서 사람이 들어올 수는 없겠군요. 그럼 이제 스토너 양의 방에 들어가서 덧문을 잠가주시겠습니까?"

스토너 양이 시키는 대로 하자 홈즈는 열린 창문을 통해 덧문을 면밀히 조사하고 여러 가지 방법을 써서 밖에서 열어보려고 했지만 결국 실패했다. 덧문을 들어 올리려고 했지만 칼끝 하나 밀어 넣을 틈이 없었다. 그는 확대경을 꺼내 경첩을 살폈지만 그것은 쇠로 되어 있었고 무거운 돌덩이에 단단하게 박혀 있었다.

"음!"

그는 곤혹스러운 표정으로 턱을 어루만졌다.

"내 가설이 난관에 부딪혔군. 일단 덧문을 잠그면 이곳을 통해 방에 들어가는 것은 불가능하다는 사실을 알았어. 이제 집에 들어가서 도움이 될 만한 단서가 있는지 찾아보자고."

작은 옆문을 열자 하얗게 회를 칠한 복도가 나왔다. 홈즈는 맨 끝방은 보지 않겠다고 했고, 우리는 가운데 방으로 들어갔다. 스토너 양은 그녀의 동생이 최후를 맞은 이 방을 현재 쓰고 있었다. 작고 소박한 방으로, 오래된 시골집처럼 낮은 천장에 벽난로가 하나 있었다. 한쪽 구석에는 갈색 서랍장이 하나 있었고 맞은편에 하얀 보를 씌운 좁은 침대가 놓여 있었다. 창문 왼쪽으로는 화장대가 있었고, 그 밖에는 작은 등나무 의자 두 개와 방 한가운데 깔려 있는 네모난 월튼 카펫이 전부였다. 마룻바닥과 벽의 널빤지는 벌레 먹은 갈색 참나무였는데, 너무 낡고 빛깔도 바래서 이 집을 지은 뒤 한 번도 갈지 않은 것으로 보였다. 홈즈는 의자 하나를 구석에 끌어다놓고 말없이 앉아 있었다. 그리고 방의 내부를 모두 암기해 두려는 것처럼 눈동자를 여기저기로 굴렸다.

"저 줄은 어디로 연결된 건가요?"

홈즈는 침대 옆에 매달린 굵은 줄을 가리키며 그녀에게 물었다. 줄은 베개에 닿을 정도로 길게 늘어져 있었다.

"가정부 방으로 통하는 줄입니다."

"다른 물건에 비해서는 비교적 새 것으로 보이네요."

"네, 저곳에 설치한 지 2년밖에 안 됐어요."

"그럼 동생분이 설치해 달라고 부탁한 건가요?"

"아니에요, 전 동생이 저걸 사용했다는 얘기는 들어본 적이 없습니다. 우리는 자기 일은 항상 스스로 알아서 했으니까요."

"그렇다면 저렇게 멋진 줄을 다는 건 불필요한 일이었군요. 실례지만 잠깐 마룻바닥을 조사하겠습니다."

홈즈는 바닥에 납작하게 엎드린 채 확대경을 들고 앞뒤로 재빠르게 기어 다니면서 마룻바닥의 틈새를 꼼꼼히 조사했다. 그리고 벽의 널빤지도 같은 방법으로 살펴보았다. 마지막으로 그는 침대를 잠깐 살펴보고 옆쪽 벽을 위아래로 훑어보더니 줄을 당겨보았다.

"아니, 이거 먹통인데요."

"소리가 나지 않나요?"

"그렇습니다. 선에 연결되어 있지도 않군요. 대단히 흥미로운 일입니다. 자세히 보면 작은 환기 구멍 바로 위의 고리에 묶여 있는 게 보이는군요."

"참 바보 같은 물건이군요! 전 전혀 몰랐어요."

"그런데 이상하군요."

홈즈가 줄을 잡아당기면서 중얼거렸다.

"이 방에는 아주 이상한 점들이 몇 가지 있습니다. 예를 들면 환기 구멍이지요. 어떤 멍청한 건축업자가 환기 구멍을 바깥으로 안 내고 옆방으로 내어놓았을까요?"

"그것도 아주 최근에 만들었어요."

아가씨가 말했다.

"줄과 같은 시기에 만든 건가요?"

홈즈가 물었다.

"네, 그 무렵 보수 공사를 해서 몇 가지를 고쳤습니다."

"그런데 그게 하나같이 흥미롭군요. 먹통인 줄에, 환기가 되지 않는 환기구라. 스토너 양, 허락해 주신다면 이제 옆방을 조사해 보겠습니다."

그림스비 로일롯 박사의 방은 의붓딸의 방보다는 컸지만 역시 간소했다. 방 안에 있는 물건은 야전용 침대와 의자, 벽에 기대어 놓은 소박한 나무 의자, 원탁 그리고 커다란 철제금고가 전부였다. 홈즈는 천천히 방 안을 걸어 다니면서 물건 하나하나를 날카롭게 살펴보았다.

"이 속에는 뭐가 들어 있죠?"

홈즈는 금고를 두드리며 물었다.

"서류예요."

"오! 그럼 안을 들여다본 적이 있으시군요?"

"딱 한 번, 몇 년 전에 본 적이 있습니다. 제 기억에는 서류로 가득 차 있었어요."

"혹시 고양이 같은 게 들어 있지 않았나요?"

"아니오, 그럴 리가 없잖아요."

"자, 이걸 좀 보세요."

홈즈는 금고 위에 놓여 있는 작은 우유 접시를 들어보였다.

"이 집에 고양이는 없습니다. 치타하고 비비는 있지만요."

"아, 물론 그렇지요! 그런데 치타는 큰 고양이라고 말할 수 있지요. 우유 한 접시로는 도저히 양이 차지 않을 겁니다. 한 가지 더 확인해 보고 싶은 게 있습니다."

홈즈는 벽에 붙여놓은 나무 의자 앞에 쪼그리고 앉은 채로 주의 깊게 관찰했다.

"감사합니다. 이제 된 거 같군요."

홈즈는 일어서서 확대경을 주머니에 집어넣으면서 말했다.

"여기 아주 흥미로운 물건이 있군요."

홈즈의 시선을 끈 것은 침대 한구석에 걸려 있는 작은 채찍이었다. 채찍은 보통 것과 달리 약간 구부러져 있었고 끝은 고리 모양으로 매듭이 지어져 있었다.

"왓슨, 자넨 이것에 대해 어떻게 생각하지?"

"흔해 빠진 채찍 아닌가? 하지만 끝에 매듭을 지어놓은 건 좀 이상하군."

"그렇게 흔한 물건은 아니라네. 이럴 수가! 무서운 세상이야. 지능이 높은 인간이 범죄에 머리를 쓰면 이렇게 최악의 결과가 빚어진다네. 스토너 양, 충분히 본 것 같군요. 이제 잔디밭을 좀 거닐어야겠어요."

홈즈는 조사 현장에서 돌아서며 전에 없이 얼굴을 험악하게 일그러뜨렸다. 잔디밭을 거닐면서 홈즈는 깊은 사색에 잠겨 있었고, 스토너 양과 나는 그가 먼저 말을 꺼낼 때까지 침묵을 지켰다. 드디어 홈즈가 입을 열었다.

"스토너 양, 이제부터 반드시 제 말대로 해야 합니다."

"네, 그렇게 하도록 하겠습니다."

"사태가 매우 심각하기 때문에 조금도 지체할 수 없습니다. 목숨을 건지고 싶다면 제가 시키는 대로 해야 합니다."

"제 목숨은 선생님 손에 달려 있다는 걸 잘 알고 있습니다."

"먼저, 이 친구와 저는 스토너 양의 방에서 밤을 새워야 합니다."

스토너 양과 나는 깜짝 놀라 그를 멍하니 쳐다보았다.

"무슨 일이 있어도 그렇게 해야 합니다. 제 말 잘 들으세요. 이 근처에 마을 여관이 있지요?"

"네, 저쪽에 보이는 게 크라운 여관이랍니다."

"좋습니다. 저기서 스토너 양의 방 창문이 보이나요?"

"아마 보일 겁니다."

"로일롯 박사가 집으로 돌아오면 두통이 있다든가 몸이 좋지 않다는 등의 핑계를 대고 방에 틀어박혀 있으세요. 그리고 박사가 침실로 들어가는 소리가 들리면 창의 덧문을 열고 창가에 등불을 놓아두세요. 등불은 우리에게 보내는 신호입니다. 그 다음 필요한 물건을 전

Sherlock Holmes

부 싸가지고 전에 쓰던 방으로 몰래 들어가세요. 수리 중이긴 하지만 하룻밤 정도는 보낼 수 있을 겁니다."

"그럼요, 그거야 쉬운 일이에요."

"나머지는 우리가 알아서 하겠습니다."

"하지만 어떻게 하실 건가요?"

"우린 가운데 방에서 밤을 새우면서 한밤중에 들렸다는 이상한 소리가 어디서 나는지 찾아볼 생각입니다."

"홈즈 선생님, 벌써 뭔가를 알아내신 건가요?"

스토너 양은 홈즈의 옷소매에 손을 올려놓으며 말했다.

"아마 그런지도 모르지요."

"그럼 부탁이니 동생이 왜 죽었는지 말씀해 주세요."

"좀 더 명확한 증거를 확보하고 말씀드리는 게 좋을 것 같습니다."

"그 애가 갑작스러운 공포 때문에 죽었을 거라는 제 생각이 옳은지만 알려주세요."

"아니오, 그렇지 않은 듯합니다. 다른 직접적인 원인이 있었던 것 같습니다. 그럼 스토너 양, 이만 가보겠습니다. 로일롯 박사의 눈에 띄면 다 허사가 될 테니까요. 그럼 몸조심하고 용기를 가지세요. 제가 말씀드린 대로만 하면 곧 위험에서 벗어날 수 있을 겁니다."

홈즈와 나는 크라운 여관에서 침실과 거실이 딸려 있는 방을 빌렸다. 우리의 방은 2층이었는데, 창문으로 보면 스토크 모런 저택의 대문과 가족이 사용하는 건물이 한눈에 들어왔다. 해질 무렵 로일롯 박사가 탄 마차가 지나갔다. 왜소한 소년 마부 옆의 박사는 마치 산처럼 커 보였다. 소년이 무거운 철제 대문을 여느라 끙끙거리자 박사는 화가 나서 고함을 지르며 주먹을 휘두르고 있었다. 이륜마차가 저택 안으로 들어가고 몇 분이 지난 뒤 숲 사이로 갑자기 불빛이 보였다. 거실에 불을 밝힌 듯했다.

"여보게, 왓슨."

홈즈가 조용히 입을 열었다. 주위가 점점 어두워지는 시간이었다.

"사실 오늘 밤은 자네에게 같이 가자고 하기가 망설여지는군. 너무 위험한 일이 될 것 같아서 말이야."

"내가 이 일에 도움이 되겠나?"

"물론 자네가 있으면 큰 도움이 된다네."

"그럼 같이 가야지."

"정말 고맙군."

"자네는 위험하다는 얘기를 자꾸 하고 있어. 역시 아까 그 방에서 내가 보지 못한 것을 본 게 맞지?"

"그건 아니라네. 하지만 자네보다 좀 더 많은 것을 추리했겠지. 내가 본 건 자네도 다 보았다네."

"그 줄 빼고는 별로 이상한 점은 모르겠는데. 그런데 왜 그런 걸 달아났는지 정말 알 수가 없어."

"나는 스토크 모런에 오기 전부터 환기구가 있을 거라고 생각했다네."

"어떻게 그걸 알 수 있지?"

"스토크 양의 동생이 로일롯 박사의 시가 냄새 때문에 괴로워했다는 말 생각나지? 그건 물론 두 방이 통해 있다는 걸 뜻한다네. 구멍은 아주 작은 것일 테지. 그렇지 않다면 현장 조사에서 그냥 넘어가지는 않았을 테니까. 그런 이유로 환기 구멍의 존재를 추리해 냈지."

"하지만 그런 걸 무엇에 쓸 수 있겠나?"

"글쎄, 하지만 이상하지 않은가? 환기 구멍을 만들고 울리지 않는 줄을 매달았어. 그리고 그 방에서 잠자던 여성이 이유 없이 죽었네. 자넨 어떤 생각이 드나?"

"어떤 관련이 있는지 잘 모르겠는걸."

"그 침대에서 이상한 점을 보지 못했나?"

"그냥 평범한 침대지 않았나?"

"침대는 바닥에 고정되어 있었네. 자네는 침대를 그렇게 고정시켜 놓은 걸 본 적 있나?"

"아니, 그런 건 본 적이 없지."

"그 침대는 움직일 수 없었어. 그건 환기 구멍과 밧줄과 항상 같은 위치에 있을 수밖에 없다는 말이 되지."

"홈즈, 자네가 무슨 말을 하려는지 알 것 같군. 하지만 우리가 적당한 때에 왔으니 그렇게 교활하고 소름 끼치는 범죄를 물론 막을 수 있겠지?"

내가 놀라서 소리치며 말했다.

"정말 교활하고 소름이 끼치는군. 의사들은 마음만 먹으면 이렇게 일급 범죄자가 될 수도 있다네. 담력과 지식이 있으니까. 지금까지는 팔머와 프리처드가 그 방면에서 최고였지. 그런데 로일롯 박사는 그들보다 더 교활하군. 그래도 우리를 능가할 수는 없을 거야. 하지만 오늘 밤 안으로 끔찍한 일을 겪게 될 테니 지금은 조용히 담배나 피우면서 기분 전환을 하는 게 좋을 것 같군."

밤 9시경에 숲속의 불빛은 꺼졌고 스토크 모런 저택 쪽은 완전히

The Adventure of the Speckled Band

깜깜해졌다. 시간은 천천히 흘렀고 시계가 11시를 알렸을 때 갑자기 밝은 불빛 하나가 보였다.

"오, 신호가 왔군."

홈즈가 갑자기 일어서며 말했다.

"가운데 방 창문에서 나오는 불빛이야."

여관을 나오면서 홈즈는 주인과 몇 마디 말을 주고받았다. 그는 갑자기 밤늦게 친지를 방문하게 되었고 그곳에서 자고 올 것 같다고 설명했다. 잠시 후 우리는 어두운 길을 나섰다. 서늘한 봄바람이 정면에서 불어왔다. 우리는 반짝거리는 노란 불빛 하나로 방향을 잡고 어둠 속을 뚫고 갔다.

스토크 모런 저택으로 들어가는 것은 큰 어려움이 없었다. 사유지의 낡은 담이 무너진 채 방치되어 있었기 때문이다. 우리는 숲을 지나 잔디밭을 건넜다. 그리고 창문을 타넘으려고 하는 순간, 월계수 덤불에서 흉측한 아이 같은 것이 튀어나왔고 팔다리를 꼬면서 풀밭으로 몸을 던지더니 재빨리 지나쳐서 어둠 속으로 사라졌다.

"오, 맙소사! 저것 봤나?"

나는 놀라서 그에게 속삭였다.

홈즈는 순간적으로 나만큼 놀란 듯 내 손목을 꼭 잡았다. 그러더니 낮은 목소리로 웃음을 터뜨리면서 내 귀에 대고 속삭였다.

"정말 묘한 집이군. 저건 비비야."

나는 박사가 아낀다는 이상한 애완동물을 잠시 잊고 있었다. 치타도 있었으니 언제 녀석이 덤벼들지 몰랐다. 나는 홈즈를 따라 신발을 벗어든 채 방 안에 들어간 뒤에야 비로소 마음을 놓을 수 있었다. 홈

Sherlock Holmes

즈는 소리 나지 않게 조용히 덧문을 닫고 등불을 탁자 위에 옮겨놓은 다음 방 안을 둘러보았다. 모든 것이 낮에 있던 그대로였다. 그는 내 옆으로 살그머니 다가와 손나팔을 만들어 내 귀에 대고 아주 작은 목소리로 속삭였다.

"아주 작은 소리라도 내면 우리 계획은 끝장이니 조심하게."

나는 알아들었다는 표시로 고개를 끄덕였다.

"불을 끄고 앉아 있어야 해. 환기구를 통해 불빛이 흘러나갈 수 있으니까."

나는 다시 고개를 끄덕거렸다.

"절대로 잠이 들면 안 되네. 목숨이 위험할 수 있어. 혹시 필요할지 모르니 권총을 꺼내놓게. 나는 침대에 앉아 있을 테니까 자넨 그 의자에 앉아 있게."

나는 권총을 꺼내서 탁자 위에 조심스럽게 올려놓았다.

홈즈는 가늘고 기다란 지팡이를 들고 왔는데 그것을 침대 위에 올려놓고 그 옆에는 성냥갑과 초도 함께 놓아두었다. 그리고 불을 끄자 칠흑 같은 어둠이 밀려들었다.

그날 밤, 공포 속에서 선 불침번은 절대 잊을 수 없을 터였다. 방 안은 숨소리 하나 들리지 않을 만큼 조용했다. 하지만 나는 조금 떨어진 곳에 홈즈가 나와 같은 초긴장 상태에서 눈을 뜨고 앉아 있다는 걸 알고 있었다. 덧문으로 빛 한 줄기 새어들지 않았으므로 우리는 완전한 암흑 속에서 가만히 앉아 있었다. 밖에서는 가끔씩 밤새의 울음소리가 들렸고 한 번은 창가에서 길게 끄는 고양이 울음소리가 들

107

The Adventure of the Speckled Band

렸다. 정말로 치타가 집 근처를 활보하고 있다는 걸 알 수 있었다. 멀리서 교구의 괘종시계가 15분마다 저음으로 종을 쳤다. 그 15분은 정말 한없이 길었다. 곧 시계가 12시를 쳤고 그 다음에 1시, 2시, 3시를 쳤지만 우리는 여전히 가만히 앉아 있었다.

그때 갑자기 환기 구멍 쪽에서 순간적으로 섬광이 일어났다. 불빛은 금세 사라졌지만 기름 타는 냄새와 가열된 금속 냄새는 여전히 강하게 풍겨오고 있었다. 누군가 옆방에서 불빛이 밖으로 새나가지 않도록 가리개로 막고 각등(손으로 들고 다니는 네모진 등)을 켠 게 분명했다. 잠시 가볍게 움직이는 소리가 들리더니 이내 잠잠해졌다. 그러나 냄새는 더 강해지고 있었다. 약 30분 정도 나는 귀를 종긋이 세우고 앉아 있었다. 그런데 갑자기 전혀 다른 소리가 들려왔다. 그것은 주전자에서 물이 끓을 때 나는 '쉿쉿' 하는 소리였다. 그 소리가 들린 순간, 홈즈는 재빨리 자리를 박차고 일어나 성냥불을 켜면서 지팡이로 줄을 사납게 때렸다.

"왓슨, 자네 봤나?"

그가 외쳤다.

"봤냐고?"

홈즈가 재차 물었지만 나는 아무것도 보지 못했다. 홈즈가 불을 켠 순간 낮은 휘파람 소리를 분명히 듣긴 했지만 갑작스런 불빛 때문에 눈이 부셔서 그가 그렇게 정신없이 때린 것이 무엇인지 몰랐던 것이다. 홈즈의 얼굴은 무섭게 창백했고 공포와 혐오의 표정이 가득했다.

그가 손을 멈추고 환기 구멍을 올려다보고 있었는데, 갑자기 고요한 밤을 뚫고 난생 처음 들어보는 소름 끼치는 비명이 울렸다. 고통

과 두려움, 그리고 분노가 뒤범벅이 된 끔찍한 비명은 점점 커졌다. 나중에 마을 사람들의 말에 따르면 그 소리는 마을을 지나 멀리 있는 사제관까지 들렸다고 한다. 사람들은 난데없는 비명에 잠이 깼다. 나는 심장이 차갑게 얼어붙는 듯했다. 우리는 비명의 마지막 메아리가 잦아들 때까지 서로를 멍하니 바라보고만 있었다.

"대체 이게 무슨 일인가?"

나는 숨이 막히는 목소리로 물었다.

"모든 게 다 끝났다는 뜻이야. 어쩌면 이렇게 끝나는 게 최선인지도 모르지. 권총을 들게. 일단 로일롯 박사의 방으로 가보자고."

홈즈는 무거운 표정으로 등불을 들고 복도를 내려갔다. 문을 두 번이나 두드렸지만 안에서는 아무런 대답도 없었다. 홈즈는 방문을 열고 안으로 들어갔고, 나는 권총을 들고 그의 뒤를 따랐다.

눈앞에는 기괴한 광경이 펼쳐져 있었다. 탁자 위에는 뚜껑이 반쯤 올라간 차광 각등이 철제 금고에 밝은 빛을 던지고 있었고 금고문은 활짝 열려 있었다. 탁자 옆 나무 의자에는 그림스비 로일롯 박사가 긴 회색 실내복 차림으로 앉아 있었다. 실내복 밑으로는 발목이 드러나 있었는데 뒤축이 없는 빨간 실내화를 신고 있었고, 무릎 위에는 낮에 본 채찍이 놓여 있었다. 박사는 고개를 뒤로 젖힌 채 공포에 질린 눈으로 천장 한구석을 응시하고 있었다. 머리에는 갈색 얼룩무늬가 새겨진 노란 끈을 단단히 두르고 있었다. 방에서는 어떤 소리도 움직임도 느껴지지 않았다.

"보이는가? 저게 끈이라네! 얼룩 끈!"

홈즈가 속삭였다.

내가 한 발짝 앞으로 나선 순간 박사가 두르고 있던 이상한 머리끈이 움직이기 시작하더니 혐오스러운 뱀이 납작한 다이아몬드 모양의 대가리를 머리카락 속에서 빳빳이 쳐들었다. 뱀은 목을 잔뜩 부풀리고 있었다.

"앗! 늪 살모사군!"

홈즈가 소리쳤다.

"인도에서 제일 무서운 독사라네. 박사는 물린 지 10초 안에 즉사했어. 폭력은 그걸 쓰는 자에게 이렇게 되돌아가게 마련이지. 자기 무덤을 스스로 판 셈이군. 이 녀석을 도로 집어넣어줘야겠어. 그 다음 스토너 양을 안전한 곳으로 옮기고 경찰에 연락하자고."

홈즈는 이렇게 말하면서 죽은 사람의 무릎에 놓여 있는 채찍을 날쌔게 집어 들고 뱀 대가리를 채찍 끝의 고리에 밀어 넣었다. 그리고 로일롯 박사의 머리에 똬리를 튼 뱀을 낚아채서 철제 금고 안에 던져 넣고 문을 닫았다.

여기까지가 스토크 모런의 그림스비 로일롯 박사의 죽음에 얽힌 사실이다. 우리는 겁에 질린 숙녀에게 이 슬픈 소식을 전해 주었다. 그 다음날 아침 기차 편으로 그녀를 해로에 있는 마음씨 착한 이모 댁으로 데려다 주었다. 경찰 조사는 박사가 경솔하게 위험한 동물을 키우다가 죽음을 맞았다는 결론을 내릴 때까지 천천히 진행되었다. 이런 얘기까지 자세하게 할 필요는 없을 것이다. 다음날 런던으로 돌아가는 기차 안에서 내가 미처 이해하지 못한 부분에 대해 홈즈로부터 설명을 들었다.

"왓슨, 사실 나는 완전히 틀린 결론을 내리고 있었어. 불충분한 자

료를 토대로 추론하는 것이 얼마나 위험한지 다시 한 번 알게 된 셈이지. 집시들의 존재, 스토너 양의 가엾은 여동생이 성냥불을 켜서 언뜻 본 것을 '끈'이라고 했다는 얘기를 듣고 나는 완전히 엉뚱한 길로 들어선 거야. 내가 한 가지 잘한 것은 그 어떤 것도 창이나 방문을 통해 안으로 침입할 수 없다는 걸 깨닫고 바로 내 판단을 수정한 것이지. 이미 자네한테 말한 것처럼 나는 환기 구멍과 침대 위에 매달아 놓은 줄에 주목했다네. 그 줄이 먹통이라는 것 그리고 침대가 바닥에 고정돼 있다는 걸 알자 의혹은 눈덩이처럼 불어났다네. 거기 있는 밧줄은 구멍을 통해 나온 무엇인가를 침대로 연결시켜 주는 고리임이 분명했거든. 그게 뱀일지도 모른다는 생각 역시 금방 떠올랐다네. 더구나 우리는 인도에서 로일롯 박사에게 동물을 공급해 주는 사람이 있다는 걸 알고 있었지 않은가. 뱀이 분명한 것 같았어. 어떤 화학 실험을 통해서도 검출되지 않는 독을 이용한다는 생각은 동양에서 살다 온 비상한 두뇌를 가진 냉혹한 인간이 떠올리기에 충분한 아이디어였으니까. 그런 독은 신속하게 작용한다는 점 역시 그의 입장에서는 장점이었을 거야. 하지만 날카로운 눈을 가진 검시관이었다면 거뭇한 두 개의 독니 자국을 알아볼 수 있었을 텐데. 그리고 휘파람에 대해서도 생각해 보았지. 물론 박사는 뱀이 아침까지 방 안에 남아 있다가 사람들의 눈에 띄지 않도록 다시 불러들여야 했을걸세. 아마 우리가 본 우유를 이용해서 주인이 부르면 뱀이 돌아오도록 훈련을 시켰던 게 분명하지. 박사는 적당하다고 생각되는 시간에 환기 구멍을 통해 뱀을 집어넣었어. 그러면 뱀이 밧줄을 타고 침대로 내려갔겠지. 물론 뱀이 거기 있는 사람을 물 수도 있고 안 물 수도 있어. 어쩌면 일주일 동안 물리지 않고 살아 있을 수도 있어. 하지만 결국 언젠가는 물리고 말겠지.

나는 박사의 방을 조사하기 전부터 이런 결론을 내리고 있었다네. 의자를 조사해 보니 그가 그 위에 올라섰던 흔적이 보이더군. 환기 구멍에 뱀을 올려놓기 위해서는 그 위에 올라가야 했을 테니까. 금고, 우유 접시, 채찍 끝의 고리를 보자 확신은 더욱 강해졌고. 스토너 양이 들었다는 금속성의 철컥 소리는 뱀을 금고에 집어넣고 서둘러 문을 닫을 때 난 소리였을 거야. 일단 결론을 내리자 증거를 잡기 위한 차례를 밟았고 그것에 대해선 자네도 이미 잘 알고 있을 거야. 뱀은 '쉿쉿' 소리를 냈는데 그건 자네도 분명히 들었으리라 생각되네. 나는 그 소리를 듣자마자 불을 켜고 지팡이를 휘둘렀던 것이지."

"그 바람에 뱀이 환기 구멍으로 도로 들어간 것이로군."

"그리고 옆방에 있던 주인한테 덤벼든 거지. 녀석은 내 지팡이에 몇 번인가 정통으로 맞았어. 그러자 뱀의 본성이 발동해서 제일 먼저 본 사람한테 달려들었던 거지. 나는 이렇게 해서 로일롯 박사의 죽음에 간접적으로라도 책임을 가져야 하겠지. 그렇지만 양심의 가책이 심하게 느껴지지는 않는군."

Sherlock Holmes

너도밤나무 집

The Adventure of the Copper Beeches

홈즈는 <데일리 텔레그래프>의 광고란을 보다가 신문을 밀어놓으며 말했다.

"예술 그 자체로 예술을 사랑하는 사람은 아주 사소하고 신변잡기적인 것에서도 큰 기쁨을 느끼곤 한다네. 왓슨, 자네가 원고지에 사건을 옮기는 것을 보면서 자네도 점점 이러한 진실을 깨닫고 있는 것 같군. 그래서 매우 흐뭇하기도 하다네. 어떤 경우에는 사건의 기록보다는 재구성에 치중하는 경우도 많았지만 말이야. 내가 해결한 사건들 중에는 악명 높은 범죄자가 나오는 사건이나 마음 약한 사람들은 알고 싶지도 않을 만큼 흉악한 사건도 꽤 많지 않은가. 그런데 자네는 이러한 사건들보다는 사소한 것으로 생각될 수 있는 사건들을 선택하여 작가다운 면모를 발휘하고 있지. 사실 겉으로 보기에 별것 아닌 것 같아 보이는 사건들이야말로 나의 가장 큰 장기이자 매력이라고 할 수 있는 추론과 논리적 종합이 가장 잘 나타나긴 하네만."

나는 홈즈를 향해 웃으면서 말했다.

"그런가? 내가 기록한 내용들은 선정적이라는 비난을 꽤 받았다네. 사실 그런 혐의에서 완전히 자유로울 수도 없고."

"부연 설명 같은 건 필요가 없지. 사건의 전개 과정 중에서 기록할 가치가 있는 것은 원인부터 결과까지의 세밀하고 엄격한 추론 과정이니까."

홈즈는 긴 벚나무 파이프에 불을 붙이기 위해 불붙은 석탄덩이를 부지깽이로 집어들었다. 그는 사색할 때는 도자기 파이프를, 논쟁할 때는 벚나무 파이프를 이용하는 묘한 습관을 가지고 있었다.

"자네는 좋은 평가를 받을 만한 필력을 가지고 있지. 하지만 자네는 기록을 남기는 것보다 사건 하나하나에 생명력을 부여하려고 노력하고 있다네. 이 부분은 아쉬운 점이기도 하고."

"글쎄, 난 사건 기록에 있어서 매우 공정하다고 생각하는데."

나는 냉정한 표정을 지으며 말했다. 함께 오랜 시간을 보내면서 나는 홈즈의 지나친 개성과 자기 중심주의적 성향을 이미 잘 알고 있었다. 또한 그 부분은 어느 정도 개선이 필요하다고도 느끼고 있는 바였다.

"이런 말을 하는 건 이기주의나 나의 능력에 대한 자만심 때문이 아니야."

홈즈는 마치 내 생각을 읽은 듯이 말했다.

"내 능력을 공정하게 대해 달라는 것은 자네의 기록이 이미 사적인 것이 아닌 나 자신을 넘어선 것이기 때문이라네. 범죄는 흔한 것이지만 그에 따른 논리를 추론하는 과정을 기록하는 일은 드물거든. 그렇기 때문에 자네는 범죄보다는 논리 자체를 조명해야 한다네. 하지만 자네는 강연 기록이나 논문이 될 수도 있는 진지한 내용을 추리소설 같은 이야기 시리즈로 격하시켜버렸어."

아직 이른 봄이었기 때문에 아침 날씨는 비교적 쌀쌀했다. 홈즈와 나는 베이커 가의 하숙집에서 아침을 먹고 활활 기세 좋게 타오르는 난로 앞에 앉아 있던 참이었다. 거리에 늘어선 우중충한 빛깔의 집들 사이로 희뿌연 안개가 떠다니는 것이 보였다. 맞은편 집 창문들은 형

Sherlock Holmes

태를 알기 힘든 시커먼 얼룩처럼 보일 정도였다. 식탁보의 하얀 빛을 반사하는 가스등이 아직 켜져 있었고, 막 식사를 끝내서 아직 치우지 않은 사기 접시와 금속 식기가 반짝거리고 있었다. 홈즈는 말을 끊더니 무언가를 찾는 듯이 신문을 이것저것 뒤지다가 광고면을 파고들었다. 그는 내 작품을 비평하기 전부터 기분이 좋아 보이지는 않았다.

"사실 자네 작품에 선정적이라는 비난은 어울리지 않다네."

그는 난로의 불꽃을 응시하면서 긴 파이프를 빨고 있었다.

"자네가 흥미를 느껴서 기록했던 사건들 중, 사건에 대한 공정한 서술이 법적으로 도움이 되지는 않았을 테니까. 보헤미아 왕이 스캔들에 휘말릴 뻔했던 사건, 메리 서덜랜드 양의 기이한 경험, 입술 삐뚤어진 사나이의 사건, 독신 귀족사건 등은 모두 법의 테두리를 벗어났지. 이러한 사건에 대한 자네의 서술은 선정주의가 아닌 사소함이 중심이 된 것이 사실이고."

"자네 말을 듣고 보니 결과적으로는 그런지도 모르겠군."

나는 고개를 끄덕이며 말했다.

"그렇다고는 해도 내가 선택한 수사 기법들은 흥미롭고 독특한 것들임에 분명하네."

"왓슨, 대중들은 치아를 보고 치과기공사임을 알지 못하고, 왼손 엄지손가락을 보고 식자공임을 구별하지는 못한다네. 이렇게 부주의한 대중들이 나의 다양한 분석과 미묘한 추리 기법에 대해 이해할 것이라고 생각하는 건가? 자네가 사소한 것들에 주의를 기울인다고 비난하는 것은 아니라네. 대사건에 대한 대중의 관심은 이미 지나갔으니까. 특히 범죄를 저지르는 인간들은 이제 더 이상 모험심과 독창성

The Adventure of the Copper Beeches

을 갖고 있지 않아. 내 일 역시 놀랍고 명석한 논리를 제공하는 대신, 잃어버린 연필이나 찾아주고 기숙학교를 막 졸업한 아가씨들에게 상담이나 해주는 사람이 되어버린 것 같아서 서글프다네. 정말 나도 이제는 추락할 데가 더 없는 건 아닌지. 자, 이 편지를 읽어보게. 오늘 아침에 온 편지인데, 정말이지 나의 위치에 대해 다시 한 번 생각하게 해주는군."

홈즈는 이미 구깃구깃한 편지 한 통을 내게 주었다.

그 편지는 어제 저녁, 몬태규 플레이스에서 부친 것으로 다음과 같은 내용이었다.

친애하는 홈즈 선생님

안녕하세요. 저에게 고민이 하나 있어서 이렇게 편지를 드립니다. 최근에 가정교사 자리를 하나 제안 받았는데 가야 할지 말아야 할지 고민이 돼서요. 선생님과 상의하고 싶으니 때가 되더라도 내일 10시 반에 찾아뵙겠습니다.

— 바이올렛 헌터

"헌터 양은 가까운 친척 아가씨인가?"

내가 물었다.

"그렇지 않다네. 전혀 모르는 아가씨야."

"지금이 10시 반이군."

"아가씨가 말한 정확한 시간이라네. 지금 초인종을 누르는 소리를 들었어. 그 아가씨일 것 같군."

"이 아가씨는 자네가 생각하는 것보다 훨씬 더 흥미로운 일을 갖고 올지도 모르겠네. 자네, 푸른 카벙클 사건을 기억하나? 처음에는 하찮은 사건 같았지만 매우 중대한 사건이 아니었는가. 이번 일도 혹시 모르니 희망을 가져보자고."

"알겠네. 희망은 좋은 것이지. 당사자가 온 것 같으니 어떤 일인지 금방 결정 나겠군."

홈즈가 말을 끝내기도 전에 방문이 열리고 앳된 얼굴의 아가씨가 들어왔다. 소박했지만 깔끔한 옷차림이었고, 야무지고 똑똑하게 생긴 얼굴에는 주근깨가 가득했다. 스스로의 힘으로 사는 여성답게 생기발랄함이 넘쳤다.

"이렇게 아침 일찍 찾아와서 죄송합니다."

홈즈는 일어나 그녀에게 예의 바르게 인사를 했다.

"무례라고 생각은 하지만 정말 이상한 일이라서요. 저는 이런 일을 상의드릴 수 있는 부모님도 일가친척도 없습니다. 선생님이라면 제 일에 대해 올바른 조언을 해주실 거라고 생각해서 이렇게 실례를 무릅쓰고 찾아왔습니다."

"헌터 양, 일단 앉으세요. 제가 도와줄 수 있는 것이라면 무엇이든 도와드리겠습니다."

홈즈가 조금 전과는 달리 아가씨의 태도와 말투에 호감을 가지고 있는 것이 분명했다. 그는 아가씨를 관찰하는 시선으로 응시했고, 아가씨가 이야기를 시작하자 조용히 눈을 감고 양손가락 끝을 맞댔다.

"저는 스펜스 먼로 대령님 댁에서 5년 동안 가정교사로 일했습니다. 그런데 두 달 전 대령님이 노바스코샤의 핼리팩스로 발령을 받으

The Adventure of the Copper Beeches

셨고, 곧 아이들을 데리고 캐나다로 떠나셨어요. 저는 갑자기 실업자가 되어버린 거죠. 어떻게든 생활 방도를 찾기 위해 구직 광고를 내보기도 하고 구인 광고를 찾아다니기도 했지만 일자리를 구하지 못했습니다. 그동안 저축해 놓은 얼마 안 되는 돈도 바닥이 나서 지금은 정말 난처한 상황이 되었답니다.

잘 모르시겠지만 웨스트엔드에는 웨스터웨이라고 유명한 가정교사 전문 직업소개소가 있어요. 저는 일주일에 한 번씩 들러서 저에게 맞는 일이 있나 알아보고 있습니다. 직업소개소의 설립자는 그 이름대로 웨스터웨이지만, 실제로 운영하는 사람은 스토퍼 양이에요. 스토퍼 양은 작은 사무실에서 일하고 있고, 일자리를 찾는 아가씨들은 대기실에 있다가 한 사람씩 사무실 안으로 들어가서 상담을 한답니다. 스토퍼 양은 장부를 검토하면서 어울리는 일이 있는지 봐주고요.

지난주 역시 평소와 마찬가지로 저는 소개소에 도착한 뒤 그녀의 작은 사무실에 들어갔습니다. 그런데 사무실에는 뚱뚱하고 안경을 낀 남자가 옆에서 들어오는 사람을 관찰하고 있더군요. 웃는 얼굴이었지만 목 위로 겹겹이 턱이 늘어져 있는 뚱뚱한 사람이었습니다. 제가 들어가자 그 사람은 자리에서 벌떡 일어났어요. 그리고 재빨리 스토퍼 양에게 말하더군요.

'바로 이 아가씨입니다. 더 좋은 분은 없을 것 같군요. 최고입니다!'

그분은 몹시 흥분한 태도였고, 매우 만족스럽다는 듯이 두 손을 비볐습니다. 바라보는 것만으로도 기분이 좋아질 것처럼 편안하게 생기신 분이었어요.

'아가씨, 지금 일자리가 필요하지요?' 그가 제게 물었습니다.

'네.'

'가정교사로 일하는 것입니까?'

'네.'

'월급은 얼마 정도가 적당할까요?'

'전에 있던 스펜스 먼로 대령 댁에서는 한 달에 4파운드였습니다.'

'저런, 착취나 다름없군요. 지독한 대령 같으니라고.'

그분은 화가 나는 듯 통통하고 부드러운 두 손을 저으며 말했습니다.

'이처럼 교양 있는 숙녀에게 어떻게 그런 형편없는 급료를 줄 수 있는지 모르겠군요.'

'제가 가진 교양은 선생님께서 생각하시는 것처럼 대단한 것은 아닙니다. 프랑스어와 독일어 조금 할 줄 알고요. 음악과 그림도 조금……'

'아가씨, 그런 건 중요한 게 아니에요. 태도와 행실이 얼마나 숙녀다운가가 중요할 뿐이지. 만약에 숙녀답지 못한 행실을 한다면 어떻게 다른 집의 아이를 키울 수 있겠소. 아가씨에게는 그렇게 적은 급료는 어울리지 않소. 우리 집에 가정교사로 와준다면 연봉 1백 파운드부터 시작하고 싶소만.'

저는 당장 생활비도 없을 정도로 어려웠지만 그분의 제안은 매우 비현실적이었답니다. 제 얼굴에 떠오르는 표정을 읽은 듯이 그분은 지갑을 열고 수표를 한 장 꺼냈습니다.

'나는 믿음이 가는 숙녀에게는 봉급의 절반을 선불로 준다오.'

두 눈이 흰 살에 파묻혀서 단춧구멍으로 보일 정도로 웃으면서 그는 말했습니다.

'이렇게 해야 아가씨들이 필요한 경비를 쓸 수 있을 테니까 말이오.'

그분처럼 사람 좋고 사려 깊은 분은 가정교사를 시작하고 처음이었어요. 부끄러운 이야기지만 사실 저는 여기저기 외상을 좀 지고 있었거든요. 선불을 받는다면 큰 도움이 될 게 분명했지만 다소 이상한 점이 느껴졌습니다. 그래서 저는 제대로 계약을 하기 전에 좀 더 알아봐야겠다고 생각했지요.

'그런데 댁은 어디신가요?'

'윈체스터에서는 약 8킬로미터 떨어져 있는 햄프셔로, 살기 좋은 시골에 있는 너도밤나무 집이오. 아가씨도 보면 감탄할 만큼 아름다운 전원이오. 오래된 시골집이라 참으로 정겨운 곳이라오.'

'그곳에서 제가 할 일은 뭐죠? 미리 알 수 있으면 좋겠습니다만.'

'물론 가정교사 일이오. 아이는 6살짜리 개구쟁이 녀석이지요. 그 녀석이 슬리퍼를 휘둘러서 바퀴벌레를 때려잡으면 깜짝 놀랄 거요. 순식간에 세 마리를 잡으니까 말이오.'

그는 몸을 젖히고 아까처럼 두 눈이 얼굴에 파묻힐 정도로 신나게 웃어댔습니다. 저는 아이의 이야기를 듣고 좀 놀랐지만, 그분이 웃는 걸 보니 농담처럼 들렸습니다.

'그럼 제가 해야 할 일은 아이를 돌보는 것뿐인가요?'

'사실 그게 전부는 아니라오.'

그분은 말했습니다.

'아내가 부탁하는 일을 해야 합니다. 하지만 아가씨도 충분히 이해할 수 있는 일이니 걱정하시 마시오. 물론 숙녀의 품격을 손상시키는 일도 절대 아니니 걱정하지 않아도 될 거요. 제가 약속드리겠소.'

'그런 일이라면 저도 기꺼이 할 수 있습니다.'

'다행이오. 예를 들자면 어떤 옷을 입어달라는 부탁을 할 거요. 나와 아내는 좀 별난 사람이라서 말이오. 어떻소, 괜찮겠소? 독특한 취미이기는 하지만 나쁜 의도가 있는 것도 아니고. 만약 우리가 아가씨한테 어떤 옷을 주면서 입으라고 한다면 거절하지는 않겠지요?'

'물론 괜찮습니다.'

저는 말은 이렇게 했지만 속으로는 이 이상한 제안에 조금 놀랐어요.

'그리고 다른 부탁도 있을 거요. 지정한 자리에 앉아달라고 하거나 자리를 옮겨달라고 할 테니까 말이오. 그런 말을 듣는다고 기분 나빠하지는 않겠지요?'

'네, 듣고 보니 어려운 일도 아닌걸요.'

'그럼 한 가지 부탁을 더 하겠소. 우리 집에 오기 전에 머리를 자르는 건 어려울까요?'

저는 잠시 제가 들은 말을 의심하지 않을 수 없었습니다. 제 머리는 특이한 밤색이고 숱이 매우 풍성한 데다가 윤기가 흘러, 사람들한테 머리카락이 가장 큰 매력이라는 말도 많이 들어요. 그런데 갑자기 머리카락을 자르라고 하다니 받아들이기 어려운 말이었습니다.

'그건 어려울 거 같은데요.'

그분은 미간을 모으며 저를 뚫어지게 쳐다보더군요. 제가 머리를 자를 수 없다는 말을 하는 순간 얼굴에 그늘이 졌습니다.

'안타깝게도 짧은 머리는 필수라오. 사실 아내의 취향이기도 하고. 왜 알 수 없는 여자들의 괴상한 취향이 있지 않소. 그런데 그 취향을 만족시켜주지 않으면 안 되고. 정말 머리를 자를 수는 없는 거요?'

The Adventure of the Copper Beeches

'죄송합니다. 그건 어렵습니다.'

저는 단호하게 대답했지요.

'할 수 없군요. 아주 적임자인데 정말 안타까운 일이오. 스토퍼 양, 그렇다면 다른 아가씨들을 좀 더 보기로 하지요.'

스토퍼 양은 아무 말도 하지 않고 서류를 보더니 언짢은 얼굴로 저를 바라보았어요. 제가 이 일을 거절해서 상당한 수수료를 놓친 것 같다는 생각이 들더군요.

'헌터 양, 장부에 계속 이름을 올려놓을 건가요?'

스토퍼 양이 저에게 물었습니다.

'네, 부탁드리겠습니다.'

'내 생각엔 장부에 이름을 계속 올려놓아도 소용없을 것 같은데요. 이렇게 좋은 자리도 마다하다니 말이에요.'

그분은 차가운 목소리로 말했습니다.

'다른 자리를 찾을 수 있을 거라고는 생각하지 말아요. 잘 가요.'

스토퍼 양과 인사를 하고 저는 사무실을 나왔습니다.

집에 와보니 찬장은 텅 비어 있었고, 탁자 위에는 청구서만 있었어요. 그걸 보니 막막해져서 바보 같은 짓을 한 것은 아닐까 하는 생각이 들었습니다. 그 사람들이 저한테 이상한 일을 시킨다고 해도 그 행동에 대해서는 충분히 보상하려 하고 있으니까요. 게다가 영국에서 1년에 1백 파운드를 받는 가정교사는 아마 없을 거예요. 돈이 없다면 머리카락도 아무 소용이 없을 테고요. 오히려 머리를 자르면 더 예뻐 보일지도 모른다는 생각까지 들었습니다. 다음날이 되자 이러한 생각은 더 커지면서 점차 확신에 가까워지더군요. 저는 자존심을 버리고 직업소개소

를 다시 찾아가기로 했습니다. 아직 그 자리가 비어 있다면 일을 하겠다고 생각했으니까요. 막 나가려던 참에 그 뚱뚱한 신사분이 보낸 편지가 왔어요. 여기 가지고 왔으니 두 분께 읽어드리도록 하겠습니다.

헌터 양,

실례를 무릅쓰고 스토퍼 양이 알려준 아가씨의 주소로 편지를 보내오. 혹시 그때 내린 결정을 다시 생각하고 있을지도 모른다고 생각했소. 아내에게 어제의 이야기를 했더니 아가씨가 마음에 든다며 꼭 와주었으면 하고 간절히 바라고 있다오. 아가씨가 머리를 자르고 우리의 요구에 따라준다면 그에 대해서는 충분히 보상할 거요. 1사분기에 30파운드를 지불하는 것으로 말이오. 1년에 120파운드라면 아가씨가 마음을 바꿀 수도 있다고 생각하오.

사실 우리의 요구는 그리 어려운 것은 아니라고 생각하오. 아내가 파란색을 좋아해서 아가씨가 파란 색깔의 옷을 아침에 입어주길 바라는 것뿐이라오. 물론 우리가 그 옷도 제공할 것이고. 지금은 필라델피아에 있는 딸 앨리스가 입던 옷이라면 아마 아가씨에게도 잘 맞을 거라고 생각하오. 그리고 내가 말한 대로 부탁한 곳에 앉아 있는 일도 어려운 일은 아닐 거요. 만났을 때 본 아가씨의 아름다운 머리카락을 자르는 것은 아쉽겠지만, 우리가 제공하는 급료라면 보상이 되지 않을까 싶소. 아이를 돌보는 일도 그렇게 많지 않다오. 만약 제안을 받아들인다면 내가 윈체스터 역으로 마차를 몰고 마중을 갈테니 기차 시간을 알려주기 바라오.

- 너도밤나무 집의 제프로 루캐슬

The Adventure of the Copper Beeches

"이것이 제가 받은 편지입니다. 사실 저는 가기로 결심했지만 내려가기 전에 마지막으로 이 문제를 선생님께 상의 드리고 싶어서요."

"헌터 양, 이미 가기로 결심했다면 문제는 해결된 게 아닌가요?"

홈즈는 웃으면서 말했다.

"제가 이대로 가도 괜찮을까요? 아무래도 망설여져서요."

"솔직히 내 누이라면 그런 자리를 권하지는 않을 거요."

"그건 무슨 뜻인가요?"

"나한테는 아가씨가 고민하는 것에 대한 구체적인 정보가 없어요. 그래서 어떤 것도 알 수가 없답니다. 헌터 양한테도 어떤 생각이 있는 것 같은데요?"

"제가 생각할 수 있는 경우는 하나밖에 없어요. 루캐슬 씨는 아주 친절하고 유쾌한 신사지만 부인은 정신적으로 약간의 문제가 있는 분이 아닐까요? 루캐슬 씨는 부인을 정신병원으로 보내고 싶지 않기 때문에 부인의 이상하고 변덕스런 요구를 다 들어주는 것이고요. 부인이 심한 발작을 일으키지 않도록요."

"그럴지도 모르겠군요. 지금까지 들은 얘기로는 아가씨가 생각하는 가능성이 매우 높습니다. 하지만 어떤 경우라고 해도 어린 아가씨에게 추천할 만한 일은 아닌 것 같군요."

"하지만 선생님, 저에게는 지금 돈이 몹시 필요하답니다."

"물론 그쪽에서 제안한 급료가 많은 편이고 바로 그 점이 더 불안하군요. 1년에 40파운드면 훌륭한 가정교사를 얼마든지 쓸 수 있는데 왜 몇 배나 되는 120파운드를 지불할까요? 틀림없이 그럴 수밖에 없는 이유가 있을 거예요."

"제가 온 이유 역시 그러한 걱정 때문입니다. 일단 선생님께 상황을 알려드리면 어떤 문제가 생겨 도움을 청했을 때 금방 이해하실 거라고 생각했어요. 선생님이 제 뒤에 있다고 생각하면 든든해요."

"다행이군요. 잘 생각하셨습니다. 개인적으로 보자면 이 일은 최근 의뢰받은 일 중에서 가장 흥미로운 사건이 될 것 같군요. 만약 의심스럽거나 위험하다는 느낌이 들면 바로 연락하도록 해요."

"위험이라니요? 위험할 거라고 생각하시는 건가요?"

홈즈는 어두운 표정으로 고개를 흔들었다.

"어떤 위험인지 설명할 수 있다면 더 이상 위험이 아닙니다. 도와달라는 전보를 받으면 밤낮을 가리지 않고 달려갈 테니 연락하세요."

"네, 정말 감사합니다."

아가씨는 지금까지의 불안이 모두 가신 얼굴로 당당하게 일어났다.

"저는 이제 편안한 마음으로 햄프셔로 가겠습니다. 당장 루캐슬 씨에게 편지를 보내고 오늘 저녁에는 머리를 자르겠습니다. 내일 윈체스터로 출발할 생각이에요."

아가씨는 홈즈에게 감사의 인사를 전한 뒤 방을 나갔다.

"태도를 보니 저 아가씨는 자기 몸 하나는 충분히 건사할 것 같군."

나는 계단을 내려가는 아가씨의 발자국 소리를 들으며 말했다.

"아마 그래야 할 거야."

홈즈는 무거운 표정을 지으며 말했다.

"내가 생각하기에 우리는 곧 저 아가씨의 소식을 들을 수 있을 거야."

머지않아 홈즈의 예상은 사실이 되었다. 약 보름 동안 나는 그 아가씨의 일을 자주 떠올렸다. 그 외로운 아가씨는 얼마나 이상한 경험을

The Adventure of the Copper Beeches

하고 있을까. 상식에 맞지 않는 높은 급료, 머리를 자르라는 이상한 조건 등 주인의 제안은 모두가 비정상적이었다. 단순히 별난 취미인 건지 아니면 어떤 음모가 있는 건지 알 수 없었다. 집주인이 자선가인지 혹은 범죄자인지 내 힘으로 판단하는 것은 불가능했다. 홈즈 역시 나와 같은 생각인지 30분 정도씩 인상을 찌푸린 채 멍하니 앉아 있는 모습을 자주 볼 수 있었다. 그러다가 막상 내가 그 얘기를 꺼내면 양손을 저으며 아무 말도 하지 못하게 했다.

"정보, 정보가 없으면 아무것도 알 수가 없다네."

그는 조바심을 내는 목소리로 말했다.

"점토가 없다면 어떻게 벽돌을 만들 수 있겠나?"

이런 말을 하다가도 항상 마지막에는 자신의 누이라면 그런 자리에 절대로 보내지 않았을 거라고 중얼거렸다.

어느 밤늦은 시간, 아가씨의 전보가 도착했다. 나는 막 침대에 들어가려던 참이었고 홈즈는 자주 밤을 새우곤 하는 화학 실험에 몰두해 있을 때였다. 실험을 하는 날이면 그는 다음날 아침까지도 전날 내가 마지막으로 보았던 자세로 증류기와 시험관을 들여다보고 있었다. 홈즈는 전보를 재빨리 뜯어 내용을 확인하고는 나에게 주었다.

"철도 시간표 좀 확인해 주게나."

그는 실험실로 다시 들어가면서 말했다.

짧은 전보였지만 아가씨의 다급함이 묻어났다.

내일 정오까지 윈체스터의 블랙 스완 여관으로 와주세요. 꼭 부탁 드립니다. 전 어떻게 해야 할지 모르겠어요. ― 헌터

Sherlock Holmes

"자네도 같이 갈 텐가?"

홈즈는 나를 올려다보며 물었다.

"당연히 가야지."

"기차 시간은 확인했는가?"

"아침 9시 반 기차가 괜찮군."

나는 브래드쇼 철도 시간표를 보면서 말했다.

"이 기차를 타면 윈체스터에는 11시 반에 도착할 수 있다네."

"약속 시간은 지킬 수 있겠군. 나도 아세톤 분석을 다음으로 미뤄야겠어. 내일 아침에는 좋은 컨디션을 유지해야 할 테니 말이야."

다음날 11시, 우리는 영국의 옛 수도인 윈체스터를 향하고 있었다. 홈즈는 가는 내내 조간신문에 얼굴을 묻은 채 신문을 읽다가, 기차가 햄프셔를 지나자 신문을 접고 경치를 보기 시작했다. 나무랄 데 없이 화창한 봄날이었다. 연한 푸른빛의 하늘에는 하얀 양털구름이 둥실둥실 여유롭게 흘러가고 있었다. 태양은 밝게 빛나고 있었지만 아직도 공기에서는 냉기가 느껴졌다. 들판 여기저기와 앨더숏 근처의 구릉에 이르기까지, 그림처럼 초록으로 가득한 나무 사이로 회색과 붉은색의 작은 농가 지붕들이 얼굴을 내밀고 있었다.

"정말 그림 같은 풍경이지 않은가?"

나는 경치에 감탄하면서 감동을 받은 목소리로 외쳤다.

내 말에 아랑곳하지 않고 홈즈는 고개를 저었다.

"왓슨, 자네와 달리 나 같은 사람은 모든 것을 관심사와 관련시키지. 자네는 아름다운 풍경을 보고 그 자체에 감탄하지만, 나는 저곳에 사는 사람들의 고립성을 먼저 떠올린다네. 저렇게 외진 곳에서 사람들 모르게 저질러진 범죄가 얼마나 많을까 하는 생각 말이야."

"역시 자네답군. 아름답고 오래된 농가들을 바로 범죄와 연결시켜 버리다니!"

"나는 저런 집들을 보면 항상 공포를 느낀다네. 런던의 허름한 동네에서도 아름다운 시골만큼 끔찍한 범죄가 자행되지는 않아. 그동안의 경험이 그런 사실을 충분히 깨닫게 했지."

"자네는 정말 끔찍한 소리만 하는군."

"그런데 왜 아름다운 동네에서 범죄가 더 많을까? 사실 그 이유는 아주 분명하지. 공중(公衆)의 여론은 경찰보다 더 큰 압력을 동네에서 행사할 수 있거든. 런던이라면 하층민들이 사는 골목에서 학대받는 아이나 술 취한 망나니의 싸움은 이웃 사람들의 동정과 분노를 이끌어내지. 게다가 곳곳에 경찰서가 가까이 있어서 누가 한 마디만 하면 경찰이 출동해. 그래서 대도시에서는 죄를 지으면 곧장 철창행이 될 수밖에 없어. 하지만 저 외로운 집들은 그렇지 않다네. 저곳에 살고 있는 사람들은 대부분 법에 대해 아무것도 모를 뿐 아니라 가난하고 무지하지. 저런 곳에서는 상상도 할 수 없는 잔인하고 악독한 일들이 몇 년 아니 몇십 년 동안 계속될 수 있다네. 주위에 그것을 저지할 수 있는 생각이나 능력을 가진 사람도 없고. 우리한테 도움을 청한 아가씨가 윈체스터에 와 있다면 다행히도 크게 염려할 것이 없겠군. 시골에서 8킬로미터나 떨어져 있으니까. 게다가 아가씨의 신상에 위험이 닥친 것은 아닌 것 같고."

"그렇지. 집에서 윈체스터까지 올 수 있다면 충분히 도망칠 수도 있다는 것 아닌가."

"바로 그거라네. 자유롭게 행동할 수 있다면 크게 위험하다고는 볼 수 없지."

"그렇다면 대체 무엇이 문제일까? 특별히 생각해 둔 것은 없나?"

"나는 서로 다른 상황을 일곱 가지 정도로 고려해 보았네. 우리가 알고 있는 한에서는 모두 사실일 수도 거짓일 수도 있지. 진실을 알기 위해서는 그녀의 이야기를 충분히 들어야 해. 저기 뾰족탑이 보이는가? 헌터 양을 곧 만날 수 있겠군."

아가씨가 말한 블랙 스완은 하이 가에 위치해 있었고, 역에서 멀지 않은 유명한 여관이었다. 아가씨는 미리 와서 방을 잡아놓고 우리를 기다리고 있었는데, 점심도 미리 준비시켜 놓아 우리를 편안하게 맞이해 주었다.

"빨리 와주셔서 정말 감사합니다."

헌터 양은 진지한 목소리로 말했다.

"번거롭게 해드려서 죄송합니다. 그런데 저는 정말 어떻게 해야 할지 알 수가 없어서요. 선생님의 조언을 꼭 듣고 싶어요."

"자, 아가씨의 이야기를 들어보도록 하지요."

"모두 다 말씀드리겠어요. 하지만 서둘러야 해요. 루캐슬 씨한테 3시 전까지는 돌아가겠다고 약속했거든요. 오늘 아침 그분에게 겨우 외출 허락을 받았고요. 하지만 제가 어떤 이유로 시내에 나가는지에 대해서는 말씀드리지 않았어요."

"일어난 일들을 순서대로 말해 주세요."

홈즈는 난로 쪽으로 긴 다리를 쭉 뻗으며 얘기를 듣기 위한 준비를 했다.

The Adventure of the Copper Beeches

"일단 저는 루캐슬 부부에게서 나쁜 대접을 받지는 않았습니다. 하지만 그 부부는 정말 이해할 수 없는 점이 많아요. 그래서 마음이 불편하고요."

"이해할 수 없다는 부분은 어떤 건가요?"

"이상한 행동이에요. 그게 어떤 건지 구체적으로 말씀드리겠습니다. 제가 처음 이곳에 도착했을 때 루캐슬 씨가 마중을 나오셨어요. 그분과 저는 마차를 타고 너도밤나무 집으로 갔습니다. 그분이 말씀한 대로 정말 아름다운 곳이었어요. 하지만 풍경만 아름다운 곳이었습니다. 루캐슬 씨의 집 자체가 좋은 집이라고 하기에는 어려웠거든요. 집은 매우 큰 데다가 하얗게 회칠을 했는데, 비와 습기로 온통 얼룩져 있었어요. 집을 둘러싸고 있는 삼 면이 숲이고 앞쪽으로 경사진 들판이 사우스햄프턴 도로까지 넓게 펼쳐져 있었어요. 도로는 현관에서 백 미터 정도 떨어진 곳에 위치하고 있어요. 앞쪽은 루캐슬 씨 땅이지만 주변의 숲은 사우서튼 경의 영지라고 하더군요. 현관문 바로 앞에는 너도밤나무가 몇 그루 있는데 그 나무들 때문에 너도밤나무 집이란 이름이 붙여졌다고 말씀해 주시더군요.

성격 좋은 주인은 그날 저녁을 함께 하면서 저에게 부인과 아이를 소개시켜주었어요. 제가 선생님 댁에서 추측했던 내용 기억하시죠? 그것은 전혀 근거 없는 것이었습니다. 루캐슬 부인은 창백한 얼굴에 말이 없는 편이었고 남편에 비해 훨씬 젊었어요. 남편은 사십대 후반 이상으로 보이는데 비해 부인은 서른도 안 되는 것으로 보였으니까요. 부부가 얘기하는 걸 들으니 두 사람이 7년 전에 결혼했고, 전 부인이 낳은 딸이 필라델피아에 가 있다는 것을 알 수 있었지요. 딸이 집을 떠나 미국까지 간 건 새어머니를 좋아하지 않았기 때문이라고 루캐슬 씨가 나중에 말해 주었어요. 딸의 나이가 스무 살도 안 됐을 것으로 짐작됐는데, 나이 차이도 별로 나지 않는 새어머니와 함께 지내는 것이 얼마나 불편했을까 하는 생각이 들더군요.

그런데 루캐슬 부인은 굉장히 무미건조한 사람으로 보였어요. 어떤 일에 대해서도 좋고 싫은 게 없는 사람 같았고, 어딘가 모르게 비현실적인 분위기를 풍기고 있었거든요. 물론 부인이 남편과 아들한테 매우 헌신적이라는 것은 태도를 보아 충분히 알 수 있었어요. 감정이 느껴지지 않는 부인의 옅은 회색 눈은 끊임없이 남편과 아이를 보고 있었으니까요. 남편 역시 남편대로 다소 과장되고 떠들썩한 태도로 아내를 위해 줬답니다. 두 사람은 평범하고 행복한 부부처럼 보였어요. 그런데 부인은 가끔씩 한없이 슬픈 얼굴로 깊이 생각에 잠기는 일이 많았습니다. 혼자 울고 있는 모습을 본 것도 한두 번이 아니었거든요. 제 생각에 부인이 그렇게 심각하게 걱정하는 모습을 보였던 건 아이의 이상한 기질 때문이라고 생각해요. 정말 그렇게 버릇없고 심술꾸러기인 아이는 처음이었거든요. 아이는 나이에 비해 키도 작은 편인데다가 몸에 비해 머리가 매우 커요. 마구 뛰어다니지 않으면 입을 내밀고 토라진 듯한 얼굴을 하고 있어요. 게다가 자기보다 약한 동물을 괴롭히는 걸 아주 즐거워해요. 쥐, 작은 새, 벌레 등을 살아 있는 채로 잡는 데는 정말이지 비상한 재주를 타고났어요. 사실 그 아이 얘기는 할 필요가 없을 것 같아요. 제가 말하려는 일과는 아무 상관도 없을 테니까요."

"관련되지 않더라도 주변의 일을 자세하게 말하는 건 큰 도움이 됩니다."

홈즈는 말했다.

"중요하다고 생각되는 건 모두 말씀드릴게요. 그 집에서 또 하나 이상하다고 생각되는 건 톨러라는 하인 부부예요. 하인이라곤 그 두 명이 전부인데 남자는 머리카락과 수염이 희끗희끗한데 거칠고 예의가 없어요. 게다가 항상 술 냄새를 풍기는데, 그 남자가 고주망태가 되어버린 걸 보름 동안 두 번이나 봤어요. 이상하게도 루캐슬 씨는 전혀 그 일에 신경 쓰지 않는 것 같았어요. 톨러의 아내는 키가 남자만큼 크고 힘이 좋은 여자인데 얼굴은 항상 음산한 분위기였어요. 루캐슬 부인처럼 말이 없고 붙임성도 전혀 없고요. 톨러 부부는 정말 마음에 안 드는 사람들이죠. 저는 다행히 주로 놀이방과 제 방에서 지내기 때문에 부딪힐 일은 거의 없어요. 그 두 방은 이층 한쪽 구석에 서로 붙어 있고요.

너도밤나무 집에 도착하고 처음 이틀은 조용히 지냈어요. 그런데 셋째 날에 루캐슬 부인이 아침 식사를 끝낸 뒤에 남편에게 무슨 말을 속삭이더군요.

'알았어. 그렇게 하도록 하지.'

루캐슬 씨는 저를 돌아보며 말했어요.

'헌터 양, 머리를 자르면서까지 우리의 무리한 요구에 따라주어서 매우 고맙소. 자른 머리 역시 매우 잘 어울리니 다행이오. 전에 말한 대로 우리는 헌터 양에게 파란 드레스가 잘 어울리는지 보고 싶소. 방에 올라가면 침대 위에 드레스가 있을 거요. 그 옷을 입어준다면 정말 고마울 거요.'

그 말을 듣고 방에 올라가 보니 특이한 파란색 드레스가 놓여 있었어요. 드레스는 질이 좋은 모직물이었지만 누가 입던 옷임에 분명했

Sherlock Holmes

어요. 입어보니 정말 맞춘 것처럼 저에게 꼭 맞았어요. 루캐슬 부부는 제가 입은 모습을 보고 좋아했는데, 어딘가 모르게 과장된 태도가 느껴졌어요. 부부는 저를 거실로 부르더군요. 거실은 집의 앞쪽에 있는 큰방이에요. 바닥까지 닿는 커다란 창문이 세 개나 나 있을 정도로 밖이 잘 보이는 곳이고요. 제가 들어가 보니 가운데 창문 앞에 의자 하나가 바깥을 등지고 놓여 있었어요. 부부가 시키는 대로 저는 그 의자에 앉았어요. 루캐슬 씨는 제 앞에서 정말 재미있는 이야기를 들려주었어요. 이야기가 얼마나 익살스러웠는지 저는 한동안 배꼽을 쥐고 웃었습니다. 제가 그렇게 웃고 있는데도 루캐슬 부인은 웃기는커녕 두 손을 무릎에 올려놓고 걱정스러운 표정으로 앉아 있었어요. 한 시간쯤 지나자 루캐슬 씨는 이 정도면 되었다며 옷을 갈아입고 놀이방에 있는 아이한테 가라고 하셨어요.

그리고 이틀 뒤, 똑같은 일이 똑같은 상황으로 반복됐어요. 저는 그 옷을 입고 창가에 앉았고, 루캐슬 씨가 해주는 재미난 얘기를 들으면서 웃었지요. 그분은 재미있는 이야기를 많이 알 뿐만 아니라 말솜씨가 정말 뛰어났어요. 그러더니 저에게 노란 표지의 소설책을 한 권 주었어요. 그늘이 지지 않도록 제가 앉은 의자를 옆으로 살짝 돌리더니 그 책을 크게 읽어달라고 했어요. 10분쯤 읽고 나니 점점 재미있어지더군요. 재미있는 부분을 읽기 시작하려는데, 갑자기 중간에 끊더니 이제 올라가서 옷을 갈아입으라고 하더군요.

선생님, 도대체 이런 연극을 하는 이유를 제가 얼마나 궁금해 했는지 모르실 거예요. 저는 루캐슬 부부가 제 얼굴이 창 밖을 향하지 않도록 주의를 기울인다는 걸 알았어요. 그 사실을 알고 나니까 제 등 뒤에서 어떤 일이 일어나는지 너무 보고 싶었어요. 처음에는 어떻게 해야 할지 몰랐지만, 곧 좋은 방법이 떠올랐어요. 저한테는 깨진 손거울 조각이 있거든요. 거울 조각을 손수건에 숨겨서 가야겠다는 생각이 난 거예요. 파란 드레스를 입고 거실에 다시 갔을 때, 저는 루캐슬 씨의 이야기를 들으며 웃다가 손수건을 눈가에 댔습니다. 살짝 조정하니 뒤쪽 풍경이 보였어요. 그런데 정말 실망했죠. 아무것도 보이는 게 없었거든요. 그런데 다시 보니까 어떤 남자가 사우스햄프턴 도로에 서 있는 것을 볼 수 있었어요. 회색 정장에 턱수염을 길렀고 키가 작은 남자였어요. 이쪽을 보고 있는 것 같았지만, 그 도로에는 항상 누군가가 있어서 처음에는 의심하지 않았거든요. 그런데 그 남자는 집 울타리에 기댄 채 제 쪽을 뚫어지게 보고 있었습니다. 제가 손수건을 내렸을 때, 부인이 저를 날카롭게 탐색하는 게 보였어요. 부인은 아무 말도 하지 않았지만 제가 한 행동을 알아차린 것 같았어요. 부인이 갑자기 벌떡 일어서는 바람에 저도 깜짝 놀랐답니다.

'여보, 길가에서 어떤 이상한 남자가 헌터 양을 보고 있는 것 같아요.'

'헌터 양, 혹시 아는 사람인가요?'

루캐슬 씨가 저에게 물었습니다.

'그럴 리가요. 저는 마을 근처에 아는 사람이 아무도 없어요.'

'저런, 그렇다면 매우 뻔뻔스러운 녀석이군. 미안하지만 헌터 양, 저 남자한테 그냥 가라고 손짓을 해주겠소?'

'손짓을요? 그냥 모르는 척하는 게 낫지 않을까요?'

'저번에도 저 녀석이 이 근처를 배회하고 있는 것을 봤기 때문이오. 미안하지만 좀 가라고 손짓을 해줘요. 부탁해요.'

저는 루캐슬 씨가 시키는 대로 했어요. 그러자 부인은 재빨리 커튼을 내렸어요. 그게 오늘부터 일주일 전의 일이었습니다. 그 이후에는 거실 창가에 앉는 일도, 파란 드레스를 입는 일도 없었고 길가에 있던 남자 역시 다시 보지 못했어요."

"계속 말해 봐요."

홈즈가 궁금하다는 듯이 말했다.

"헌터 양의 이야기는 정말 재미있군요."

"제가 쓸데없는 이야기들을 세세하게 한다고 생각하실지도 몰라요. 하지만 서로 다른 것처럼 보여도 어떤 연관이 있을지도 모른다고 생각했어요. 제가 너도밤나무 집에 도착한 바로 그날, 루캐슬 씨는 저를 부엌문 옆의 작은 창고로 데려갔어요. 그 앞에 갔을 때 사슬을 끄는 소리가 들렸습니다. 안에는 커다란 짐승이 움직이는 것 같았어요.

'저기 있는 것을 보시오!'

루캐슬 씨는 저에게 판자 사이에 있는 빈틈으로 안쪽을 들여다보게 했어요.

'정말 잘생기지 않았소?'

판자 틈새로 번쩍거리는 두 눈이 보였고, 희미한 물체가 어둠 속에서 웅크리고 있는 모습이 어렴풋이 보이자 저는 깜짝 놀랐어요.

'놀라지 마시오.'

주인은 놀란 제 모습을 보고 크게 웃었습니다.

'매스티프 종 개인데 이름은 칼로요. 주인은 나지만 사실 저 녀석을 다룰 수 있는 건 마부 톨러 영감뿐이오. 저 녀석은 하루 한 끼만 먹게 하는데 그것도 많이 주지는 않아요. 그래야 항상 야성을 유지할

The Adventure of the Copper Beeches

수 있기 때문이오. 톨러는 밤마다 녀석한테 물어뜯겨 죽을지도 모르는 위험을 안고 있지. 앞으로 무슨 일이 있어도 밤에 문 밖을 나오지 마시오. 죽고 싶지 않다면 말이오.'

루캐슬 씨의 경고가 지나가는 말이 아니라는 것은 이튿날 밤에 알게 되었어요. 새벽 2시 경, 저는 잠이 오지 않아 침실 창문을 통해 밖을 내다보고 있었어요. 아름다운 달밤이었고 잔디밭은 달빛이 가득해서 마치 대낮처럼 밝았어요. 저는 그 풍경에 홀린 것처럼 한참을 꼼짝 않고 서 있었습니다. 그런데 갑자기 무엇인가가 너도밤나무 그늘 밑에서 움직이고 있더군요. 그러더니 갑자기 그것이 달빛 속으로 나왔고 저는 그것을 분명히 보았어요. 그건 송아지만큼 아니 송아지보다 더 큰 개였어요. 황갈색 털, 축 늘어진 턱, 까만 주둥이, 바싹 마른 몸을 하고 있더군요. 개는 잔디밭을 천천히 가로지르더니 다시 건너편 그늘 속으로 사라졌어요. 제가 집을 지키는 무시무시한 파수꾼을 보는 순간, 그 어떤 도둑이라도 느끼지 못할 정도의 두려움으로 떨리는 가슴을 진정시킬 수가 없었어요.

아, 이제 더 신기한 일을 말씀드리겠습니다. 아시는 것처럼 저는 런던에서 머리를 자르고 이 마을에 왔어요. 저는 잘라낸 머리 타래를 여행 가방 아래에 넣어두었습니다. 하루는 아이를 재운 뒤 방에 있는 가구를 살피고 있었어요. 소지품을 다시 정리하려고 했거든요. 방에는 낡은 서랍장이 하나 있었고, 맨 위의 두 칸은 텅 빈 채 열려 있었어요. 아래쪽 한 칸은 잠겨 있었는데, 서랍이 더 필요했기 때문에 저는 그 서랍도 사용하고 싶었어요. 저는 열쇠 꾸러미를 꺼내서 서랍을 열려고 했는데 운 좋게도 맨 처음에 집은 열쇠가 들어가더군요. 그 안에 뭐가 있었는지 아세요? 바로 제 머리 타래였습니다.

저는 그것을 들고 꼼꼼히 살펴보았어요. 특이한 색깔이랑 숱까지 제 머리카락이랑 똑같았어요. 하지만 그럴 리가 없었지요. 어떻게 제 자른 머리카락이 잠긴 서랍 속에 있을 수 있겠어요? 저는 떨리는 손으로 여행 가방에 있는 제 머리 타래를 꺼냈습니다. 두 개의 머리 타래를 나란히 놓고 보니 정말 똑같더군요. 이렇게 희한한 일이 또 있을까 싶었어요. 아무리 생각해 봐도 어떻게 된 일인지 알 수 없었습니다. 저는 그 머리 타래를 다시 원래대로 서랍에 넣어놓았어요. 그리고 루캐슬 부부에게는 아무 말도 하지 않았습니다. 그분들이 잠가 놓은 서랍을 함부로 열어본 것은 제가 잘못한 일 같았고 물어보기에도 뭔가 미심쩍은 부분이 있었으니까요.

선생님, 사실 저는 관찰력이 뛰어난 편이랍니다. 그래서 집 전체의 평면도가 지금 제 머릿속에 들어 있어요. 그 집 이층에는 사용하지 않는 것처럼 보이는 문이 하나 있어요. 톨러 부부의 방이 그곳과 연결되어 있는데 들어가는 문은 항상 잠겨 있지요. 그런데 어느 날 계단을 올라가다가 루캐슬 씨가 거기서 나오는 것을 우연히 보고 말았습니다. 열쇠를 들고 있었는데 얼굴 표정이 정말 딴사람 같았지요. 평소 통통한 얼굴의 유쾌한 모습은 완전히 사라지고 화가 많이 났는지 두 뺨은 벌겋게 달아올랐으며 이마엔 주름이 가득했어요. 관자놀이에는 정맥이 불거져 있었고요. 루캐슬 씨는 문을 잠그고 저를 못 본 것처럼 빠르게 지나쳐 갔어요.

이 일 이후 제 호기심은 더욱 커졌어요. 어느 날은 아이를 데리고 산책을 하다가 그쪽 창문이 보이는 곳으로 조심스럽게 걸어갔어요.

그쪽에는 창문 네 개가 일렬로 있었거든요. 그 중 세 개는 매우 더럽기만 했는데, 다른 한 개는 덧문이 닫혀 있었어요. 아무도 안 쓰는 그 방임에 틀림없었어요. 제가 그 앞을 왔다 갔다 하면서 그쪽 창문을 쳐다보고 있는데 루캐슬 씨가 제 쪽으로 다가오더군요. 언제나처럼 유쾌한 모습이었어요.

'예쁜 아가씨, 전에 말 한 마디 없이 내가 그냥 지나갔다고 해서 기분이 상하지는 않았지요? 그때는 사업 문제 때문에 생각에 깊이 잠겨 있었어요.'

저는 괜찮다고 말씀드린 뒤 자연스럽게 말했어요.

'그런데 저 위에 있는 방들은 안 쓰시는 건가요? 하나는 덧문도 닫혀 있고요.'

그분은 내 말에 매우 당황한 것처럼 보였어요.

'사실 내 취미는 사진이라오.'

루캐슬 씨가 말했죠.

'저 방에 암실을 만들어 놓았거든요. 그런데 관찰력이 대단히 좋군요. 정말 놀라워요.'

그분은 농담처럼 말했지만 저를 바라보는 눈에는 의심스러움과 불쾌감이 분명히 드러나 있었어요.

선생님, 저는 그 방에 제가 알면 안 되는 무엇인가가 있다는 사실을 알고 난 뒤에 그곳에 너무 가보고 싶었어요. 단순한 호기심 때문만은 아니었어요. 어떤 의무감 같은 게 느껴졌거든요. 그곳에 들어가면 좋은 일이 생길 것 같은 느낌도 들었고요. 어쩌면 사람들이 말하는 여자의 본능일지도 모르지요. 저는 그때부터 그 방으로 들어가기 위해

꾸준히 기회를 노렸습니다. 그 기회를 잡은 건 바로 어제였어요. 그쪽 방에 드나드는 사람은 루캐슬 씨 외에도 톨러 부부도 있었어요. 톨러 씨가 커다란 검은 자루를 어깨에 메고 그 안으로 들어가는 걸 본 적도 있으니까요. 최근에 톨러 영감은 술이 더 늘었고, 어제 저녁엔 정말 엄청나게 취해 있었어요. 제가 이층에 올라갔을 때 우연히 그 문에 열쇠가 꽂혀 있는 걸 보았어요. 톨러 영감이 술에 취해서 열쇠를 꽂아두고 간 게 틀림없었어요. 루캐슬 부부는 아이와 같이 아래층에 있어서 마침 잘됐다고 생각했어요. 저는 열쇠를 돌려서 문을 열고 그 안으로 살짝 들어갔습니다.

안으로 들어가 보니 카펫이 깔려 있지 않은 작은 복도가 나왔어요. 벽에는 벽지도 없더군요. 복도는 맨 끝에서 직각으로 꺾여 있고, 그 곳을 돌아가자 세 개의 문이 보였습니다. 첫 번째, 세 번째 문은 열려 있었는데 그 안은 먼지가 잔뜩 내려앉은 빈방이었어요. 한 방에는 창문이 두 개, 다른 방에는 창문이 하나 있었는데 먼지가 두껍게 낀 유리창으로 저녁 빛이 희미하게 새어 들어왔어요. 가운데 방은 닫혀 있었고요. 그런데 닫힌 방문 앞에 굵은 무쇠 막대를 질러놓은 게 보였어요. 무쇠 막대의 한쪽 끝은 벽의 고리 속에 넣고 맹꽁이자물쇠로 잠가놓았더군요. 다른 쪽 끝은 굵은 밧줄로 다른 고리에 묶어놓았고요. 방문은 잠겨 있었지만 열쇠는 없었어요. 밖에서 본 덧문을 닫아놓은 창이 있는 곳이 바로 이 방임에 틀림없었죠. 방문 밑으로 희미한 빛이 새나오는 걸 보고 그 방이 아주 어두운 것은 아니라는 것도 알 수 있었어요. 덧문까지 닫혀 있었으니 빛이 있다는 건 천창이 있다는 게 분명했어요. 저는 복도에 서서 그 방문을 쳐다보며 그 뒤에 어떤 비밀이 있을까 궁금해 하고 있었어요. 그런데 갑자기 방 안에서 발자국 소리가 들렸어요. 방문 아래로 나오는 희미한 빛에 그림자가 보였거든요. 저는 그 광경을 보고 미칠 듯한 공포를 느꼈답니다. 저는 몸을 돌려 달아났어요. 무서운 손길이 제 옷자락을 잡아당길 것 같아서 빠르게 달렸어요. 복도를 지나고 문을 나와 뛰어든 곳은 루캐슬 씨의 품속이었답니다. 그분이 밖에서 기다리고 있었던 거지요.

루캐슬 씨는 웃으면서 말했습니다.

'역시, 아가씨였군. 문이 열려 있어서 안에 아가씨가 들어갔을 거라고 생각했어요.'

'루캐슬 씨, 너무 무서웠어요!'

저는 진정되지 않은 채로 말했습니다.

'오, 정말 가엾군요. 우리 불쌍한 아가씨!'

그분의 태도는 정말 너무나 부드럽고 상냥했어요.

'뭐가 그렇게 무서웠던 건가요?'

갑자기 저는 경계심이 들었어요. 그 목소리는 지나치게 부드러웠고, 자신의 감정을 과장하고 있다는 걸 알게 되었으니까요.

'저는 바보처럼 열쇠가 꽂혀 있기에 그 안에 들어갔어요.'

저는 조심스럽게 대답했습니다.

'하지만 너무 음침하고 적막했어요. 어둡기도 했고요. 그러다 갑자기 무서운 생각이 들어서 뛰어나왔답니다. 저 안은 정말 너무 끔찍한 분위기였어요.'

'그것밖에 없소?'

루캐슬 씨는 저를 날카롭게 쳐다보았습니다.

'제가 무서워해야 할 다른 이유가 있나요?'

'아가씨는 이 문을 왜 잠가놨을 거라고 생각하오?'

'글쎄요, 잘 모르겠어요.'

'그건 사람들이 들어가지 말라는 뜻이오. 이해하겠소?'

그분은 부드럽게 웃으면서 말했습니다.

'죄송합니다. 열쇠가 꽂혀 있었고 아무 생각 없이 들어간 거였어요.'

'좋아요, 그럼 이제는 알겠지요? 앞으로는 다시 저 문지방을 넘지 말아요.'

이 말을 하면서 루캐슬 씨는 표정을 바꾸면서 이를 악물더군요. 그리고 이글거리는 눈으로 저를 내려다보았어요. 그 얼굴은 마치 악마의 얼굴과도 같았어요.

'또다시 이런 일이 생긴다면 그때는 아가씨를 창고에 있는 매스티프 개한테 던져줄지도 몰라요.'

저는 너무나 무서워서 어떤 행동을 했는지 전혀 기억이 안 나요. 정신을 차려보니 저는 침대 속에서 이불을 뒤집어쓰고 떨고 있었으니 저도 모르게 방으로 돌아왔던 것 같아요. 그때 홈즈 선생님이 생각났어요. 저는 더 이상 이렇게 지낼 수 없어요. 그 집이 너무 무섭고, 루캐슬 씨와 부인, 하인 부부와 그 아이도 모두 무서워요. 모든 게 끔찍하고요. 선생님의 조언만 있다면 모든 게 다 해결될 것 같아요. 물론 그 집에서 그대로 도망칠 수도 있지만, 저는 도대체 어떻게 된 건지 너무 궁금했어요. 그래서 선생님께 전보를 치기로 결정하고서 곧바로 모자를 쓰고 망토를 걸친 후 그 집에서 8백 미터쯤 떨어진 전신국으로 갔어요. 전보를 치고 돌아올 때는 훨씬 편안해졌고요. 그런데 그 집에 가까워질수록 개를 풀어놓았을지도 모른다는 생각에 걱정이 되더군요. 물론 톨러가 그날 저녁에 인사불성이었기 때문에 그 개를 풀어놓지 않았을 거라고 생각했어요. 그 집에서 그 무서운 개를 다룰 수 있는 사람은 톨러뿐이니까요. 다행히 저는 무사히 집 안으로 들어갈 수 있었습니다. 다음날 선생님을 뵐 수 있다는 기쁨으로 밤을 새우다시피 했지요. 오늘 아침 제가 윈체스터에 갔다 오겠다고 했을 때, 루캐슬 씨는 가볍게 허락해 주었어요. 아까 말씀드렸다시피 오후 3시까지는 돌아가야 합니다. 루캐슬 부부가 외출했다가 밤늦게 돌아올 예정이라 제가 아이를 돌봐야 하거든요. 홈즈 선생님, 제가 겪은 일은 이게 전부예요. 이제 제가 어떻게 이 모든 일을 이해해야 하고 앞으로 어떻게 해야 하는지 말씀해 주시면 정말 안심이 될 거예요."

홈즈와 나는 헌터 양이 들려주는 이야기에 한동안 빠져 있었다. 홈즈는 자리에서 일어났고 두 손을 호주머니에 넣은 채 크지 않은 방 안을 걸었다. 그의 표정은 매우 어두웠고 진지했다.

"아가씨, 톨러는 아직도 취한 상태인가요?"

홈즈가 그녀에게 물었다.

"네, 오늘 아침에도 톨러의 아내가 자기도 어쩔 수 없다고 루캐슬 부인에게 말하더군요."

"그렇다면 잘됐네요. 루캐슬 부부는 오늘 밤 외출한다고 했죠?"

"네, 밤늦게 돌아온다고 했어요."

"혹시 그 집에 튼튼한 잠금 장치가 설치된 지하실이 있나요?"

"네, 지하에 있는 포도주 저장실에 잠금 장치가 되어 있어요."

"헌터 양, 아가씨는 지금까지 매우 용감하고 현명하게 처신했어요.

Sherlock Holmes

오늘 밤, 한 번 더 용기를 내야 할 것 같아요. 아가씨는 쉽게 겁에 질리는 보통 여자들과는 다르고, 그래서 이런 부탁도 할 수 있고요."

"물론 하겠습니다. 어떤 일을 해야 하나요?"

"저녁 7시까지 제가 왓슨과 함께 너도밤나무 집으로 가겠습니다. 그 시간이면 루캐슬 씨 부부는 외출 상태일 것이고 톨러는 술에 곯아 떨어져 정신을 못 차리고 있을 테니까요. 아니 꼭 그래야 합니다. 사건 해결에 방해가 될 수 있는 사람은 톨러 부인 한 명이에요. 아가씨가 일을 만들어서 톨러 부인을 지하실로 보낸 뒤, 밖에서 문을 잠글 수 있다면 일이 아주 간단해질 거고요."

"시키는 대로 하겠습니다."

"좋아요! 자, 이제 문제를 다시 검토해 보죠. 아가씨가 겪은 일을 설명할 수 있는 가정은 하나뿐이에요. 아가씨를 그곳으로 부른 이유는 누군가를 대신할 수 있도록 하기 위해서죠. 그리고 그 사람은 굳게 잠긴 이층 방에 갇혀 있는 게 분명해요. 아마 거기 갇힌 사람은 필라델피아에 있다는 집주인의 딸일 겁니다. 헌터 양이 가정교사로 선택된 이유는 분명히 키와 용모, 머리색이 모두 비슷하기 때문이지요. 루캐슬 씨 딸은 어떤 이유에서인지 머리카락을 잘랐고, 그래서 아가씨에게도 머리를 잘라 달라고 부탁했을 거예요. 그리고 아가씨는 서랍장에서 루캐슬 씨 딸의 머리 타래를 본 것이지요. 아마 길가에서 아가씨를 바라보던 남자는 루캐슬 씨 딸의 친구였을 겁니다. 대역을 세울 정도였으니 그녀의 약혼자일 가능성이 크겠군요. 그래서 아가씨가 푸른 드레스를 입고 창가에 앉아 있을 때, 그는 당신을 루캐슬 씨의 딸이라고 생각했을 거예요. 게다가 볼 때마다 아가씨가 웃는 걸 보았고, 나중에는 가라고 손짓까지 했으니 행복하다고 생각했겠죠. 더 이상 자신을 원하지 않는다고도 생각했을 거고요. 밤중에 개를 풀어놓는 것은 그가 직접적으로 루캐슬 씨의 딸에게 접근하는 걸 막기 위해서 그런 겁니다. 여기까지는 의심할 것도 없이 분명하지요. 하지만 이 사건에서 가장 심각한 부분은 다름 아닌 아이의 성격이군요.”

“아니, 아이의 성격과 이 사건이 무슨 관계가 있지?”

나는 의아해하며 물었다.

“왓슨, 자네가 아이를 진찰할 때를 생각해 보게. 아이의 성향을 파악하기 위해서 가장 간단한 방법은 부모를 관찰하는 것이지. 그렇다면 거꾸로 아이의 성격을 통해 부모를 이해할 수도 있어. 나는 아이들을 관찰하는 것으로 부모의 성격을 정확하게 파악한 적이 여러 번 있다네. 그런데 아이의 성격은 그 또래에게 어울리지 않을 정도로 잔인하지. 아이가 그 성격을 아버지 또는 어머니 중 누구에게 받았든 그것은 루캐슬 씨 전처의 딸에게는 매우 좋지 않은 일이야.”

“선생님의 말씀이 맞아요.”

아가씨가 외쳤다.

“지금 선생님의 말씀을 듣고 나니 그 불쌍한 분을 더욱 빨리 도와드리고 싶어요.”

“우리는 신중하게 행동해야 해요. 우리가 상대할 인간은 매우 교활하니까요. 7시까지는 할 수 있는 일이 아무것도 없습니다. 말씀드린 대로 이따가 그 집으로 찾아갈 거요. 진실이 곧 밝혀질 겁니다.”

홈즈와 나는 약속 시간을 정확하게 지켰다. 길가에 있는 선술집 앞에 마차를 세워놓고 너도밤나무 집 앞에 도착하니 막 7시가 되었다.

헌터 양이 굳이 활짝 웃으며 문 앞에서 우리를 반기지 않았어도 그 집을 찾는 것은 어렵지 않았을 것이다. 너도밤나무의 무성한 잎사귀들이 석양빛을 받아 반짝거리는 것은 매우 눈에 띄는 풍경이었기 때문이다.

"톨러 부인은 어떻게 되었죠?"

홈즈가 아가씨에게 물었다.

지하실에서 쿵쿵거리는 소리가 들렸다.

"아까 말씀하신 대로 톨러 부인을 지하실에 가두었어요."

헌터 양이 조심스레 말했다.

"마부 톨러는 부엌에서 깊이 자고 있어요. 그가 항상 가지고 있던 열쇠를 빼내왔어요. 루캐슬 씨가 가지고 있는 열쇠와 똑같은 거죠."

"오, 정말 대단하군요!"

홈즈는 감탄하며 외쳤다.

"이제, 올라갑시다. 이 무서운 일에 대해 모두 알 수 있게 될 거예요."

우리 셋은 2층으로 올라가서 열쇠로 문을 열고 복도를 내려갔다. 우리는 헌터 양이 말했던 쇠막대를 질러놓은 문 앞에 섰고, 홈즈는 미리 준비한 도구로 밧줄을 잘라내고 쇠막대를 제거했다. 톨러에게 가져온 열쇠를 열쇠 구멍에 넣어봤지만 어느 것도 맞는 것이 없었다. 게다가 안에서는 어떤 소리도 나지 않았다. 홈즈의 얼굴은 이내 어두워졌다.

"우리가 너무 늦은 게 아니었으면 좋겠는데. 헌터 양, 좀 더 강력한 방법을 사용해야겠어요. 왓슨, 여기 어깨를 대게나. 우리 둘의 힘으로 문을 열어보자고."

둘이서 잠시 힘을 쓰자 삐걱거리던 낡은 문짝이 쿵하는 소리를 내며 열렸다. 우리는 바로 방 안으로 뛰어 들어갔지만 방은 이미 텅 비어 있었다. 짚을 깐 볼품없는 침대와 조그만 탁자, 옷이 든 바구니가 방 안 가구 전부였다. 천창은 열려 있었고 그 안에는 아무도 없었다.

"이런, 악당이 이미 다녀갔군."

홈즈가 아쉬워하며 말했다.

"그가 헌터 양의 의도를 벌써 눈치 챈 것 같군. 앨리스 양을 이미 빼돌린 것 같아."

"하지만 어떻게 그렇게 할 수 있죠?"

"천창을 이용한 거죠. 그가 어떻게 했는지 좀 더 살펴봅시다."

홈즈는 가볍게 몸을 날려 지붕 쪽으로 올라갔다.

"오, 역시 그렇군."

그는 위에서 외쳤다.

"처마 위로 긴 사다리가 있어요. 이걸 이용한 거군요."

"하지만 그건 불가능할 것 같은데요."

그녀가 말했다.

"아까 루캐슬 부부가 외출할 때만 해도 거기에 사다리는 없었거든요."

"외출을 한다고 말하고 나갔다가 되돌아온 거죠. 그는 아주 똑똑하고 위험한 인간이군요. 지금 층계를 올라오는 소리가 들려요. 아마 그자인 것 같습니다. 왓슨, 어서 권총을 꺼내들게."

그의 말이 끝나기도 전에 뚱뚱한 남자가 짧고 무거워 보이는 지팡이를 들고 문 앞에 나타났다. 헌터 양은 그를 보자마자 비명을 지르며 벽 쪽으로 붙어섰고 홈즈는 재빨리 그의 앞을 가로막으며 큰 소리로 외쳤다.

"이 나쁜 놈! 너의 딸은 어디 있느냐?"

뚱뚱한 사내, 즉 루캐슬 씨는 방 안을 보더니 활짝 열려 있는 천창을 보았다.

"내가 묻고 싶다. 내 딸은 어디 있지?"

그가 소리를 지르며 말했다.

"이 도둑놈들! 스파이 짓도 모자라 이제는 도둑질까지 하다니! 너희들은 이제 꼼짝없이 잡힌 몸이야! 이 집에 침입한 대가를 치르게 해줄 테다!"

그는 돌아서서 빠른 걸음으로 계단을 내려갔다.

"개를 데리러 간 게 분명해요!"

아가씨가 외쳤다.

"여기 권총이 있어요. 걱정하지 말아요."

내가 그녀에게 말했다.

"그래도 현관문을 닫는 게 좋겠군. 만약을 대비해서 말이야."

홈즈가 말했고 우리는 함께 계단을 뛰어 내려갔다. 현관을 향해 가고 있을 무렵, 개 짖는 소리와 고통스런 비명이 뒤섞여 들리더니 뒤이어 뭔가를 물어뜯는 듯한 끔찍한 소리가 허공을 갈랐다. 알코올 기운으로 얼굴이 벌겋게 달아오른 남자가 팔다리를 부들부들 떨며 옆문에서 나왔다.

"오, 이런. 하느님!"

남자가 외쳤다.

"누가 개를 풀어놓았군요. 저 개는 이틀 동안이나 굶었어요. 어서 가세요, 꾸물댔다가는 우리도 저 개의 밥이 될지 몰라요."

홈즈와 나는 빠르게 달려나가 집 옆으로 돌아갔다. 마부 톨러가 뒤에

The Adventure of the Copper Beeches

서 쫓아 나왔다. 엄청나게 큰 짐승이 주둥이를 루캐슬의 목덜미에 박고 있었다. 루캐슬은 무서운 비명을 지르면서 땅바닥을 마구 뒹굴었다. 나는 그를 향해 달려가면서 권총의 방아쇠를 당겼다. 총알은 개의 머리를 정확히 맞혔고, 개는 날카로운 이빨을 루캐슬의 목에 박은 채 쓰러졌다. 우리는 겨우 개를 떼어내고 루캐슬을 집 안으로 옮겼다. 숨이 조금 붙어 있었지만 상처는 보기만 해도 끔찍할 정도로 심했다. 그를 거실 소파에 눕히고 이제 술이 깬 톨러를 시켜 부인에게 소식을 전하도록 부탁했다. 나는 의사로서 그의 고통을 덜어주기 위해 할 수 있는 처치를 모두 다했다. 집안의 모든 사람이 루캐슬의 옆에 모여 있는데, 갑자기 문이 열리더니 키가 크고 마른 여자가 들어왔다.

"아, 톨러 부인!"

헌터 양이 그녀를 불렀다.

"헌터 양, 루캐슬 씨가 오셔서 저를 꺼내주고 이층으로 올라갔어요. 이런 일을 계획하고 있었다면 저에게 미리 알려주지 그랬어요. 그랬으면 이런 헛수고를 하지 않아도 됐을 텐데."

"오, 톨러 부인은 이 사건에 대해 다른 것을 알고 있군요."

홈즈가 날카로운 눈으로 톨러 부인을 쳐다보며 말했다.

"네, 그렇습니다. 신사분들께서 원하신다면 제가 알고 있는 것을 모두 말씀드리죠."

"그래 주시면 감사하죠. 일단 앉으시지요. 자, 이제 얘기를 들어볼까요. 솔직히 제가 아직 밝히지 못한 부분들이 있으니까요."

"전부 말씀드리겠어요."

톨러 부인이 말했다.

"제가 지하실에서 더 빨리 나왔다면 이미 다 말씀드렸을 거예요. 만약 경찰이 이 사건을 조사하게 된다면 저는 선생님의 친구뿐 아니라 앨리스 양의 편을 들 테니까요. 앨리스 양은 루캐슬 씨가 재혼한 뒤, 집에서 천덕꾸러기 신세가 되었어요. 친아버지에게조차 형편없는 대우를 받았지만 아무 말도 하지 않았어요. 그런데 친구의 집에서 파울러 씨를 만난 이후에는 더욱 괴로운 처지가 되고 말았습니다. 앨리스 양에게는 유산이 있었거든요. 하지만 워낙 인내심이 강한 데다가 조용한 성격이라 그 일에 대해서는 아무 말도 하지 않고 아버지에게 위임하고 있었죠. 루캐슬 씨는 딸이 옆에 있는 한 재산에 대해서는 아무런 문제가 없다는 걸 알고 있었어요. 하지만 남편이 생기면 달라진다는 사실을 알았죠. 법이 보장한 권리를 전부 요구할 게 분명했으니까요. 루캐슬 씨는 그런 일이 생기는 걸 막기 위해서 방법을 생각해 냈어요. 결혼과 관계없이 자신이 유산을 사용할 수 있도록 권리를 양도하는 서류에 서명을 하라고 아가씨에게 시킨 거죠. 아가씨는 물론 거절했고, 그러자 아버지는 딸을 정말 지독하게 괴롭혔어요. 몸과 마음이 허약해진 아가씨는 뇌막염에 걸렸죠. 약 6주일 동안 사경을 헤맨 끝에 겨우 병이 나았지만, 허수아비처럼 마른 데다 아름다운 머리카락은 잘려나가고 없었습니다. 이렇게 어려운 상황이었지만 파울러 씨는 마음이 한결같았고, 변함없는 순정을 가지고 있었답니다."

톨러 부인이 말했다.

"아, 부인이 이렇게 말씀을 해주시니 모든 일들이 더 분명해지는군요. 나머지는 제가 말해보겠습니다. 앨리스 양은 아무리 해도 말을 듣지 않으니 루캐슬 씨는 이층에 그런 말도 안 되는 감옥을 만든 것이군요."

The Adventure of the Copper Beeches

"네, 선생님."

"게다가 계속 찾아오는 끈질긴 파울러 씨를 쫓아버리기 위해 런던에서 헌터 양을 데려온 것이고요."

"그렇습니다, 선생님."

"파울러 씨는 쉽게 포기하지 않는 청년임이 분명하군요. 무서운 개까지 있는 집의 포위망을 뚫고 당신을 만나서 여러 가지로 설득한 것이고요."

"네, 파울러 씨는 상냥하고 인심도 좋은 신사분이랍니다."

톨러 부인은 차분하게 말했다.

"그런 이유 때문에 파울러 씨는 부인의 남편이 언제나 술을 마시게 했고, 부인은 루캐슬 씨가 외출한 사이 기회를 노려서 사다리를 준비한 것이고요."

"네, 오래 걸리긴 했지만 목표를 이루어서 정말 다행이지요."

"톨러 부인, 우선 감사하다는 말씀을 드리겠습니다. 부인의 설명으로 인해 모든 사실을 정확하게 파악할 수 있었으니까요."

홈즈가 말했다.

"오, 왓슨, 저기 외과 의사와 루캐슬 부인이 오는군. 우리가 헌터 양을 윈체스터까지 모셔다드려야겠어. 이 사건의 사법적인 처리는 우리와 관계없을 테니 말이야."

너도밤나무 집에서 일어난 사건은 이렇게 끝났다. 루캐슬 씨는 목숨은 겨우 건졌지만 심한 장애가 남았고, 평생 다른 사람의 간호를 받아야만 살 수 있는 신세가 되었다. 루캐슬 부부는 여전히 톨러 부부를 하인으로 데리고 있었는데, 아마도 이들 부부가 루캐슬에 대해 너무 많은 것을 알고 있기 때문인지도 모른다.

파울러 씨와 루캐슬 양은 너도밤나무 집에서 도망친 그 다음날, 사우스햄프턴 대주교의 특별 결혼 허가를 받을 수 있었고 행복한 결혼식을 올렸다. 파울러 씨는 현재 인도양의 식민지인 모리셔스에서 관리로 일하고 있다. 내 친구인 홈즈는 냉정한 남자답게 사건이 종결된 이후에는 바이올렛 헌터 양에게 더 큰 관심을 가지지 않았다. 지금 헌터 양은 월솔에서 사립학교 교장으로 아이들을 가르치고 있다. 용기 있고 지혜로운 그녀는 그곳에서도 일을 잘하고 있으리라 나는 믿고 있다.

The Adventure of the Copper Beeches

꼽추 사내

The Crooked Man

결혼을 하고 첫 번째로 맞는 여름이었다. 나는 파이프를 피우면서 소설을 읽다가 살짝 잠이 들었다. 매일매일 꽉 친 일정으로 하루가 매우 피곤했기 때문이다. 아내는 벌써 이층으로 올라가 잠자리에 든 것 같았고, 현관문을 잠그는 소리까지 들렸으니 하인들도 일과를 마치고 모두 방으로 돌아간 듯했다. 나 역시 침실로 가기 위해 자리에서 일어나 파이프의 재를 떨고 있는데 갑자기 초인종 소리가 들렸다.

밤 12시 15분 전이었기 때문에 급한 환자라고 생각했던 나는 밤을 샐지도 모른다는 생각에 갑자기 기분이 나빠졌다. 잔뜩 인상을 찌푸리고 문을 열었는데, 뜻밖에도 현관에는 홈즈가 서 있었다.

"왓슨, 너무 늦게 찾아와서 미안하군."

"아니, 이게 누군가! 놀라긴 했지만 괜찮다네. 어서 들어오게나."

"그럼 실례하겠네. 나라서 안심한 표정이군. 그런데 자네는 결혼한 후에도 총각 시절에 피우던 아카디아를 계속 피우는 건가? 재를 떨 때는 지금처럼 옷에 떨어지지 않게 조심하도록 하게. 그리고 소매 안에 손수건을 넣고 다니는 군인 같은 습관을 계속 유지한다면 자네는 결코 민간인처럼 보이지 않을 거야. 그나저나 하룻밤 날 재워줄 수 있겠나?"

"물론이지."

"모자걸이에 아무것도 없는 걸 보니 자네가 마련해 둔 손님방에는 아무도 없는 모양이군. 혹시라도 다른 손님이 있을까 봐 걱정했거든."

"자네가 자고 간다면 나 역시 기쁘네."

"고맙네. 그럼 내가 모자걸이에 모자를 걸어두지. 오늘 자네 집에 형편없는 영국 일꾼이 다녀간 모양이군. 하수관에 문제가 있는 건가?"

"하수관이 아니라 가스였다네."

"리놀륨 바닥에 일꾼이 구둣발로 징 자국을 남겨놓은 게 불빛에 반사되어 또렷하게 보이는군. 저녁 식사는 워털루에서 간단하게 했으니 자네와 함께 파이프를 피워볼까?"

내가 담배 주머니를 홈즈에게 건네자, 그는 한참 동안 말없이 담배를 피웠다. 중요한 일이 아니라면 이 늦은 시간에 그가 날 찾아올 리 없었다. 나는 그 사실을 잘 알고 있었기 때문에 그가 먼저 말을 꺼낼 때까지 기다렸다.

"자네, 요즘 환자들이 많은가 보군."

홈즈는 날카롭게 나를 바라보며 말했다.

"그렇다네. 오늘은 정말 피곤한 하루였어."

나는 대답한 뒤에 바로 홈즈에게 물었다.

"그런데 내가 바쁘다는 것은 어떻게 알았나? 자네의 추리력은 정말 대단해."

홈즈는 작은 목소리로 웃었다.

"내가 자네의 습관을 잘 알고 있기 때문이지. 자네는 왕진을 갈 때 가까우면 걸어가고, 멀면 마차를 타지 않는가. 그런데 지금 자네 구두를 보니 신고 다닌 것이 분명하지만, 더러워진 곳은 전혀 없다네. 즉, 자네가 거리와 상관없이 무조건 마차를 타고 다닐 만큼 바쁘다는 것을 증명하는 것이지."

"오, 과연 그렇군."

나는 나도 모르게 소리쳤다.

"나에게는 기본적인 수준이라네. 내가 말한 건 추론자가 제3자에게 놀라운 효과를 낼 수 있는 경우 중 하나인데, 제3자가 추론의 작은 요소 하나를 놓쳤기 때문이야. 자네가 발표하고 있는 사건 기록도 마찬가지라네. 독자들에게 밝히지 않는 몇 가지 요소를 숨기고 있기 때문에 독자들이 놀랄 수 있는 것이지. 그런데 나는 지금 그 독자들과 같은 위치에 있네. 지금까지 내가 해결해 온 다양한 사건들 중에서 가장 기묘한 사건의 단서를 몇 가지 손에 넣었지. 그런데 가설을 완성할 수 있는 요소가 아직 부족하다네. 반드시 찾아낼 수 있을 거라고 생각은 하지만."

이 말을 하면서 홈즈의 눈에는 광채가 돌았고, 뺨은 살짝 붉게 물들었다. 날카롭고 강한 그의 본성이 잠깐 보였지만 그것은 찰나의 순간이었다. 그를 다시 보았을 때, 그는 이미 평소와 같은 무표정으로 자신의 본성을 감추고 있었다. 사람들이 그를 인간의 감정이 없다고 평가하는 것은 바로 이러한 무표정 때문이기도 하다.

"이번에 내가 맡게 된 사건은 매우 흥미로워. 게다가 다른 사건과 큰 차이가 나기도 하고. 난 이미 사건 조사에 착수했는데 이제 문제 해결이 코앞에 다가왔다네. 자네가 마지막 단계에서 날 도와준다면 아주 큰 도움이 될 것 같아서 이렇게 결례를 무릅쓰고 찾아왔지."

"걱정하지 말게. 난 항상 자네의 조력자라네."

"고맙군. 그럼 내일 올더숏까지 함께 갈 수 있겠나? 환자가 많은 것 같은데……."

"동료인 잭슨에게 환자를 부탁하면 된다네. 자네와 함께 가겠네."

"잘됐군. 워털루 역에서 오전 11시 10분 기차로 떠났으면 하는데."

"시간은 여유가 있군."

"자네가 지금 잘 생각이 아니라면 그동안 있었던 일과 앞으로 할 일에 대해서 간단하게 얘기하겠네."

"아까는 졸고 있었지만 자네가 온 뒤에는 잠이 싹 달아났다네."

"자, 그럼 간단하게 이야기하지. 혹시 자네 신문에서 '올더숏 로열 먼스터 연대에서 일어난 바클레이 대령 피살 사건'을 보았는가?"

"난 처음 들어보는데."

"사건이 발생한 지 이틀밖에 되지 않으니 그럴 수도 있겠군. 신문에 크게 실린 것도 아니라서 전국적으로 알려지진 않았을걸세. 자네도 알겠지만 로열 먼스터 연대는 영국 육군에 소속된 유명한 아일랜드 연대라네. 크림 전쟁, 인도의 세포이 항쟁 때 뛰어난 전과를 올리기도 했지. 그 이후에도 전쟁에 참여할 때마다 용맹을 떨친 부대라네. 지난 월요일 밤까지도 뛰어난 군인인 제임스 바클레이가 부대를 지휘했지. 바클레이 대령은 사병으로 군 생활을 시작했지만, 세포이 항쟁 때 그 능력을 인정받아 장교로 승진했다네. 그리고 그 연대에서 지휘관으로까지 승진하게 되었고.

바클레이 대령은 하사관이던 시절, 같은 부대에서 군기 호위 상사를 지낸 군인의 딸과 결혼했다네. 부인의 처녀 때 이름은 낸시 드보이라고 하지. 바클레이가 장교로 승진했을 때는 사교 생활에 어려움을 겪기도 했다지만, 주위 사람들 말로는 빠르게 환경에 적응했다고 하더군. 바클레이 대령과 마찬가지로 부인도 장교 부인들과 사이가 좋을 뿐만 아니라 인기도 매우 높았다더군. 부인은 보기 드문 미인이고, 결혼한 지 30

년이나 지난 지금도 매우 뛰어난 아름다움을 간직하고 있다고 사람들이 말하더군. 바클레이 대령 부부는 결혼생활 내내 사이가 매우 좋았다네. 이야기를 들려준 머피 소령에 의하면 부부 사이에 갈등이나 작은 싸움조차 없었다는군. 당연한 이야기인지는 모르겠지만 아내보다는 남편 쪽이 훨씬 더 배우자에게 헌신적이었다고 하기도 하고. 바클레이 대령은 하루라도 아내와 떨어져 있으면 매우 불안해했다더군. 부인은 충실한 아내였지만 애정을 과시하는 편은 아니었다네. 두 사람은 연대 내에서 부부의 모범으로 인정받기도 했지. 그래서 이후에 일어난 비극적인 사건을 이들 부부 관계와 연결시키는 것은 더욱 쉽지 않아.

바클레이 대령은 독특한 성격을 가졌다는 평이 있었어. 평소에는 유쾌하고 용감한 군인이었지만, 가끔씩 폭력적이고 치밀한 모습을 보이곤 했다는군. 하지만 그건 부하 군인을 대할 때의 모습이었을 뿐 부인에게는 그렇지 않았던 듯해. 아까 언급한 머피 소령은 바클레이 대령이 가끔씩 묘한 우울증에 빠졌던 이야기도 해주었다네. 내가 사건과 관련하여 만나본 장교 다섯 명 중 세 명도 같은 얘기를 하더군. 머피 소령의 말에 따르면, 대령은 다른 사람들과 어울려 떠들다가도 갑자기 웃음기를 싹 거두는 등 주위를 놀라게 하는 경우가 많았다네. 마치 웃음의 장막을 걷어낸 것처럼 말이야. 이러한 우울증이 며칠이고 계속되면 다른 사람이 알 수 없는 세계로 빠져들기도 했다더군. 동료 장교들은 이 외에도 대령이 약간 미신적인 기질을 가지고 있었다고 하더군. 대령은 혼자 있는 걸 좋아하지 않았는데 해가 지면 그 증상이 더욱 심해진 모양이야. 누구보다 남자다운 성격의 군인이 어둠을 무서워하는 것은 좀 우습지 않은가. 그래서 이 이야기로 인해서

Sherlock Holmes

많은 사람들에게 회자된 듯해.

로열 먼스터 연대는 제1대대로, 몇 년 동안 올더숏에 주둔하고 있었어. 결혼한 장교들은 부대 밖에서 생활하는 게 일반적이었는데, 바클레이 대령은 북쪽 병영에서 8백 미터 정도 떨어진 '라신'이라는 관사에서 살았지. 그의 집 대지는 넓은 편이지만 집 서쪽이 도로와 인접해 있기 때문에 도로와 집 사이의 거리가 30미터밖에 안 된다네. 라신에는 마부와 두 명의 하녀, 그리고 주인 부부만 살았지. 바클레이 부부한테는 아이들도 없었고, 집에서 묵고 가는 손님도 거의 없었으니까.

서두가 길어서 지루했겠군. 이제부터 지난 월요일 저녁 9~10시에 일어난 사건을 말해 주겠네. 바클레이 부인은 가톨릭 신자였다는군. 특히 세인트 조지 조합의 활동에 매우 관심이 많아서 그쪽에서 자주 활동했던 것 같아. 이 단체는 가난한 이들에게 헌옷을 나눠주기 위해 설립된 와트가 교회와 관련되어 있지. 사건이 일어나던 날 저녁 8시, 조합 모임을 가기 위해 바클레이 부인은 저녁 식사를 빨리 했다네. 부인이 외출하면서 남편과 이야기하는 내용을 마부가 들었는데, 모임이 금방 끝날 거라는 말 외에 특별한 얘기는 없었다고 하더군. 부인은 옆집으로 가서 모리슨 양과 만났고 같이 모임에 갔다네. 모임은 약 40분 정도 걸렸고, 바클레이 부인은 출발할 때와 마찬가지로 모리슨 양과 함께 9시 15분에 집으로 귀가했어.

라신에는 낮에만 거실로 사용하는 방이 있다네. 이 방은 도로와 마주보고 있고 커다란 접이식 유리 창문이 있지. 창문 너머로 잔디밭을 30미터 지나면 낮은 담이 나오는데, 그 밖은 바로 도로라네. 담 윗부분은 철제 난간으로 되어 있지. 바클레이 부인은 집에 도착하자마자 바로 이 거실로 들어갔다네. 저녁때는 좀처럼 쓰지 않는 방이었기 때문에 커튼도 내리지 않은 상태였지. 하지만 바클레이 부인은 직접 방에 불을 켜고 하녀 제인 스튜어트를 불러 차를 한 잔 부탁했네. 그것은 모두 평소에는 하지 않던 행동이었어. 식당에 앉아 있던 대령은 부인이 돌아오는 소리를 듣고 부인이 있는 거실로 갔다네. 마부는 대령이 거실로 들어가는 모습을 직접 보았는데, 그게 살아 있는 대령의 마지막 모습이었네.

약 10분 뒤에 제인 스튜어트는 부인이 시킨 차를 가져갔네. 하지만 방문을 열기 전에 부부가 싸우는 소리를 듣고 매우 놀랐지. 하녀는 자기도 모르게 문을 두드렸지만 안에서는 대답이 없었어. 손잡이를 돌려보았지만 역시나 안에서 잠겨 있었지. 하녀는 놀라서 요리사에게 달려갔고 곧 마부까지 불렀지. 셋이 모여서 거실로 갔는데, 그때까지도 부부가 싸우는 소리가 들렸다더군. 세 사람은 모두 이때 다른 사람의 목소리는 전혀 듣지 못했다고 말했네. 바클레이 대령은 낮은 목소리로 조곤조곤 말해서 알아들을 수 없었지만, 부인은 날카로운 목소리로 말했기 때문에 분명하게 들을 수 있었다더군. 특히 '비겁한 사람!'이라는 말을 반복했다네. '이제 어떻게 할 거지? 내 인생을 되돌려줘. 난 당신과 같은 하늘 아래서 살고 싶지 않아! 비겁한 사람!' 이러한 말들이 거실에서 흘러나왔고 하인들은 모두 긴장하고 있었지. 그런데 갑자기 남자의 무서운 고함이 들리더니 무언가 쿵하고 떨어지는 소리가 났다는군. 그리고 여자의 날카롭게 찢어지는 비명이 들렸지. 깜짝 놀란 마부는 억지로 문을 열려고 했지. 방에서는 무서운 비명이 계속 흘러나왔지만 하인들이 아무리 애써도 문은 열리지 않았다네. 하인들은 어떻게 해야 할지 몰라 두려워만 하고 있었지. 집

안 구조를 잘 알고 있던 마부는 밖으로 뛰어나가 잔디밭을 돌아갔어. 여름이었기 때문에 거실 창문은 열려 있었고 마부는 바로 방 안으로 들어갈 수 있었다네. 마부가 들어갔을 때 부인은 이미 기절하여 쓰러져 있었고, 대령은 머리는 난로 망 모서리 근처에, 다리는 안락의자 팔걸이에 걸쳐진 채로 죽어 있었네. 바닥에는 피가 가득했고.

대령이 이미 죽은 것을 본 마부는 일단 방문을 열어야겠다고 생각했지만, 열쇠를 찾을 수가 없었다더군. 마부는 어쩔 수 없이 다시 창문으로 나가서 경찰과 의사를 불렀지. 부인이 가장 유력한 용의자로 떠올랐지만 그녀는 쉽게 정신을 차리지 못했다네. 경찰은 일단 부인을 다른 방으로 옮기고 대령의 시신을 소파 위로 옮긴 다음 현장을 철저하고 꼼꼼하게 조사했어. 대령의 후두부는 약 5센티 가량 찢어져 있었는데, 불규칙한 상처 모양으로 보아서는 둔기로 얻어맞은 것이 분명했네. 뼈 손잡이가 달린 단단한 나무 곤봉이 시신 가까이에 있었기 때문에 흉기가 무엇인지도 쉽게 알 수 있었지. 해외 전투에 수없이 참전했던 대령이 모은 여러 나라의 무기 중 하나라고 경찰은 추정하고 있네. 하인들은 그런 무기를 지금까지 본 적이 없다고 했지만 말이야. 경찰은 그 외에는 방 안에서 특별한 물건을 찾지 못했어. 그런데 한 가지 이상한 게 있다네. 바로 방 어디에서도 방 열쇠가 나오지 않았다는 거야. 결국 경찰은 방문을 열기 위해서 올더숏의 열쇠수리공까지 데려와야 했다네.

왓슨, 지금까지 내가 한 얘기는 화요일 오전, 머피 소령의 부탁으로 올더숏에 내려갔을 때 알게 된 사실이라네. 자네의 표정을 보니 벌써 이 사건에 흥미를 느끼고 있는 것 같군. 나는 사건 조사에 착수하면서 이 사건이 매우 기이하다는 걸 알 수 있었지. 먼저 나는 거실을 조사하기 전에 하인들을 한 사람씩 만나보았네. 하지만 이미 머피 소령과 경찰에게 들은 것 외에 새로운 얘기는 하나도 없었어.

단 하녀가 기억해 낸 새로운 사실이 하나 있었지. 하녀가 차를 들고 거실로 갔다가 싸우는 소리를 들었다고 한 것 기억하지? 그런데 하녀는 대령 부부가 나직하게 이야기하고 있었지만, 말투 때문에 싸우는 것이라고 생각했다더군. 내가 더 이상 들은 게 없는지 자꾸 채근하자 하녀는 부인이 '데이비드'라는 이름을 두 번 말했다고 얘기해 주었다네. 그 이름은 부부가 다툰 이유를 추측하는데 큰 단서가 될 수 있지. 대령의 이름은 데이비드가 아니라 제임스니까.

게다가 이번 사건에서 가장 강한 인상을 준 것은 대령의 얼굴이었어. 죽은 당시의 표정이 매우 일그러져 있었는데, 그걸 본 사람들에 따르면 공포와 두려움 그 자체라고 하더군. 사람이 어떻게 저런 표정을 지을 수 있을까 할 정도였다네. 대령의 얼굴을 본 것만으로 기절한 사람도 한둘이 아니라더군. 대령은 자신이 그 순간 죽을 운명에 처했다는 것을 직감한 것이 아닐까? 그래서 아마 엄청난 공포심을 느꼈을 거야. 이것은 경찰에서 세운 가설과도 동일하지. 사랑하는 아내가 자신을 죽이기 위해 달려들었다면 얼마나 두려웠겠나. 그리고 아내의 공격을 피하려다가 후두부의 상처가 날 수도 있었을 거야. 하지만 사건의 가장 중요한 열쇠인 부인이 급성 뇌막염 때문에 일시적인 착란 상태에 빠져 있어 사건에 대해 아무런 말도 하지 못하고 있다네.

경찰에 의하면 그날 저녁 바클레이 부인과 함께 외출했던 모리슨 양은 부인이 평소와 다르지 않았다고 증언했다더군. 난 이러한 사실

Sherlock Holmes

을 정리하기 위해 파이프를 피우면서 생각했지. 사건의 핵심이 될 사실과 우연하게 일어난 사실을 구분해 보면서 말이야. 이 사건에서 가장 의심스러운 것은 바로 방문 열쇠가 없어진 일이라네. 몇 번이나 방 안을 샅샅이 뒤졌지만 결국 열쇠는 나오지 않았어. 그렇다면 방에서 누군가 열쇠를 가지고 나간 것이지. 그런데 대령도 부인도 열쇠를 갖고 나갈 수는 없었으니까 제3의 인물이 방에 들어왔다 나갔다는 결론을 내릴 수 있어. 그리고 그 제3의 인물이 들어올 방법은 창문뿐이야. 내 생각에는 방 안과 잔디밭을 철저하게 조사하면 그 인물의 흔적을 찾아낼 수 있을 것 같았네. 자네도 알고 있듯이 나는 나만의 방법으로 조사를 했고, 결국 발자국을 발견할 수 있었지. 그런데 내 예상과는 아주 달랐다네. 한 사내가 도로에 있다가 잔디밭을 가로질러 방에 들어왔네. 그 과정이 될 수 있는 선명한 발자국을 다섯 개나 채취하기도 했고. 다른 하나는 도로에서 발견할 수 있었는데, 낮은 담을 타고 넘어온 바로 그 지점이었다네. 두 개는 잔디밭, 아주 희미한 발자국 두 개는 창가의 지저분한 널빤지에서 찾아냈지. 발뒤꿈치가 앞부분보다 훨씬 깊이 들어갔으니 잔디밭을 뛰어간 것이지. 하지만 가장 놀랐던 것은 그 발자국의 주인 때문이 아니라 발자국의 동행 때문이었다네."

"범인에게 동행이 있었다고!"

홈즈는 바지 주머니에서 큰 박엽지(博葉紙) 한 장을 꺼내 조심스럽게 무릎에 펼쳐놓았다.

"이것을 보면 자네는 무엇을 알 수 있나?"

종이 위에는 작은 짐승의 발자국이 찍혀 있었는데, 발가락이 다섯 개로 선명하게 갈라져 있었었다. 발톱은 길어 보였고 발의 크기는 디

저트 숟가락 정도의 크기였다.

"글쎄, 아마 개가 아닐까?"

"개가 커튼을 기어올라갈 수 있을까? 난 이 조그만 발자국의 주인이 커튼을 기어올라간 흔적을 분명히 봤다네."

"개가 아니라면 원숭이일까?"

"유감스럽게도 원숭이 발자국도 아니라네."

"그럼 무엇인가?"

"개도 고양이도 원숭이도 아니야. 우리가 흔히 알고 있는 동물은 아니지. 난 발견된 발자국을 중심으로 이 짐승의 모습을 재구성해 보았지. 이건 가만히 서 있을 때의 발자국이라네. 앞발에서 뒷발까지의 길이가 38센티미터, 그리고 목과 머리의 길이를 더하면 몸길이가 약 60센티미터 정도 된다는 결론이 나오지. 꼬리가 있다면 물론 좀 더 길어지겠지만. 다른 게 또 있다네. 발자국으로 보폭을 알 수 있지 않은가. 그런데 앞발과 뒷발이 움직이는 폭이 겨우 7.5센티미터밖에 안 된다는 것은 좀 이상해. 긴 몸통에 매우 짧은 다리가 달려 있으니까 말이야. 털은 찾지 못했지만, 설령 털을 남겨 놓았다면 별로 신중하지 못한 짐승일 거야. 전체적인 모습은 지금까지 내가 말한 대로라네. 이 짐승은 커튼을 기어오를 수 있고, 육식성이라는 것일세."

"그건 어떻게 알아냈나?"

"녀석이 커튼을 기어올라간 흔적을 발견했으니까. 당시 창가에는 카나리아의 조롱이 매달려 있었네. 녀석은 아마 이 새를 노린 것 같더군."

"도대체 어떤 짐승이기에 새를 노린다는 건가?"

"그걸 안다면 사건 해결은 매우 간단할 거야. 아마 위즐이나 어민

(둘 다 족제빗과에 속하는 작은 육식 동물)이 아닐까 생각한다네. 하지만 그보다는 좀 더 큰 동물인 것 같아."

"그 동물이 살인사건과 무슨 연관이 있나?"

"그것도 아직 잘 모르겠네. 하지만 나는 많은 것을 알게 되었지. 내가 추리한 바에 따르면 이렇게 설명할 수 있어. 남자 한 명이 길에서 바클레이 부부가 싸우는 광경을 보고 있었어. 방에는 불이 켜진 데다가 커튼이 젖혀져 있었으니 아주 잘 보였겠지. 남자는 이상한 짐승과 함께 잔디를 달려가 창문을 통해 방 안으로 들어갔지. 어쩌면 그 남자가 대령의 머리를 내리쳤을 수도 있고, 대령이 그를 보고 공포에 질려 쓰러지면서 난로 망 모서리에 머리를 부딪쳤을 수도 있겠지. 그리고 그 남자는 방문 열쇠를 가지고 갔네. 그런데 그는 왜 열쇠를 가져갔을까?"

"자네가 발견한 발자국 때문에 사건이 더 복잡해진 것 같네만."

내가 말했다.

"그렇다네. 처음에 생각했던 것보다 훨씬 어려운 사건이 된 거지. 심사숙고한 끝에 나는 다른 방향에서 사건을 봐야 한다고 생각하게 되었네. 그런데 자네, 피곤하지 않은가? 잘 시간이 한참 지난 것 같은데. 나머지 얘기는 내일 올더숏에 가면서 하는 건 어떻겠나?"

"잘 시간이 지나긴 했지만, 나머지 이야기가 매우 궁금하군. 계속 이야기해 주게."

"바클레이 부인이 집을 나선 7시 반까지는 남편과 사이가 좋았지. 평소에 눈에 보이게 애정 표현을 하지는 않았지만, 마부는 부인이 대령과 다정하게 이야기하는 걸 들을 정도였으니까. 부인이 외출에서 돌아오자마자 남편이 없을 만한 방으로 직행한 것도 사실이야. 흥분한 여자들이 그러듯이 하녀에게 차를 달라고 했고, 남편이 방에 들어오자 심하게 부부싸움을 한 것이지. 그렇다면 외출했던 7시 반에서 9시 사이에 무슨 일이 생긴 것이 분명해. 남편에 대한 부인의 감정을 바꿔놓을 정도의 큰 사건이기도 하고. 그런데 같이 있던 모리슨 양은 외출하는 내내 부인과 같이 있었네. 모리슨 양은 평소와 같았다고 말하지만 무엇인가 알고 있는 게 분명했지.

처음에는 모리슨 양과 대령이 불륜 관계를 맺었고, 그녀가 사실을 부인에게 고백한 게 아닐까 생각했다네. 그렇다면 부인이 소리를 지르며 화낸 것이나 모리슨 양이 아무 일도 없었다고 한 게 설명이 되니까. 하인들이 들은 부부싸움도 대부분 이해될 수 있고. 그러나 대령은 애처가로 유명했고, 데이비드라는 이름이 나온 것은 앞뒤가 맞지 않았어. 게다가 제3의 인물이 침입했다는 뚜렷한 증거가 있었지. 그 남자가 침입한 이후에는 전혀 다른 상황이 전개되었을 것이고. 그래서 나는 모리슨 양과 대령 사이를 의심했던 것을 그만두었네. 그렇지만 바클레이 부인이 남편에게 화가 난 이유를 모리슨 양은 알고 있을 거라고 확신했지. 나는 정공법을 취하기로 했네. 모리슨 양을 찾아가 당신이 진실을 계속 감추고 사실을 밝히지 않는다면 바클레이 부인은 살인죄로 사형을 당할지도 모른다고 말했네. 모리슨 양은 아름다운 금발 머리에 겁 많은 눈동자를 가진 연약해 보이는 아가씨였어. 그러나 강단도 있고 사리를 분별할 줄 아는 여성이었지. 그녀는 내 말을 듣고 잠시 생각에 잠겼지만, 역시 단호한 태도로 말하더군.

'저는 그 일에 대해 아무 말도 하지 않겠다고 부인과 약속했습니다. 그리고 그 약속은 지킬 거예요.'

모리슨 양이 말했네.

'하지만 부인은 남편을 죽였다는 혐의를 받고 있으면서도 아무 말도 하지 못하고 있어 매우 안타까운 건 사실이에요. 부인과의 약속도 중요하지만 제가 돕는 게 도리일 것 같아요. 월요일 저녁에 무슨 일이 있었는지 말씀드리겠어요.

저와 부인은 8시 45분쯤 모임에서 돌아왔습니다. 오는 길에는 아주 한적한 도로인 허드슨 가를 지나야 했어요. 길 왼쪽에는 가로등이 하나 있는데, 우리가 그 가로등 쪽으로 걷고 있을 때 등이 굽은 남자가 저희 쪽으로 걸어오고 있는 것을 보았습니다. 무슨 상자 같은 걸 메고 있었고요. 얼핏 보이는 모습이나 걷는 것을 보아서는 몸이 불편한 장애인이 아닌가 생각하기도 했어요. 마침 가로등 불빛이 가장 잘 비치는 곳에서 저희와 마주쳤고, 그 남자는 우리를 쳐다보았어요. 그는 갑자기 걸음을 멈추더니 소름 끼치는 목소리로 소리를 질렀습니다. '아니, 당신 낸시잖아!' 라구요. 부인은 얼굴이 하얗게 질렸고 그 남자가 잡아준 덕에 겨우 서 있을 수 있었어요. 제가 놀라서 경찰을 부르겠다고 했지만, 부인은 정신을 차리고 예의 바르게 대답했어요.

'헨리, 당신은 30년 전에 죽은 것이 아니었던가요?'

이렇게 묻는 부인의 목소리는 매우 떨렸습니다.

'죽은 것과 마찬가지였어. 아니 오히려 그보다 더욱 심했지.'

그는 차가운 목소리로 대답했어요. 지금도 그의 시커먼 얼굴과 매서운 눈빛이 번뜩이는 악몽을 자주 꾸곤 하지요. 그의 얼굴을 바라보니 주름이 가득했고, 머리카락과 수염도 반백이었어요.

'모리슨 양, 잠시만 저쪽에서 기다려주겠어요? 이분과 할 얘기가

있어서요. 걱정할 일은 없을 테니 안심해요.'

바클레이 부인은 부드러운 목소리로 말했지만, 얼굴과 입술은 떨려서 말을 더듬거렸고 얼굴도 매우 창백했어요. 저는 부인이 원하는 대로 그들에게서 조금 떨어져 있었습니다. 그들은 몇 분 동안 이야기를 나누었고, 부인은 진정된 모습으로 제 쪽으로 왔어요. 그 장애인은 가로등 옆에서 주먹을 쥐고 허공을 향해 휘두르고 있었고요. 우리는 집 앞에 도착할 때까지 아무 말도 하지 않았습니다. 그러나 제가 집에 들어가려고 할 때 부인이 말을 꺼냈습니다. 좀 전에 만난 장애인은 단지 옛날에 알던 사람일 뿐이라면서 아까의 일을 비밀로 해달라고 신신당부했어요.

저는 누구에게도 말하지 않겠다고 부인과 약속했고 그때가 부인을 마지막으로 봤을 때였습니다. 경찰에 이 이야기를 하지 않은 이유는 부인과의 약속이 더 중요하다고 생각했기 때문이에요. 그런데 지금 돌아가는 상황을 보니 사실을 털어놓는 것이 진정으로 부인을 위하는 길 같아요.'

모리슨 양이 들려준 이야기를 듣자 지푸라기라도 잡은 심정이었네. 그동안의 단서들이 자기 자리를 찾았고 사건의 전체적인 맥락도 보였지. 이제 다음 단계는 부인이 만난 그 장애인이었어. 그가 아직도 올더숏에 있다면 찾는 건 그리 어려운 일이 아니었지. 군인들이 많이 사는 지역인 데다가 그 정도의 장애인이라면 쉽게 눈에 띌 테니까. 하루를 꼬박 그를 찾아다니다가 오늘 저녁에 마침내 그를 찾아냈지. 그의 이름은 헨리 우드였네. 부인과 모리슨 양을 마주쳤던 거리에 있는 하숙집에서 살고 있더군. 그곳에 온 지는 겨우 닷새밖에 되지 않았다네. 난 하숙집에 찾아가 여주인과 이런저런 대화를 나누었지. 물론 등기소 직원의 자격으로 말이야. 그 장애인은 마술사 겸 곡예사라고 하더군. 밤마다 간단한 공연을 하기 위해 영내 매점을 돌아다니는데, 이상한 동물을 상자에 넣어가지고 다닌다고 했네. 하숙집 여주인은 처음 보는 동물이라면서 매우 무섭다고 하더군. 그 짐승을 데리고 어떤 마술을 한다는 것이 하숙집 주인이 아는 전부였다네. 그 남자는 몸이 너무 휘어서 생활하는 게 신기하다고도 하고 알아들을 수 없는 외국어를 쓴다는 말도 했지. 그리고 지난 이틀 동안에는 밤마다 방에서 흐느낌과 신음소리가 들렸다더군. 그리고 하숙비 계산은 분명했는데, 방세로 낸 돈 중에서 특이한 플로린 은화가 있었다는 말도 했지. 부인이 보여준 플로린 은화는 인도의 루피 화였다네.

자, 이제 내가 어떤 상황에 있고 왜 자네를 찾아왔는지 알겠나? 그는 부인과 헤어진 뒤에 그녀 몰래 뒤를 따라간 것 같네. 창문을 통해 부부의 싸움을 보다 방 안으로 뛰어들었고, 그 순간 상자 속에서 짐승이 빠져나왔지. 여기까지는 증거가 보여주고 있으니까. 하지만 그 방에서 무슨 일이 있었는지 알 수는 없지. 사건을 정확하게 말할 수 있는 사람은 그 남자밖에 없다네."

"아니, 그럼 그에게 직접 물어보겠다는 건가?"

"물론이지. 하지만 증인이 필요하다네."

"내가 증인이 되어 달라는 말 같군."

"그렇다네. 그가 사실을 있는 그대로 말한다면 일은 다 해결되지만, 그가 거절한다면 문제가 되지. 그때는 영장을 발부받아서 사실을 들을 수밖에."

"그가 이미 떠났다면 어떻게 할 작정인가?"

"걱정 말게. 미리 사람을 하나 붙여 놓았네. 그가 어디를 가든지 따라붙으라고 말했지. 우리는 내일 허드슨 가에서 그를 만날걸세. 자네 눈이 아주 빨개졌네. 자네를 재우지 않으면 내일 일어나지 못할 수도 있겠구먼. 어서 자게나."

다음날 정오, 우리는 현장에 도착했다. 홈즈와 나는 허드슨 가로 갔고, 그를 잘 알고 있는 나는 그가 꽤 흥분 상태에 있다는 걸 알 수 있었다. 나 역시 홈즈의 사건에 함께 할 때면 짜릿한 쾌감이 느껴진다. 사건을 해결할 때까지 반은 모험, 반은 지적인 활동이라는 것에서 느낄 수 있는 즐거움이기도 했다.

"허드슨 가가 바로 여기라네."

벽돌로 만든 평범한 이층 주택이 들어선 거리로 접어들자 한 아이가 우리 곁으로 왔다.

"심슨이 왔군. 내가 미행을 시킨 아이라네."

"홈즈 선생님, 그는 지금 집 안에 있어요."

"심슨, 잘했구나! 수고했다."

홈즈는 기특하다는 듯이 소년의 머리를 쓰다듬어주었다.

"왓슨, 들어가지. 이곳이 바로 그 집이야."

그는 중요한 용건이 있다는 전언을 명함과 함께 그의 방으로 보냈다. 잠시 후 우리는 그 사내를 만났다. 그는 따뜻한 날씨에도 불구하고 난로 옆에서 불을 쬐고 있었다. 좁은 방은 후끈거렸고, 의자에 앉은 사내는 장애 상태가 몹시 심각해 보였다. 하지만 얼굴이 여위고 변했어도 과거에 매우 미남이었음을 추측할 수 있었다. 그는 황달로 노래진 눈으로 나와 홈즈를 의심스럽게 쳐다보았다. 우리는 그가 가리킨 의자 두 개에 앉았다.

"헨리 우드 씨 되시죠? 최근까지 인도에 계신 것 같군요."

홈즈는 부드럽게 말했다.

"제가 온 이유는 바클레이 대령 살인사건 때문이라는 것은 알고 계시죠?"

"나는 그 사건에 대해서 아는 게 없소."

"물론 알고 있겠지만, 진실이 밝혀지지 않는다면 우드 씨의 옛 친구인 바클레이 부인이 살인 혐의를 받을지도 모릅니다. 그래도 괜찮나요?"

그는 매우 크게 놀랐다.

"당신은 대체 누구요? 부인이 내 친구라는 것을 당신이 어떻게 알고 있는지도 모르겠군요. 그런데 당신이 한 말은 사실인가요?"

"네, 그렇습니다. 경찰은 부인이 의식을 회복하면 바로 체포할 거라고 하더군요."

"세상에! 당신은 경찰인가요?"

"그건 아닙니다."

"그럼 당신과는 아무 상관없는 일이잖소."

"진실을 밝히는 것은 모든 사람이 해야 할 일입니다."

"부인은 아무런 죄가 없소."

"그렇다면 당신이 범인인가요?"

"아니오. 난 결백하오."

"그러면 바클레이 대령을 죽인 사람이 대체 누구인가요?"

"그가 죽은 것은 신의 결정이었소. 하지만 내가 그를 죽였다고 해도 그것은 누구라도 이해할 거요. 그가 양심의 가책 때문에 넘어져서 죽지 않았다면 아마 내가 죽였을 테니까. 진실을 알고 싶다고 했소? 좋소, 모두 솔직하게 말하겠소. 사실 진실을 감춰야 할 특별한 이유도 없으니까. 그리고 그의 죽음에 있어서 내가 부끄러워하거나 죄책감을 느껴야 할 일도 없으니까 말이오.

이렇게 보다시피 내 등은 낙타처럼 굽고 갈비뼈는 완전히 뒤틀어져 버렸소. 하지만 나는 과거에 제117 보병 연대의 최고 미남자였던 헨리 우드 상사였지. 당시 대령과 나는 인도의 부르티라는 곳에 있었소. 바클레이는 나와 같은 부대의 상사이자 연적이었소. 둘 다 연대 최고의 미녀인 군기 호위 상사의 딸 낸시 드보이를 사랑했으니까. 그러나 낸시는 바클레이가 아닌 나를 사랑했소. 지금은 이렇게 형편없는 모습이지만 당시에 그녀가 나를 사랑한 것은 준수한 용모도 한몫을 했소.

하지만 그녀의 아버지는 딸을 바클레이와 결혼시키고 싶어했소. 나는 지나치게 혈기 넘치는 무모한 젊은이였지만 바클레이는 침착하고 능력을 인정받았기 때문이오. 게다가 그는 교육도 충분히 받아서 미래가 보장되어 있었소. 하지만 낸시에게는 오직 나뿐이었고, 세포이 항쟁이 일어났을 무렵 나는 드디어 그녀와의 결혼을 결심했다오.

하지만 우리가 있던 부르티는 포위되었소. 당시 그곳에는 우리 연대와 포병 중대 절반, 그리고 시크 교도 보병 중대, 다수의 민간인과 부녀자들이 있었소. 만 명 이상의 폭도가 우리를 둘러싸고 있었지. 마치 먹이를 노리는 호랑이처럼 말이오. 2주일이 지나자 식수가 바닥났고, 내륙으로 진격 중이던 닐 장군의 부대와 연락을 취할 수 있는 지에 우리의 생사가 달리게 되었소. 살 길은 그것뿐이었으니까. 여자와 아이들까지 데리고 포위망을 뚫는 것은 불가능했고, 군인만 가는 것도 쉬운 일은 아니었소. 나는 자진해서 부르티를 빠져나가 닐 장군에게 우리의 상황을 알리겠다고 했지. 나의 청은 당연히 받아들여졌고, 어느 누구보다 지리에 밝았던 바클레이와 빠져나갈 계획을 의논했소. 그는 내게 포위망을 뚫을 수 있는 방법을 알려주었고, 그날 밤 그 계획의 시작으로 나는 그곳을 출발했소. 사실 내가 구하고 싶은 사람은 단 한 명뿐이었소. 그렇소, 나는 그녀를 위해 떠난 거였소.

바클레이의 계획에 의하면 난 바싹 말라버린 수로 바닥을 따라가야 했소. 적의 감시망을 피할 수 있는 유일한 방법이라고 했지. 그런데 바닥에 엎드려 몇 걸음 가지도 못 했는데 적에게 사로잡히고 말았소. 갑자기 머리를 얻어맞아 기절했고 손발을 결박당했지. 정신을 차리고 그놈들의 말을 듣고 난 후에야 바클레이가 날 배신했다는 걸 알게 됐소. 탈출 경로를 그려준 바클레이가 하인을 시켜 적군에게 작전을 누설한 거지.

자, 이제 그가 나에게 무슨 짓을 했는지 알겠소? 다음날 닐 장군은 부르티의 포위망을 뚫었고 모두 구출될 수 있었소. 하지만 나는 포로가 되어 적과 함께 퇴각했고, 다시 백인을 만날 수 있었던 건 매우 오랜 시간이 지나서였소. 그 과정에서 나는 끊임없이 고문당했고 도망쳤고 다시 잡혀서 고문을 당했지. 그 반복되는 과정으로 나는 이런 꼴이 되었소. 그들 중의 일부가 네팔로 달아나면서 나를 끌고 갔고 마침내는 다르질링 위까지 올라가게 되었지. 그때 적들은 그곳의 고

산 부족에게 살해당하고 나는 노예가 되었지만 마침내 탈출할 수 있었소. 그러나 방향을 잘못 들어 북쪽으로 가게 되었고 아프가니스탄까지 흘러들어갔다가 다시 펀자브(파키스탄 동부의 주. 당시는 인도에 속함)로 돌아가게 되었소. 그곳에서 원주민들 틈에 끼어 살게 되었고 전에 배웠던 적이 있는 마술 묘기로 생계를 이어나가게 된 거요. 비참한 모습으로 영국에 돌아간다는 것은 별 의미가 없다고 생각했기 때문이오. 당연히 복수심도 가지고 있었지만 이런 모습을 보여주느니 차라리 죽는 게 낫다는 생각도 했소. 사실 그들은 내가 죽었다고 굳게 믿고 있었을 테니까. 여기저기에서 바클레이가 낸시와 결혼했고, 그가 연대에서 빠른 승진을 하고 있다는 소문은 들렸지만 난 입을 굳게 닫고 있었지.

하지만 나이가 들면서 못 견디게 고향이 그리워졌소. 고향의 밝은 녹색 들판과 나무 울타리를 매일 꿈꾸면서 고향에서 뼈를 묻어야겠다고 생각했소. 그래서 여비를 조금씩 모아 영국으로 다시 건너온 것이지. 군부대 근처로 온 이유는 낸시를 보기 위해서만은 아니오. 나역시 군인이었기 때문에 군인의 습성, 웃기는 법 등을 모두 알았고, 그건 내 벌이에 도움이 될 테니까 말이오.”

“믿기 어려울 정도로 놀랍고 흥미롭군요.”

홈즈가 감탄하며 말했다.

“저는 사실 우드 씨와 바클레이 부인이 만난 이야기를 이미 들었습니다. 두 분이 서로를 알아봤다는 것도 알고 있고요. 당신은 제가 생각한 대로 부인을 따라갔고, 창문 너머로 부부가 싸우는 모습을 보신 거군요. 부인은 당신에게 했던 남편의 비겁한 행동을 비난했겠지요.

그 광경을 보고 당신은 참을 수가 없어 방 안으로 뛰어든 것이군요."

"그렇소. 바클레이는 나를 보더니 두려움에 가득 찬 얼굴로 쓰러졌소. 그 다음은 당신도 아는 대로 난로 망에 머리를 부딪혔고. 하지만 그는 머리를 다쳐서 죽은 게 아니라 나를 보고 죽은 거요. 난 그의 마지막 얼굴에서 분명히 죽음을 읽을 수 있었으니까. 나를 본 순간, 죄책감이라는 총알이 그의 심장을 관통해 생명을 앗아간 것이지."

"그리고는 어떻게 된 건가요?"

"내가 방 안으로 들어가고 남편이 쓰러지는 모습을 본 낸시는 기절했소. 나는 도움을 청해야겠다는 생각에 낸시의 손에서 방문 열쇠를 빼냈지만 이게 옳은 일인가 하는 생각이 들더군. 사태가 나한테 매우 불리했을 테니까. 붙잡히게 되면 누구에게도 알리고 싶지 않던 내 모습이 공개될 것이고, 난 그것을 원하지 않았소. 서두르다보니 어느새 열쇠는 내 주머니에 들어 있었고, 나는 도망치기 위해 커튼 위로 올라간 테디를 뒤쫓았소. 그러다 지팡이를 떨어뜨리기도 했지. 테디를 잡자마자 상자에 넣고 최대한 빨리 도망친 거라오."

"테디는 누구인가요?"

홈즈는 알고 있다는 듯이 물었다. 사내는 구석에 있던 우리의 문을 열었고, 갑자기 붉은 색을 띤 동물이 나왔다. 날렵하고 유연한 몸에 족제비 같은 다리, 빨간 눈과 길고 뾰족한 코는 매우 아름다웠다.

"이건 몽구스(사향고양잇과의 소형 육식 동물)군요."

나는 깜짝 놀라며 말했다.

"어떤 사람은 그렇게 부르기도 하지요. 또 어떤 사람은 이집트 몽구스라고도 말하오. 나는 이 녀석을 땅꾼(뱀을 잡아 파는 사람)이라고 부른다오. 테디가 코브라를 덮치는 모습을 보면 감탄하지 않을 수 없지요. 나는 독니를 뺀 코브라를 한 마리 가지고 있는데, 테디는 밤마다 그 녀석을 덮쳐서 영내 매점의 병사들을 즐겁게 해준다오. 할 말이 더 남았소?"

"바클레이 부인이 곤란한 처지가 되면 다시 우드 씨에게 연락해도 되겠습니까?"

"당연하오. 그런 일이 생긴다면 내가 경찰에게 사실대로 말하겠소."

"부인이 혐의를 벗는다면, 이미 고인이 된 대령의 과거를 밝힐 필요는 없을 것 같습니다. 지난 30년 동안 고인이 지독한 양심의 가책에 시달렸다는 것으로 위로를 삼으시길 바랍니다. 저쪽에 머피 소령이 지나가고 있군요. 그를 만나야겠습니다. 우드 씨, 그럼 안녕히 계십시오."

홈즈와 나는 달려가 빠르게 걷는 머피 소령을 간신히 따라잡았다.
"오, 홈즈 씨군요!"
소령이 반가워하며 말했다.
"그동안 수고해 주었는데 헛수고를 한 셈이 되었군요."
"그게 무슨 말인가요?"
"부검의가 심리에서 한 증언에 따르면 대령의 사인은 뇌졸중이라는군요. 그냥 단순한 사건이었는데 소란을 피운 꼴이 되었다오."
"오히려 다행이지요. 피해자와 가해자가 없는 거니까요."
홈즈는 웃으면서 말했다.
"왓슨, 이제 우리는 집으로 가자고. 더 이상 이곳에 있을 필요가 없겠군."

"그런데 한 가지 의문점이 있어."

역을 향해 걸으면서 내가 말했다.

"대령의 이름은 제임스, 침입한 남자는 헨리였지 않은가. 그렇다면 부인이 말한 데이비드는 누군가?"

"사실, 내가 좀 더 완벽한 추리 능력을 가지고 있었다면 아마 데이비드라는 이름을 듣고 바로 사건을 해결했을 거야. 그것은 대령을 비난하는 말이었지."

"대령을 비난하는 말이라니? 그게 무슨 뜻인가?"

"성경에 대한 지식이 많이 녹슬기는 했지만, 《사무엘 전서》나 《후서》에 데이비드에 대한 얘기가 있을 거야. 데이비드(David, 다윗)는 가끔씩 잘못을 했다네. 그 잘못 중에 제임스 바클레이와 똑같은 죄가 하나 있지. 자네도 우리아와 밧세바의 일을 알고 있겠지? 부인이 말한 데이비드는 바로 그 뜻이었다네."(다윗은 우리아의 아내 밧세바에게 반하여 간음한 후 음모를 꾸며 우리아를 적진으로 내보낸다. 우리아가 적에게 죽자 다윗은 밧세바를 아내로 맞이한다.)

마지막 사건
The Final Problem

사건을 기록할 때면 항상 설레고 기대되는 마음이었지만, 지금은 무거운 마음으로 펜을 들고 있다. 나의 둘도 없는 친구인 셜록 홈즈의 특별하고 남다른 재능에 대해 마지막 기록을 남겨야 하기 때문이다. 그와 내가 처음 인연을 맺었던 《주홍색 연구》를 시작으로, 그가 <해군 조약문> 사건에서 큰 업적을 남겼던(국제적 분쟁을 막아준 공헌) 일까지 나는 그와 함께했던 놀랍고 신기한 경험들을 글로 남기기 위해 항상 노력해 왔다. 그러나 지금 생각해 보면 그것은 두서도 없고 결코 완전할 수 없는 노력이었다. 나는 <해군 조약문> 사건의 기록을 마지막으로, 나의 삶에 오점으로 남은 그 사건에 대해서는 아무 말도 하고 싶지 않았다. 그 일 이후 2년이라는 적지 않은 세월이 흘렀지만 내 삶은 여전히 공허함이 남아 있었기 때문이다. 하지만 최근 제임스 모리어티 대령이 죽은 형을 옹호하는 편지를 만천하에 드러낸 것을 보고, 사실을 있는 그대로 발표하는 것이 최선임을 깨닫게 되었다. 나는 사건의 전말을 알고 있는 유일한 사람이고, 내가 아무 말도 하지 않는다는 것은 사회에 도움이 되지 않으리라고 생각했기 때문이다.

내가 알고 있는 한, 이 사건에 대한 기사가 신문에 실린 것은 모두 세 번이다. 첫 번째는 1891년 5월 6일자 스위스의 일간지 <주르날 드 주네브>에, 두 번째는 5월 7일자 로이터 통신 발로 영국의 각 일간지에 소개된 기사, 마지막으로 제임스 모리어티 대령이 발표한 최근의 편지이다. 이 중 첫 번째와 두 번째는 간단한 요약 기사에 불과하지만, 세 번째 기사는 사실을 완전히 왜곡한 것이었다. 그러므로 모리어티 교수와 셜록 홈즈 사이에 실제 있었던 사실을 내가 밝혀야만 하는 것이다.

내가 결혼과 함께 병원을 개업하면서, 홈즈와 나 사이의 관계는 상당히 달라졌다. 결혼 전에는 모든 생활을 함께하는 아주 밀접했던 관계였지만, 이제는 가끔씩 만나는 친구이자 일부 사건을 함께하는 보조자가 된 것이다. 사건을 해결하면서 동료가 필요할 때는 가끔씩 나를 찾기도 했지만 그런 일은 점점 드물어졌다. 1890년에 썼던 내 노트에는 단 세 가지 사건만 기록될 정도였다. 그해 겨울과 다음 해 초봄, 홈즈가 프랑스 정부의 의뢰로 매우 중요한 사건을 맡게 되었다는 사실을 신문을 통해서 우연히 알게 되었다. 그리고 얼마 뒤 그에게 편지 두 통이 왔다. 발신지가 나르본과 님으로 되어 있는 것을 보면서 그의 프랑스 체류가 예상보다 길어지고 있다고 생각했다. 그렇기 때문에 4월 24일 저녁, 그가 나의 진료실로 들어오는 걸 보자 나는 놀라지 않을 수 없었다. 그는 평소보다 더 창백해 보였고 마른 듯했다.

"내가 그동안 너무 많은 활동을 한 거 같긴 하군."

내가 미처 말을 꺼내기도 전에 그는 내 표정만 보고 이렇게 대답했다.

"요즘 많이 바빴거든. 그런데 내가 덧문을 닫아도 될까?"

방 안에는 책을 읽기 위해 책상 위에 올려놓은 등잔불만이 있었다. 홈즈는 벽에 바싹 붙은 채로 조심스럽게 몸을 움직이더니 신속하게 덧문을 닫고 단단히 잠갔다.

"조심해야만 하는 무슨 일이 있는 건가?"

나는 그에게 물었다.

"그렇다네."

"어떤 종류의 위험인가?"

"공기총이라고 할 수 있지."

"아니, 갑자기 그게 무슨 말인가?"

"자네는 나에 대해 잘 알고 있으니 내가 소심하지 않다는 것 또한 알고 있을 거야. 하지만 신변에 위험이 닥쳤다는 걸 알고 있는데도 인정하지 않는다면 그것은 용기가 아니라 어리석은 거라네. 나에게 성냥을 좀 빌려주게나."

홈즈는 담배를 피우면서 기분이 좋아진 듯 연기를 깊이 빨아들였다.

"밤늦게 찾아와서 미안하네. 조금 이상하게 들릴 수도 있겠지만 난 돌아갈 때 자네 집 뒤로 해서 담을 넘어가겠네. 이해해 주게."

"도대체 무슨 일이 있는 건가?"

내가 물었다. 그는 나에게 대답 대신 그의 손을 내밀었다. 밝은 불 아래에서 보니 손등 관절 두 곳이 터져서 피가 나고 있었다.

"상처가 보이지? 이것은 내 상상력이 만든 것이 아니라네."

그는 살짝 미소를 머금으며 말했다.

"오히려 한 남자의 손을 다치게 할 수 있을 만큼 현실적이지. 자네 부인은 위층 침실에 있나?"

"잠시 어딜 좀 갔다네."

"그럼 집에 자네 혼자 있나?"

"그렇다네."

"오, 마침 잘됐군. 괜찮다면 나와 함께 일주일 정도 유럽에 다녀오는 것은 어떤가?"

"갑자기 유럽이라니? 어느 나라를 갈 예정인지 물어봐도 되겠나?"

"나한테는 어디라도 상관없다네."

모든 게 다 수상하기 짝이 없었다. 홈즈가 아무 목적 없는 휴가를 보낼 리가 없다는 사실을 나는 잘 알고 있었다. 게다가 창백하고 많이 여윈 얼굴에는 매우 긴장한 듯한 표정이 역력했다. 그는 내 눈에 담긴 의문을 읽어내고 무슨 말을 하려는 듯이 두 손 끝을 마주 댄 채로 팔꿈치를 무릎 위에 올렸다. 그리고 이야기를 시작했다.

"자네 혹시 모리어티 교수라고 아는가?"

"처음 듣는 이름이군."

"아, 그런가? 그는 천재라네. 그 점이 바로 가장 놀라운 것이지."

홈즈는 외쳤다.

"그자는 런던에서 큰 세력을 떨치고 있다네. 하지만 그에 대해서 자세히 아는 사람은 아무도 없어. 그가 오랜 범죄의 역사에서 최고로 꼽히는 이유가 바로 그것 때문이지. 왓슨, 내가 그자를 사라지게 할 수 있다면, 그자의 악랄한 손에서 이 나라를 해방시킬 수 있다면 더이상 바랄 게 없을걸세. 그렇게 된다면 나도 소명을 다한 것으로 생각하고, 은퇴하여 조용하게 살고 싶다네. 지금 이 말은 진심이야. 자네 앞이라서 하는 말인데, 최근 스칸디나비아 왕실과 프랑스에서 의뢰했던 사건 해결 때문에 나에게 어울리는 조용한 생활을 영위할 수 있게 되었지. 내가 하고 싶어하는 화학 연구에 몰두할 수 있는 여건이 조성되었어. 하지만 왓슨, 모리어티 교수 같은 인간이 런던을 활보하고 있다고 생각하면 나는 이대로 있을 수가 없다네. 조용히 쉬는 것도, 자리에 가만히 앉아 있을 수도 없지."

"그가 대체 어떤 사람이기에 그러는 건가?"

"모리어티 교수는 매우 독특한 이력을 갖고 있어. 좋은 집안에서 태어났고 훌륭한 교육을 받았지. 게다가 뛰어난 수학적 재능을 타고 났어. 21살 때 이항정리에 관한 논문을 썼는데 유럽 전체에서 아주 높은 평가를 받기도 했다네. 그 논문으로 인해 영국의 작은 대학에서 수학 교수로 임명되기도 했고. 어떤 면에서 봐도 그는 빛나는 미래가 보장되어 있었다네. 그러나 그는 천성적으로 악마의 기질을 타고난 거지. 몸속에 범죄자의 피를 가지고 있었던 거야. 정신적으로 뛰어난 능력으로 인해 그의 범죄적 능력은 더욱 강해졌다네. 재능이 오히려 화를 부른 것이지. 대학가에서 그를 둘러싸고 좋지 않은 소문이 돌자 그는 결국 교수직을 사임하고 런던으로 돌아왔지. 그리고 육군 교관이 된 거라네. 세상에 알려져 있는 사실은 여기까지야. 지금부터 말하는 것은 모두 내가 발로 뛰어 알아낸 거라네.

자네도 알겠지만 나만큼 런던의 범죄 세계에 대해 알고 있는 사람은 없을 거라네. 최근 몇 년 동안 사건을 해결하면서 나는 어떤 힘을 느꼈다네. 법질서를 거스르고 범죄자를 뒤에서 보호해 주는 거대한 조직력이었지. 사기, 절도, 살인 등의 극단적인 사건에서 이 힘을 계속 느끼고 있었고, 알려지지 않은 수많은 범죄들에서 그 세력의 근원을 찾아내려고 노력했지. 몇 년에 걸쳐 그 세력을 싸고 있는 장막을 걷어내려고 시도한 끝에 얼마 전 수학의 귀재이자 전직 대학교수인 모리어티의 존재를 밝혀냈다네. 물론 단서를 찾아서 그의 위치를 추적하기까지는 정말 말할 수 없는 우여곡절이 있었지.

왓슨, 그자는 범죄 세계에서만큼은 나폴레옹과 같다네. 런던이라는

대도시에서 일어난 악행의 절반 이상, 그리고 발각되거나 알려지지 않은 범죄의 대부분은 그에게 책임이 있다고 해도 과언이 아니야. 그는 천재인 데다가 철학자이고 추상적 사고의 대가라네. 그리고 가히 최고라고 할 수 있는 머리를 가지고 있지. 그는 거미줄 한가운데에서 먹이를 기다리고 있는 거미처럼 꼼짝 않고 엎드려 있어. 거미줄은 천 가지가 넘는 방향으로 뻗어 있고, 그는 각각의 거미줄의 떨림을 예리하게 느낄 수 있지. 그는 무모하게 직접 행동에 나서는 일은 거의 없다네. 오로지 범죄에 대한 계획을 세울 뿐이야. 그리고 그가 세운 계획을 실행할 행동 대원은 무수히 많다네. 게다가 놀라울 정도로 조직이 완벽하게 구성되어 있고. 예를 들면, 어떤 범죄를 저지르려고 할 때, 그 얘기가 교수한테 들어가면 바로 체계적으로 실행될 수 있도록 사건이 짜여지는 것이지. 물론 행동대원은 다른 사람에게 잡힐 수도 있지만 그럴 때는 보석금이나 변호사 비용이 조달되지. 하지만 뒤에서 범죄를 조종하는 중요 세력은 절대로 잡히지 않는다네. 게다가 의심받는 일도 없지. 왓슨, 내가 추리해 낸 조직은 이와 같아. 나는 그자의 존재를 만천하에 드러내고 괴멸시키는 일에 전력을 다해 왔다네.

하지만 생각보다 교수는 매우 치밀하더군. 내가 아무리 뒤를 쫓아도 곳곳에 안전장치를 설치해 놓은 것을 볼 수 있었지. 어떠한 수단을 이용한다고 해도 그를 법정에 세우고 유죄를 증명할 수 있는 현실적인 증거를 잡는 것은 불가능할 것 같았어. 자네는 사실 내 능력에 대해 충분히 알고 있지 않은가. 그를 쫓는데 전념하고 약 세 달이 지났을 때, 나는 결국 지적으로 동등한 능력을 가진 적을 만났음을 인정해야만 했네. 그가 저지르고 있는 범죄에 대한 증오심이 그렇게 강했어도 그의 놀라운 범죄적 기술에는 감탄할 수밖에 없었다네. 그렇지만 그 역시 사람이었던 터라 실수를 하더군. 그것은 아주 작은 실수였지만 내가 뒤쫓고 있는 상태였기 때문에 절대로 해서는 안 될 실수이기도 했네. 나는 신이 내려준 것 같은 그 기회를 놓치지 않았어. 그가 실수한 지점부터 그의 주변에 그물을 치기 시작했지. 모든 일이 마무리되고 이제는 그 그물을 잡아당기기만 하면 된다네. 앞으로 사흘 뒤, 즉 다음 주 월요일에 교수는 조직의 간부들과 함께 경찰에 체포된다네. 그러면 아마 본 적이 없을 최대의 형사재판이 열리겠지. 그리고 미궁에 빠졌던 사건 중 최소 40건 이상의 진상이 밝혀질 거야. 내 생각에는 전원이 교수형에 처해질 것 같고 또 그래야 한다고 생각하네. 그렇지만 만일 때가 되기 전에 함부로 움직인다면, 그들은 마지막 순간에도 도망을 갈 수 있을 거야. 그래서 매우 조심해야 한다네.

　모리어티 교수 모르게 이런 일을 할 수 있었다면 좋았겠지만 그처럼 교활한 인물을 속인다는 것은 불가능했다네. 그는 내 행동 하나하나를 내가 된 것처럼 꿰뚫고 있었지. 그는 내가 친 그물을 끊임없이 걷어내기 위해 시도했고 나는 그럴 때마다 그를 격퇴했다네. 그 말없는 싸움을 글로 쓴다면 아마 가장 치열한 범죄소설이 될걸세. 사실 지금까지 수많은 범죄를 다뤘지만, 이렇게 거세게 누군가를 몰아붙이거나 적수에게 이렇게까지 심하게 몰렸던 것도 처음이네. 하지만 내가 누군가. 그가 나를 향해 칼을 휘두를 때면 나는 그의 급소를 찔렀지. 마지막으로 오늘 아침, 나는 마지막 포석을 놓았네. 이제 사흘 동안 기다리기만 하면 상황이 종료될 거라는 생각을 하면서 방에 앉아 있었지. 그런데 갑자기 문이 열리더니 모리어티 교수가 나타났네.

Sherlock Holmes

왓슨, 내가 웬만한 일에는 눈 하나 깜짝 하지 않는 사람이라는 건 자네도 알지? 하지만 오늘 아침에는 솔직히 매우 놀랐다네. 내 마음을 점령하고 있는 바로 그 남자가 내 앞에 서 있으니 내가 놀라는 건 오히려 당연한 일이겠군. 그는 깡마른 키다리인 데다가 하얀 이마는 유난히 튀어나왔더군. 두 눈은 움푹 꺼졌지만 얼굴은 깨끗이 면도한 상태였다네. 창백한 얼굴이 매우 금욕적으로 보였어. 용모는 교수 같은 분위기에 공부를 많이 한 탓인지 어깨는 굽었고 고개를 살짝 앞으로 내밀고 있었어. 파충류처럼 생긴 얼굴을 천천히 좌우로 흔들더니 눈살을 찌푸리고 호기심이 가득한 얼굴로 나를 자세히 바라보더군.

'생각처럼 전두엽이 발달한 건 아니군.'

교수는 드디어 입을 열었지.

'하지만 말이야, 실내복 주머니에 장전한 총을 집어넣고 그렇게 만지작거리는 건 매우 위험하다네.'

사실 그가 내 방에 들어오는 순간부터 내가 위험한 상태라는 것을 알았지. 그에게 있어서 유일한 탈출구는 나를 제거하는 것일 테니까. 그런 이유로 재빨리 서랍에서 권총을 꺼내 주머니에 쑤셔 넣은 뒤에 옷 속에서 그를 겨누고 있었다네. 그의 말을 듣고 나는 권총을 꺼내 공이치기를 당겨놓은 채로 탁자 위에 올려놓았어. 혹시 모를 만약을 대비해서 말이지.

'당신은 내가 누군지 모를 테지만.'

교수가 말했지.

'그럴 리가. 내가 어떻게 당신을 모르겠나? 이쪽으로 앉으시지. 나한테 할 말이 있어서 온 것 아닌가?'

'그렇다면 내가 무슨 말을 할지 잘 알고 있겠군.'

'물론이지. 자네 역시 내 대답을 잘 알겠군.'

나는 그의 말에 대답했다네.

'허허, 자네 생각을 바꿀 생각이 없다는 건가?'

'절대로 없지.'

교수는 대답을 듣자마자 주머니에 손을 집어넣었고 나는 탁자에 있는 권총을 집어 들었어. 하지만 그가 꺼낸 것은 총이 아니라 날짜를 몇 개 적어 놓은 메모장이었어.

'당신은 1월 4일에 미행으로 나의 영역을 처음으로 침범했어.'

교수는 계속 말했네.

'23일에는 나한테 페를 끼친 일로 불편한 상황이 되기도 했고, 2월 중순쯤에는 당신이 매우 거추장스러웠어. 3월 말에는 내 계획을 결정적으로 방해해서 적지 않은 차질까지 빚게 했지. 그리고 지금 4월 말, 나는 당신의 끊임없는 추적 때문에 자유까지 잃을 지경이야. 이런 상황이 있을 수 있다니 정말 믿을 수가 없어.'

'그래서 어쩌라는 건가?'

나는 그에게 물었지.

'홈즈 선생, 부탁이니 나에게서 손을 떼게나.'

교수는 고개를 저으며 말했네.

'그게 자네를 위한 일이라는 건 말하지 않아도 알겠지?'

'좋아! 하지만 사흘 뒤에 그렇게 하지.'

'저런, 당신같이 명석한 사람이 이번 일의 결과가 어떻게 될지 모를 리가 없을 텐데. 이쯤에서 멈추시게나. 당신이 일을 극단적으로

처리했기 때문에 우리가 선택할 수 있는 방법은 하나밖에 없어. 하지만 난 당신이 마음에 들어. 당신의 일처리 솜씨를 지켜보는 것도 매우 큰 기쁨이었기 때문에 극단적인 방법을 사용하고 싶지 않아. 이런, 당신은 지금 이 상황에서 웃고 있군. 이건 협박이 아니야. 이렇게 나온다면 나도 다른 방법이 없다네.'

'위험을 감수하는 것은 내가 하는 일의 일부지. 피하고 싶지 않다네.'

'그건 위험이 아니야. 불가피한 파멸이라네. 지금 맞서고 있는 대상은 어느 한 개인이 아니거든. 당신의 뛰어난 두뇌로도 쉽게 파악하기 힘든 막강한 조직이지. 이렇게까지 말했으면 비켜서게나. 그렇지 않으면 무참히 짓밟히고 말걸세.'

나는 인사를 하기 위해 자리에서 일어섰지.

'오늘 만나서 반가웠네. 즐거운 대화를 나누다보니 중요한 일을 잊고 있었지 뭔가.'

교수도 자리에서 일어났지. 슬픈 듯이 고개를 흔들면서 말없이 한동안 나를 쳐다보았어.

'정말 어쩔 수 없군. 안타깝지만 어쩔 수 없어. 난 최선을 다한 거라네. 당신이 어떤 포석을 놓았는지 난 다 알고 있지. 사흘이라고? 자네는 자신 있게 말하지만, 사흘 안에 자네가 할 수 있는 일은 아무것도 없을 거야. 오랜 시간 동안 우리 둘은 사투를 벌여왔지. 나를 피고석에 앉게 하고 싶겠지만 내가 법정에 서는 일은 절대로 없을 거야. 당신이 나를 꺾고 싶어하는 마음 또한 잘 알고 있지만 내가 당신에게 꺾이는 일 또한 절대 없을 테지. 기억해 두게. 당신이 나를 파멸시킨다면 나 또한 당신에게 파멸을 선물할 테니까.'

'모리어티 교수, 당신이 나한테 충고를 해주었으니 가만히 있을 수가 없군. 답례로 나도 한 마디 하겠네. 당신을 이 사회에서 없앨 수 있다면 이 한 목숨 정도는 기꺼이 내놓을 테니 걱정은 접어두시게.'

'그럴 수 있을 거라 생각하나? 끝장나는 건 당신 하나뿐일 텐데.'

교수는 매서운 목소리로 말하고 또다시 고개를 흔들면서 방을 나갔네. 솔직히 모리어티 교수와 이런 대화를 나눈 뒤에 매우 불쾌했다네. 그의 부드럽고 명료한 말은 그 어떤 협박보다 강한 설득력을 가지고 있었으니까. 자네는 이렇게 말할 수도 있을 거야. 왜 경찰력을 동원하지 않느냐고. 경찰은 사실 도움이 안 된다네. 나를 공격할 사람은 그가 아니라 그의 부하들이니까. 그런 사실을 증명할 수 있는 결정적인 증거도 이미 몇 가지 손에 넣었고."

"설마, 자네 벌써 테러를 당한 건 아니겠지?"

"모리어티 교수는 꾸물거리는 사람이 아니야. 점심 무렵에 볼 일이 있어서 난 잠시 옥스퍼드 가에 갔었어. 벤틴크 가의 모퉁이를 돌아 웰베크 가의 교차로로 가고 있었는데, 갑자기 두 필의 말이 끄는 짐마차가 엄청난 속도로 달려오더니 나를 덮쳤어. 나는 재빨리 인도로 뛰어들어서 간신히 목숨을 구할 수 있었지. 짐마차는 다시 눈 깜짝할 사이에 매릴리본 길로 사라졌어. 그 상황은 우연이 아니었을 거야. 그 이후에 나는 인도로만 걸었지. 하지만 그것도 안전하진 않더군. 비어 가를 내려가고 있는데 어떤 집 지붕에서 벽돌 하나가 떨어지는 거야. 그 벽돌은 내 발밑에서 산산조각이 났지. 나는 경찰을 불렀고 그곳을 샅샅이 뒤졌다네. 그 집 지붕에는 집수리를 하기 위해 슬레이트와 벽돌이 쌓여 있었어. 경찰은 바람으로 인해 그 중 하나가 떨어졌을 거라고 설명했지. 물론 그건 사실이 아니었지만 증명할 방법이 없더군. 그리고 마차를 잡아타고 펠멜 가에 있는 형 집에서 하루를 쉬었다네. 아까 자네 집으로 오는 길에는 길에서 곤봉을 들고 있던 거구의 괴한에게 습격당했지. 나는 그자를 때려눕힌 다음 경찰에 넘겼네. 그때 내 주먹이 그자의 앞니를 맞혔고 내 손등은 찢어졌다네. 그렇지만 나를 습격한 괴한과 그로부터 15킬로미터나 떨어져 있는 곳에서 수학 문제를 풀고 있는 수학자와의 관계를 증명할 수 있는 연결 고리가 과연 있을까? 그래서 내가 이 방에 들어오자마자 덧문부터 걸어 잠근 거지. 돌아갈 때는 담을 넘어가겠다고 한 것도 그런 이유일세."

그동안 여러 가지 모험을 함께하면서 나는 홈즈의 용기에 감탄한 적이 한두 번이 아니었다. 하지만 이렇게 조용히 자신을 죽음으로 몰아넣으려고 한 사건들을 털어놓는 모습에는 더더욱 놀라지 않을 수 없었다.

"오늘 밤 여기에서 자게나. 이곳은 안전할 거야."

내가 말했다.

"아니라네. 난 매우 위험한 손님이니까. 이미 나는 계획을 전부 짜놓았어. 모두 다 잘 될 테니까 걱정하지 말게. 이렇게 완벽하게 준비해 두었으니 일당을 검거하는 문제는 경찰이 나 없이도 잘할 수 있을 거야. 혐의를 입증하려면 물론 내가 있어야겠지만 경찰이 행동을 개시하기 전까지 남은 며칠 동안 나는 여기에 있지 않는 게 좋을 것 같아. 자네가 그 시간 동안 나랑 함께 유럽에 있어준다면 정말 즐거울 거라네."

"다행히 나도 요즘은 한가한 편이야. 일을 부탁할 친절한 이웃 의사도 있으니 나도 자네와 함께 즐거운 마음으로 동행하겠네."

"내일 아침에 출발하는 건 어떤가?"

"자네만 괜찮다면 나도 좋네."

"오, 괜찮고말고. 이제 행동 요령을 알려주겠네. 잘 기억해 두고 그 대로 따라하게. 자네는 지금 나와 함께 유럽에서 가장 머리가 뛰어난 악당과 가장 강력한 범죄 집단을 상대하는 게임을 해야 한다네. 먼저 오늘 밤, 믿을 만한 심부름꾼을 찾아 빅토리아 역으로 여행에 필요한 짐을 보내게. 주소를 써서는 안 되네. 그리고 아침이 되면 이륜마차를 부르게. 이때는 미행당하지 않도록 조심해야 하네. 마차가 오면 재빨리 타고 스트랜드 쪽의 로더아케이드로 가게. 주소는 미리 종이에 적어서 마부에게 건네주고 그걸 함부로 던져버리지 않도록 따로 부탁하게. 마차 요금은 미리 준비해 놓고 마차가 서면 바로 내려서 아케이드를 빠르게 뛰어가게. 아케이드의 반대쪽 끝에 정확히 9시 15분까지 도착해야 해. 그곳에 도착하면 작은 브루엄 마차 한 대가 있을걸세. 마차의 마부는 빨간 선을 두른 검정색 망토를 입고 있을 거야. 자네가 이 마차를 제 시간에 탄다면 시간에 맞춰 빅토리아 역에 도착할 테고."

"자네와는 어디서 만나는 건가?"

"역에서 만나게 될걸세. 앞에서 두 번째, 일등실을 예약해 놓았지."

"열차 안에서 만나게 되는 건가?"

"그렇다네."

나는 걱정스러운 마음에 홈즈에게 다시 한 번 자고 가라고 말했지만 그는 거절했다. 자신이 머물게 되면 문제가 생길 것이라고 생각한 게 분명했다. 내일 계획에 대해서 이야기를 마친 뒤 그는 정원으로 나가 그가 말한 대로 담을 넘었다. 모티머 가로 내려서자 바로 휘파람을 불어 이륜마차를 불렀다. 마차를 탄 그는 곧 사라졌다.

다음날 아침, 나는 홈즈가 말한 그대로 실행했다. 식사를 마치자마자 쫓는 자가 있을지 모르는 마차를 피해 로더 아케이드로 달려갔다. 나는 있는 힘을 다해 아케이드를 통과했고, 육중한 체구에 검은 망토를 두른 마부를 발견했다. 내가 마차에 타자 마부는 빅토리아 역을 향해 빠른 속도로 마차를 몰았다. 내가 내리자 그는 마차를 돌리고 다시 다른 방향으로 쏜살같이 달려갔다.

짐은 벌써 도착해 있었고 홈즈가 말한 열차는 쉽게 찾을 수 있었다. <예약>이라고 표시된 열차는 그것뿐이었기 때문이다. 그러나 걱정거리가 남아 있었다. 홈즈가 아직 나타나지 않았기 때문이었다. 역에 있는 시계를 보니 겨우 7분이 남아 있었다. 여행하는 사람들과 전송하는 사람들 사이에서 나는 눈으로 열심히 홈즈의 모습을 찾았다. 그러나 그의 모습은 어디에서도 찾을 수 없었다. 사방을 두리번거리던 나는 점잖은 이탈리아 신부를 잠시 도와주었다. 신부는 영어가 몹시 서툴렀고, 짐을 파리로 부치겠다는 말을 짐꾼에게 이해시키려고 노력하고 있었다. 그러다가 내 자리로 돌아왔는데, 아까 내가 도와주었던 이탈리아 사제가 옆자리에 앉아 있는 것이 아닌가. 나는 신부에게 이 자리는 이미 임자가 있다고 말했지만, 그는 내 말을 전혀 알아듣지 못했다. 내 이탈리아어 실력은 그의 영어만큼이나 짧았기 때문에 나는 홈즈가 오면 해결하기로 했다. 초조한 마음으로 주위를 두리번거렸지만, 그는 보이지 않았고 나는 겁이 나기 시작했다. 지난밤 홈즈에게 무슨 일이 생겼을지도 몰랐기 때문이었다. 열차의 문이 닫히고 기적이 울렸다. 어찌 해야 할 바를 모르던 나에게 갑자기 누군가 말을 걸어왔다.

"자네는 나에게 인사하는 걸 잊은 건가?"

The Final Problem

나는 몹시 놀라서 말을 건 방향으로 몸을 돌렸다. 이탈리아 신부가 내 얼굴을 쳐다보고 있었다. 주름살이 펴지면서 처졌던 코가 올라붙었고, 튀어나온 아랫입술은 제자리로 돌아왔다. 멍하던 눈에는 활기가 돌았고 처졌던 몸은 곧추세워졌다. 그러나 순식간에 다시 온몸이 쪼그라들었다. 홈즈의 모습은 나타났을 때처럼 흔적도 없이 다시 사라져버린 것이다.

"이럴 수가!"

나는 나도 모르게 소리쳤다.

"사람을 놀라게 하는 건 당해낼 수가 없군!"

"조용히 하게. 아직도 조심해야 한다네."

그는 낮은 목소리로 속삭였다.

"지금 내 뒤를 바짝 쫓고 있거든. 저기 교수가 직접 왔군."

홈즈가 말하는 사이 기차는 움직이기 시작했다. 뒤를 돌아보니 키가 큰 남자가 기차를 세우라는 뜻으로 손을 흔들면서 군중 속을 정신 없이 헤쳐 나오고 있었다. 그러나 기차는 이미 빠른 속도로 역 구내를 빠져나갔다.

"조심한 덕분에 이렇게 무사히 빠져 나왔군. 다행이야."

홈즈는 안심했다는 듯이 웃음을 터뜨렸다. 그는 일어나서 옷과 모자를 벗어 가방에 넣었다.

"왓슨, 오늘 아침 조간신문 봤는가?"

"아니. 아직 보지 못했네."

"그럼 베이커 가 소식에 대해서는 모르겠구먼."

"베이커 가에 무슨 일이 있는가?"

"교수 일당이 간밤에 우리 하숙집에 불을 질렀다고 하더군. 예상하고 있었기 때문에 큰 피해는 없었지만."

"저런, 홈즈. 이건 말도 안 되는 일이야."

"저 악당들은 곤봉을 든 사내가 경찰에 검거된 후 나를 놓친 것 같네. 내가 집으로 돌아갔다고 생각했으니 하숙집에 불을 질렀을 것이고 말이야. 게다가 용의주도하게 자네를 감시한 것 같네. 그랬으니 모리어티가 빅토리아 역에 나타난 거지. 자네 오다가 실수를 한 건 아닌가?"

"난 자네가 어제 말한 대로만 했네."

"내가 말했던 브루엄을 타고 왔는가?"

"그렇다네. 도착하고 바로 탈 수 있었다네."

"그 마부가 누구였는지 알겠던가?"

"아니. 처음 보는 얼굴이었네."

"마이크로프트 형이라네. 이런 비밀스러운 일에는 가능하면 제3자가 없는 게 좋지. 이제부터 우리는 모리어티 교수에게 어떻게 대처할 것인가에 대해 좀 더 세밀한 계획을 짜야 한다네."

"이건 급행열차가 아닌가. 게다가 배와 곧장 연결되고. 우리는 이미 역에서 모리어티를 따돌린 것이 아닌가?"

"왓슨, 내가 자네에게 그의 지적 수준은 나와 동등하다고 말하지 않았던가. 내가 그를 뒤쫓는 입장이었다면 포기할 것 같나? 그건 그를 아주 얕잡아보는 거라네."

"그렇다면 그는 어떻게 할 것 같나?"

"아마 나처럼 하겠지."

"자네라면 어떻게 할 생각인가?"

"나라면 특별열차를 전세 내겠지."

"그렇지만 이 열차보다는 늦을 텐데."

"이 기차는 캔터베리 역에서 정차하는 데다가 배는 항상 최소 15분은 지연되지. 모리어티는 아마 그곳에서 우리를 따라잡을 수 있을걸세."

"이런, 마치 우리가 범죄자가 된 것 같군. 그가 거기까지 우리를 쫓아오면 체포해 버리는 건 어떤가?"

"그렇게 하면 세 달 동안 작업한 게 모두 수포로 돌아가 버린다네. 대어를 낚을 수야 있겠지만, 피라미들도 모두 잡아야 하거든. 월요일만 되면 저 악당들을 모두 잡을 수 있어. 이제 와서 그것들을 다 포기하고 교수만 체포할 수는 없다네."

"자네에게는 물론 다른 방법이 있겠지?"

"우리는 캔터베리 역에서 내릴 거라네."

"그 다음에는 어떻게 할 건가?"

"육로로 뉴헤이번으로 가야지. 거기서 다시 프랑스의 디에프 항으로 건너갈 거야. 모리어티 역시 물론 나처럼 할 게 분명하네. 파리로 건너가서 우리가 부친 짐을 미리 점찍어 놓고 역에서 우리를 기다리겠지. 하지만 우리는 그 짐을 찾지 않을걸세. 대신 시골에서 여행용 가방을 두어 개 사야겠지. 그리고 룩셈부르크와 바젤을 경유해서 좀 한가해진 뒤에 스위스로 들어갈 거라네."

그의 계획대로 우리는 캔터베리 역에서 내렸다. 그러나 뉴헤이번 행 기차를 타기 위해서는 한 시간을 더 기다려야 했다. 옷가방을 실은 수하물차가 멀어져 가는 것을 안타깝게 쳐다보고 있는데, 홈즈가 내 소매를 잡아당기며 철로 쪽을 가리켰다.

"저기 보게, 벌써 오고 있군."

저 멀리 켄티시의 숲 사이로 가느다란 연기가 피어오르는 것이 보였다. 1분 뒤면 객차 겸 기관차가 굽은 길을 돌아 역사로 들어올 것이다. 홈즈와 나는 짐 더미 뒤로 가까스로 몸을 숨겼고, 기관차는 굉음을 내며 우리를 지나쳤다. 얼굴에 후끈한 더운 바람을 느낄 수 있었다.

"저기 그가 가는군."

기차가 지나가는 뒷모습을 보면서 홈즈가 말했다.

"보았는가? 저 친구의 지능에는 한계가 있는 거라네. 저 친구가 내 생각과 행동을 완벽하게 추리해 낸다면 정말 말할 수 없이 놀라운 일이겠지만."

"그런데 우리를 따라잡으면 어떻게 할 생각일까?"

"의심할 여지없이 나를 죽이려고 하겠지. 그것도 둘이 해볼 만한 게임이야. 이제 한동안 시간이 생겼다네. 여기서 이른 점심을 먹을까, 아니면 배가 고프더라도 뉴헤이번까지 참고 갈까?"

그날 밤 우리는 벨기에의 브뤼셀에 도착했다. 이틀을 보내고 사흘째 되는 날에는 프랑스의 스트라스부르로 이동했다. 월요일 아침이 되자 홈즈는 런던 경찰로 전문을 보냈고, 저녁때 호텔에 돌아오니 답장이 와 있었다. 홈즈는 편지를 뜯어보고 함부로 욕설을 내뱉으면서 벽난로 속에 편지를 던져버렸다.

"이럴 수가, 그 정도는 미리 예상해야 했는데."

그는 괴롭다는 듯이 신음했다.

"놈이 도망쳤다는군."

"모리어티 교수가 도망을 갔다고?"

"교수만 빼고 일당은 전부 검거했네. 그자는 경찰을 따돌린 거지. 내가 영국을 떠나면서 그자를 상대할 수 있는 인물이 사라진 것이긴 하지만. 난 사냥감을 전부 경찰에게 넘겨주었다고 생각했지 뭔가. 왓슨, 자네는 이제 영국으로 돌아가게."

"벌써 돌아가라고? 왜인가?"

"나와 함께 다니는 게 매우 위험해졌으니까. 교수는 이제 할 일이 없어졌다네. 이대로 그가 런던으로 돌아간다면 그는 패배자가 되는 거야. 그의 성격으로는 나에게 복수하기 위해서라면 무슨 짓이라도 할 거야. 지난번에 날 찾아왔을 때도 그 얘기를 했고. 분명히 진심이었을 테니 자네는 다시 환자를 돌보는 의사로 돌아가게."

하지만 나는 오랜 친구이자 동료인 그를 버릴 수 없었다. 우리는 스트라스부르에 있는 한 식당에 앉아서 30분 동안 그 문제로 논쟁했다. 그리고 결국 그날 밤, 우리는 다시 제네바를 향해 출발하기로 결정했다.

약 일주일 동안 우리는 즐거운 시간을 보냈다. 론 지방의 골짜기를 돌아다녔고, 루크로 나와서는 아직도 눈이 가득한 게미 고개를 넘기도 했다. 인터라켄을 경유해서 마이링겐으로 향하는 길은 그야말로 환상적이었다. 발아래는 초록이 빛나는 봄이었고, 그 위쪽은 하얀 눈이 쌓인 겨울이었다. 하지만 홈즈는 늘 경계하는 모습으로, 단 1초도 자신의 어두운 그림자를 망각하지 않았다. 알프스의 조용한 촌락이나 한적한 산길에서도 그는 언제나 날카로운 눈빛으로 주위 사람들을 훑어보았다. 그는 우리가 어디로 간다 해도 위험에서 벗어날 수는 없다고 여겼던 것이다.

게미 고개를 넘을 때는 실제로 매우 위험했던 적도 있었다. 음침한 도벤세 호수를 따라 걷고 있는데, 산 위에서 갑자기 커다란 바위 하나가 굴러 내려온 것이다. 다행히도 그 바위는 우리의 옆을 살짝 스치고 뒤쪽의 호수 속으로 풍덩 빠졌다. 홈즈는 산으로 뛰어올라가 산꼭대기에서 목을 길게 빼고 사방을 두리번거리며 범인을 찾았다. 여행 안내원은 원래 이곳이 낙석이 흔한 지역이라고 말했지만 홈즈는 그 말을 절대로 믿지 않았다. 그 일에 대해서는 아무 말도 하지 않았지만, 예상하고 있었다는 듯이 나를 보고 둘만이 알 수 있는 미소를 짓기도 했다.

홈즈는 이렇게 항상 경계를 늦추지 않았지만, 지금까지 별로 본 적이 없는 활발하고 밝은 모습을 여행 내내 보여주었다. 그는 모리어티 교수를 사회에서 제거할 수만 있다면 탐정으로 살아왔던 삶을 정리하겠다고 나에게 몇 번이나 반복해서 이야기했다.

"왓슨, 난 내 인생이 헛된 것이라고 생각하지 않아. 내 수사 기록이 오늘로 끝을 맺는다고 해도 냉정한 시선으로 돌아볼 수 있지. 지금 이곳의 맑고 깨끗한 공기보다 내게는 런던의 공기가 더 감미롭다네. 천 건이 넘는 사건을 다루면서 내가 실수를 한 사건은 아마 하나도 없을 거야. 사실 요즘에 나는 인위적으로 야기된 사건보다는 자연이 제기한 문제를 조사하고 싶다는 생각을 해왔지. 내가 유럽, 아니 전 세계에서 가장 위험하고 강력한 범죄자를 제거하는 위업을 이루게 된다면 더 이상 자네가 적을 이야기는 없을걸세."

홈즈의 마지막은 이제 얼마 남지 않았고, 나는 최대한 간단명료하게 설명하려고 한다. 다시 떠올리고 싶지 않은 힘든 기억이지만, 일의 전후 결과를 빠짐없이 설명하기 위해서는 피할 수 없는 방법이다.

우리는 5월 3일, 마이링겐에 있는 작은 마을에 도착했다. 페터 스타일러 씨가 운영하는 <영국 주점>에서 짐을 풀었는데, 호텔 주인은 런던에 있는 그로브너 호텔에서 3년 동안 급사로 일한 적이 있는 사람이었다. 그는 영어를 유창하게 구사할 수 있었고 매우 똑똑한 사람이었다. 우리는 주인이 조언해 준 대로 4일 오후에 길을 나섰다. 작은 산을 하나 넘은 뒤 로젠라우이에 있는 촌락에서 숙박할 예정이었다. 호텔 주인은 우리에게 산 중턱에 있는 라이헨바흐 폭포를 건너갈 생각은 하지 말라고 신신당부했다. 폭포를 보기 위해서는 길을 약간 돌아가라고 말했다.

호텔 주인에게 들은 대로 그곳은 정말 무시무시했다. 눈이 녹은 물로 수량이 엄청나게 불어난 급류가 거대한 심연으로 쏟아져 내리면 짙은 안개처럼 보이는 엄청난 물보라가 피어올랐다. 폭포의 양쪽은 검푸른 바위가 둘러싸고 있었으며, 급류는 폭이 점점 좁아지면서 깊이를 알 수 없는 용소(龍沼)로 이어졌다. 그곳에서 마치 끓어오르는 듯한 물은 가장자리로 끊임없이 넘쳐흐르고 있었다. 쉴 새 없이 떨어지고 있는 녹색의 물줄기, 그리고 위쪽에는 커튼처럼 마구 펄럭이는 두꺼운 물보라 앞에서 홈즈와 나는 넋을 잃은 채 폭포수의 울림에 귀를 기울이고 있었다. 발밑 저 아래쪽에 있는 검은 바위에 물이 하얗게 부서졌다. 우리는 심연으로부터 물보라와 함께 올라오는, 마치 인간의 외침과도 같은 굉음에 귀를 기울였다.

폭포 전체를 볼 수 있는 길은 중간에서 끊겨 있었기 때문에, 우리는 왔던 길을 되돌아가야만 했다. 우리가 막 길을 돌아섰을 때 한 스위스 청년이 우리 쪽을 향해 달려오고 있었다. 그는 우리에게 편지를 전했는데, 방금 전에 떠나온 호텔 주인이 내게 보낸 것이었다. 우리가 호텔을 떠나자마자 폐결핵 말기의 어느 영국 부인이 그곳에 도착했다는 것이다. 부인은 다보스 플라츠에서 겨울을 나고 루체른으로 가던 중이었는데 갑작스럽게 각혈이 시작되었고, 영국 의사를 만나보고 싶어한다는 것이었다. 상냥한 스타일러 씨는 편지 말미에 추신을 덧붙였는데, 부인이 스위스 의사를 한사코 마다하고 있으므로 내가 돌아와 준다면 정말 고마울 것이라고 말했다.

의사로서 환자를 모른 척할 수는 없었다. 객지에서 죽어가는 동포의 부탁을 거절할 수 없었던 것이다. 홈즈를 두고 가는 것도 마음이 놓이지 않았기 때문에 내가 다시 올 때까지 편지를 전해 준 스위스 청년이 잠시 남아주기로 했다. 홈즈는 폭포를 더 구경하다가 로젠라우이를 향해 산을 넘어가겠다고 말했고, 나는 저녁때쯤 다시 그곳으로 가기로 했다. 내가 걸음을 돌렸을 때, 홈즈는 팔짱을 끼고 바위에 몸을 기댄 채 폭포를 내려다보고 있었다. 그리고 그것이 그의 마지막 모습이었다.

내리막을 거의 다 내려왔을 때, 폭포는 보이지 않았지만 산등성이를 넘어 이어지는 구불거리는 산길이 보였다. 한 사내가 그 길을 매우 빠른 걸음으로 걷고 있었다. 초록빛 산을 뒤로 했기 때문에 그의 모습을 지금도 또렷이 떠올릴 수 있다. 유난히 빠른 그의 걸음이 왠지 낯설지 않았지만 나는 마음이 급했기 때문에 돌아서자마자 그에 대해 잊고 말았다.

마이링겐에 도착하는 데는 약 한 시간이 조금 넘게 걸렸다. 마침 스타일러 씨는 호텔 입구에 있었다.

"부인의 병세는 어떤가요?"

나는 빠른 걸음으로 그에게 다가서며 문자 주인의 얼굴에 당혹스런 빛이 스쳐갔다. 그의 표정을 보자 나는 가슴이 쿵 내려앉는 걸 느꼈다.

"이 편지를 쓰시지 않았습니까?"

나는 스위스 청년에게서 받은 편지를 꺼내며 말했다.

"폐결핵에 걸린 영국 여성은 어디에 있나요?"

"영국 여성이라니, 그런 손님은 오지 않았습니다."

주인이 말했다.

"겉봉에 우리 호텔 마크가 있군요! 이런, 두 분이 떠난 뒤 키가 큰 영국인이 왔었는데 아마 그가 쓴 것 같군요. 그분 말로는……."

나는 그의 설명을 기다릴 수 없었다. 나는 다리가 후들거리는 걸 느끼면서 마을길을 되돌아 내달리고 있었다. 내려오는 데는 한 시간 걸렸지만, 젖 먹던 힘까지 다해도 라이헨바흐 폭포까지는 약 두 시간이 넘게 걸렸다. 홈즈가 있던 자리에는 그의 등산용 지팡이가 있었다. 하지만 그는 어디에도 보이지 않았다. 내가 낼 수 있는 한 가장 큰 소리로 여러 번 불러봤지만 소용이 없었다. 되돌아오는 것이라곤 절벽에 부딪혀 되돌아오는 메아리가 전부였다.

등산용 지팡이를 다시 보았을 때 나는 온몸이 떨리면서 구역질이 나기 시작했다. 지팡이가 여기에 있다면 그는 로젠라우이에 가지 않은 것이 분명했다. 모리어티가 쫓아왔을 때 그는 한쪽은 수직 절벽이고 다른 한쪽은 깎아지른 듯한 낭떠러지인, 폭이 90센티미터밖에 안 되는 좁은 길 위에 서 있었던 것이다. 내게 편지를 전해 주었던 스위스 청년도 사라졌다. 아마도 그는 모리어티의 심부름꾼이었을 것이고 홈즈와 모리어티만 남겨졌을 것이다. 그 둘에게 어떤 일이 벌어졌

Sherlock Holmes

을까? 무슨 일이 있었는지 우리에게 말해 줄 사람이 있을까?

나는 정신을 차릴 때까지 그 자리에 서 있었다. 내 눈앞에 놓인 사실을 도저히 받아들일 수가 없었다. 나는 홈즈가 가르쳐준 방법을 생각해 내면서 이 비극적인 사실에 대해 읽어내려고 노력했다. 그러나 모든 것이 너무나 분명했다. 우리가 이야기를 하고 있던 장소를 표시하는 듯 지팡이는 그 자리에 있었다. 검은 토양은 물보라 때문에 항상 젖어 있어서 작은 새 발자국도 남을 정도였다. 자세히 살펴보니 두 사람의 발자국이 길 끝을 향해 찍혀 있었다. 그러나 그 발자국은 내 쪽에서 멀어져만 갔고 돌아온 것은 없었다. 길 맨 끝에서 몇 미터 앞쪽에는 흙이 짓밟혀 진창(땅이 질어서 질퍽질퍽하게 된 곳)인 곳이 보였다. 절벽 가장자리에 있는 덤불이 뜯겨져 나가 흙투성이가 된 것도 볼 수 있었다. 나는 이리저리 튀기는 물보라 속에서 아래를 자세히 살펴보기 위해 바닥에 엎드렸다. 그러나 내가 떠난 뒤에는 이미 날이 어두워졌기 때문에 보이는 거라고는 물에 젖어 희끄무레하게 보이는 검은 바위와 한없이 수직으로 떨어지는 물줄기의 끝에서 튀어 올랐다가 흩어지는 물거품이 전부였다. 나는 미친 듯이 마구 소리를 질러댔다. 하지만 내 외침을 닮은 폭포 소리만 되돌아올 뿐이었다.

그러나 친구의 마지막 인사는 남아 있었다. 그의 등산용 지팡이가 있던 바위 위에 반짝거리는 무언가가 있었던 것이다. 그것을 살펴보니 홈즈가 항상 가지고 다니던 은제 담뱃갑이었다. 내가 담뱃갑을 들자 그 밑에 있던 작은 종이가 떨어졌다. 홈즈가 수첩을 찢어내 쓴 세 장짜리 편지였다. 그가 쓴 편지답게 수신인이 정확하게 적혀 있었고, 서재에서 쓴 것처럼 글씨는 또박또박했다.

　모리어티 교수의 배려 덕에 몇 자 적을 시간이 있군. 교수는 우리 사이의 문제에 대해 마지막 토론을 앞두고 잠시 기다려주고 있다네. 그는 내게 영국 경찰을 어떻게 따돌렸는지 간단하게 얘기해 주었다네. 나 역시 우리가 이동한 경로에 대해 간단히 말해 주었지. 그의 이야기를 들어보니 역시 그의 능력은 높이 평가할 만한 가치가 있었어. 나는 그가 우리 사회에 더 이상 고통을 주지 않을 거라고 생각하니 매우 기쁘다네. 물론 그것은 희생이 따르는 일이야. 그래서 내 친구들, 특히 자네는 적지 않은 고통을 겪을 것 같지만 말이야. 이미 충분히 설명했던 것처럼 나는 기로에 섰다네. 사실 이 결말은 그 어떤 것보다 마음에 들기도 해. 솔직히 말하자면 나는 마이링겐 호텔에서 보낸 편지가 속임수라는 걸 알았다네. 하지만 일이 이런 식으로 전개될 것을 미리 알았기 때문에 자네를 마을로 보냈지.

　자네에게 몇 가지 부탁할 것이 있네. 모리어티 일당의 유죄를 입증하기 위해 필요한 서류는 서류꽂이 'M' 칸에 〈모리어티〉라고 쓰여진 푸른 봉투에 있다고 패터슨 경감에게 전해 주게나. 나는 영국을 떠나기 전에 재산을 전부 정리했네. 마이크로프트 형에게 모두 넘겨 주었지. 자네 부인에게 인사 전해 주는 것도 잊지 말게. 그리고 자네, 잊지 말게나. 나는 자네의 진정한 벗이었다네.

— 셜록 홈즈

그 뒤의 이야기는 몇 마디면 충분하다. 경찰의 조사에 의하면, 격투를 벌이던 두 남자는 서로를 안은 채 밑으로 떨어졌을 것이라고 한다. 어차피 그렇게 끝날 수밖에 없었던 상황이기도 했다. 시신을 건져내려는 시도는 무의미했다. 흰 거품을 일으키며 끊임없이 소용돌이치고 있는 그곳에는 가장 위험하고 악랄한 범죄자와 최고의 법의 수호자가 영원히 잠들어 있을 것이다. 편지를 전했던 스위스 청년은 그후로 찾을 수가 없었는데, 아마도 모리어티가 고용한 하수인의 하나였을 것이다. 대중들은 홈즈가 수집한 증거로 인해 모리어티 일당의 힘이 얼마나 컸는지 알 수 있었다. 그러나 가장 무서운 그들의 우두머리에 대해서는 거의 밝혀진 것이 없었다. 재판 과정에서도 그에 대해서는 아무런 얘기가 나오지 않았다. 내가 지금 그의 정체를 밝히는 것은 홈즈를 공격하여 모리어티의 오명을 없애려고 하는 생각 없는 사람들 때문이다. 홈즈는 나뿐만 아니라 모두에게 있어서 세상에서 가장 선하고 지혜로운 사람으로 남아 있어야 하기 때문이다.

빈집의 모험

The Adventure of the Empty House

　1894년 봄, 흔히 생각하지 못한 방식으로 살해당한 로널드 아데어 도련님 사건은 런던 전역을 시끄럽게 했고 사교계를 충격으로 몰아넣었다. 지금은 경찰 조사 과정에서 흘러나온 사건 내용을 일반인들도 잘 알고 있지만, 그 당시에는 사건에 대한 많은 사실들이 누락된 채로 알려졌다. 유죄의 증거가 너무도 뚜렷했기 때문에 굳이 모든 사실을 들춰낼 필요가 없었기 때문이었다. 10년이 지난 지금에서야 그 사건에서 누락된 고리를 완벽하게 드러낼 수 있게 되었다.

　사건은 그 자체만으로도 충분히 흥미로웠지만, 그것과 맞물려 적지 않은 모험을 경험한 나는 큰 충격과 놀라움을 느꼈다. 적지 않은 세월이 흘렀지만 아직도 그 생각을 하면 온몸에 전율이 일어날 정도이다. 또한 그 당시 가슴에 흐르던 환희와 경이, 그리고 의혹의 감정이 모두 생생하게 되살아나는 듯한 기분이 든다. 비록 사건을 완벽하게 파악하기에는 보잘것없는 기록이지만, 평범하지 않은 한 인간의 사고와 행동에 대해 새롭게 관심을 갖게 된 이들은 나를 너무 나무라지 않길 바란다. 만약 그가 진실 공개를 그토록 막지만 않았더라도 나는 진실을 밝히는 것을 가장 중요한 일로 생각했을 것이다. 그가 감춰진 이 사실을 비로소 밝히도록 허락해 준 것은 지난달 3일이었다.

　나는 친구인 홈즈와 가깝게 지내면서 범죄에 깊은 관심을 갖게 되었다. 그가 실종된 이후에도 신문지상에 실리는 다양한 사건 기사를 유심히 읽었던 것은 그러한 이유이기도 했다. 순수하게 재미로만 그

Sherlock Holmes

의 추리 방법을 이용하여 사건의 고리를 풀어보려고 한 적도 몇 번 있었지만 결과는 말할 만한 것이 못 되었다.

하지만 로널드 아데어 도련님 살인사건만큼 흥미로운 사건은 전무 후무했다. 신문에 실린 법정에 제출된 증거에 대한 기사를 읽으면서 (증거로 인해 불특정 개인 및 다수를 노린 고의적 살인으로 유죄 평결을 받음) 홈즈의 죽음이 우리 사회와 경찰에게 얼마나 큰 손실이었는가에 대해 다시 한 번 뼈아프게 느껴야만 했다. 홈즈가 살아 있었다면 이 사건에 대해 깊은 관심을 가졌을 테고, 그는 특유의 관찰력과 기민한 추리력으로 경찰 수사를 보완하거나 그들의 수사를 앞질러 해결했을 것이다. 마차를 타고 왕진을 다니면서 나는 하루 종일 그 사건에 대해 곰곰이 생각해 보았지만, 스스로 만족할 만한 결과를 얻어내지는 못했다. 이미 모두에게 알려진 내용이긴 하지만 나는 먼저 심리를 통해 공개된 사실을 여기에 간단히 정리하면서 다시 한 번 사건을 검토해 보려고 한다.

로널드 아데어는 당시 오스트레일리아 지역의 식민지 총독이었던 메이누스 백작의 둘째아들이었다. 아데어의 어머니는 백내장 수술을 받기 위해 아들 로널드와 딸 힐다를 데리고 오스트레일리아에서 귀국하여 파크 레인 427번지에 머물 곳을 정했다. 한창 나이였던 청년 로널드는 최상류층의 사교계에 드나들곤 했다. 알려진 바로는 남에게 원한을 사거나 특별히 나쁜 버릇은 없었다고 한다. 카스테어스의 에디스 우들리 양과 약혼했지만, 몇 달 전 둘의 합의를 거쳐 파혼했고 그 일 때문에 상심한 흔적은 없었다. 그의 교제 범위는 넓지 않았는데, 그것은 그의 일상생활이 단조롭고 감정에 휩쓸리지 않는 성격을 가졌기 때문이었다. 그런데 1894년 3월 30일 밤 10시에서 11시 20분 사이, 온화하고 태평스러운 젊은 귀족에게 갑작스러운 사신이 찾아왔다.

로널드 아데어는 카드를 매우 좋아했기 때문에 자주 카드 게임을 하곤 했다. 하지만 위험할 정도로 큰 액수의 도박을 하는 일은 없었고 볼드윈, 캐번디시, 바가텔 카드 클럽 등의 우수한 회원이기도 했다. 그가 죽던 당일에는 저녁 식사 후, 바카텔 카드 클럽에서 두 사람씩 쌍을 이루어 하는 휘스트 3판 승부 게임을 했다. 그는 오후부터 그곳에서 카드를 치고 있었는데, 함께 카드 게임을 한 머레이 씨, 존 하디 준 남작, 모런 대령 등의 증언에 따르면 오후에 휘스트를 했고 비겼다고 한다. 아데어는 그날 적지 않은 돈을 잃었지만 5만 파운드 이상은 아니었을 것이라고 한다. 그는 상당한 부자였기 때문에 그 정도의 손해는 별 것 아니었을 것이다. 그는 거의 매일 클럽에서 카드 게임을 했고, 조심스러운 성격이 도움이 되어 대개 돈을 따는 편이었다. 사건 몇 주일 전, 모런 대령과 한 팀이 되어 갓프리 밀너와 발모럴 경 팀에게서 단번에 420파운드를 땄다는 증언도 있었다. 심리 중에 아데어의 최근 생활에 대해 나온 얘기는 다음과 같은 정도였다.

사건 당일 저녁, 아데어는 10시 정각에 집으로 돌아왔다. 어머니와 누이는 방문한 친척과 함께 저녁 시간을 보내고 있었다. 하녀는 그가 자기 방으로 쓰는 2층 거실에 들어가는 소리를 들었다고 증언했다. 또한 그 방에 불을 지피다가 연기가 심하게 나는 바람에 창문을 열어 두었다고 말했다. 그런 다음에는 아무런 소리도 나지 않았다. 11시 20분쯤 메이누스 백작부인은 아들에게 잘 자라는 인사를 하기 위해 딸과 함께 2층으로 올라갔다. 그런데 평소와 달리 방문은 안에서 잠

Sherlock Holmes

겨 있었고, 문을 두드리며 소리를 질러도 아무런 대답이 없었다. 하인들을 불러와 억지로 문을 열고 들어가자 방에는 아데어가 탁자 옆에 쓰러져 있었는데, 리볼버(탄창이 회전식으로 된 연발 권총)로 보이는 권총에 맞아 끔찍할 정도로 머리가 으스러져 있었다. 그러나 방 안에서는 총은커녕 어떠한 무기도 발견되지 않았다. 탁자 위에는 10파운드 지폐 두 장과 은화 및 금화가 17파운드 10실링이 있었다. 그 외에도 숫자가 적힌 종이가 있었는데, 그 옆에는 나란히 클럽 친구들의 이름이 쓰여 있었다. 아데어가 죽기 바로 전에 그날 카드 게임에서 잃은 돈과 딴 돈을 계산해 보고 있었다는 추측이 생기는 부분이었다.

그러나 자세한 현장 조사는 사건을 더욱 복잡하게 만들었다. 이해되지 않는 부분은 여러 군데 있었다. 첫째, 청년은 왜 평소와 달리 문을 안에서 잠갔을까 하는 의문이었다. 살인자가 방문을 잠근 뒤 창문을 통해 도망친 것이라고 생각할 수도 있다. 하지만 창문에서 지면까지는 최소 6미터나 됐고, 게다가 바로 밑은 꽃이 활짝 핀 크로커스 꽃밭이었다. 꽃밭은 누가 밟은 흔적이 전혀 없었고, 집과 도로의 경계를 이루고 있는 좁은 풀밭에도 사람의 자취는 전혀 남아 있지 않았다. 이러한 점으로 미루어보았을 때 방문을 잠근 사람은 아데어라는 것이 틀림없었다. 그렇다면 그는 대체 어떤 방법으로 죽은 걸까? 외부에서 어떤 흔적도 남기지 않고 창문으로 기어 올라가는 것은 사실상 불가능했다. 창문을 통해 총을 쐈다는 가능성도 전혀 배제할 수 없었지만, 창 밖에서 그것도 권총으로 그런 치명상을 입혔다면 보기 드문 명사수였을 것이다. 게다가 집 앞에 있는 도로는 통행량이 많은 길이었고, 집에서 100미터 정도 떨어진 곳에는 합승마차 승차장도 있었다. 그러나 꼼꼼한 탐문 수사에도 불구하고 총성을 들은 사람은 없었다. 총상으로 사람이 죽었고 납작해진 리볼버 탄환도 발견되었지만 사건은 오리무중이었다. 파크 레인 사건의 정황은 이러했지만, 특별한 범행 동기를 찾아낼 수 없었고 사건은 더욱 복잡해지기만 했다. 언급했던 것처럼 아데어 청년은 남에게 원한을 산 적이 없었고, 그의 방에 있는 돈이나 귀중품도 손댄 흔적이 없었기 때문이다.

나는 하루 종일 알려진 사실을 되새기면서 모든 것을 설명할 수 있는 가설을 세우기 위해 노력했다. 나의 친구 홈즈가(그는 이미 사라져 나에게 상황을 설명해 줄 수 없었지만) 모든 수사의 출발점은 '최소의 저항선'이라고 했던 말을 떠올렸다. 나는 그것을 혼자 힘으로 찾아보고 싶었다. 하지만 아무리 고민해도 어떠한 가설도 세울 수 없었다. 저녁때 나는 천천히 걸어 하이드 파크를 지나 6시쯤 옥스퍼드 가 쪽 파크레인에 도착했다. 그런데 어떤 집 앞의 도로에 여러 사람들이 웅성웅성 모여서 모두 2층의 창문을 올려다보고 있었다. 사람들로 인해 부산한 모습이었지만 내가 찾고 있던, 범행이 일어났던 집이 분명했다. 키가 크고 선글라스를 낀 말라깽이 남자는 사복형사로 보였는데, 그는 자신이 세운 가설을 사람들에게 피력하고 있었다. 사람들은 그의 주위에 서서 그의 말에 귀를 기울이고 있었다. 나도 그에게 다가가서 이야기를 들어보았으나 너무 터무니없는 얘기였기 때문에 뒤로 물러섰다. 그러는 와중에 뒤에 서 있던 허리가 굽은 노인과 부딪혔고, 그로 인해 노인이 들고 있던 책 몇 권이 바닥에 떨어졌다. 나는 책을 주워주면서 그 중 한 권의 제목이 《나무 숭배의 기원》인 것을 보고 노인의 직업인지 아니면 취미인지는 모르겠지만, 이해하기 어려운 책들을 수집하는 불쌍한 애서가라는 생각을 잠시 했다. 그리고서 그에게 나의 부주의로 인한 실수를 사과하려고 했지만, 떨어뜨린 책들이 노인에게는 소중한 보물이었는지 그는 크게 화를 내며 돌아서서 떠나버렸다. 나는 망연자실한 모습으로 허연 구레나룻을 기른 구부정한 노인이 인파 속으로 사라지는 모습을 지켜보았다.

파크 레인 427번지 주변을 둘러본 것은 문제를 해결하는데 큰 도움이 되지 않았다. 집과 도로 사이에는 가로장(가로로 건너지른 나무 막대기)을 댄 낮은 담이 서 있었고, 높이는 1.5미터를 넘지 않았다. 정원으로 들어가는 것은 쉬웠지만, 짚고 올라갈 수 있는 배수관 같은 것도 하나 없었기 때문에 2층 창문으로 올라가는 것은 어려울 것 같았다. 궁금증 해결은커녕 더욱 혼란스러워진 나는 켄싱턴 가로 돌아왔다. 그런데 서재로 들어온 지 5분도 채 안 되어 하녀가 들어왔고, 찾아온 사람이 있다는 말을 전했다. 놀랍게도 그 손님은 조금 전에 나와 부딪히고 화를 냈던 백발의 고서 수집가였다. 노인은 주름투성이 얼굴을 하얀 머리카락과 구레나룻으로 가린 채, 적어도 열댓 권은 될 듯한 책들을 오른쪽 겨드랑이에 끼고 있었다.

"아까는 나 때문에 매우 놀란 것 같았소."

노인은 쉰 목소리로 말했다.

"네, 그런데 저를 어떻게 찾아오셨는지 매우 놀랍군요."

나는 깜짝 놀라서 말했다.

"난 양심이 있는 늙은이라오. 선생 뒤를 쫓다가 선생이 이 집으로 들어가는 것을 보고 사과해야겠다고 생각했소. 아까 내가 무례했던 건 나쁜 뜻이 있어서가 아니었소. 책을 주워준 것도 고마웠소."

"아니 뭐 괜찮습니다. 그런데 저를 찾아오신 이유가 무엇인가요?"

"뭐, 외람된 말일지 모르나 난 선생의 이웃이라오. 난 처치 가 모퉁이에서 작은 책방을 꾸려가고 있소. 이렇게 만나게 되어 매우 영광이오. 선생도 책을 수집해 보는 게 어떻겠소? 여기 《영국의 조류》, 《카툴루스》, 《성전》이 있는데 모두 싸게 드리겠소. 다섯 권만 있으면 저기 두 번째 서가의 빈자리를 채울 수 있을 것 같은데. 책꽂이에서 빈곳은 매우 흉해 보인다오."

나는 그가 가리키는 책장을 바라보다 다시 고개를 돌렸을 때 노인 대신 셜록 홈즈가 싱글벙글 웃고 있는 것을 보았다. 나는 마치 벼락을 맞은 사람처럼 벌떡 일어나서 깜짝 놀란 채로 그를 한동안 바라보았다. 그리고 내 생에 처음이자 마지막으로 기절해 버렸다. 회색 안개가 눈앞에서 빙빙 돌았고 얼마 후에야 겨우 정신을 차려 눈을 뜰 수 있었다. 내 셔츠의 윗부분은 풀어헤쳐져 있었고 입속에서는 브랜디 맛이 느껴졌다. 홈즈는 잔을 들고서 의자에 앉아 있는 나를 내려다보고 있었다.

"왓슨, 정말 미안하군. 자네가 이렇게 놀랄 줄은 생각도 못 했네."

홈즈는 친숙한 목소리로 말했다.

"홈즈! 정말 자네인가? 자네가 이렇게 살아 있다니 이게 꿈은 아닌지! 어떻게 그렇게 끔찍한 골짜기에서 살아나올 수 있었지?"

나는 그의 두 팔을 움켜잡은 채로 두서없이 물었다.

"자네, 이렇게 이야기를 해도 괜찮겠나? 내가 너무 극적으로 출현하는 바람에 자네한테 큰 충격을 준 것 같군."

"난 괜찮다네. 하지만 홈즈, 나도 내 눈을 믿을 수가 없어. 이럴 수

Sherlock Holmes

가! 자네가 내 서재에 이렇게 서 있다니. 너무 기쁘다네. 빨리 그동안의 사연을 이야기해 주게나."

나는 다시 한 번 그의 팔을 잡으며 현실을 만끽했다. 옷소매 밑으로는 여위었지만 강건함이 묻어나는 팔의 근육이 느껴졌다.

홈즈는 내 맞은편에 앉아서 예전과 다름없이 자연스럽게 담배에 불을 붙였다. 그는 아직도 허름한 코트 차림이었지만, 변장에 사용했던 흰 수염과 책은 책상 위에 올려놓았다. 그는 예전보다 더 마르고 날카로워 보였는데, 얼굴빛을 보니 건강이 좋아보이지는 않았다.

"이렇게 몸을 펴고 있으니 한결 편하군. 키가 큰 남자가 몇 시간 동안이나 구부정하게 키를 30센티미터나 줄이고 있는 건 매우 힘든 일이거든. 그런데 왓슨, 내가 돌아온 얘기에 대해서라면 다른 때 하는 건 어떨까? 오늘 밤 나는 자네 도움이 필요하거든. 우리 앞에 있는 힘들고 위험한 일이 끝난 다음에 자초지종을 설명하는 것이 어떨까?"

"하지만 나는 너무 궁금하군. 지금 당장 그 이야기를 듣고 싶다네."

"자네, 오늘 밤 내가 같이 나가자고 하면 그럴 수 있나?"

"물론이지. 자네가 원하는 시간에, 자네가 원하는 곳으로 무조건 갈 거라네."

"오, 정말 옛날로 다시 돌아간 것 같군. 나가기 전에 잠시 식사를 할 시간은 있을 거야. 그럼 그 절벽 얘기를 해볼까. 사실 거기서 빠져나오는 것은 아주 쉬운 일이었지. 왜냐하면 나는 떨어지지 않았거든."

"절벽 밑으로 떨어지지 않았다고?"

"그렇다네, 왓슨. 물론 자네에게 쓴 편지는 모두 사실이었어. 고(故)모리어티 교수가 무서운 얼굴을 하고서 탈출로를 막아선 걸 보는 순

The Adventure of the Empty House

간 난 끝났다고 생각했다네. 그의 회색 눈에는 냉혹하고도 무서운 결
의가 빛나고 있었으니까. 나는 교수와 몇 마디 주고받은 다음 짧은 편
지를 썼지. 그가 배려해 준 덕분에 자네가 받아볼 수 있었던 그 편지
말이야. 나는 그걸 담뱃갑과 지팡이와 함께 놓아두고 앞으로 걸어갔
지. 모리어티 교수는 내 뒤를 따라왔어. 길이 끊어지자 나는 더 이상
갈 곳이 없었지. 모리어티는 무기를 들지는 않았지만, 나한테 덤벼들
었고 긴 팔로 나를 끌어안았네. 그는 게임이 끝났다는 걸 인정했고 오
로지 복수하겠다는 생각밖에 없었어. 우리는 절벽 가장자리에서 함께
비틀거렸지. 나는 전에 일본식 레슬링인 바리츠(baritsu, 일본 유술을
바탕으로 '바티즈'라는 사람이 만든 호신술)를 약간 익혀두었다네. 그 기
술을 두어 번 유용하게 써먹은 적도 있지. 나는 그의 팔을 뿌리쳤고
교수는 끔찍한 비명과 함께 두 팔을 휘저으며 몸의 중심을 잃었지. 결
국 그는 절벽 너머로 추락하고 말았어. 그가 까마득한 절벽 아래로 떨
어지는 모습을 나는 내려다보았지. 그는 먼저 바위에 부딪쳤다가 물
속으로 첨벙 떨어졌어. 물론 그가 원한 결말은 그게 아니었겠지만."

홈즈는 담배를 뻐끔거리며 나에게 설명해 주었다. 나는 그의 이야
기를 들으면서 놀라움과 궁금증을 감추지 못했다.

"하지만 발자국이 있지 않았나? 나는 두 사람의 발자국이 앞으로
나아가기만 하고 돌아오지 않은 것을 두 눈으로 분명히 봤는데."

"교수가 추락한 순간, 나는 정말 겨우 목숨을 건졌다는 걸 깨달았
어. 그리고 내 목숨을 노리는 자가 모리어티만이 아니라는 사실을 생
각했지. 나한테 복수하겠다고 벼르는 자들은 최소 셋이었는데, 그들
이 모리어티의 죽음을 알게 되면 나에 대한 복수심을 더욱 불태울 게

분명했지. 게다가 셋 모두 모리어티만큼이나 매우 위험한 자들이었다네. 그 중 하나만 있어도 나는 태평한 앞날을 기약할 수 없었어. 만약 내가 이대로 사라진다면 그들은 마음을 놓고 자신들을 노출시킬 것이고, 그렇게 되면 나는 그들을 쉽게 일망타진할 수 있을 거라 생각했다네. 아직 살아 있다고 떠들고 다니는 건 그런 일을 해결한 다음에 해도 되는 일이었지. 모리어티 교수가 떨어지는 그 짧은 순간 나는 이러한 생각들을 했고, 그가 라이헨바흐 폭포의 밑바닥에 가라앉기도 전에 이러한 결론을 내렸지.

나는 그곳에 서서 등 위에 있는 벼랑을 살펴보았네. 그로부터 몇 달 후에, 그때에 대한 자네의 생생한 기록을 아주 흥미롭게 읽었어. 자네는 그것을 깎아지른 듯한 낭떠러지였다고 묘사했더군. 하지만 꼭 그렇지만은 않았지. 작은 발판이 몇 개 돌출되어 있었고 중간에 암반이 하나 튀어나와 있었거든. 낭떠러지는 너무 높았기 때문에 맨 위까지 올라가는 것은 불가능해 보였어, 그리고 축축하게 젖어 있는 길을 발자국 없이 지나가는 것도 불가능했지. 물론 비슷한 상황에서 해봤던 것처럼 신발을 거꾸로 신고 갈 수도 있었지. 하지만 세 사람의 발자국이 한 방향으로만 나 있는 것은 의심을 살 수 있거든. 그래서 위험하더라도 위로 올라가는 게 최선이라고 생각했어. 사실 그건 유쾌한 일은 아니었다네. 발밑에선 귀를 먹먹하게 할 정도로 큰 물소리가 울리고 있었으니까. 마치 심연 속에서 모리어티의 비명이 나를 잡기 위해 올라오는 것 같더군. 발을 한 번만이라도 잘못 디디면 나도 모리어티와 같은 신세가 되는 거지. 나는 풀포기를 놓치기도 하고 젖은 바위틈에서 발이 미끄러지기도 하면서 삶과 죽음 사이를 오고갔다네. 하지

The Adventure of the Empty House

만 기를 쓰고 기어오른 끝에 녹색 이끼로 덮인 2~3미터 폭의 암반 위로 올라가서 아주 편안하게 쉴 수 있었지. 아래쪽에서는 나를 전혀 볼 수 없었어. 자네와 자네가 데리고 온 사람들이 사건 현장을 비효율적으로 조사하는 동안, 나는 그곳에서 팔다리를 쭉 펴고 누워 있었다네.

자네들은 역시나 틀린 결론을 내리더니 호텔을 향해 떠났고 나는 혼자 남았지. 이미 모험은 모두 끝났다고 생각했지만 뜻밖의 일이 벌어지더군. 머리 위에서 커다란 바윗돌이 떨어져 내렸어. 그것은 무서운 소리를 내면서 옆을 스쳐가더니 길 위로 떨어졌다가 다시 절벽 아래로 튕겨져 나갔네. 처음에는 낙석이 아닌가 생각했지만, 잠시 후 눈을 들어보니 어두운 하늘을 배경으로 한 사내의 얼굴이 보였네. 그리고 다시 내가 누워 있는 그 암반에 돌이 떨어졌어. 돌은 내 머리에서 30센티미터 떨어진 곳으로 떨어졌다네. 그가 누군지는 물어볼 필요도 없었지. 모리어티는 혼자 온 게 아니었던 거야. 모리어티가 나를 공격하는 동안, 같은 패거리가 망을 봐주고 있었던 거지. 그자는 보이지 않는 곳에 숨어서 모리어티가 죽고 내가 도망가는 광경을 지켜본 거야. 그리고 그자는 절벽 꼭대기로 올라가서 기다리다가 모리어티가 실패한 일을 이루려고 한 거였지.

왓슨, 나는 이런 사실을 금세 간파할 수 있었어. 그 흉악한 얼굴이 다시 아래쪽을 내려다보는 것을 올려다보는 순간 그게 또 다른 돌덩이라는 것을 깨달았지. 나는 다시 밑으로 내려가기 시작했네. 지금 생각하면 무슨 정신으로 그렇게 했는지 모르겠어. 사실 내려가는 건 올라가는 것보다 백 배는 더 어려웠지. 하지만 돌출한 암반 끝에서 돌덩이가 옆을 스쳐가는 상황이라면 위험하다는 생각조차 할 겨를이 없었다네. 절반쯤 내려왔을 때 발이 미끄러졌지만 다행히 길 위에 내려설 수 있었다네. 찢어진 피부에서 피가 뚝뚝 떨어지기는 했지만 말이야. 나는 어둠 속에서도 무사히 산을 넘었고 15킬로미터를 도망쳤다네. 일주일 뒤에는 플로렌스에 도착했고, 더 이상 내 행방을 아는 사람은 없을 거라고 확신했어.

　진실을 알고 있는 사람은 마이크로프트 형뿐이었다네. 자네에게는 입이 열 개라도 할 말이 없다네. 정말 미안하군. 하지만 무엇보다 사람들한테 내가 죽었다는 확신을 심어줄 필요가 있었네. 자네가 그게 사실이라고 생각하지 않았다면 나의 불행한 종말에 대해 그렇게 설득력 강한 보고서를 쓰진 않았을 테니 말이야. 지난 3년 동안 나는 자네에게 몇 번이나 편지를 쓰려고 펜을 들었어. 하지만 자네의 지나친 우정 때문에 자네가 비밀을 드러낼지도 모른다는 걱정이 사라지질 않았다네. 오늘 저녁에 자네가 내 책을 떨어뜨렸을 때 매몰차게 돌아섰던 것도 바로 그러한 이유 때문이었지. 나는 그때 위험한 상황이었는데, 자네가 조금이라도 놀라거나 동요하는 빛을 보였다면 적의 시선을 끌었을 거야. 그랬다면 아마 돌이킬 수 없는 결과가 빚어졌을 테지. 마이크로프트 형에게 사실대로 말한 이유는 필요한 경비 때문이었네. 하지만 런던의 일처리는 내가 원하던 대로는 되지 않았어. 모리어티 일당의 재판에서 가장 위험한 조직원이자 나에게 강한 복수심을 품은 적이 둘이나 풀려났으니까. 난 어쩔 수 없이 2년간 티베트를 떠돌아 다녔다네. 티베트의 수도 라사에서 기분 전환도 하고 법왕과 며칠 동안 같이 지내기도 했다네. 자네. 시게르손이라는 노르웨이 탐험가를 아는가? 그는 진기한 탐험 이야기를 쓴 사람이지. 그리고 그것이 바로 자네의 친구 근황이라네. 티베트를 떠난 뒤 페르시아를 지나 메카에 잠시 들렀고, 수단의 수도 하르툼의 할리파를 방문하기도 했어. 그 짧고 흥미로운 방문의 결과는 외무부로 통보해 주었지. 그 뒤 프랑스로 건너갔고, 프랑스 남부 몽펠리에의 어느 연구소에서 콜타르의 유도체에 관한 연구를 몇 달 동안 했어. 그 연구에서 내가 원하는 만족스러운 결과를 얻은 뒤, 런던에 남아 있는 적은 한 명이라는 사실을 알고 돌아오려고 생각했지. 그러던 차에 기이하기 짝이 없는 파크 레인 사건에 대한 소식을 듣고 귀국 날짜를 조금 앞당겼다네. 사건 자체도 매력적이었지만 나한테는 다시없는 기회가 될 것 같았거든. 나는 당장 런던으로 돌아왔고 베이커 가에 들렀지. 허드슨 부인은 깜짝 놀라서 발작을 일으킨 것처럼 보였다네. 마이크로프트 형은 내 부탁대로 내 방과 서류를 그대로 보존해 두었지. 아까 오후 2시경에 그 방의 낡은 안락의자에 앉아 있으면서 자네가 그리웠다네. 옛 친구 왓슨이 예전처럼 내 앞에 앉아 있다면 얼마나 좋을까 하는 생각이 정말 간절했다네."

4월의 어느 날 저녁, 나는 이렇게 홈즈의 놀라운 이야기를 들을 수 있었다. 다시는 보지 못할 것이라고 생각했던, 훤칠한 키와 마른 몸, 날카롭고 열정에 넘치는 눈을 직접 대면하지 않았다면 믿을 수 없었을 이야기였다. 그는 내가 마음 아프게 아내를 잃었다는 사실도 알고 있었는데, 그는 몇 마디 말보다는 태도로 나에게 연민을 표현해 주었다.

"왓슨, 슬픔에 대해 가장 좋은 치료약은 일이지. 오늘 밤 우리 둘이 해야 할 일이 하나 있는데, 그 일을 성공적으로 완수한다면 한 사람이 이 땅에서 정당한 삶을 누릴 수 있게 될 거야."

Sherlock Holmes

나는 어떤 일인지 내용을 자세히 말해 달라고 했으나 소용없었다.

"오늘 밤 안으로 자네가 원하는 것을 모두 실컷 보고 듣게 될걸세."

홈즈는 나의 애원에 이렇게 대꾸했다.

"우리는 지난 3년 동안 살아온 얘기를 아직 다하지 못하지 않았나. 9시 반까지 그 얘기를 마저 하다가 빈집의 모험으로 떠나자고."

이렇게 되니 정말 옛날로 되돌아간 기분이 들었다. 그가 말한 시각에 우리는 이륜마차에 나란히 앉아 있었다. 내 주머니에는 리볼버가 있었고 온몸에 짜릿한 긴장감이 넘쳤다. 홈즈는 냉정하고 단호한 눈빛을 한 채 아무 말도 없었다. 가로등의 불빛이 그의 금욕적인 얼굴을 비추자, 얇은 입술을 굳게 다물고 눈살을 찌푸린 채 생각에 집중해 있는 모습을 볼 수 있었다. 지금 우리가 어떤 범죄자를 쫓고 있는지는 아직 몰랐지만, 이 노련한 사냥꾼의 태도를 보면 오늘 밤의 모험이 예사롭지 않을 것이다. 그의 얼굴에 간간이 번지는 싸늘한 비웃음은 우리의 사냥감에게 별로 좋은 징조라고 할 수는 없었다.

홈즈는 캐번디시 광장 모퉁이에서 마차를 세우고, 혹시 미행당하지는 않았는지 확인하기 위해 날카롭게 좌우를 살피며 거리 곳곳을 꼼꼼히 훑어보았다. 그는 런던의 뒷골목을 환히 꿰고 있는 사람답게 낯선 길만 골라서 걸어가고 있었다. 나는 그런 곳이 있는지조차 알지 못했다. 아파트와 마구간 사이의 복잡하게 얽힌 길을 그는 잰걸음으로 앞장서서 갔다. 마침내 음침하고 오래된 집들이 줄지어 있는 작은 도로로 나가게 되었다. 이 도로는 맨체스터 가를 지나서 블랜퍼드 가로 이어지는 길이었다. 그는 잽싸게 어느 비좁은 골목으로 들어서더니 어떤 집의 나무 대문을 밀치고 버려진 마당으로 들어가서 열쇠로 그

The Adventure of the Empty House

집 뒷문을 열었다. 집 안으로 들어서자마자 그는 바로 문을 닫았다.

집 안은 아무것도 보이지 않을 만큼 어두웠고 빈집이라는 것이 분명했다. 아무것도 깔지 않은 마룻바닥은 움직일 때마다 삐걱거렸고, 벽 쪽으로 손을 내밀자 너덜거리는 벽지가 만져졌다. 홈즈는 여위고 차가운 손으로 내 손목을 움켜쥐고 긴 홀 쪽으로 나를 인도했다. 홀에 도착하자 현관문 위로 뿌연 부채꼴 모양의 채광창이 있는 게 보였다. 거기서 그는 오른쪽으로 방향을 틀었고, 우리는 커다란 빈 방 안으로 들어서게 되었다. 방은 깜깜했지만 중간쯤에 거리에서 흘러 들어온 불빛이 있어서 아주 어둡지는 않았다. 하지만 가로등이 멀리 떨어져 있었고, 창문에는 먼지가 두껍게 내려앉아서 서로의 모습을 간신히 구별하는 정도였다. 홈즈는 내 어깨에 손을 올린 채 소곤거렸다.

"여기가 어딘지 알 수 있겠나?"

"베이커 가라는 것은 분명한 거 같은데."

나는 흐린 창 밖을 바라보면서 대답했다.

"그렇다네. 우리는 지금 옛날 하숙집 맞은편에 있는 캠덴 저택에 와 있는 거라네."

"여긴 무슨 일 때문에 온 건가?"

"이 집에서는 저곳의 그림 같은 풍경이 아주 잘 보인다네. 여보게, 좀 힘들더라도 밖에서 자네 모습이 보이지 않게 조심하여 창가로 다가가서 우리가 쓰던 방을 좀 살펴보도록 하지. 자네의 그 많은 이야기들은 바로 저 방에서 시작되었으니까. 3년이라는 시간이 흐르는 동안 자네를 놀라게 해주는 내 능력이 아직 남아 있는지 볼까?"

나는 조심스럽게 창가로 다가가서 길 건너편에 있는 낯익은 창문을 보았다. 순간 나는 깜짝 놀라서 비명을 지르고 말았다. 창문에는 커튼이 내려져 있었고 방에는 불이 켜져 환했다. 그리고 의자에 앉아 있는 한 남자는 환한 창문 위에 검고 선명한 그림자를 드리우고 있었다. 고개의 각도, 각진 어깨, 날카로운 이목구비. 그는 바로 홈즈였다. 그는 옆모습을 보이고 앉아 있었는데, 창문에 비친 그림자는 나의 조부모 시기에 유행했던 검은 그림자 초상(한쪽 면을 오리거나 그려서 만든 초상)과 비슷했다. 나는 너무 놀라서 그를 다시 확인하기 위해 등 뒤를 더듬었다. 홈즈는 소리는 내지 않았지만 몸을 크게 흔들면서 웃고 있었다.

"자, 어떤가?"

"세상에! 정말 믿을 수가 없군."

나는 소리쳤다.

"나의 신선한 아이디어는 세월에 녹슬지도, 진부해지지도 않는다네."

홈즈의 목소리에는 자신의 능력을 만족스러워하는 예술가의 기쁨과 자부심이 그대로 드러나 있었다.

"정말 나랑 비슷하지 않은가?"

"그렇군. 정말 자네와 똑같아."

"저 작품의 제작자는 프랑스 그르노블의 오스카 뫼니에 씨야. 며칠이나 걸려서 저 틀을 만들었지. 나의 밀랍 흉상인 셈이지. 저걸 설치해 놓는 일은 오늘 오후 베이커 가에 갔을 때 해놓은 거라네."

"왜 저런 일을 했는가?"

"그 이유는 내가 저곳에 있다는 확신을 주어야 하기 때문이지."

"자네는 지금 저 방이 감시당하고 있다는 말을 하는 건가?"

"그렇다네. 그들은 날 감시하고 있어."

"누가 자네를 감시한다는 거지?"

"바로 나의 옛 적수라네. 모리어티를 라이헨바흐 폭포의 바닥에 묻어버린 것에 대해 복수를 준비하고 있는 집단이기도 하고. 아까 말한 것처럼 그들은 내가 살아 있다는 사실을 알고 있어. 물론 그들이 알고 있는 건 거기까지야. 그들은 내가 곧 집에 돌아오리라고 예상하고 있고, 내 방을 꾸준히 감시하고 있다네. 사실 오늘 아침 내가 도착하는 장면을 그들이 목격했지."

"아니 어떻게 그런 사실을 알 수 있었나?"

"무심코 창 밖을 내다보았다가 파수꾼의 얼굴을 알아보았지. 파커라는 친구인데 뭐 그렇게 대단한 능력을 가지고 있는 자는 아니야. 직업은 살인강도이며, 구금(口琴, 주로 동남아시아·동북아시아에서 볼 수 있는 대나무로 만든 소형의 원시악기)의 명수이기도 하지. 사실 난 그자는 별로 신경 쓰지 않는다네. 하지만 그 배후에 있는 악랄한 인물에 대해서는 그냥 지나칠 수가 없다네. 그자는 모리어티의 심복으로, 절벽 위에서 나한테 돌을 던진 사람이기도 하지. 모리어티가 죽은 이후에는 런던에서 가장 교활하고 위험한 범죄자이기도 하고. 그는 지금 나를 쫓고 있지만, 그가 우리에게 쫓기고 있다는 것은 생각도 못하고 있을 거야."

나는 홈즈의 계획을 비로소 뚜렷하게 이해할 수 있었다. 우리는 편리한 은신처에서 감시자들을 감시하고, 미행자들을 미행하는 것이었다. 저쪽 창문에 비치고 있는 수척한 그림자는 그들을 낚는 미끼이고 우리는 그들을 잡는 사냥꾼인 것이다. 우리는 어둠 속에 선 채로 행인들이 분주하게 오가는 모습을 지켜보고만 있었다. 홈즈는 꼼짝도 하지 않고 서 있었다. 하지만 나는 그가 신경을 곤두세우고 있다는 것을 쉽게 알 수 있었다. 어수선하고 수상한 기운이 도는 밤이었다. 거리로 바람이 휘몰아쳤고, 사람들은 대부분 스카프를 목에 두르고 옷깃을 여미고 있었다. 한두 번 아는 사람이 지나간 것 같기도 했는데, 유난히 두 남자가 눈에 띄었다. 그들은 거리 위쪽에서 좀 떨어진 곳의 어느 집 현관에서 바람을 피하고 있었다. 난 홈즈에게 이들에 대해 말하고 싶었다. 하지만 홈즈는 초조한 표정으로 작은 외마디 소리를 지른 채 거리에서 좀처럼 눈을 떼지 않고 있었다. 두어 번 발을 동동거리고 손가락으로 벽을 치는 것으로 보아서는 매우 불안해하고 있는 것이 틀림없었다. 그의 계획대로 일이 잘 되지 않는 듯했다. 드디어 자정이 되었고 거리에 인적이 거의 없어졌다. 그는 초조한 기색을 감추지 못하고 방 안을 오락가락하기 시작했다. 나는 그에게 말을 건네려고 하다가 건너편의 불 켜진 창문을 보고 깜짝 놀랐다. 나는 홈즈의 팔을 잡고 그쪽을 가리켰다.

"앗, 그림자가 움직이고 있군!"

나는 놀라서 외쳤다. 그림자는 더 이상 옆모습이 아니었고, 이쪽으로 등을 돌린 뒷모습을 보이고 있었다.

3년이라는 짧지 않은 세월이 지났지만 그의 날카로운 기질은 그대로였다. 또한 자신보다 지성이 덜한 사람에게 참을성이 없는 것도 예전과 같았다.

"물론 저 흉상은 움직이는 거라네. 왓슨, 설마 내가 인형 하나만 갖다놓고 유럽에서 가장 날카로운 눈을 가진 자들이 속을 수 있기를 바라는 바보인 줄 알았던 건가? 우리가 이 방에 있던 두 시간 동안, 허드슨 부인은 8번, 즉 15분에 한 번씩 저 흉상의 위치를 바꿔놓았어. 부인의 그림자가 밖으로 비치지 않게 조심하면서 앞에서 흉상을 움직이고 있는 것이지."

홈즈는 흥분한 것처럼 짧게 숨을 들이켰다. 그가 고개를 앞으로 내민 채 온몸을 긴장시키고 가만히 있는 모습이 희미한 붉빛 속에 드러났다. 늦은 시간이었기 때문에 바깥의 거리에는 사람 그림자 하나도 없었다. 아까 보였던 두 사내도 이제 보이지 않았다. 맞은편의 눈부시게 노란 창문 한가운데에 검은 그림자가 있을 뿐 사방은 쥐 죽은 듯 고요하고 어두웠다. 모두가 숨을 죽이고 있는 중, 홈즈가 흥분을 이기지 못하고 숨을 들이쉬는 소리가 가느다랗게 들렸다. 다음 순간, 그는 나를 잡고 제일 어두운 방구석으로 갔다. 그리고 조용히 하라는 의미로 내 입술에 손가락을 댔다. 내 팔을 잡은 그의 손에서 가벼운 떨림을 느낄 수 있었다. 홈즈가 이렇게까지 흥분하거나 동요하는 모습은 처음이었다. 하지만 어두운 거리에는 여전히 아무도 없었다.

하지만 나 역시 갑자기 그가 날카로운 감각으로 알아챈 소리를 의식하게 되었다. 나지막한 발자국 소리였는데, 그것은 베이커 가가 아닌 우리가 잠복해 있는 이 집의 뒤쪽에서 들려온 것이다. 문을 여닫는 소리, 뒤이어 복도를 내려오는 조심스러운 발소리가 들렸다. 침입자는 소리를 안 내기 위해 매우 조심하는 듯했지만 발소리는 빈집에서 텅텅 울리고 있었다. 홈즈는 벽에 바짝 붙어선 채로 있었고, 나도 리볼버 손잡이를 움켜쥐고 친구를 따라 벽에 붙어서 있었다. 어둠 속을 한동안 노려보니 한 남자의 희미한 윤곽이 눈에 들어왔다. 그것은 열려 있는 문보다 더욱 짙은 그림자였다. 그는 잠깐 멈칫하더니 몸을

웅크린 채 살금살금 방 안으로 들어왔다. 불길한 그림자는 우리가 서
있는 곳에서 약 3미터 거리까지 다가왔고, 나는 그가 덤벼들면 맞서
싸울 태세를 갖추고 있었다. 그러나 그는 우리가 여기 있는 것을 전
혀 눈치 채지 못했고 우리가 서 있는 곳 바로 앞을 지나 조심스럽게
창가로 다가가, 소리가 나지 않도록 창문을 15센티미터 정도 들어올
렸다. 그가 열어놓은 창문 틈에 얼굴을 가져다 댔을 때 거리의 불빛
이 그의 얼굴을 직접 비춰주었다. 그는 흥분해서 제정신이 아닌 것처
럼 보였다. 두 눈은 마치 별처럼 반짝거렸고 얼굴은 경련마저 일으키
고 있었다. 나이는 지긋해 보였고 살집이 없는 코는 툭 튀어나와 있
었다. 또한 머리는 벗겨지고 반백이 된 콧수염을 길게 길렀으며 오페
라해트(야회나 극장에서 관람할 때에 쓰는 모자)는 뒤로 젖혀 쓰고 외투
의 단추를 잠그지 않아 안에 입은 예복 셔츠의 앞자락이 어슴푸레 빛
나고 있었다. 거무튀튀하고 깡마른 얼굴에는 굵은 주름이 잡혀 있고
손에는 지팡이 같은 걸 들고 있었는데 그것을 바닥에 내려놓자 날카
로운 쇳소리가 났다. 사내는 외투 주머니에서 부피가 큰 물건을 꺼냈
고, 부지런히 손을 놀리자 용수철과 볼트가 제자리로 들어갈 때 나는
철컥 소리가 울렸다. 그는 바닥에 무릎을 꿇은 채 고개를 숙이고 온
힘을 다해 어떤 레버를 잡아당겼다. 그러자 공기가 소용돌이치는 듯
한, 무언가를 가는 소리가 한참 들렸고 마지막으로 철컥 소리가 다시
한 번 크게 울렸다. 그가 몸을 일으켰을 때는 흉측한 개머리판이 달
린 총을 들고 있었다. 그는 총미(銃尾)를 열고 그 안에 무언가를 집어
넣더니 잠금 장치를 닫았다. 그리고 바닥에 쪼그리고 앉은 채로 아까
열어놓은 창문 선반에 총신을 올려놓았다. 남자의 긴 콧수염은 개머

221

The Adventure of the Empty House

리판에 닿았고 반짝거리는 눈은 가늠쇠를 노려보고 있었다.

드디어 사내는 개머리판을 어깨에 올려놓고 가늠쇠 끝에 선명하게 들어오는 굉장한 목표물, 즉 노란 바탕의 검은 그림자를 바라보다가 만족스러운 듯 한숨을 토해냈다. 그는 숨을 죽이고 꼼짝도 하지 않고 있다가 마침내 방아쇠를 당겼다. 총알은 매우 크고 이상한 소리를 내며 날아갔고, 뒤이어 유리창 깨지는 소리가 우리가 있는 곳까지 선명하게 들렸다. 바로 그 순간, 남자의 등 뒤에 서 있던 홈즈가 재빨리 그에게 달려들었다. 남자는 바닥에 깔렸지만 다시 벌떡 일어났고, 사력을 다해 홈즈의 목덜미를 움켜잡았다. 하지만 내가 휘두른 리볼버의 개머리에 머리를 맞고 다시 그 자리에 쓰러졌다. 나는 남자를 위에서 타고 눌렀고 그 사이 홈즈는 날카롭게 호루라기를 불었다. 그와 동시에 여러 명이 거리를 달려오는 소리가 나더니 정복 경관 두 명과 사복형사 한 명이 현관문을 밀치고 방으로 뛰어들었다.

"레스트레이드 경감, 당신인가요?"

홈즈가 말했다.

"그렇습니다, 홈즈 선생. 내가 직접 나섰지요. 런던에서 다시 만날 수 있게 되다니 정말 반갑소."

"당신한테는 비공식적인 도움이 좀 필요할 것 같아요. 경찰 모르게 일어난 살인사건이 1년에 세 건이라니. 하지만 레스트레이드 씨, 몰레시 사건은 꽤 잘 처리했더군요."

우리는 모두 일어나 있었고, 건장한 경관 둘이 범죄자의 팔을 하나씩 끼고 있었다. 거리에는 벌써 무슨 일인가 궁금해 하는 사람들이 모여들고 있었다. 홈즈는 창문을 닫고 커튼을 내렸다. 레스트레이드 경감은 촛불에 불을 붙였고 경관들은 등잔 덮개를 벗겼다. 집이 환해지고 나서야 나는 우리가 잡은 범죄자의 얼굴을 볼 수 있었다.

매우 남자답게 생겼지만 악의에 가득한 얼굴이 불빛에 잘 드러났다. 철학자의 이마를 가졌지만 호색한의 턱을 가진 그는 선과 악, 모두에 뛰어난 소질을 가진 듯했다. 하지만 게슴츠레하고 냉소적으로 내리덮인 눈꺼풀, 한없이 잔인해 보이는 푸른 눈, 흉악하고 사나워 보이는 코, 굵은 주름이 팬 험상궂은 이마를 본 사람이라면 그의 얼굴에 뚜렷이 새겨놓은 위험 신호를 어렵지 않게 읽어낼 수 있었을 것이다. 그는 다른 사람에게는 전혀 관심이 없었고, 증오와 경악이 섞인 표정으로 홈즈만을 노려보고 있었다.

"이 악마 같은 놈!"

그는 쉬지 않고 혼자 중얼거리고 있었다.

"이 교활한 악마 같은 놈!"

"오, 대령!"

홈즈는 셔츠 깃을 바로잡으면서 남자에게 말했다.

"옛말에 이런 말이 있지. '여행은 연인들의 상봉으로 끝난다.' 지난번 내가 라이헨바흐 폭포의 암반 위에 있을 때, 나에게 특별한 관심을 보내준 건 기억하고 있다네. 안타깝게도 그 다음에는 한 번도 못 만난 것 같군."

대령은 망연자실한 표정으로 계속 홈즈만 응시하고 있었다.

"이 교활한 악마 같은 놈!"

그는 이 말만 계속 반복하고 있었다.

"아직 소개를 제대로 하지 않은 것 같군."

홈즈가 말했다.

"여기 있는 이 신사는 세바스천 모런 대령입니다. 과거 여왕 폐하의 인도 육군에서 복무한 적이 있는데, 그곳에서 배출한 최고의 맹수 사냥꾼이기도 합니다. 대령, 호랑이 사냥에서는 아직도 당신이 세운 기록을 깨뜨린 사람이 없지?"

매우 흉악한 초로의 남자는 입을 굳게 다물고 아직도 홈즈를 이글거리는 눈으로 노려보고 있었다. 포악한 눈, 뻣뻣하고 곤두선 콧수염이 호랑이와 매우 비슷해 보였다.

"당신 같은 노련한 사냥꾼이 단순한 전술에 어떻게 넘어간 건지 정말 신기하군."

홈즈가 말했다.

"내가 세운 전술은 당신도 잘 알고 있을 거라고 생각했는데. 호랑이를 유인하기 위해서 나무 밑에 새끼 양 한 마리를 묶어놓고, 소총을 들고 나무 위에서 기다려본 적 있지? 나에게는 이 빈집이 나무였고 당신이 호랑이였어. 당신도 호랑이가 여러 마리 나타나거나, 당신이 쏜 총알이 빗나갈 만약의 사태에 대비해서 총을 더 준비했을 것이라고 생각했는데, 아마 이번엔 그렇게 하지 않은 것 같군."

그는 경찰을 가리키면서 말했다.

"나는 이렇게 만반의 준비를 했거든. 당신도 나처럼 했어야 원하는 것을 이룰 수 있었을 텐데."

모런 대령은 포효하며 덤벼들려고 했지만, 두 경관이 그를 막아섰다. 그의 얼굴에 가득한 이글거리는 분노는 보는 것만으로도 끔찍했다.

"솔직히 난 당신이 이 빈집으로 올 줄 몰랐어. 그 창문을 이용할 줄은 더더욱 몰랐지. 당연히 당신은 거리에서 작업을 할 것이라고 생각했고, 그래서 밖에 내 친구 레스트레이드 경감과 그 부하들을 대기시켜 놓은 것이지. 그것 하나만 뺀다면 모든 게 다 내 예상대로 되었고."

모런 대령은 레스트레이드 경감을 향해 돌아섰다.

"내가 체포되어야 할 정당한 사유가 있는 거요? 만약 그렇다고 해도 여기서 저놈의 조롱을 받을 이유는 없소. 당신들이 법의 집행자라면, 법대로 처리해 주시오."

"좋소, 그렇게 하지요."

레스트레이드가 말했다.

"홈즈 선생, 우리가 가기 전에 더 할 말이 있소?"

홈즈는 남자가 쏜 성능 좋은 공기총을 집어 들고 그 구조를 꼼꼼히 살펴보았다.

"매우 놀랍고 독창적인 무기군요. 소음이 없고 파괴력도 엄청나지요. 나는 독일의 맹인 기술자 폰 헤르더가 죽은 모리어티 교수의 주문으로 이 총을 제작했다는 사실을 알고 있어요. 수년 동안 이 무기에 대해 알고는 있었지만 볼 기회는 없었습니다. 레스트레이드 경감, 이 총과 총알을 당신한테 맡기겠습니다. 조심해 주시오."

"걱정 마시오. 이건 증거품으로 우리가 잘 보관하겠소. 더 할 말이 있소?"

레스트레이드 경감은 일행을 데리고 문 쪽을 향해 나가면서 말했다.

"대령을 어떤 죄목으로 기소할 생각이죠?"

"기소 말이오? 물론 셜록 홈즈 당신에 대한 살인미수 혐의로 기소할 생각이오."

The Adventure of the Empty House

"레스트레이드 경감, 이 사건에서는 나를 아주 빼주셨으면 합니다. 범인을 체포한 공로는 오로지 당신에게 있으니까요. 레스트레이드, 정말 축하드립니다! 이번에도 당신은 대담하고 교묘한 작전으로 범인을 검거했군요."

"범인을 검거하다니? 홈즈 선생, 그게 무슨 말이오?"

"지난달 13일, 파크 레인 427번지의 2층 거실 창문을 통해 공기총으로 팽창 탄환을 발사해서 로널드 아데어 도련님을 저격한 범인을 말하는 겁니다. 지금 경찰에서는 전력을 다해 범인을 찾고 있지만 특별한 소득은 얻지 못했거든요. 레스트레이드 경감, 이자의 혐의는 바로 그겁니다. 왓슨, 우리는 이제 방으로 돌아가자고. 깨진 창문으로 들어오는 외풍을 견디면서 담배를 피워야겠지만 말이야. 생각해 보니 그것도 꽤 재미있을 것 같군."

우리가 예전에 함께 사용했던 방은 마이크로프트 홈즈의 감독과 허드슨 부인의 정성으로 모든 것이 그대로였다. 방 안이 유난히 깨끗해 보이기는 했지만, 쓰던 물건은 모두 제자리에 있었다. 구석에 있는 화학 실험 기구들과 산(酸) 때문에 변색된 전나무 탁자도 그대로 있었다. 선반에는 런던 시민들이 없애버리고 싶어했던 무시무시한 스크랩북과 참고 서적들이 가지런하게 꽂혀 있었다. 방 안을 둘러보자 도표, 바이올린 케이스, 파이프걸이, 심지어 담배를 숨겨놓곤 했던 페르시아 슬리퍼까지 모두 눈에 들어왔다. 우리가 들어가기 전에 방에는 사람이 이미 둘이나 있었다. 그 중 하나는 허드슨 부인이었는데 우리가 들어서는 걸 보고 밝게 웃었다. 다른 한 사람은 오늘의 모험에서 대단히 중요한 역할을 맡았던 인형이었다. 홈즈가 말한 대로 밀랍으로 만들어져 있었는데, 매우 정교하게 만들어져 있어 얼핏 보면 실물과 똑같았다. 작은 받침대 위에 놓인 홈즈의 흉상은 낡은 실내복까지 두르고 있어서 거리의 사람들이 속지 않을 수 없었던 것이다.

"허드슨 부인, 내가 말씀드린 대로 조심하셨겠지요?"

홈즈가 부인에게 말했다.

"난 선생이 말한 대로 인형 앞까지 무릎걸음으로 갔답니다."

"좋습니다. 아주 일을 훌륭히 해내셨어요. 총알은 인형의 어디에 박혔나요?"

"그 총알은 머리를 뚫고 나가 벽에 맞고 떨어졌어요. 안타깝게도 저 멋진 흉상이 망가진 것 같은데. 내가 총알을 카펫에서 주워놨어요. 자, 여기요."

홈즈는 총알을 부인에게 받아 다시 나에게 건네주었다.

"허드슨 부인, 도와주셔서 정말 감사합니다."

홈즈는 부인에게 감사의 뜻을 표했다.

"왓슨, 무른 리볼버용 총알이라네. 정말 천재적인 수법이지 않은가? 누가 이 총알이 공기총에서 발사됐다고 생각하겠나? 자 그럼 오랜만에 그 의자에 한 번 앉아보게. 자네한테 말해 주고 싶은 게 있으니까 말이야."

그는 허름한 프록코트를 벗고 흉상이 입고 있던 쥐색 실내복을 걸쳤다. 그는 다시 예전의 홈즈로 완전히 되돌아온 듯했다.

"늙은 사냥꾼이지만 신경은 아직 튼튼하고 눈은 여전히 날카롭군."

그는 흉상의 깨진 머리를 들여다보며 크게 웃었다.

227

The Adventure of the Empty House

"총알은 뒤통수에 명중해서 뇌를 관통했어. 모런 대령은 인도에서 특등 사수였는데 지금 런던에서도 그를 능가할 사람은 없을 거라고 생각하네. 자네는 그에 대해서 들어본 적 있나?"

"아니, 없다네."

"그렇지, 명성이란 게 다 그런 거야. 내 기억이 정확하다면, 자네는 한 세기를 풍미했던 비상한 두뇌의 소유자인 제임스 모리어티 교수에 대해서도 못 들어봤다고 했었지. 선반에서 그 인명 색인 좀 내려 주게나."

홈즈는 몸을 의자에 파묻고 시가의 연기를 내뿜으며 천천히 책장을 넘겼다.

"'M' 항목은 정말 화려하군. 모리어티 하나만 해도 눈부신데 독살자 모건, 메리듀, 그리고 채링크로스의 대합실에서 내 왼쪽 송곳니를 부러뜨린 매튜도 있고 말이야. 마지막으로 아까 그 대령은 여기에 나와 있군."

나는 그가 건네준 인명부를 읽어주었다.

세바스천 모런, 대령, 무직. 1840년 런던 출생. 주 페르시아 공사를 역임한 오거스터스 모런 남작의 아들. 이튼 학교와 옥스퍼드에서 수학. 인도의 뱅갈로 제1공병대에서 복무. 조와키전(戰), 아프카니스탄전, 챠라시아브(특파), 셰르푸르, 카불 등에서 복무. 《서부 히말라야의 맹수》(1881), 《정글에서의 세 달》(1884)의 저자. 주소 : 컨듀잇 가. 소속 클럽 : 앵글로 인디언, 탱커빌, 바가텔 카드 클럽.

가장자리에는 홈즈의 글씨체로 이렇게 쓰여 있었다.

런던에서 두 번째로 위험한 인물.

"오, 놀라운 이력이군. 이 정도면 역전의 용사야."

나는 인명부를 돌려주며 홈즈에게 말했다.

"그렇지, 옳은 말이야."

홈즈는 내 말에 대꾸했다.

"그는 어느 정도까지는 엇나가지 않은 채로 일을 잘했다네. 그는 무쇠 같은 신경을 타고나기도 했지. 인도에서는 아직도 대령이 부상당한 식인 호랑이를 쫓아서 배수로를 기어간 얘기가 사람들 입에 오르내리고 있다네. 하지만 세상에는 일정한 수준까지는 잘 자라다가 갑자기 이상한 모양으로 변하는 나무들이 있어. 사람들 역시 마찬가지야. 내 생각에는 한 개인은 윗세대의 모든 특징을 자신의 발달 과정에서 드러내는 것 같아. 즉, 과거에 가계(家系)로 침투한 어떤 강한 영향력이 선 또는 악에 대한 갑작스러운 충동으로 나타나는 게 아닐까 생각된다네. 그래서 한 개인을 놓고 보면 그는 자기 가족사의 축소판이 되는 것이지."

"글쎄, 다분히 공상적인 얘기처럼 들리는군."

"내 의견을 고집하는 건 아닐세. 이유야 어쨌든 모런 대령은 악의 길로 들어서게 됐다네. 인도에서 특별한 일이 있었던 것도 아닌데, 더 이상 그곳에서 지내지 못하게 됐지. 그래서 제대하고 런던으로 돌아와 다시 악명을 떨치게 된 거라네. 모리어티 교수에게 발탁된 것은 그 무렵이었는데, 대령은 꽤 오랫동안 모리어티의 오른팔 노릇을 해왔어.

The Adventure of the Empty House

모리어티는 그에게 아낌없이 돈을 썼다네. 다른 부하에게는 역부족이었던 아주 까다로운 일을 한두 건 처리하는데 그를 동원했지. 자네, 1887년에 일어났던 로더의 스튜어트 부인 변사 사건을 기억하는가? 아, 모른다고? 내가 설명해 주지. 나는 스튜어트 부인을 살해한 것이 모런이라고 확신했지만 그것을 증명할 방법이 없었다네. 대령이 아주 교묘하게 사건을 은폐해 버렸기 때문이지. 모리어티 일당이 검거됐을 때도 경찰은 스튜어트 부인에 대한 혐의를 입증하는 데에는 실패하고 말았어. 그 무렵 내가 자네 집에 찾아갔을 때 공기총이 걱정된다고 덧문을 닫았던 일 기억나지? 아마 틀림없이 자네는 내가 상상력이 너무 지나치다고 생각했을 거야. 하지만 내가 그런 행동을 한 건 타당한 이유가 있었다네. 나는 그때 이미 놀라운 그 총의 존재를 알고 있었고, 그 뒤에 최고의 명사수가 있으리라는 것도 알고 있었지. 우리가 스위스에 갔을 때 대령은 모리어티와 함께 우리를 따라왔지. 라이헨바흐 절벽에서 내게 공포의 5분을 선물해 준 것은 바로 그자였으니까.

나는 프랑스에서 체류하는 동안 그자를 감옥에 넣을 기회를 찾을 생각을 하고 있었어. 신문을 꼼꼼히 읽으면서 말이야. 그자가 런던에서 활보하는 한 내 목숨은 풍전등화(風前燈火, 바람 앞의 등불)와 같은 것이었으니까. 내가 런던으로 돌아온 이후 내게는 밤낮으로 미행이 따라 붙었을 테니 그는 금방 기회를 잡을 수 있었을 거야. 그렇다면 어떻게 해야 할까? 난 그자를 먼저 쏠 수는 없었네. 그랬다가는 도리어 내가 가해자가 되었을 테니까. 하급법원 같은 곳에 호소해 봤자 아무 소용없는 짓이었지. 내가 하는 얘기는 지나친 의심 때문이라고 생각될 것이고, 법원에서 내 얘기를 근거로 개입해 주지도 않을 테니까. 그래서 나는 때가 되기를 기다리며 가만히 있었네. 곧 조만간 기회가 올 것이라고 생각해서 여러 가지 사건 소식을 주시하고 있었지. 그런데 로널드 아데어가 죽었다는 소식을 알게 된 거지. 마침내 기회가 온 것이었어. 내가 아는 것이 있었기 때문에 정황만 보아도 모런 대령 짓임이 틀림없었지. 대령은 청년과 같이 카드를 치고 클럽에서 그의 집까지 몰래 뒤를 밟았을 거야. 그리고 열린 창문을 통해 아데어를 쐈을 것이고. 그것은 분명한 사실이었네. 그렇다면 총알만으로도 그자를 교수대로 보낼 수 있는 충분한 증거가 될 수 있었지. 그래서 나는 당장 귀국했다네. 그리고 이 앞을 지키던 녀석한테 내 존재를 들켰지. 녀석은 아마 나를 보자마자 대령에게 보고했을 거야. 대령은 내가 갑자기 귀국한 이유가 자신이 저지른 범죄와 관계가 있을 것이라고 생각해서 신경이 날카로워졌을 거야. 나는 대령이 당장 나를 제거하기 위해 나설 것과, 거기에 사용될 무기는 이미 성능이 확인된 문제의 살인 무기일 거라고 생각했지. 그래서 나는 창가에 나의 멋진 표적을 세워놓고 경찰에 지원 요청을 했어. 아, 그런데 자네는 경찰이 현관에 잠복하고 있는 걸 정확하게 알아채더군. 나는 관찰하기에 가장 좋을 듯한 자리를 골라잡아 이 집을 택했지만, 그자 역시 바로 이곳을 공격 지점으로 택할 줄은 꿈에도 몰랐다네. 왓슨, 자네가 더 알고 싶은 게 있나?"

"모런 대령이 왜 로널드 아데어를 살해했는지 그 이유를 알고 싶다네."

"왓슨, 그 부분은 가장 논리적인 정신도 실수를 범할 수 있는 추측의 영역이라네. 누구라도 현재의 증거를 가지고 가설을 세울 수 있어. 자네 생각도 내 생각 못지않게 정확할 수 있고 말이야."

"그렇다면 자네는 가설을 이미 세운 건가?"

"사실을 설명하는 건 별로 어렵지 않을 거야. 모런 대령과 아데어는 그동안 상당한 금액의 돈을 카드를 통해서 땄지. 아마 모런은 속임수를 썼을 거야. 하지만 아데어는 그가 죽던 바로 그날, 모런이 속임수를 쓴다는 사실을 알았겠지. 그리고 모런을 따로 불러내서 그 얘기를 했을 거고. 아데어는 대령에게 클럽을 탈퇴하고 앞으로 카드를 하지 않겠다고 약속하지 않으면 사실을 모두에게 밝히겠다고 했을 거야. 아데어같이 젊은 청년이 자기보다 연배가 훨씬 높은 명사의 속임수를 당장 폭로하지는 않았겠지. 사회적으로 큰 물의를 일으키고 싶지는 않았을 테니까. 하지만 부정한 방법으로 딴 돈이 생활비였던 모런에게 클럽 탈퇴는 그야말로 파멸이었을 거야. 그래서 그 비밀을 덮기 위해 아데어를 살해한 거지. 양심적인 아데어는 같은 편의 부정행위로 이득을 취하고 싶지 않았기 때문에 상대편에게 돌려줄 돈을 계산하고 있었지. 그런데 숙녀들이 갑자기 들어와서 이름 옆에 놓인 돈을 발견한다면 난처해질 수 있으니 방문을 잠갔을 거고. 어때, 그럴듯한가?"

"아마 자네가 말한 그대로였을 것 같군."

"내 말이 맞는지는 법정에서 증명될 거야. 이제 모런 대령은 더 이상 나와 다른 사람들을 괴롭힐 수 없게 됐군. 폰 헤르더의 공기총은 런던 경찰청의 박물관 한쪽을 장식하게 될 테고. 이제 셜록 홈즈 선생은 런던이 끝없이 선물해 주는 흥미로운 사건들을 다시 편안한 마음으로 조사할 수 있게 되었다네."

Sherlock Holmes

자전거 타는 사람

The Adventure of the Solitary Cyclist

1894년에서 1901년 사이에 홈즈는 매우 바쁜 나날을 보냈다. 8년이라는 그 기간 동안 신문에 실린 사건들 중에서 조금이라도 까다로운 사건이라면 그의 손을 거치지 않은 것은 거의 없었다고 할 수 있기 때문이다. 수백 건의 비공개 사건에서 그는 맹활약을 했는데 그 중에는 복잡하고 기이한 사건들도 적지 않았다. 이렇게 장기간 동안 쉬지 않고 활동한 결과, 놀라운 성과를 숱하게 거두었지만 어쩔 수 없는 실패도 몇 번 맛보게 되었다. 나는 이 모든 사건에 대한 상세한 기록을 보유하고 있으며, 그 중에는 직접 관여한 사건도 꽤 많았다. 그래서 독자들에게 내놓을 사건을 고르는 일이 그다지 쉽지만은 않다는 것은 모두 이해할 수 있을 것이다. 나는 전부터 고수해 온 나만의 원칙, 즉 범죄 사실의 잔인성보다는 독창적이고 극적인 사건 해결 과정이 흥미를 끄는 사건들을 위주로 고르려고 해왔다. 이러한 이유로 나는 찰링턴의 자전거 타는 여성인 바이올렛 스미스 양 사건과 전혀 예상하지 못했던 비극으로 막을 내려야 했던 우리의 조사 과정에 대해 이야기할 것이다. 이 사건에서는 홈즈의 뛰어난 능력을 발휘할 수 있는 기회가 별로 없었던 것이 사실이다. 하지만 나의 변변찮은 이야기들에 소재를 제공해 주는 범죄의 오랜 역사에서, 다른 것들과는 구별되는 몇 가지 특색을 갖추고 있다.

1895년도 노트를 확인해 본 결과, 바이올렛 스미스 양이 우리에게 처음으로 편지를 보냈던 날은 4월 23일 토요일이었다. 내 기억에 의하면, 그때 홈즈는 담배 백만장자로 유명한 존 빈센트 하든을 협박하며 괴롭히던 사건을 맡고 있었다. 그 사건이 한없이 복잡하고 신경을 곤두서게 했기 때문에 홈즈는 당시 스미스 양의 방문을 별로 달가워하지 않았다. 그는 정확한 사고와 정신적 집중을 중시했기 때문에 현재의 사건에서 관심을 분산시키는 일은 무조건 싫어했던 것이다. 하지만 냉정한 반면 모질지 못한 성격의 소유자였던 그는, 저녁 늦게 베이커 가로 찾아와서 도와달라고 애원하는 늘씬하게 큰 키에 우아하고 아름다운 젊은 여성을 그냥 돌려보내는 것은 불가능했다. 홈즈는 상담하기 위해 굳게 마음먹고 온 젊은 숙녀에게 이미 일정이 꽉 차 있어서 시간을 낼 수 없다고 말했다. 하지만 완력을 동원하지 않고서는 그녀를 밖으로 몰아낼 수 없는 상황이었다. 홈즈는 체념한 얼굴로 피곤한 미소를 지으며 아름다운 침입자에게 의자에 앉기를 권하고 상담하고자 하는 내용을 말해 달라고 했다.

"보아하니 건강 문제는 아니겠군요."

홈즈는 스미스 양을 날카롭게 훑어보며 말했다.

"그렇게 열심히 자전거를 타는 건 힘이 넘치지 않고서는 할 수 없으니까요."

스미스 양은 매우 놀란 얼굴로 자신의 발을 얼른 내려다보았다. 신발 밑창의 옆쪽이 자전거 페달에 쓸려 약간 닳아 있었다.

"아, 제가 자전거를 많이 탄다는 사실을 어떻게 아신 거죠? 맞아요. 저는 자전거를 자주 탑니다. 홈즈 선생님, 제가 이곳을 찾아온 건 사실 자전거와도 연관이 있답니다."

홈즈는 장갑을 끼지 않은 숙녀의 손을 붙들고, 실험 대상을 관찰하는 과학자처럼 세심하고 냉정한 시선으로 살펴보았다.

"잠시 실례했습니다. 하지만 직업이 직업이니만큼 양해해 주시기 바랍니다."

홈즈는 숙녀의 손을 놓으면서 말했다.

"잠시 스미스 양을 타이피스트로 생각할 뻔했습니다. 음악을 하시는 분이 분명하군요. 왓슨, 이 주걱 모양의 손끝을 좀 보게나. 이건 타이피스트와 음악가의 공통된 특징이기도 하지. 하지만 스미스 양의 얼굴에선 어떤 정신적인 감성이 느껴지는군."

숙녀는 불빛을 향해 살짝 얼굴을 돌렸다.

"타이피스트에게는 그런 것이 없다네. 이 숙녀는 음악가야."

"네, 홈즈 선생님. 저는 음악을 가르치고 있답니다."

"그리고 얼굴빛을 보니 시골에 살고 계시는군요."

"네, 서리의 파넘 근교에 살고 있어요."

"오, 아름다운 곳에 살고 있군요. 저에겐 매우 흥미로운 추억으로 가득 찬 곳이기도 하지요. 왓슨, 자네도 우리가 그 근처에서 사기꾼 아키스탬퍼드를 붙잡았던 일을 기억하고 있겠지? 자, 바이올렛 양. 서리의 파넘 근교에서 무슨 일이 있었던 거죠?"

젊은 숙녀는 침착한 목소리로 다음과 같은 이야기를 들려주었다.

"홈즈 선생님, 저의 아버지는 예전에 돌아가셨습니다. 아버지 제임스 스미스는 임페리얼 극장에서 오케스트라를 지휘하셨지요. 아버지가 돌아가신 후 엄마와 저는 경제적으로 매우 어려웠습니다. 도움을

The Adventure of the Solitary Cyclist

청할 친척으로는 25년 전에 아프리카로 간 삼촌 랄프 스미스가 있었지만, 그동안 아무 소식이 없었고요. 그러던 어느 날 <타임스>에 엄마와 저를 찾는 광고가 실렸다는 얘기를 들었습니다. 우리 모녀는 삼촌이 유산이라도 남긴 것은 아닐까 무척 흥분했습니다. 그리고는 기대에 차서 신문광고를 낸 변호사에게 달려갔고, 그곳에서 남아프리카에서 귀국했다는 캐루더스 씨와 우들리 씨를 만나게 되었습니다. 두 신사는 삼촌의 친구라면서 삼촌이 매우 가난하게 살다가 몇 달 전에 요하네스버그에서 돌아가셨다고 말하더군요. 그러면서 삼촌이 임종하기 전에 두 분에게 자신의 친척을 찾아서 돌봐달라고 부탁했답니다. 살아 있을 때는 연락 한 번 하지 않았던 랄프 삼촌이 죽음을 앞두고 저희를 보살펴 달라는 부탁을 했다는 게 좀 이상하긴 했습니다. 하지만 캐루더스 씨는 삼촌이 얼마 전에 동생의 사망 소식을 듣고 우리에게 강한 책임감을 느꼈기 때문일 거라고 설명하더군요.”

“말씀 중에 죄송하지만, 그분들을 만난 게 정확히 언제였습니까?”

홈즈가 물었다.

“지난 12월이었습니다. 약 네 달 전이네요.”

“계속 말씀해 주세요.”

“이렇게 말하면 실례가 되겠지만 우들리 씨는 정말 같이 있기 싫은 사람이었습니다. 그는 통통하게 살찐 얼굴에 붉은 콧수염을 기르고 있었고, 기름을 잔뜩 바른 머리를 양쪽으로 갈라붙인 매우 천박해 보이는 청년이었습니다. 게다가 끊임없이 저한테 경박한 추파를 던졌어요. 저는 그 사람이 정말 마음에 들지 않았어요. 아마 시릴도 제가 그런 사람과 만나는 걸 원치 않을 거고요.”

"오, 시릴이라는 분은 남자친구인가요?"

홈즈는 빙긋이 웃으면서 말했다.

숙녀도 약간 얼굴을 붉히며 미소 지었다.

"네, 홈즈 선생님. 시릴 모턴은 제 남자친구로 전기 기술자입니다. 저희는 여름이 지나면 결혼할 계획을 세우고 있어요. 어머, 그런데 제가 어쩌다 보니 그 사람 얘기까지 하게 됐네요. 제가 말씀드리고 싶은 건 우들리 씨는 정말 불쾌하다는 사실이에요. 하지만 그보다 훨씬 나이가 많은 캐루더스 씨는 괜찮은 분이었습니다. 캐루더스 씨는 안색이 나쁜 편이라 침울하게 보이곤 했지만 늘 깔끔하게 면도를 하고 다니셨죠. 말수는 적은 편이었지만 예의가 바르고 웃는 얼굴도 호감을 주었어요. 그분은 우리 모녀에게 생활 형편을 묻더니, 우리가 몹시 어려운 생활을 하고 있다는 것을 아셨어요. 그리고 저한테 10살짜리 외동딸의 음악 가정교사로 와달라고 부탁했습니다. 제가 엄마를 홀로 남겨두고 싶지 않다고 하자, 그러면 주말마다 집에 가도 좋다고 허락하고 1년에 백 파운드를 제안했습니다. 정말 어마어마한 금액이었어요. 그래서 저는 그분의 제안을 받아들이기로 하고 파넘에서 10킬로미터쯤 떨어진 곳에 있는 칠턴 그랜지로 가게 되었습니다. 캐루더스 씨는 아내가 없었지만 나이가 지긋한 딕슨 여사라는 훌륭한 가정부에게 집안 살림을 맡기고 있었지요. 아이는 귀여웠고 별 문제가 없어보였습니다. 캐루더스 씨는 매우 친절했고 음악을 좋아하는 분이어서 저녁마다 굉장히 유쾌한 시간을 보낼 수 있었습니다. 그리고 주말이면 런던의 집으로 돌아와서 엄마와 함께 지냈답니다.

행복한 생활에 처음으로 문제가 생기기 시작한 것은 우들리 씨가 오면서였습니다. 그 사람은 일주일 동안 그곳에 머물렀는데, 저에게는 그 시간이 마치 석 달처럼 길게 느껴졌습니다. 그 사람은 무서운 사람이었어요. 누구한테나 난폭하게 굴었지만 제 경우는 훨씬 더했습니다. 그렇게 싫은 남자가 저를 좋아하게 된 거지요. 우들리 씨는 자기 재산 자랑을 끊임없이 하면서 자기랑 결혼만 한다면 런던에서 제일 비싸고 훌륭한 다이아몬드를 갖게 해주겠다고 말했습니다. 하지만 저는 아예 상대도 하지 않았어요. 그러던 어느 날 저녁 식사 후에 저를 껴안고 자기한테 키스해 줄 때까지 놔주지 않겠다고 했습니다. 정말이지 힘도 끔찍하게 세더군요. 그때 캐루더스 씨가 들어와서 그를 떼어냈어요. 그러자 그는 캐루더스 씨에게 덤벼들었고 그분을 바닥에 쓰러뜨렸어요. 그 와중에 우들리 씨가 캐루더스 씨의 얼굴에 상처를 내기도 했습니다. 그 싸움으로 우들리 씨의 방문은 끝나게 되었습니다. 캐루더스 씨는 다음날 저에게 미안해하면서 다시는 그런 모욕을 당하지 않게 될 거라고 위로해 주었지요. 그 후에는 우들리 씨를 만난 적이 없습니다.

홈즈 선생님, 이제 이곳을 찾아오게 된 직접적인 계기가 되었던 사건에 대해 이야기할게요. 저는 매주 토요일 런던 행 12시 22분 기차를 타기 위해 자전거를 타고 파넘 역으로 간답니다. 칠턴 그랜지에서 역까지 가는 길은 인적이 꽤 드문 편입니다. 특히 찰링턴 홀 저택 앞을 지나는 1.5킬로미터 이상의 길에서는 사람이라고는 한 명도 볼 수 없어요. 도로 한쪽은 찰링턴 황야이고 다른 한쪽은 찰링턴 홀 주택을 둘러싸고 있는 숲이니까요. 아마 그보다 더 인적이 드문 길이 또 있을까 싶을 정도랍니다. 그곳에서 크룩스베리힐 근처에 있는 큰길로

Sherlock Holmes

나갈 때까지는 짐마차 한 대, 아니 농부 한 사람도 마주친 적이 없습니다. 그런데 약 2주일 전, 저는 그 길을 지나다가 우연히 뒤를 돌아보았어요. 그런데 200미터쯤 뒤에서 한 남자가 자전거를 타고 달려오는 게 보였습니다. 그 남자는 짧지만 검은 턱수염을 기르고 있었는데, 젊지도 늙지도 않아 보였어요. 저는 파넘에 도착하기 전에 다시뒤를 돌아보았지만, 그 남자는 보이지 않았습니다. 그래서 더 이상신경 쓰지 않았고요. 그런데 월요일에 그 집으로 돌아가는 길에, 바로 그 길에서 똑같은 사람이 다시 나타났어요. 제가 얼마나 놀랐는지아시겠지요? 그런데 더더욱 놀라운 건 그 다음 토요일과 월요일에, 똑같은 일이 되풀이되었다는 거예요. 그 남자는 일정한 거리를 두고따라왔고, 비록 저한테 어떤 나쁜 행동을 하지는 않았지만 정말 이상했습니다. 저는 캐루더스 씨한테 그 얘기를 했습니다. 그분은 제 말을 걱정스러운 듯 듣더니 앞으로는 말과 마차를 예약해 놓을 테니 인적이 드문 길을 혼자 다니지 말라고 말씀해 주셨어요.

예약한 말과 마차는 이번 주에 오기로 되어 있었지만, 그쪽에 사정이 생겨서 오지 못했답니다. 저는 다시 역까지 자전거를 타고 가야했는데, 그게 바로 오늘 아침이었어요. 물론 저는 찰링턴 황야를 지날 때 뒤를 돌아보았는데, 그 남자는 지난 2주 동안 그랬던 것처럼 여전히 제 뒤를 따라오고 있었습니다. 그 남자는 항상 뒤에서 멀리 떨어져 있었기 때문에 얼굴은 똑똑히 보이지 않았습니다. 하지만 분명히 제가 아는 사람은 절대 아니었어요. 그는 검은 정장에 챙 모자를쓰고 있었어요. 얼굴에서 분명하게 보이는 건 검은 턱수염뿐이었습니다. 그런데 오늘은 두려움보다는 갑자기 궁금증이 솟았습니다. 그 사람이 대체 어떤 사람이고 저한테 원하는 게 뭔지 알아봐야겠다는 생각이 들었지요. 제가 자전거 속도를 늦추자 그 남자도 속도를 늦추더군요. 제가 아예 자전거를 세우자, 그 남자도 자전거를 세웠습니다. 그래서 저는 모험을 하기로 했어요. 그 길은 끝에서 급하게 꺾어지는데 거기까지 아주 열심히 달려갔다가 모퉁이를 돌자마자 자전거를 세우고 그 남자를 기다렸어요. 그 남자가 미처 자전거를 세우지 못하고 제 앞을 지나갈 거라고 생각했으니까요. 하지만 그는 나타나지 않았습니다. 그래서 길모퉁이를 돌아가 보았습니다. 모퉁이를 돌면 도로가 1.5킬로미터 가량 보이는데 그는 없었어요. 그곳에는 샛길 등 다른 길은 아예 없었기 때문에 더 이상하게 느껴졌지요."

홈즈는 혼자서 웃으며 두 손을 마주 비벼댔다.

"오, 상당히 독특한 사건이군요. 스미스 양이 모퉁이를 돌아서 길에 아무도 없다는 사실을 알게 될 때까지 걸린 시간은 얼마나 돼죠?"

"약 2~3분 정도요."

"그런데 그 남자가 그 길을 되돌아갈 시간도, 샛길도 없었다고 하셨지요?"

"네."

"그럼 어딘가 보행자용 길로 걸어갔겠군요."

"황야 쪽일 리는 없어요. 그렇다면 제가 분명히 봤을 테니까요."

"그렇다면 그는 그 길 옆쪽에 있다는 찰링턴 홀 저택 쪽으로 갔겠군요. 더 하실 말씀은 없나요?"

"없습니다, 선생님. 오직 한 가지 드리고 싶은 말씀은 선생님을 다시 뵙고 조언을 듣기 전까지는 마음이 편치 않을 것 같다는 거예요."

홈즈는 묵묵히 앉아 있다가 잠시 후에 물었다.

"약혼한 신사분은 어디에 있습니까?"

"코번트리의 미들랜드 전기 회사에서 일합니다."

"그분이 불시에 찾아오는 일은 없나요?"

"어머, 홈즈 선생님! 미행하는 사람이 그 사람이라면 제가 모를 리가 없는걸요."

"그럼 다른 구혼자들은 없습니까?"

"시릴을 알기 전에 만났던 몇 명이 있었습니다."

"그리고 그 후에는 누가 있습니까?"

"무서운 우들리가 있었지요. 그 사람을 구혼자라고 부를 수는 없을 것 같지만요."

"그 밖에는 없나요?"

우리의 아름다운 의뢰인은 다소 주저했다.

"또 누가 있나요?"

홈즈가 다그쳐 물었다.

"제가 착각했는지도 모르겠지만 저를 고용하신 캐루더스 씨께서 저한테 관심이 있는 게 아닐까 하는 생각이 들 때가 있습니다. 사실 제가 가정교사를 하면서 우린 좀 친해지기도 했어요. 저녁마다 제가 피아노 반주를 해드리곤 하거든요. 하지만 그분은 그런 얘기를 한 번도 한 적이 없습니다. 어느 모로 보나 손색이 없는 신사지요. 하지만 여자의 직감이라는 게 있으니까요."

"오!"

홈즈는 심각한 얼굴을 했다.

"캐루더스 씨의 직업은 무엇인가요?"

"그분은 부자예요."

"글쎄요, 마차도 말도 없는데 부자라고 할 수 있나요?"

"하지만 아주 잘살긴 해요. 일주일에 두세 번씩 시내로 나간답니다. 남아프리카 금광 주식에도 굉장히 관심이 많아요."

"스미스 양, 뭐든지 새로운 일이 생기면 꼭 알려주세요. 제가 지금 당장은 좀 바쁘지만 앞으로 틈을 내서 의뢰하신 문제에 대해 조사해 보도록 하지요. 그동안에는 저한테 알리지 않고 섣불리 행동하지 않도록 주의하십시오. 안녕히 가십시오. 앞으로 좋은 일이 있을 것 같군요."

홈즈는 명상용으로 사용하는 파이프를 끌어당기며 말했다.

"남자들이 저 여성을 따라다니는 건 자연의 이치야. 하지만 인적이 드문 시골길에서 자전거를 타고 따라온다는 건 문제가 좀 다르지. 짝사랑하는 남자임이 분명해. 왓슨, 이 사건에는 상당히 묘한 구석이 있는 게 느껴지는가?"

"남자가 항상 같은 곳에서만 나타나는 게 이상한 것 같아."

"바로 그거라네. 우리가 가장 먼저 해야 할 일은 찰링턴 홀에 사는 사람이 누군지 알아내는 것이지. 그 다음에는 캐루더스와 우들리의 관계를 캐내야 할 것 같아. 두 사람은 전혀 다른 종류의 사람들 같아 보이는데, 그렇게 열심히 랄프 스미스의 친척 소재를 수소문한 이유가 무엇일까? 그리고 또 있네. 가정교사의 월급으로 평균 급여의 두 배를 사용하면서도 말 한 필 없다니 대체 어떻게 된 집일까? 그것도 역에서 10킬로미터나 떨어진 곳에 살면서 말이야. 묘해, 아주 묘해!"

Sherlock Holmes

"자네가 내려갈 건가?"

"아니, 자네가 내려가 주게. 이 사건은 대단찮은 음모인 것 같네. 그리고 이것 때문에 다른 중요한 일을 포기할 수가 없지. 월요일에 일찌감치 파넘에 내려가서 찰링턴 황야 근처에 숨어 있게나. 그리고 어떤 일이 벌어지는지 직접 관찰하고 자네 생각에 따라 행동하게. 그런 다음에는 찰링턴 홀 저택에 사는 사람들이 누군지 조사하고 돌아와서 나에게 보고해 주게. 그럼 이제부터 그 문제에 대해서는 더 이상 거론하지 말게. 다른 구체적인 사실을 확보해서 사건의 해결 방법을 찾을 수 있을 때까지는 말이야."

스미스 양은 월요일에 워털루 역에서 9시 50분에 출발하는 기차로 내려간다고 했으므로, 나는 일찍 집을 나서서 9시 13분 기차를 탔다. 파넘 역에서 찰링턴 황야로 가는 길은 쉽게 찾을 수 있었다. 숙녀가 설명을 잘해 준 탓인지 그녀가 말한 현장은 금방 알아볼 수 있었다. 도로 한쪽은 탁 트인 황야였고 다른 쪽은 오래된 주목나무 울타리로 둘러싸인 정원으로 개성 넘치게 운치가 있었으며, 정원 안에는 아름드리나무 여러 그루가 숲을 이루고 있었다. 정문에는 돌이끼가 잔뜩 끼어 있어 사람의 손이 닿지 않았다는 사실을 말해 주고 있었으며, 무너져가는 문장이 양쪽의 기둥을 떠받치고 있었다. 하지만 중앙의 마차 통행로 외에도 울타리 여기저기에 구멍이 뚫려 있어 안으로 드나들 수 있는 통로가 눈에 띄었다. 길에서 안쪽 저택은 보이지 않았지만, 주변의 모든 환경이 쇠퇴하고 있음을 보여주고 있었다.

황야를 뒤덮고 있는 황금빛 가시금작화 무리가 밝은 봄 햇살 속에서 환하게 빛나고 있었다. 나는 그 중 한쪽의 가시금작화 덤불 뒤에 자리를 잡고 숨어 있었는데, 그곳에서는 찰링턴 홀의 정문과 길게 뻗은 도로가 한눈에 보였다. 내가 그곳에 숨을 때는 아무도 없었지만, 잠시 후 어떤 남자가 자전거를 타고 내가 온 방향과 반대쪽에서 달려오는 게 보였다. 그는 검은 정장을 입고 있었는데 스미스 양이 말한 대로 검은 턱수염을 기르고 있었다. 그는 찰링턴 정원의 맨 끝에서 자전거를 세우고, 자전거와 함께 울타리 사이로 들어가면서 시야에서 사라졌다.

15분이 흐르자 이번에는 자전거를 탄 여자가 나타났다. 스미스 양이 기차역에서 오고 있었던 것이다. 그녀는 찰링턴 홀의 관목 울타리가 가까워지자 주변을 살피기 시작했다. 잠시 후, 남자가 몰래 나오더니 자전거로 숙녀를 뒤쫓았다. 드넓은 풍경 속에서 움직이는 물체라곤 그 두 사람뿐이었기 때문에 마치 영화 같은 느낌이 들기도 했다. 우아한 스미스 양은 몸을 곧추세우고 자전거에 앉아 있었고, 남자는 핸들 위로 몸을 잔뜩 낮추고 있었다. 그런 남자의 행동 하나하나에서 이상하게도 비밀스런 냄새가 풍겼다. 스미스 양은 뒤를 돌아보더니 속도를 늦췄고, 남자도 따라서 속도를 늦췄다. 그녀가 자전거를 세우자 남자도 200미터쯤 뒤에서 자전거를 세웠다. 그런데 스미스 양이 뜻밖에 매우 대담한 행동을 했다. 그녀는 자전거를 홱 돌려세우더니 남자를 향해 맹렬하게 페달을 밟았다. 하지만 남자는 여자만큼이나 빠른 동작으로 쏜살같이 도망쳐 버렸다. 이내 그녀는 방향을 바꾸었고 고개를 세우고 묵묵히 뒤따르고 있는 남자에게 더 이상 눈길을 주지 않았다. 남자도 자전거를 돌려세우고 꼭 그만큼의 간격을 유지한 채 그녀의 뒤를 따랐고, 길모퉁이를 돌면서 두 사람은 나의 시야에서 사라졌다.

나는 그들이 보이지 않게 된 뒤에도 숨어 있던 곳에서 일어나지 않고 있었는데, 그것은 매우 잘한 일이었다. 남자가 자전거를 타고 천천히 페달을 밟으며 다시 나타났기 때문이다. 그는 찰링턴 홀 정문 앞으로 들어가더니 자전거에서 내려서 잠시 숲속에 서 있었다. 그리고 두 손을 올리고 있었는데 아마도 넥타이를 매만지는 것 같았다. 그러더니 다시 자전거를 타고 진입로를 따라 집 안으로 향했다. 나는 숨어 있던 곳에서 나와 정원 안을 들여다보았다. 멀리 낡은 회색 건물과 뾰족하게 솟은 튜더 양식의 굴뚝이 비쳤지만, 진입로 양쪽에는 나무들이 빽빽하게 있어서 남자의 모습은 더 이상 보이지 않았다.

오전에 해야 할 일에서는 좋은 결과를 얻었기 때문에 나는 흐뭇한 기분으로 파넘까지 걸어서 돌아갔다. 그리고 작은 부동산을 찾았는데, 그곳에서는 찰링턴 홀에 관해 아는 게 전혀 없다며 펠멜에 있는 유명한 부동산 회사를 소개해 주었다. 나는 집에 오는 길에 그곳에 들렀는데 대표가 깍듯하게 맞아주었다. 그러면서 올 여름에 찰링턴 홀을 빌릴 생각이면 한 발 늦었다고 안타까워했다. 그 집이 한 달 전에 임대되었다는 것이다. 세입자는 윌리엄슨 씨라는 나이 지긋한 점잖은 신사였다. 부동산업자는 의뢰인에 관한 것은 자신이 말할 수 없으므로 더 이상은 얘기할 수 없다고 나의 요청을 정중하게 거절했다.

그날 저녁 홈즈는 나의 보고를 주의 깊게 경청했지만, 내심 바라고 있던 칭찬은 한 마디도 없었다. 오히려 평소보다 더 엄격하고 싸늘한 눈빛으로 내가 했어야 하는 일에 대해 따져 물었다.

"왓슨, 자네는 은신처를 잘못 골랐군. 나무 울타리 뒤에 숨어야 그 흥미로운 인물을 가까이서 볼 수 있었을 텐데. 그런데 수백 미터 떨어진 곳에 엎드려 있었기 때문에 나한테 할 수 있는 얘기가 스미스 양만큼도 안 되는 거라네. 스미스 양은 그 남자가 모르는 사람이라고 했지만 나는 그렇지 않을 거라고 확신해. 만약 진짜 모르는 사람이라면, 스미스 양이 얼굴을 알아볼 수 있을 만큼 가까운 거리로 다가올 때 그렇게 도망을 갈 리가 없지. 그리고 자네는 그 남자가 핸들 위로 고개를 낮췄다고 말했지? 그건 물론 얼굴을 감추기 위한 행동이야. 자넨 정말 일처리를 형편없이 했어. 그 남자가 찰링턴 홀로 들어간 이후, 그가 어떤 사람인지 조사하려고 했다면 좀 더 생각을 했어야지. 고작 런던의 부동산업자를 찾아가다니!"

"그럼 내가 어떻게 했어야 하는지 말해 주게!"

나도 화가 나서 소리쳤다.

"그곳에서 제일 가까운 술집으로 갔어야지. 술집은 그 지역의 온갖 소문이 다 흘러드는 곳이니까. 자네가 술집을 찾아갔다면 저택 주인에서 식기실 하녀까지, 그 집 사람들에 대한 얘기를 모두 들을 수 있었을 거야. 윌리엄슨이라고 했지? 생각나는 게 전혀 없군. 나이가 많다고 했으니까 한창 나이의 처녀가 엄청난 속도로 쫓아올 때 자전거를 타고 달아날 만큼 힘이 넘치진 않았을 테고. 자네가 거기까지 다녀와서 얻은 소득이 뭔가? 숙녀 이야기가 사실이라는 것 외에는 별다른 게 없군. 게다가 난 그것에 대해서는 전혀 의심하지 않았다네. 자전거를 탄 남자와 찰링턴 홀 사이에 모종의 관련이 있다는 것 역시 의심해 본 적이 없어. 그 집을 빌린 사람이 윌리엄슨이라는 것을 알아봤자 무슨 도움이 되겠는가. 저런, 여보게. 그렇다고 그렇게까지 기죽을 필요는 없다네. 어차피 다음 토요일까지는 할 수 있는 일이 별로 없으니까 그 사이에 내가 직접 몇 가지 알아보겠네."

다음날 아침, 스미스 양에게서 편지가 왔다. 그녀는 전날 내가 목격한 그 사건에 대해 간단하게 설명하고 있었는데, 핵심은 추신에 있었다.

홈즈 선생님, 비밀을 지켜주실 거라고 믿고 말씀드리겠습니다. 캐루더스 씨가 저에게 청혼을 하는 바람에 제 입장이 난처해졌습니다. 저는 그분의 감정이 매우 진실하고 고결하다는 것은 알고 있습니다. 하지만 저는 이미 약혼한 몸이니 어쩔 수가 없죠. 그분은 제 거절을 대단히 심각하게 받아들이셨지만 아주 부드럽게 대해 주셨어요. 하지만 아무리 그래도 여기 있기에는 상황이 좀 어색해졌습니다.

- 바이올렛 스미스

"이런, 젊은 아가씨가 복잡한 일에 휩쓸린 것 같군."

홈즈는 편지를 읽고 생각에 잠긴 얼굴로 말했다.

"이 사건은 처음에 내가 생각했던 것보다 훨씬 흥미롭군. 게다가 예상했던 것 이상으로 발전할 가능성이 있어. 바쁘지만 시골에 내려가서 조용하고 평화로운 하루를 즐기다 와야겠네. 오후에 당장 내려가서 내가 세운 가설을 시험해 보고 싶군."

홈즈가 말한 시골에서의 '조용한 하루'는 유난스럽게 끝이 났다. 저녁때 돌아온 그는 입술이 찢어지고 이마에는 검푸른 혹이 튀어나

The Adventure of the Solitary Cyclist

와 있었다. 싸움꾼 같은 분위기 때문에, 홈즈는 런던 경찰청에 드나들기에 충분한 인물로 보였다. 홈즈는 자신이 겪은 모험에 대해 나에게 설명해 주면서 터지는 웃음을 참지 못하고 있었다.

"난 연습할 기회가 없기 때문에 이런 싸움은 항상 대환영이라네. 자네도 내가 영국의 훌륭한 운동인 권투의 명수라는 건 잘 알고 있지? 그런데 가끔 그 사실이 도움이 될 때가 있다네. 예를 들면 오늘 같은 날이지. 아마 권투를 못 했다면 아주 불명예스러운 일을 겪었을 거야."

나는 그에게 대체 무슨 일이 있었던 것인지 너무나 궁금했다.

"내가 자네한테 시골 술집에 갔어야 했다고 말했던 것 기억하지? 마침 그런 술집이 있어서 신중하게 조사를 진행했다네. 바에 앉아 있는데 수다스러운 술집 주인이 필요한 얘기를 죄다 술술 털어놓았다네. 윌리엄슨은 턱수염이 허연 노인으로, 하인들 몇을 데리고 찰링턴 홀에서 혼자 살고 있더군. 그가 목사라는 소문도 있지만, 그 집에 잠깐 들어와 사는 동안 벌어졌다는 소동에 대한 얘기를 들어보니 그건 헛소문인 것 같았네. 게다가 성직자 단체에 조회해 보니 교단에 그런 이름을 가진 목사가 있었지만 불미스러운 일을 저지르고 파문됐다고 말해 주더군. 술집 주인 말로는 찰링턴 홀에 주말마다 항상 손님들이 모여든다고 해. '화끈한 친구들'이라고 표현하기도 했지. 그러다가 그곳에 죽치고 있는 우들리 씨라는 붉은 콧수염을 기른 신사에 대한 얘기를 꺼내기 시작했다네. 얘기가 여기까지 나왔을 때 갑자가 이야기의 당사자가 나타난 거야. 알고 보니 한쪽 구석에서 맥주를 마시고 있으면서 얘기를 모두 엿들은 것이지. '넌 뭐하는 놈이냐?' '대체 원하는 게 뭐냐?' '무엇 때문에 그런 걸 캐고 다니는 거냐?' 등등 그자는 이런 말을 하면서 걸쭉한 욕설을 한바탕 퍼붓더군. 아주 표현이 화려하고 박력에 넘쳤어. 그러더니 갑자기 나한테 주먹을 날렸다네. 난 미처 피하지도 못했다네. 그래도 다음 몇 분 동안은 정말 신이 났지. 그건 무쇠주먹을 가진 악당과 연달아 왼손 잽을 날리는 권투 선수의 대결이었거든. 그리고 난 결국 이런 꼴이 되었지. 하지만 우들리 씨는 마차에 실려서 집으로 갔으니 손해는 아닌 것 같군. 이것으로 나의 조용한 시골 여행은 종지부를 찍었어. 솔직히 말해서 재미는 있었지만 자네보다 더 나은 걸 수확하지는 못한 것 같군."

며칠 뒤, 목요일에 의뢰인으로부터 다시 편지가 왔다.

홈즈 선생님!

제가 캐루더스 씨 댁을 떠나기로 한 건 당연한 일 같습니다. 아무리 급료가 많아도 마음이 불편해서 더 이상 있을 수가 없답니다. 저는 토요일에 런던으로 돌아가서 다시 오지 않을 작정입니다. 캐루더스 씨 댁에 드디어 마차가 도착했고, 그래서 사람이 안 다니는 길을 혼자 가야 하는 위험은 없어졌습니다. 물론 그 길을 혼자 다니는 게 그동안 얼마나 위험했는지는 잘 모르겠지만요.

제가 떠나기로 한 이유는 캐루더스 씨 때문만은 아니에요. 그 역겨운 우들리 씨가 다시 나타났기 때문입니다. 그는 언제 봐도 끔찍했지만, 최근에 무슨 사고라도 당했는지 얼굴이 심하게 일그러져서 지금은 그 어느 때보다 더 흉측하고 무섭습니다. 저는 창 밖으로 그 남자를 보았는데 다행히도 정면으로 마주치지는 않았습니다. 그 남자는 캐루더스 씨와 오랫동안 얘기를 나누었는데, 캐루더스 씨는 몹시 흥분하는 것 같았어요. 우들리 씨는 이 근처에 머물고 있는 게

The Adventure of the Solitary Cyclist

분명해요. 밤에 여기서 자지 않았는데도, 아침에 정원의 관목 사이를 어슬렁거리는 모습을 볼 수 있었으니까요. 차라리 근처에 사나운 들짐승 한 마리가 돌아다니는 편이 더 나을 것 같습니다. 저는 말할 수 없을 만큼 그가 혐오스럽고 두려워요. 캐루더스 씨는 어떻게 그런 인간을 견딜 수 있는 건지 모르겠습니다. 하지만 이제 토요일이면 이 모든 괴로움이 다 끝날 거라 생각하니 조금 마음이 편합니다.

"그럼, 물론 그래야지."

홈즈가 무거운 목소리로 말했다.

"그 아가씨를 둘러싸고 있는 복잡한 음모가 무르익고 있다네. 스미스 양이 마지막으로 집에 가는 길에 다치는 일이 없도록 보호해야겠군. 왓슨, 어떻게든 시간을 쪼개서 토요일 오전에 함께 내려가도록 하세. 이 기묘한 조사가 불행하게 끝나지 않도록 하자고."

솔직히 나는 이 사건을 별로 심각하게 여기지 않고 있었다. 내가 보기에는 위험보다는 기이하고 야릇한 사건이었기 때문이다. 남자가 숨어서 기다리다가 매력적인 여성을 쫓아가는 것은 드문 일이 아니었을 뿐더러 여자가 다가오면 도망칠 정도로 용기가 없는 남자라는 것으로 보아 위험하진 않을 것이라고 생각했던 것이다. 물론 악당 우들리는 완전히 다른 종류의 인간이긴 하지만 단 한 번을 제외하곤 우리 의뢰인을 괴롭힌 적이 없었고, 요즘은 캐루더스의 집에 찾아와도 그녀를 괴롭히지 않았다. 자전거를 탄 남자는 술집 주인이 말했던 찰링턴 홀의 주말 파티 멤버임에 틀림없었다. 하지만 그가 어떤 사람인지, 또 그가 무얼 원하는 것인지에 대해서는 알 수 없었다. 이 묘한

Sherlock Holmes

사건 뒤에 어떤 음모가 꾸며지고 있는지 모른다는 느낌이 들었던 것은 홈즈의 심각한 태도와 그가 방을 나가기 전에 주머니에 리볼버를 가져가는 모습을 보았을 때였다.

밤새 내리던 비는 그쳤고 다음날 아침은 활짝 갠 날씨였다. 히스로 뒤덮인 들판에는 가시금작화가 무리 지어 활짝 피어나고 있었는데, 회색 도시에 지친 우리의 눈에 이러한 풍경은 한층 더 아름답게 비쳤다. 홈즈와 나는 신선한 아침 공기를 마시면서 모래가 깔린 넓은 길을 따라 걸었다. 새들의 노랫소리를 들으며 우리는 봄이 머금고 있는 생명력을 음미할 수 있었다. 크룩스베리 힐의 고갯마루에서 바라보니 우중충한 회색빛의 찰링턴 홀이 참나무숲 사이로 우뚝 솟아 있는 것이 보였다. 홈즈는 구불구불한 긴 도로를 가리켰다. 적황색 띠 한 줄이 히스 꽃으로 뒤덮인 황야와 숲 사이에 길게 펼쳐져 있었다. 그런데 멀리 검은 점 하나가 이쪽으로 다가오고 있었는데 자세히 바라보니 그것은 마차였다. 홈즈는 다급하게 소리를 질렀다.

"이런, 분명히 30분 여유 있게 시간 계산을 하고 왔는데 이런 일이 벌어지다니! 만약 저 마차에 스미스 양이 타고 있다면 아가씨는 좀 더 빠른 기차를 타려고 일찍 출발한 것 같군. 왓슨, 이러다가는 마차가 우리보다 먼저 찰링턴 홀 앞에 당도할 테니 서두르자고."

그때 우린 고개를 내려오고 있었기 때문에 더 이상 마차는 보이지 않았다. 홈즈는 뛰다시피 걸었고, 주로 앉아서만 생활했던 나는 그에게 뒤쳐질 수밖에 없었다. 또한 홈즈는 지칠 줄 모르는 정신적인 힘의 소유자였기 때문에 항상 컨디션이 좋았다. 그는 나를 백 미터쯤 앞서더니 갑자기 걸음을 멈췄다. 그는 실망과 비탄이 뒤섞인 몸짓으

The Adventure of the Solitary Cyclist

로 손을 번쩍 들어올렸다. 바로 그때 말 한 마리가 모는 빈 이륜마차가 굽은 길을 돌아오더니 우릴 향해 빠른 속도로 달려왔다. 말은 느린 걸음으로 뛰고 있었고, 고비는 바닥에 떨어져 질질 끌리고 있었다.

"아, 왓슨, 너무 늦었네. 너무 늦어버렸어!"

내가 숨을 몰아쉬며 그를 향해 뛰어가는데 홈즈가 외쳤다.

"이런, 바보같이 숙녀가 더 빠른 기차를 탈지도 모른다는 걸 고려하지 못했군! 왓슨, 이건 납치극이라네. 이제 납치는 살인이 될지도 모른지. 무슨 일이 있었는지는 하늘만이 알 수 있을 거야. 길을 막고 말을 세우게나! 됐어, 자, 빨리 가자고. 내 실수로 빚어진 엄청난 결과를 돌이킬 수 있는지 최선을 다해 봐야지."

우리는 빠르게 이륜마차에 뛰어올랐고, 홈즈는 말을 돌려세워서 채찍을 휘둘렀다. 마차는 마치 나는 듯이 길을 되돌아갔다. 굽은 길을 돌자 찰링턴 홀과 히스 황야 사이로 뻗은 외줄기 길이 한눈에 들어왔다. 나는 홈즈의 팔을 붙잡았다.

"저 사람이야!"

나는 숨을 헐떡거리면서 말했다.

자전거를 탄 남자 하나가 우리 쪽으로 달려오고 있었다. 그는 고개를 낮추고 어깨에 잔뜩 힘을 준 채 온힘을 다해 페달을 밟고 있었다. 남자는 마치 경륜 선수처럼 달리고 있었다. 그런데 갑자기 고개를 들었고 우리가 달려오는 걸 보더니 자전거를 세우고 재빨리 뛰어내렸다. 창백한 얼굴에 석탄처럼 검은 턱수염이 유난히 돋보였고 두 눈은 열병 환자처럼 번뜩였다. 남자는 우리들과 이륜마차를 번갈아 응시하더니 깜짝 놀란 표정을 지었다.

Sherlock Holmes

"아니, 이럴 수가! 당장 멈춰라!"

남자는 자전거로 도로를 막으면서 소리를 질렀다.

"이 마차 어디서 난 거지? 세워! 당장 세워!"

그는 주머니에서 권총을 꺼내들고 소리를 질렀다.

"세우라니까! 내 말을 안 들으면 말을 쏘아버릴 테다!"

홈즈는 내 무릎 위에 고삐를 던지고 마차에서 뛰어내렸다.

"우리가 찾는 사람이 바로 여기 있군. 바이올렛 스미스 양은 지금 어디 있나?"

홈즈는 분명한 말투로 남자에게 질문했다.

"내가 묻고 싶은 질문을 하는군. 이 마차가 바로 스미스 양이 타고 나간 마차다. 너야말로 그녀가 어디 있는지 알고 있겠지?"

"우린 길에서 이 마차를 만났다. 하지만 마차 안에는 이미 아무도 없었어. 우린 그녀를 돕기 위해서 말머리를 돌려서 달려온 거다."

"이런, 주여! 이제 저는 어찌해야 합니까?"

낯선 남자는 절망에 사로잡혀 부르짖고 있었다.

"벌써 그들한테 잡혀갔군. 그들이란 지옥의 사냥개 같은 우들리와 깡패 목사를 의미하는 거요. 이리들 오시오. 당신들이 정말 스미스 양의 친구라면 함께 갑시다. 내가 찰링턴의 숲에 시체가 되는 한이 있더라도 기필코 그녀를 구하겠소."

남자는 권총을 들고 관목 울타리의 구멍을 향해 미친 사람처럼 달렸다. 홈즈는 그의 뒤를 말없이 따랐고, 나는 말이 길가에서 풀을 뜯게 놓아둔 채 홈즈의 뒤를 따랐다.

"그자는 이쪽으로 들어갔소."

남자는 진흙 길에 어지럽게 찍힌 발자국을 가리키면서 말했다.

"여보시오! 잠깐! 저기 덤불에 있는 건 누구지?"

덤불 속에는 17살가량의 소년이 양쪽 무릎을 끌어올린 채 쓰러져 있었는데, 머리에 끔찍한 상처를 입고 잠시 의식을 잃은 것 같았다. 가죽 각반을 두르고 마부 옷차림을 한 소년은 겉으로 보이는 상처로 미루어볼 때 뼈까지 다치지는 않은 것 같았다.

"이 아이는 마부 피터요."

남자가 소리쳤다.

"이 아이가 내 마차를 몰고 나갔소. 그 짐승 같은 놈들이 이 아이를 끌어내리고 몽둥이를 휘두른 게 분명하군. 그냥 놔둡시다. 이미 당한 건 돌이킬 수 없지만 스미스 양이 당할 수 있는 최악의 운명에서 구출해 낼 가능성이 아직은 조금 남아 있소."

우리는 구불거리는 숲속의 오솔길을 미친 듯이 달려갔다. 저택을 둘러싼 관목 앞까지 왔을 때 홈즈는 잠시 걸음을 멈추었다.

"그자들은 집 안으로 들어가지 않았군. 여기 이쪽에 그자들의 발자국이 있소. 여기, 만병초 덤불 옆이오. 이런! 내가 말하지 않았소."

남자가 말하는 동안, 눈앞의 울창한 관목 사이에서 두려움이 가득한 여자의 비명이 터져 나왔다. 비명은 점점 높아지다가 누가 입이라도 막은 것처럼 갑자기 뚝 끊겼다.

"이쪽으로 오시오! 이쪽! 저들은 볼링장에 있소."

남자는 관목 사이로 돌진하면서 소리쳤다.

"아, 이런 개만도 못한 자들! 신사 여러분, 나를 따르시오! 늦었어! 이런 일이!"

갑자기 눈앞이 탁 트이면서 우리는 아름드리나무로 둘러싸인 아름다운 잔디밭에 뛰어들었다. 빈터의 맨 끝에는 커다란 참나무 그늘이 있었고, 거기에 어울리지 않는 세 사람이 모여 있었다. 그 중 한 사람은 여성으로, 바로 우리 의뢰인인 스미스 양이었다. 그녀는 입을 손수건으로 틀어 막힌 채 축 늘어져서 정신을 잃은 듯했다. 그녀와 마주보고 있는 사람은 붉은 콧수염을 기른 젊은이였다. 그는 각반을 찬 다리를 쩍 벌리고 한 손은 허리를 짚고 다른 손은 말채찍을 흔들고 있었다. 그는 승리감에 취해서 기고만장한 표정을 짓고 있었다. 스미스 양과 붉은 콧수염 남자 사이에는 반백의 턱수염을 기르고 옅은 색깔의 트위드 정장에 길이가 짧은 사제복을 입은 늙은이가 있었다. 이제 막 기도서를 주머니에 넣는 것으로 보아 결혼식을 끝낸 듯했다. 늙은이는 싱글벙글한 표정으로 흉악해 보이는 신랑의 등을 두들겨주며 축하하고 있었다.

"설마 지금 결혼식이 끝난 건가?"

나는 숨이 막히는 것 같았다.

"지금 뭣들 하는 거요! 빨리 갑시다!"

우리의 안내자가 소리쳤다. 그는 앞장서서 빈터를 달려갔고 홈즈와 나는 그의 뒤를 따라갔다. 우리가 달려가는 동안 숙녀는 비틀거리면서 나무에 몸을 기대고 있었다. 한때 목사였던 윌리엄슨은 우리를 향해 짐짓 공손하게 고개를 숙여보였고, 무뢰한 우들리는 이쪽으로 다가오며 기쁨에 못 이겨 요란한 웃음을 터뜨렸다.

"봅, 그 턱수염은 떼는 것이 어떤가?"

우들리가 우리 일행인 남자에게 말했다.

"내가 당신을 몰라볼 것 같은가? 마침 친구들을 데리고 시간에 맞춰 와줬으니 우들리 부인을 소개해야겠군."

그러나 우리 안내자의 대답은 달랐다. 그는 변장용 검은 턱수염을 떼서 바닥에 팽개치자 깨끗이 면도한 창백하고 긴 얼굴이 드러났다. 그는 리볼버를 빼들고 무시무시한 채찍을 휘두르며 다가오는 젊은 악당에게 총을 겨누었다.

"그래, 난 밥 캐루더스다. 교수형을 당하더라도 스미스 양을 반드시 구해 낼 테다. 그녀를 괴롭히면 내가 어떻게 할 건지 말했던 것 기억하겠지? 나는 내가 말한 대로 실행할 것이다!"

"안타깝게도 당신은 한 발 늦었어. 저 여자는 이미 내 아내니까."

"천만에, 이제 곧 과부가 될 거야."

캐루더스의 리볼버는 불을 뿜었고 우들리의 앞가슴에는 피가 번졌다. 그는 비명을 지르면서 빙글빙글 돌더니 쿵 하고 쓰러졌다. 역겨웠던 붉은 얼굴은 갑자기 창백해지면서 얼룩얼룩한 무서운 얼굴로 바뀌었다. 사제복을 걸치고 있는 늙은이는 이제껏 들어본 적도 없는 망측한 욕설을 내뱉으며 리볼버를 빼들었지만, 총을 들어올리기도 전에 홈즈의 총구가 자신을 겨누고 있는 걸 보았다.

"이제 다 끝났다."

홈즈는 차가운 목소리로 말했다.

"그 총을 버려라! 왓슨, 총을 주워주게! 그리고 이자의 머리를 겨누어주게나. 고맙군. 그리고 당신 캐루더스, 그 총 이리 내놓으시오. 더 이상의 폭력은 용납할 수 없소. 어서, 총 이리 주시오!"

"그런데 당신은 도대체 누구요?"

"나는 셜록 홈즈요."

"오, 이런. 하느님!"

"내 이름을 들어본 적이 있겠지. 경찰이 올 때까지는 내가 공권력을 대신하겠소. 이봐, 당신!"

홈즈는 빈터 끝에 서 있던 겁에 질린 마부를 향해 소리쳤다.

"이리 와! 이 편지를 가지고 될 수 있는 한 빨리 파넘으로 가도록."

홈즈는 수첩을 찢어서 몇 글자를 적은 뒤 마부에게 주었다.

"파넘으로 가서 이걸 경찰서 책임자한테 전해! 경찰이 올 때까지 당신들 모두를 내가 감시해야겠으니."

홈즈의 카리스마는 범죄 현장을 순식간에 압도했고, 모두들 꼭두각시처럼 고분고분하게 그의 말에 따르고 있었다. 윌리엄슨과 캐루더스는 부상당한 우들리를 집 안으로 옮겼고, 나는 겁에 질린 여성에게 내 팔을 빌려주었다. 부상자를 침대에 눕힌 뒤, 나는 홈즈의 요청에 따라 우들리의 상처를 살펴보았다. 잠시 후 진찰 결과를 알려주기 위해 낡은 가리개가 걸려 있는 식당으로 향했다. 홈즈는 두 명의 포로와 함께 그곳에 앉아 있었다.

"다행히 살아날 것 같군."

나는 말했다.

"뭐라고?"

캐루더스가 벌떡 일어나며 소리쳤다.

"2층으로 올라가서 내가 그의 숨통을 끊어놓겠소. 저 천사 같은 아가씨가 저런 망나니 잭 우들리에게 평생 묶여 살아야 한다는 거요?"

"그 점에 대해서는 염려할 필요가 없소."

The Adventure of the Solitary Cyclist

홈즈가 말했다.

"절대로 스미스 양이 그자의 아내가 될 수 없는 두 가지 이유가 있습니다. 첫째는 윌리엄슨 씨가 결혼식을 집전할 자격이 있는지 의심스럽다는 거요."

"나는 목사 안수를 받았어!"

늙은 악당이 부르짖었다.

"하지만 쫓겨나지 않았는가?"

"한 번 목사는 영원한 목사야."

"나는 그렇게 생각하지 않는데? 결혼 허가는 어떻게 할 건가?"

"우린 결혼 허가증을 받았어. 이미 내 주머니에 들어 있지."

"그렇다면 사기를 친 거로군. 강제 결혼은 결혼이 아니라 대단히 중대한 범죄 행위에 해당된다는 걸 머지않아 알게 될 거다. 앞으로 10년 정도 그 점에 대해 생각해 볼 시간이 충분히 있을 거야. 캐루더스, 당신은 주머니에 권총을 쑤셔 넣는 대신 좀 더 현명하게 행동해야 했소."

"홈즈 선생, 지금은 나도 그런 생각이 드는군요. 하지만 그동안 아가씨를 보호하려고 여러 가지로 노력했소. 그런데 킴벌리에서 요하네스버그에 이르는 남아프리카를 공포의 도가니로 몰아넣은 짐승의 손아귀에 들어갔다고 생각하니 미칠 것 같았소. 홈즈 선생, 나는 그 여성을 진심으로 사랑했소. 난생 처음으로 진정한 사랑을 깨닫게 된 거요. 믿어지지 않겠지만, 그 아가씨가 우리 집에 들어온 뒤 나는 악당들이 숨어 있는 그 집 앞을 그녀 혼자 지나가게 한 적이 한 번도 없소. 그녀가 이곳을 무사히 지나갈 수 있도록 매번 자전거를 타고 뒤

Sherlock Holmes

따랐던 거요. 물론 아가씨가 내 얼굴을 알아보지 못하도록 턱수염을 붙이고 뒤에 뚝 떨어져서 따라가긴 했지만. 스미스 양은 품행이 단정하고 자존심이 강한 여성이라 내가 시골길에서 자신을 따라다닌다는 걸 알면 우리 집에 붙어 있으려고 하지 않았을 거 같았기 때문이오."

"그런데 왜 스미스 양에게 신변의 위험을 알리지 않은 거요?"

"그렇게 했더라도 그녀는 역시 우리 집을 떠났을 거요. 그것만은 도저히 견딜 수가 없었소. 아가씨가 나를 사랑할 수 없다고 해도, 그녀의 모습을 보고 목소리를 들을 수 있는 것만 해도 정말 행복했다오."

"전 동의할 수 없습니다, 캐루더스 씨. 당신은 사랑이라고 말하지만 내가 보기에는 이기심에 불과하군요."

내가 말했다.

"어쩌면 그 두 마음은 불가분의 관계에 있는지도 모르겠소. 나는 그녀를 옆에 두고 싶었소. 게다가 이런 인간들이 주변에서 얼쩡거리고 있으니 누군가 옆에서 지켜주는 게 낫다고 생각했소. 그런데 전보가 날아왔을 때 나는 이들이 일을 저지를 것이라는 걸 알 수 있었소."

"전보라니? 그건 뭐지요?"

캐루더스는 주머니에서 전보를 한 통 꺼내서 보여주었다.

"이걸 봐주세요."

전보의 내용은 간결했다.

영감은 죽었다.

홈즈가 말했다.

"아! 일이 어떻게 된 건지 알겠군. 당신 말처럼 이 전보를 보고 그 일당이 무슨 생각을 했는지도 알 것 같소. 경찰이 올 때까지 할 말이 있으면 하시오."

갑자기 사제복을 입은 노인이 듣기에도 거북한 욕설을 퍼부었다.

"봅 캐루더스, 만약 비밀을 누설한다면 너도 잭 우들리와 똑같은 꼴을 당할 거야. 네가 계집애 앞에서 징징거리면서 네 마음을 뒤집어 보이는 것까지는 좋아, 그건 네 사정이니까. 하지만 이 사복경찰 앞에서 친구들 얘기를 함부로 했다가는 평생 후회하게 될 거야."

"쫓겨난 목사님이 그렇게 흥분할 필요가 없을 텐데."

홈즈는 시가에 불을 붙이면서 말했다.

"난 이미 당신들이 한 짓을 다 알고 있어. 그저 개인적인 호기심 때문에 몇 가지 자세한 사항을 물어보는 것뿐이야. 나한테 직접 말하기가 곤란하다면, 내가 대신 얘기해 줄 수도 있어. 어디 당신들이 얼마만큼이나 비밀을 지킬 수 있는지 보자고. 먼저 당신들 셋은 이 사건을 계획하면서 남아프리카에서 건너왔어. 당신 윌리엄슨, 캐루더스, 그리고 우들리 셋이서."

"나는 빼주시지. 두 달 전까지 나는 이 두 명의 얼굴을 본 적도 없으니까. 게다가 내 평생 아프리카에는 가본 적도 없다고 맹세하지. 그런 섣부른 거짓말은 당신 파이프에나 담아뒀다가 피우시게나. 이 사복경찰, 참견쟁이 홈즈!"

"그가 하는 말은 사실이오."

캐루더스가 말했다.

"좋아, 그럼 두 사람이 건너온 것으로 해두죠. 목사님은 보기와 달리

순수 영국 태생이군. 어쨌든 두 사람은 남아프리카에서 랄프 스미스를 만났어. 그가 오래 살 수 없을 거라고 생각할 근거가 있었겠지. 그리고 조카딸이 유산을 상속하게 될 것이라는 사실도 알았고. 그렇지?"

캐루더스는 고개를 끄덕였고 윌리엄슨은 또다시 욕설을 퍼부었다.

"제일 가까운 친척은 스미스 양이 분명했는데, 당신들은 그 노인이 유언을 남기지 않을 거라는 사실을 알고 있었어."

"그는 글을 읽을 줄도 쓸 줄도 몰랐기 때문이오."

캐루더스가 말했다.

"그래서 두 사람은 영국으로 건너와 일단 스미스 양을 찾았지. 첫 번째 계획은, 둘 중 한 사람이 스미스 양과 결혼하고 다른 사람에게 유산에서 일정한 몫을 떼주는 거였지. 그 과정에서 왜였는지 모르지만 우들리가 신랑감으로 뽑혔어. 캐루더스, 그 이유는 뭐였소?"

"우린 배 안에서 스미스 양을 걸고 카드를 했소. 그런데 우들리가 이긴 거지."

"오, 알겠소. 당신이 숙녀를 가정교사로 채용하면 그 다음에 우들리가 찾아가서 구애하기로 한 거군. 하지만 숙녀는 우들리가 잔인한 망나니라는 사실을 알고 그와 상대도 하지 않았지. 그러는 동안 캐루더스 당신이 그녀를 사랑하게 되었고, 전에 세운 계획이 틀어지기 시작한 거야. 당신은 저 무뢰한이 숙녀를 차지한다는 사실을 받아들일 수 없었겠지."

"그렇소. 도저히 나는 그 사실을 용납할 수 없었소!"

"그리고 둘 사이에 싸움이 벌어졌지. 그러자 우들리는 화가 난 당신을 빼놓고 독자적인 계획을 세우기 시작했고."

261

The Adventure of the Solitary Cyclist

"윌리엄슨, 우리가 홈즈 씨에게 할 수 있는 얘기는 그다지 많지 않을 것 같소."

캐루더스는 비통한 웃음소리를 내면서 말했다.

"그렇소, 우린 심하게 싸웠고 우들리는 나를 때려눕혔소. 어쨌거나 그 점에 대해서는 잘잘못을 가리기 어렵소. 그 다음에 그가 잠시 종적을 감추었소. 우들리가 이 파문당한 목사님을 데려온 게 바로 그때였소. 두 사람은 스미스 양이 역으로 가는 이 길목에 진을 친 거였지. 나는 뭔가 좋지 않은 계획이 진행되고 있다는 걸 알 수 있었소. 그래서 잠시도 아가씨에게서 눈을 떼지 않았소. 난 두 사람이 무슨 짓을 꾸미고 있는지 알아내기 위해 시간이 날 때마다 여길 들렀소. 그런데 이틀 전, 우들리가 랄프 스미스가 사망했다는 전보를 들고 내 집으로 찾아왔소. 그는 나한테 약속을 지킬 거냐고 물었고 나는 물론 싫다고 했소. 그러자 결혼은 내가 하고 자기한테 한 몫을 주는 건 어떤지 물었소. 나는 그렇게 하고 싶었지만 그녀가 나를 원하지 않는다고 말했소. 그러자 우들리가 이런 말을 했소. '그럼 결혼부터 하지. 한두 주일 지나면 여자도 정신을 차리게 될 테니까.' 나는 강제로 그렇게 할 생각은 없었기 때문에 동의할 수 없다고 말했소. 그러자 그는 깡패다운 험한 욕설을 퍼부으면서 자기가 여자를 차지할 거라고 소리를 지르며 사라졌소. 스미스 양은 이번 주말에 우리 집을 떠나기로 했고 나는 아가씨를 안전하게 역까지 바래다줄 마차를 마련해 놓았소. 하지만 아무래도 불안한 생각이 계속 들어서 자전거를 타고 쫓아 나온 거요. 하지만 먼저 출발했던 스미스 양은 내가 마차를 따라잡기도 전에 화를 당하게 되었소. 두 신사께서 아가씨가 탔던 이륜마차를 타고 되돌아

Sherlock Holmes

오는 걸 보는 순간, 나는 일이 잘못됐다는 걸 직감할 수 있었소."

홈즈는 이야기가 끝나자마자 벌떡 일어서서 담배꽁초를 벽난로 안으로 던졌다.

"왓슨, 나는 정말 둔했어. 자네가 자전거를 탄 남자가 나무 사이로 들어가서 넥타이를 매만지는 걸 봤다고 했을 때, 그것만으로도 무슨 일이 있었는지 짐작해야 했는데. 이번 사건은 기이할 뿐 아니라 독특하기까지 했으니 축배를 들어도 되겠군. 마침 저기 경찰 셋이 진입로를 올라오고 있는 게 보이는군. 어린 마부가 경찰과 나란히 걷고 있는 걸 보니 마음이 놓여. 저 아이도, 재미있는 신랑도 오늘 아침의 모험에서 중상을 입은 것 같지는 않으니 결말도 괜찮군. 왓슨, 자네는 의사니까 스미스 양을 좀 돌봐주게나. 숙녀가 기력을 충분히 회복하면 어머니의 집까지 우리가 바래다주겠다고 말해 주게. 만약 여전히 기운을 차리지 못하면 미들랜드의 젊은 전기 기술자한테 전보를 쳐주게나. 그게 나머지 치료가 될 테니까. 캐루더스 씨, 당신은 잘못된 음모를 함께한 과거를 보상하기 위해 그동안 최선을 다한 것 같소. 이건 내 명함이오. 재판 과정에서 내 증언이 필요하거든 연락하시오."

홈즈와 내가 계속되는 활동 중에서 하나의 사건을 마무리하고 호기심에 가득 찬 독자들의 기대를 충족시킬 만한 에필로그를 쓰는 것은 쉬운 일은 아니다. 하나의 사건은 다음 사건의 전주곡이 되고, 일단 그 고비를 넘기면 배우들은 우리의 생활에서 영원히 퇴장한다. 하지만 나는 이 사건에 관한 기록 맨 끝에 어울릴 만한 짤막한 주석을 찾아냈다. 바이올렛 스미스 양은 실제로 엄청난 유산을 상속받았고 지금은 그 유명한 웨스트민스터 전기회사, 모턴 앤 케네디사의 공동 대표인 시릴 모턴의 아내가 되었다. 윌리엄슨과 우들리는 둘 다 납치 및 폭행죄로 재판을 받았고, 각각 7년과 10년 형을 언도받았다. 캐루더스에 대한 기록은 없다. 하지만 우들리는 흉악하고 거침없는 악당으로 명성이 높았기 때문에 법원에서도 캐루더스가 총을 쏜 사실에 대해서는 정상을 참작하여 무거운 처벌을 내리지 않았을 것이라고 생각한다. 사법적 정의를 실현하는 데는 서너 달 정도의 시간이면 충분했을 테니까.

여섯 개의 나폴레옹 조각상
The Adventure of the Six Napoleons

　런던 경찰청의 레스트레이드는 저녁이면 가끔 베이커 가를 찾아오곤 했는데, 홈즈는 항상 그를 반겨주었다. 그를 통해서 경찰의 최근 동향을 알 수 있었기 때문이다. 그가 정보를 제공하는 대신 홈즈는 그가 담당한 사건에 대한 이야기를 주의 깊게 경청해 주었다. 또한 적극적으로 개입하지는 않아도 자신의 폭넓은 지식과 경험을 바탕으로 힌트를 주거나 사건을 해결할 수 있도록 방향을 제시해 주곤 했다.

　오늘 저녁도 역시 베이커 가를 방문한 레스트레이드는 날씨와 신문에 대한 이야기를 했다. 그러다 생각에 잠긴 얼굴로 말없이 시가만 계속 빨았다. 홈즈는 그에게 날카로운 시선을 던졌다.

　"무슨 특별한 일이라도 있나요?"

　홈즈가 그에게 물었다.

　"아니오, 홈즈 선생. 별로 대단한 건 아니오."

　"그렇다면 한 번 들어나 봅시다."

　레스트레이드는 웃으면서 말했다.

　"홈즈 선생, 사실 마음에 걸리는 일이 있긴 있소. 하지만 그게 아주 엉뚱한 일이라서 괜한 말로 선생을 귀찮게 해드리는 건 아닌가 싶어 말을 하지 않았을 뿐이오. 하지만 아무리 사소한 일이라고 해도 괴이한 일임에는 틀림없소. 나는 선생이 평범하지 않은 거라면 무조건 좋아한다는 걸 알고 있소. 하지만 개인적인 견해로는, 그 일에 관해서는 우리보다 왓슨 박사가 더 어울릴 것 같소만."

"무슨 질병과 관련된 문제인가요?"

내가 말했다.

"정신병이오. 그것도 아주 묘한 정신병이지. 요즘 같은 시대에 나폴레옹 1세를 증오하여 나폴레옹의 흉상을 보는 즉시 때려 부수는 사람이 있다는 건 말이 안 되지 않소?"

홈즈는 의자에 몸을 푹 파묻었다.

"당신 말대로 그건 내 분야가 아닌 것 같군요."

"내가 말하는 게 바로 그렇소. 그런데 문제는 그 정신병자가 자기 것이 아닌 남의 흉상을 부수기 위해 주거 침입을 하고 있다는 거지요. 그렇게 되면 그 일은 의사가 아닌 경찰의 소관이 되니까요."

홈즈는 다시 상반신을 일으켜 세웠다.

"오, 주거 침입이라니! 그건 좀 재미있군요. 어떻게 된 일인지 자세하게 들어봅시다."

레스트레이드는 코트에서 업무용 수첩을 꺼내 페이지를 넘기며 기억을 되살렸다.

"처음 사건 보고가 들어온 때는 나흘 전이었소. 사건이 벌어진 곳은 케닝턴 로에서 그림과 조각상을 판매하는 모스 허드슨의 상점이었소. 점원은 잠시 안에 들어가 있었는데, 밖에서 와장창 부서지는 소리가 들려서 무슨 일이 생겼나 놀라서 가게로 나갔소. 그런데 다른 미술품과 함께 진열돼 있던 나폴레옹 석고상이 산산조각나 있었지요. 점원은 범인을 잡기 위해 밖으로 뛰쳐나갔소. 행인들은 저마다 나서서 어떤 남자가 가게에서 뛰어나오는 걸 보았다고 점원에게 말해 주었지만 그 범인은 이미 사라졌고, 구체적인 인상착의도 알 수 없었소. 처음에는 별뜻 없는 난동 행위라고 생각했소. 그래서 그 당시 순찰을 돌고 있던 경관한테도 그런 식으로 얘기했소. 석고상은 몇 실링밖에 안 나가는 물건이기도 해서 그냥 유치한 장난으로 넘겨버린 것이오.

하지만 두 번째 사건은 더 심각하고 기묘했소. 그 사건이 발생한 건 바로 어젯밤이었소. 모스 허드슨 상점에서 겨우 수백 미터 떨어진 곳에는 바니콧 박사라는 유명한 의사가 살고 있소. 그는 템스 강 남쪽에서 손꼽히는 큰 병원을 운영하고 있소. 집과 진찰실은 커닝턴 로에 있지만, 2킬로미터 떨어진 로워 브릭스턴 로에 병원과 약국을 같이하는 지원(支院)을 두고 있기도 하오. 바니콧 박사는 프랑스 황제 나폴레옹의 열광적인 숭배자라서 집 안은 나폴레옹에 관한 책과 사진, 기념품으로 가득 차 있소. 얼마 전에는 모스 허드슨 상점에서 프랑스의 조각가 데빈의 나폴레옹 흉상을 복제한 석고상 두 점을 사들이기도 할 정도였소. 박사는 케닝턴 로에 있는 자택 거실에 흉상 하나를 두고, 로워 브릭스턴 로에 있는 병원의 벽난로 선반 위에 또 하나를 올려놓았소. 그런데 오늘 아침 박사가 일어나서 아래층으로 내려갔다가 간밤에 도둑이 든 걸 알고 깜짝 놀란 거요. 그런데 이상하게도 없어진 것은 거실에 놓아둔 그 석고상뿐이었소. 도둑은 석고상을 들고 나가서 정원 담벼락에 내던져 무참히 부숴버린 것 같았소. 담 밑에서 그 잔해가 발견된 것으로 보아서 말이오."

홈즈는 이야기를 듣고 두 손을 마주 비볐다.

"오, 정말 묘한 사건이군요."

"역시 선생이 마음에 들어 할 줄 알았소. 하지만 얘기는 아직 끝이 아니오. 바니콧 박사는 12시까지 로워 브릭스턴의 병원으로 출근하는

The Adventure of the Six Napoleons

데, 그곳에 가보니 창문이 활짝 열려 있고 그곳에 두었던 남은 흉상마
저 완전히 박살이 나서 잔해가 온 방에 널려 있었던 거요. 박사가 그
상황을 보고 얼마나 놀랐을지는 쉽게 상상할 수 있겠지요. 그 석고상
은 놓아둔 그 자리에서 완전히 부서진 거요. 그런데 아직까지는 그런
짓을 한 자에 대한 단서는 전혀 없소. 홈즈 선생, 이게 전부라오."

"흠, 제 생각에는 괴기하다기보다는 독특한 사건이라고 할 수 있군
요. 바니콧 박사가 소장하고 있던 석고상 두 점은 모스 허드슨의 상
점에서 파괴된 것과 똑같은 것인가요?"

"모두 같은 틀에서 떠낸 복제품들이라고 하오."

"그렇다면 석고상을 부순 범인은 나폴레옹에 대한 증오심 때문이
아닌 것 같군요. 나폴레옹 황제의 흉상은 런던만 해도 수백 점이 있
을 테니까요. 그런 마구잡이 성상 파괴자가 부순 석고상 세 점이 왜
하필이면 똑같은 틀에서 떠낸 것이었느냐는 사실이 단순히 우연은
아닌 것 같군요."

"그렇소, 나도 선생과 같은 견해를 갖고 있다오."

레스트레이드가 말했다.

"하지만 좀 이상한 점이 있소. 모스 허드슨이라는 사람은 그 지역
에서 흉상의 공급을 도맡고 있소. 그리고 최근 몇 년간 그의 매장에
있던 나폴레옹 흉상은 그 세 점이 전부였소. 그래서 선생 말처럼, 런
던 내에 수백 점의 나폴레옹 상이 있다고 해도 그 지역에 있는 것은
오로지 그 셋뿐일 가능성이 있소. 가게 인근에 어느 미치광이가 거주
하고 있고, 가까운 곳에 있는 흉상부터 부수기 시작할 수도 있지 않
겠소? 왓슨 박사는 어떻게 생각하시오?"

Sherlock Holmes

"글쎄요. 편집증 환자의 증상은 무한히 다양하게 나타나기 때문에 뭐라고 단언하기 어렵군요."

나는 고개를 갸웃하며 대답했다.

"프랑스의 현대 심리학자들은 그런 상태를 '강박 관념'이라고도 부릅니다. 증상은 대단치 않은데다가 그것을 뺀 다른 부분은 완전히 정상인과 같기도 하지요. 나폴레옹에 대한 책을 지나치게 읽었다거나 전쟁에서 큰 상처를 입은 사람이 강박 관념을 갖게 되어 그러한 파괴 행위를 저지를 수도 있지요."

"글쎄, 아마 꼭 그렇지는 않을걸세."

홈즈는 나를 바라보며 말했다.

"자네가 말한 편집증 환자가 아무리 강박 관념이 심하다고 해도, 그것만으로는 나폴레옹 흉상이 어디 있는지 알아내는 것은 불가능하지 않은가."

"그렇다면 자네는 어떻게 생각하나?"

"나 역시 특별히 할 말은 없다네. 그러나 범인의 기묘한 행동에는 일정한 질서가 있다는 것은 확실하군. 자, 들어보게. 바니콧 박사의 홀에서 소리를 내면 집안 식구들이 깰 수 있기 때문에 범인은 석고상을 들고 나가서 부순 거야. 하지만 병원에는 사람이 없었기 때문에 그 자리에서 박살내 버린 거지. 그 일은 매우 사소한 것으로 보일 거야. 하지만 나는 하찮은 것은 없다고 생각하는 사람이지 않은가. 과거의 일을 생각해 보면, 내가 조사한 사건 중에는 일고의 가치도 없을 만큼 하찮은 것에서 시작됐던 것들이 적지 않아. 왓슨, 그 끔찍한 애버네티 가족 사건 기억나나? 그 사건에서 처음으로 내 주의를 끌었던 것은 더운 날 버터 속에 깊이 박혀 있던 파슬리였네. 레스트레이드 씨, 그래서 석고상 세 점이 박살난 얘기를 듣고 웃을 수만은 없군요. 그렇게 기이한 사건이 앞으로 어떻게 진행되는지 알려주신다면 대단히 감사할 것 같습니다."

홈즈가 이렇게 관심을 보인 사건은 그의 예상보다 더 빠른 속도로, 그리고 비극적인 모습으로 전개되었다. 다음날 아침, 막 자리에서 일어나 옷을 입고 있는데 노크 소리가 나더니 홈즈가 전보를 한 장을 가지고 들어왔다. 그는 큰 소리로 나에게 전보를 읽어주었다.

켄싱턴, 피트 가 131번지로 가능한 빨리 와주시오.

— 레스트레이드

"무슨 일이 생긴 걸까?"

내가 홈즈에게 물었다.

"잘 모르겠지만 무슨 일이 생긴 건 틀림없군. 내 느낌엔 어제 얘기한 석고상 얘기의 후속편일 것 같아. 그렇다면 나폴레옹 흉상을 부수고 다니는 범인이 이제 런던의 다른 구역에서 활동을 개시한 것일 듯해. 왓슨, 식탁에 커피를 미리 갖다놓았네. 밖에는 마차를 대기시켜 놓았으니 빨리 준비하게나."

약 30분 후에 우리는 피트 가에 도착했다. 그곳은 런던 최고의 번화가 바로 옆에 위치해 있는 조용하고 작은 마을이었다. 레스트레이드가 오라고 한 131번지는 개성 없이 밋밋하게 지은 커다란 집이었다. 마차를 타고 올라가는데 그 앞에는 호기심 많은 구경꾼들이 가득

Sherlock Holmes

했다. 홈즈는 가볍게 휘파람을 불었다.

"이런! 최소한 살인 미수는 되어 보이는군. 런던의 심부름꾼 아이를 붙잡아둘 정도면 그 이하의 사건일 리가 없어. 저 친구들이 목을 빼고 발돋움까지 하고 있는 걸 보니 아마 폭력사건이라고 생각하는 것 같아. 왓슨, 저건 뭔가? 계단 위쪽만 물로 씻어냈군. 무슨 일인지 발자국도 무척 많고. 오, 레스트레이드가 창가에 나와 있군. 무슨 일이 있었는지 곧 알 수 있겠지."

침통한 얼굴로 우리를 맞이한 형사는 앞장서서 거실로 들어갔다. 그곳에는 면으로 짠 실내복 차림에 후줄근해 보이는 중년 남자가 어쩔 줄 모르고 방 안을 서성이고 있었다. 레스트레이드는 우리에게 그를 곧 소개해 주었다. 그는 이 집의 주인으로, 센트럴 프레스 통신사의 기자인 호레이스 하커 씨였다.

"이번에도 나폴레옹 흉상 사건이라오."

레스트레이드가 말했다.

"선생이 어제 관심을 보였기 때문에 선생을 불렀소. 사건이 대단히 중대하게 발전해 버린 지금, 선생도 이 자리에 오고 싶어할 것 같았소."

"사건이 어떻게 발전했다는 건지 설명해 주시겠습니까?"

"바로 살인이라오. 하커 씨, 간밤에 있었던 일을 이 신사분들에게 다시 한 번 말씀해 주시겠습니까?"

실내복 차림을 한 남자는 어두운 표정으로 우리를 바라보았다.

"어젯밤, 도무지 영문을 알 수 없는 일이 우리 집에서 벌어졌습니다. 나는 평생 남들에게 흥미로운 사건 소식을 수집하는 일을 해왔는데, 진짜 뉴스거리가 나에게 생기다니 믿을 수가 없어요. 난 너무 놀라고 당황해서 글이라곤 한 줄도 쓰지 못하고 있습니다. 만일 내가 기자로서 여기에 왔다면 집주인인 나와 인터뷰를 하고 석간신문에 대문짝만한 기사를 실었겠죠. 그런데 지금 나는 이 사람 저 사람한테 얘기해서 귀중한 기삿거리를 나눠주고 있으면서도 정작 나는 그걸 이용하지 못하고 있어요. 하지만 셜록 홈즈 선생, 나 역시 선생이 어떤 분인지 잘 알고 있습니다. 선생이 이 사건을 해결해 주신다면 얘기를 들려드린 수고에 대한 보상은 충분히 될 것 같군요."

홈즈는 자리에 앉아 경청할 준비를 했다.

"사건의 발단이 된 것은 넉 달쯤 전에 산 나폴레옹 흉상이오. 바로 이 방에 놓아두기 위해 샀지요. 흉상은 하이 가 역 근처에 있는 하딩 형제사에서 싼 값에 구입했어요. 기사 쓰는 일은 주로 밤에 하기 때문에 새벽까지 앉아서 글을 쓰는 일이 많답니다. 그러니까 오늘 새벽 3시쯤에 위층 골방에서 일을 하고 있는데 아래층에서 무슨 소리가 들렸습니다. 잠시 귀를 기울여보았지만 더 이상 아무 소리도 나지 않아서 집 밖에서 난 소리인가 싶어 무시했지요. 그런데 5분 정도 뒤에 갑자기 처절하고 끔찍한 비명이 들렸습니다. 정말이지 그렇게 무시무시한 소리를 들은 건 처음입니다. 아마 그 소리는 죽을 때까지도 귓전을 맴돌 것 같군요. 나는 공포에 사로잡혀서 1~2분 정도 꼼짝하지 못하고 앉아 있었어요. 그러다가 부지깽이를 들고 아래층으로 쫓아 내려와 이 방에 들어와 보니 창문이 활짝 열려 있었고 벽난로 선반 위에 놓여 있던 나폴레옹 흉상은 없어졌지요. 그런 걸 가져가다니 도대체 무슨 생각을 하고 있는 도둑인지 모르겠더군요. 석고로 만든 복제품이라 별 가치가 없었으니까요.

저 창문으로 나갈 때는 한 발짝만 크게 떼면 현관 층계를 디딜 수 있다는 걸 쉽게 알 수 있을 겁니다. 도둑 역시 그렇게 나간 것이 분명했기 때문에 나는 돌아가서 현관문을 열었습니다. 그런데 캄캄한 어둠 속에서 문 밖으로 나가다가 그곳에 있는 시체에 걸려서 넘어질 뻔했어요. 등잔불을 가져다 비춰보니, 그 가엾은 사람은 목에 구멍이 난 채 피바다 속에 누워 있더군요. 그는 양쪽 무릎을 세우고 똑바로 누워 있었는데, 끔찍하게 입을 벌리고 있었습니다. 그 모습이 꿈에 나타날 것 같아 지금도 겁이 나요. 나는 겨우 호루라기를 불고 그냥 졸도해 버렸지요. 눈을 떠보니 거실에서 경찰관이 나를 내려다보고 서 있더군요. 그 사이의 일은 전혀 기억나지 않습니다."

"피살자의 신원은 밝혀졌습니까?"

홈즈가 레스트레이드에게 물었다.

"사실 죽은 사람의 신원을 알 수 있는 단서가 전혀 없어서 걱정이오."

레스트레이드가 말했다.

"시신은 영안실에 안치해 놓았지만, 우린 피살자에 대해서 아무것도 모르고 있소. 키가 크고 얼굴은 햇볕에 그을려 아주 단단해 보였으며 나이는 많아봤자 서른 전후가 분명하오. 행색은 초라하지만 노동자처럼 보이지는 않았소. 피살자 주변의 온통 피범벅이 된 바닥에는 뿔 손잡이가 달린 접는 칼이 떨어져 있었는데, 그게 살인 무기였는지 피살자의 물건인지는 아직 알 수 없소. 옷에 이름이나 신분증 같은 건 없었고 주머니에서 나온 물건은 사과 한 개, 끈, 1실링짜리 런던 지도, 그리고 사진 한 장이었소. 여기 보시오."

레스트레이드가 보여준 것은 소형 카메라로 찍은 스냅 사진이었다.

사진 속의 인물은 무언가를 경계하고 있는 날카로운 인상의 남자였다. 눈썹이 짙고 얼굴 아랫부분이 비비의 주둥이처럼 툭 튀어나와 있어 원숭이와 매우 닮아 있었다.

"거실에 있던 그 흉상은 어찌되었나요?"

홈즈는 사진을 주의 깊게 관찰한 후 질문했다.

"우리는 선생이 도착하기 직전에 소식을 들었소. 그 흉상은 캠덴하우스 로에 있는 어느 빈집의 정원에서 발견되었는데 역시 산산조각이 나 있었소. 지금 그걸 보러 가려고 하던 참인데 같이 가겠소?"

"좋습니다. 여기를 잠깐 좀 둘러보고 나서 가도록 하죠."

홈즈는 카펫과 창문을 살피고 나서 말했다.

"범인은 다리가 아주 길거나 굉장히 민첩하군요. 층계에서 창문까지의 거리를 볼 때, 창틀 위로 손을 뻗어서 문을 여는 건 그리 만만한 일이 아니니까요. 오히려 창문을 통해 층계 위로 내려서는 편이 쉬웠을 것 같군요. 하커 씨, 석고상 깨진 걸 함께 보러 가시겠습니까?"

풀죽은 얼굴의 기자는 이미 책상 앞에 앉아 있었다.

"난 이 사건에 대해 기사를 쓰고 싶어요. 물론 자세한 기사가 실린 석간신문 초판은 벌써 쫙 깔렸겠지만. 난 정말 운이 없는 것 같군요. 동커스터에서 관람석이 무너진 사건 기억하시오? 그 관람석에 앉아 있던 기자는 나뿐이었는데, 기사를 싣지 못한 신문은 우리 신문사뿐이었어요. 내가 너무 떨려서 기사를 쓰지 못했던 거지요. 지금 내 집 계단에서 살인사건이 벌어졌는데 나는 또 한 발 늦을 것 같군요."

방을 나설 때 우리는 기자의 펜이 쓱쓱 종이 위를 달리는 소리를 들을 수 있었다.

　석고상 잔해가 발견된 지점은 살인 현장에서 수백 미터 거리에 위치해 있었다. 미지의 범인의 마음속에 광적이고 파괴적인 증오심을 불러일으킨 위대한 황제의 흉상을 우리는 그곳에서 처음으로 보았다. 그 상은 산산이 부서진 채 풀밭 위에 함부로 흩어져 있었다. 홈즈는 파편 몇 개를 집어 들고 면밀히 살펴보고 있었다. 그의 집중한 표정과 단호한 태도를 보고 나는 그가 실마리를 잡았다는 걸 알 수 있었다.

　"어떤 것 같소?"

　레스트레이드가 그에게 물었다.

　"아직은 갈 길이 멀지만 생각해볼 만한 근거를 한두 가지 찾긴 했어요. 그 괴상한 범죄자에게는 이 하찮은 석고상을 손에 넣는 일이 인간의 생명보다 더 가치 있는 일이라는 사실이 그 첫 번째 근거이고, 다른 하나는 나폴레옹 상을 부수는 것만이 유일한 목적이라고 가정했을 때, 그자가 석고상을 집 안에서 또는 집을 나오자마자 부수지 않은 것에 주목해야 한다는 것이지요."

　홈즈는 어깨를 으쓱하면서 말했다.

　"아마 범인은 다른 사람을 만나서 당황했을 거요. 그래서 자기가 무슨 짓을 하는지 몰랐던 것 같소."

　"흠, 그것도 가능한 얘기지요. 하지만 석고상의 잔해가 발견된 이 집에 각별히 주의해야 합니다."

　레스트레이드는 주위를 두리번거렸다.

　"여긴 빈집이오. 그래서 범인은 정원에 들어와도 아무도 방해하지 않으리라는 것을 알았던 거지요."

　"그렇습니다. 하지만 여기 오기 전에도 길가에 빈집이 한 채 있었

The Adventure of the Six Napoleons

고 범인은 분명히 그 집 앞을 지났을 텐데요. 멀리 가면 갈수록 사람들과 마주칠 위험이 큰데 왜 그곳에서 석고상을 깨뜨리지 않았을까요? 그 이유가 무엇이라고 생각합니까?"

"아, 내 생각이 짧았던 것 같소."

레스트레이드가 말했다.

홈즈는 머리 위의 가로등을 손가락으로 가리키면서 말했다.

"여기는 가로등 불빛이 있어서 환하지만 다른 곳은 그렇지 않습니다. 바로 이것 때문이지요."

"오, 그렇군요! 맞는 말이오."

형사가 감탄하며 말했다.

"이제 와서 생각해 보니 바니콧 박사의 석고상도 붉은 등에서 멀지 않은 곳에서 깨졌소. 홈즈 선생, 이 사실을 알았으니 이제 어떻게 할 생각이오?"

"일단 잘 기억해 둬야지요. 기록해 두는 겁니다. 나중에 이와 관련된 무언가를 만나게 될 테니까요. 레스트레이드 씨, 당신은 이제 어떻게 할 생각입니까?"

"제 생각에는 사건을 해결하기 위해서는 죽은 사람의 신원을 밝혀내는 게 우선일 것 같소. 사실 그건 별로 어렵지 않을 것 같소. 피살자와 주변 인물에 대해 알아내면 그가 지난밤에 왜 피트 가에 갔으며 호레이스 하커 씨의 집에서 그를 살해한 범인이 누군지 알아내기 더 쉬워질 것 같은데, 그렇지 않소?"

"그럴 수도 있겠죠. 하지만 저라면 그런 식으로 사건에 접근하진 않을 것 같습니다."

"그럼 어떻게 해야 한다고 생각하시오?"

"제가 어떤 식이든 당신한테 영향을 주지 않는 것이 좋겠군요. 당신은 당신 생각대로, 나는 내 생각대로 하는 게 어떨까요? 이후 각자의 조사 결과를 비교해 보면서 서로의 부족한 점을 보완하는 게 좋을 것 같습니다만."

"아주 좋은 생각이오."

레스트레이드가 말했다.

"지금 피트 가로 돌아가면 호레이스 하커 기자를 만날 수 있을 거요. 하커 씨한테 범인은 나폴레옹 망상에 사로잡힌 위험한 미치광이 살인마가 분명하다고, 나는 그렇게 결론을 내렸다고 전해 주십시오. 기사를 쓰는데 도움이 될 테니까요."

레스트레이드는 홈즈의 말을 듣고 빤히 쳐다보면서 말했다.

"정말 그렇게 생각하시는 건 아니지요?"

홈즈는 빙그레 웃었다.

"저 말입니까? 글쎄요, 아마 그럴지도 모르지요. 하지만 그런 얘기를 들으면 호레이스 하커 씨나 센트럴 프레스 통신사의 독자들은 혹할 것 같군요. 자, 왓슨! 오늘은 정신없이 바쁜 하루가 될 것 같군. 레스트레이드 씨, 시간이 된다면 저녁 6시에 베이커 가로 와주십시오. 그때까지 피살자의 주머니에서 나온 이 사진은 내가 보관하고 싶군요. 만약 내 추리가 옳다면 오늘 밤 잠복수사에 당신과 동행해야 할지도 몰라요. 그때까지 조심하시고 행운을 빕니다."

홈즈와 나는 함께 하이 가까지 걸어가서 나폴레옹 흉상을 판매했다는 하딩 형제사에 들렀다. 젊은 점원이 나와서 하딩 씨는 오후에 가게에 나오며, 자신은 들어온 지 얼마 안 돼서 아는 게 별로 없다고 말했다. 홈즈의 얼굴에는 실망과 짜증스러운 빛이 가득했다.

"할 수 없지. 만사가 다 내 뜻대로만 될 수는 없으니까."

그가 체념하는 듯이 말했다.

"하딩 씨를 만나러 오후에 다시 와야겠군. 자네도 짐작하겠지만, 난 지금 석고상들의 제작사를 찾아내서 왜 모두 그렇게 특이한 운명을 맞았는지 그 이유를 알아보려고 하네. 이제 케닝턴 로의 모스 허드슨 씨한테 가서 도움이 될 만한 정보가 있는지 들어보자고."

우리는 마차를 타고 한 시간을 달려서 미술품 가게에 도착했다. 키가 작고 뚱뚱한 주인은 벌건 얼굴에 매우 날카롭고 예리했다.

"그렇소, 바로 이 진열대 위에서 일이 벌어졌지요. 선생, 그 불한당 같은 놈이 함부로 들어와서 개인 재산을 때려 부수고 있는데 세금은 왜 내야 하는지 모르겠소. 바니콧 선생한테 석고상 두 점을 판 사람도 바로 나였소. 이게 말이나 된다고 생각하시오? 이건 무정부주의자의 음모가 분명해요. 내 생각은 이렇소. 무정부주의자가 아니라면 석고상을 왜 때려 부수고 다니겠소? 즉, 공화주의자(왕이 없는 국가 체제를 지지하는 사람)라고 할 수 있지. 아, 그 석고상을 어디서 떼어왔냐고 묻는 거요? 그게 무슨 상관이 있는지 모르겠지만 꼭 알아야 한다면 말씀드리죠. 그건 스테프니, 처치 가에 있는 겔더사에서 제작한 물건이오. 이 계통에서는 모두 알아주는 회사로 20년의 역사를 가진 곳이오. 물건을 얼마나 떼어왔냐고요? 둘 더하기 하나는 셋이니까 세 점을 샀군요. 두 점은 바니콧 선생한테 팔았고 한 점은 우리 가게 진열대 위에서 박살이 났지요. 그 사진 속의 인물은 누군지 모르겠군요.

난 모르는 얼굴이오. 처음 보는 사람인데. 아 잠깐! 이제 보니 아는 얼굴이군요. 베포라는 친구요. 이탈리아인 임시 직원으로, 우리 가게에서 잠깐 일하기도 했소. 조각도 좀 할 줄 아는 데다가 도금과 액자 끼우는 일도 하고, 그 밖에도 이런저런 가게와 관련된 일을 할 줄 알았소이다. 그 친구는 지난주에 일을 그만뒀는데 그 다음에는 어떻게 됐는지 소식을 못 들었소. 그 친구가 어디에서 왔고 어디로 갔는지 나는 아는 바가 없어요. 여기서 일하는 동안에는 딱히 불평할 만한 점은 없었소. 석고상이 박살나기 이틀 전에 그만두었고요.”

가게를 나오면서 홈즈가 말했다.

“모스 허드슨한테는 알아낼 수 있을 만한 건 다 알아낸 것 같군. 케닝턴과 켄싱턴에서 베포라는 자가 이번 사건과 연관이 있다는 것이 드러났으니 15킬로미터를 달려올 만한 가치가 있었군. 이제 나폴레옹 상을 제작 판매한 스테프니의 겔더사로 가세나. 틀림없이 거기서 도움이 될 만한 얘기를 들을 수 있을 거야.”

우리는 마차를 타고 런던에 있는 패션가, 호텔가, 극장가, 문학 동네, 상가, 그리고 해양 타운을 빠른 속도로 지났고 드디어 인구 십만 명이 살고 있는 어느 강변 도시에 도착했다. 유럽의 버림받은 자들이 득실거리는 그곳은 싸구려 셋집이 많았고 땀에 절어 악취를 풍기고 있었다. 한때는 런던의 부유한 상인들이 몰려 살기도 했던 이곳의 넓은 대로변에 우리가 찾는 조각품 제작사가 있었다. 제작사의 꽤 넓은 마당에는 여러 가지 돌 조각이 가득 했다. 안으로 들어가니 넓은 작업실이 있었고 그 안에서는 50명 가량의 일꾼들이 열심히 조각을 하거나 틀에서 본을 뜨고 있었다. 금발에 체구가 큰 독일인 지배인이 나와서 우리를 정중히 맞아들였고, 홈즈의 여러 가지 질문에 명료하게 대답해 주었다. 장부에 남아 있는 기록에 따르면, 데빈의 나폴레옹 흉상 대리석 복제품에서 수백 점의 석고상을 떠냈다. 1년 전 모스 허드슨에게 넘긴 세 점의 나폴레옹 상은 여섯 점으로 구성된 한 세트의 절반이었고, 나머지는 켄싱턴의 하딩 형제사로 넘어갔다. 그 여섯 점의 나폴레옹 상이 다른 복제품과 다르다고 볼 만한 특별한 이유는 없었다. 지배인은 나폴레옹 상을 부수고 싶어하는 이유가 뭔지 자신으로서는 상상을 할 수 없다고 말했다. 오히려 그런 일이 있었다는 이야기를 듣고 웃음을 참지 못했다. 나폴레옹 상의 도매가격은 6실링이지만 소매가격은 12실링 이상일 거라고 말했다. 복제품을 만들 때는 얼굴 양쪽의 두 개의 틀로 떠내는데, 소석고로 만든 반쪽 얼굴 두 개를 합쳐놓으면 완전한 흉상이 된다고 말했다. 작업은 주로 이곳에서 이탈리아인들이 한다고 말했다. 석고 흉상이 완성되면 통로의 탁자 위에 올려놓고 건조시킨 다음에 창고에 갖다 쌓는다는 것도 말해 주었다. 그가 말해 줄 수 있는 것은 이러한 내용이 전부였다.

그러나 홈즈가 사진을 꺼내놓자 지배인의 표정에 확연하게 변화가 일어났다. 얼굴은 분노로 붉게 달아올랐고, 게르만족의 푸른 눈 위 이마에는 주름이 굵게 잡혔다.

"아니, 이 돼먹지 못한 녀석의 사진은 뭡니까?"

지배인이 소리쳤다.

"이 녀석은 제가 잘 아는 자입니다. 우리 작업실은 그동안 항상 정직하게 일해 왔고 남부끄러운 일도 없었지요. 그런데 경찰이 온 적이 딱 한 번 있습니다. 바로 이 녀석 때문이었어요. 그건 벌써 1년도 더

Sherlock Holmes

된 일이긴 합니다. 이자가 노상에서 다른 이탈리아인을 칼로 찌르고 작업실로 도망쳤다가 추적해 온 경찰한테 여기서 잡혀갔어요. 이름이 베포인데 성은 저도 모릅니다. 물론 이렇게 생겨먹은 녀석을 제가 고용했으니 제가 자초한 일이기도 하지요. 하지만 일솜씨는 뛰어났습니다. 장인으로서는 최고라고 할 수 있었지요."

"그 다음에는 어떻게 되었나요?"

"그 녀석은 1년 형을 선고받고 복역했습니다. 지금쯤이면 출감했을 테지만, 자신도 감히 다시 얼굴을 내밀 생각은 못 하겠지요. 그 녀석 사촌이 여기서 일하고 있으니 그 친구한테 물어보면 어디 있는지 알 수 있을 겁니다."

"아닙니다. 그건 절대로 안 됩니다."

홈즈가 갑자기 외쳤다.

"그 사촌에게는 아무 말도 하지 말아요. 부탁입니다. 이것은 대단히 중요한 점인 데다가 전후 사정을 알수록 더욱더 중요해지는 것 같군요. 그런데 아까 그 장부에는 나폴레옹 상을 판매한 날짜가 작년 6월 3일로 적혀 있었습니다. 혹시 베포가 잡혀 들어간 게 언제인지 기억할 수 있겠습니까?"

"급여 지불 대장을 보면 아마 알 수 있을 겁니다."

지배인은 대답하고 장부를 가져왔다.

"여기 기록이 남아 있군요."

지배인은 장부를 몇 장 넘기더니 말을 이었다.

"마지막으로 급료를 받아간 날은 5월 20일이었습니다."

"고맙습니다. 시간을 많이 뺏어서 죄송합니다."

The Adventure of the Six Napoleons

홈즈는 마지막으로 우리가 조사한 내용에 대해 아무에게도 말하지 말라는 당부의 말을 남기고 다시 서쪽을 향해 떠났다.

우리는 점심때가 한참 지나고 나서야 식당에서 식사할 수 있었다. 출입구에는 '켄싱턴의 유혈극. 살인범은 정신병자'라고 쓰인 신문광고가 나붙어 있었는데, 신문을 보니 결국 호레이스 하커 씨가 기사를 쓴 것이 분명했다. 자극적이고 선정적인 표현을 총동원한 사건 기사는 신문의 1면을 장식하고 있었다. 홈즈는 양념통 받침대에 신문을 기대놓고 식사를 하면서 기사를 읽다가 두어 번은 혼자 킬킬거리며 웃기도 했다.

"왓슨, 기사가 아주 마음에 드는군. 이 대목을 좀 들어보게나.

이 사건에 대해서는 다행스럽게도 경험이 풍부한 경찰 수사관 레스트레이드 씨와 유명한 자문 탐정 셜록 홈즈 씨의 의견이 일치하고 있다. 그토록 비극적으로 끝맺은 기괴한 사건들이 치밀하게 계획된 범죄가 아니라 광증에서 비롯된 우발적인 행위라는 것이다. 사건의 모든 정황을 고려해 볼 때 정신병자의 소행이라고밖에 볼 수 없다.

왓슨, 언론을 잘만 활용한다면 이보다 더 쓸모가 많은 매체를 찾기가 쉽지 않다는 것을 알 수 있다네. 식사를 다 했거든 다시 켄싱턴으로 돌아가서 하딩 형제사 주인의 얘기를 들어보자고."

다시 방문한 하딩 형제사의 설립자는 키는 작아도 활달하고 시원시원한 성격의 소유자로, 두뇌 회전도 남달리 빠르고 말솜씨도 좋았다.

"네, 그 소식은 석간신문에서 벌써 읽었습니다. 호레이스 하커 씨

는 우리 가게의 고객이시지요. 우린 몇 달 전에 그분에게 나폴레옹 상도 판매했고요. 우린 그런 종류를 스테프니의 겔더사에 세 점 주문했습니다. 지금은 모두 팔렸지요. 누가 사갔느냐고요? 아, 잠시만요. 판매 장부를 들춰보면 금방 알 수 있습니다. 명단은 이겁니다. 보시다시피 하나는 호레이스 하커 씨에게, 하나는 치스윅, 래버넘 베일, 래버넘 가의 조시아 브라운 씨에게, 그리고 나머지 하나는 레딩, 로워 그로브로의 샌드포드 씨가 사갔군요. 저는 그 사진 속의 얼굴은 처음 보는데, 저렇게 못생긴 얼굴은 한 번 보면 좀처럼 잊히지 않을 것 같습니다. 직원 중에 이탈리아인은 직공과 청소부들 중에 몇 명 있긴 합니다. 뭐 그 사람들이 마음만 먹는다면 이 판매 장부를 들여다보는 건 어렵지 않을 겁니다. 이 장부를 특별히 관리하고 있지는 않으니까요. 그럼요, 이렇게 이상한 일이 어디 있겠습니까. 진상이 모두 밝혀지면 저한테도 알려주셨으면 합니다."

홈즈는 하딩 씨의 진술을 들으면서 몇 가지를 메모했고, 나는 그가 조사의 진행 상황에 대해 아주 만족스러워하고 있다는 걸 알 수 있었다. 하지만 그는 서두르지 않으면 레스트레이드와의 약속에 늦을지도 모른다는 말만 했을 뿐 다른 말은 하지 않았다. 과연 베이커 가에 도착해 보니 형사는 벌써 와서 초조한 기색으로 방 안을 서성대고 있었다. 거만한 태도를 보니 무언가 단서를 얻은 것으로 보였다.

"홈즈 선생, 무슨 단서라도 찾았소?"

레스트레이드가 물었다.

"우린 아주 바빴습니다. 하루를 완전히 낭비하지는 않았지요."

홈즈가 말했다.

"소매상 두 군데와 석고상을 제작한 업체를 다녀왔거든요. 이제 나폴레옹 흉상 여섯 점의 유통 경로를 환히 꿸 수 있게 되었습니다."

"흉상이라니요!"

레스트레이드는 소리를 질렀다.

"좋소, 누구한테나 자기 나름의 방식이 있으니까. 홈즈 선생, 선생의 방식이 잘못 되었다는 건 아니지만 내 생각에는 내가 선생보다 훨씬 알찬 하루를 보낸 것 같소. 나는 피살자의 신원을 확인했으니까 말이오."

"오, 그렇습니까?"

"게다가 범행 동기까지 알아냈소!"

"정말 대단하군요!"

"우리 본부에 사프론 힐과 이탈리아인 거주 구역을 손바닥 보듯이 환히 꿰고 있는 경위가 한 명 있소. 피살자는 목에 가톨릭의 상징을 걸고 있었고, 피부색으로 미루어보아 그는 남쪽 나라 출신일 거라고 생각했소. 힐 경위는 시신을 보자마자 한눈에 알아보았소. 죽은 사람은 나폴리 출신의 피에트로 베누치라는 사람인데, 런던에서 손꼽히는 칼잡이이고 마피아와도 관계가 있다고 하더군요. 선생도 알다시피 마피아는 조직의 명령이라면 살인도 서슴지 않는 비밀 정치 조직이지 않소. 선생도 이제 일이 어떻게 된 건지 알 수 있겠죠? 살인범 역시 이탈리아인이고 마피아의 조직원일 것이 분명하오. 그자는 모종의 규칙을 위반했고, 피에트로가 그 뒤를 쫓은 거요. 피에트로의 호주머니에 들어 있던 사진은 목표를 확실히 하기 위해 갖고 다녔을 거요. 피에트로는 목표물을 따라다니다가, 그가 어떤 집에 들어가는 걸 보고 밖에서 기다리다 격투가 벌어졌고 오히려 자신이 칼에 찔린 거지요. 홈즈 선생, 내 추리가 어떻소?"

홈즈는 감탄의 의미로 박수를 치면서 외쳤다.

"레스트레이드 씨, 훌륭해요. 정말 훌륭합니다! 하지만 나폴레옹 흉상을 부순 이유에 대한 설명은 없군요."

"나폴레옹 흉상이라니! 선생은 아직도 흉상에 대한 미련을 갖고 있는 거요? 사실 그건 아무것도 아니오. 기껏해야 형량 6개월의 절도죄에 불과하지. 우리가 조사하고 있는 건 살인사건이고, 지금까지 말한 것과 같이 나는 모든 실마리를 쥐고 있소."

"그럼 이제 어떻게 할 생각인가요?"

"그거야 뻔하지 않소. 힐과 같이 이탈리아인 거주 구역으로 내려간 뒤, 우리가 확보한 사진 속의 인물을 찾아내 살인 혐의로 체포하는 거지요. 선생도 동행하겠소?"

"제 생각은 좀 다르군요. 우린 좀 더 간단하게 목적을 달성할 수 있을 것 같습니다. 물론 장담할 수는 없지만요. 왜냐하면 모든 일이 우리의 통제 범위를 벗어난 요소에 의존하고 있으니까요. 하지만 나는 기대가 큽니다. 사실, 가능성을 따져보면 정확히 반반이긴 하지만요. 레스트레이드 씨, 당신이 오늘 밤에 우리와 동행한다면 그자를 잡을 수 있게 도와드리겠습니다."

"그곳이 이탈리아인 거주 구역을 말하는 거요?"

"아닙니다. 나는 그자가 나타날 가능성이 높은 곳은 치스윅이라고 생각해요. 레스트레이드 씨, 당신이 오늘 밤에 우리와 함께 치스윅으로 가준다면, 내일 그 이탈리아인 거주 구역에 당신과 동행하도록 하지요. 조금 늦는다고 일에 큰 지장은 없을 테니까요. 그럼 이제부터 다들 몇 시간 자두는 게 좋을 것 같습니다. 11시 정도에 출발할 거고 아침이나 되어야 돌아올 수 있을 테니까요. 레스트레이드 씨, 저녁 식사는 우리와 같이 하도록 해요. 그리고 출발 시간이 될 때까지 소파를 빌려드리지요. 왓슨, 그 사이에 전보 배달부를 좀 불러주지 않겠나? 급하게 보내야 할 편지가 한 통 있어서 말이야."

홈즈는 저녁 내내 낡은 신문으로 가득 찬 창고에 파묻혀 신문 더미를 뒤지고 있었다. 마침내 방으로 내려왔을 때 그는 아무 말도 하지 않았지만, 눈빛은 득의에 차 있었다. 나는 예전부터 홈즈가 복잡한 사건의 실마리를 차근차근 풀어나가는 과정을 보고 있었기 때문에, 비록 우리의 목표가 무엇인지는 정확히 몰라도 그 기이한 범죄자가 남은 흉상 두 점을 훔쳐낼 거라고 그가 확신한다는 걸 알 수 있었다. 생각해 보니 남은 흉상 두 점 중 하나가 치스윅에 있었다. 그곳으로 가는 것은 굳이 묻지 않아도 범인을 현장에서 체포하기 위한 것임에 틀림없었다. 나는 홈즈가 석간신문에 엉뚱한 정보를 흘리고 범인을 안심시킨 계책에 감탄하지 않을 수 없었다. 그가 내게 리볼버를 가져가라고 했을 때도 전혀 놀라지 않았다. 홈즈는 평소에 애용하던, 납을 채워 넣은 사냥용 채찍을 준비했다.

11시에 사륜마차 한 대가 문 앞에 도착했고, 우리는 그 마차를 타고 해머스미스 다리 건너편의 한 지점으로 갔다. 마부는 거기서 대기하라는 지시를 받고 기다리기로 했다. 우리는 잠깐 걸어서 정원이 있는 쾌적한 주택이 늘어서 있는 한적한 도로로 나왔다. 가로등 불빛으로 '래버넘 전원주택'이라고 쓰여 있는 어느 집 대문 기둥이 보였다. 집안 식구들은 벌써 잠자리에 들었는지 현관문 위의 채광창 너머에서 새어나오는 불빛을 제외하면 집 안은 매우 깜깜했다. 도로와 정원을 가로지르는 나무 울타리는 정원 안쪽으로 짙은 그늘을 드리우고 있었다. 우리는 바로 이곳에 쪼그리고 앉았다.

"여기서 한참 기다려야 할 것 같군요."

홈즈가 작은 목소리로 말했다.

"그래도 다행스럽게 비는 내리지 않으니 고맙게 생각합시다. 담배를 피울 수 있으면 시간 때우기는 좋겠지만 그것도 안 될 것 같군요. 지금 우리의 노고를 보답 받을 수 있는 확률은 반반이니 기다려봅시다."

하지만 홈즈의 예상과 달리 우리는 오랫동안 기다릴 필요가 없었다. 불침번의 역할은 의외의 순간에 기이하게 끝나버린 것이다. 사람이 다가오는 기척도 없었는데 갑자기 대문이 열렸고 호리호리하고 시커먼 그림자가 날렵한 동작으로 집 쪽으로 달려갔다. 그림자는 눈깜짝할 사이에 현관문 위에서 나온 불빛 속을 지나 어두운 집 그림자 속으로 사라져버렸다. 한참 시간이 흐르는 동안 우리는 숨도 크게 쉬지 못하고 앉아 있었다. 그런데 갑자기 나지막하게 삐걱거리는 소리가 들렸다. 바로 창문이 열리는 소리였다. 그러나 그 소리는 금방 그치고 다시 긴 침묵이 흘렀다. 남자가 집 안으로 들어가고 있었다. 순간적으로 집 안에서 차광식 각등(불빛이 밖으로 새나가지 않도록 가리개로 막은, 손으로 들고 다니는 네모진 등)의 불빛이 번쩍 빛났다. 범인이 찾고 있는 것이 그곳에 없었는지 다른 창문에서 다시 불빛이 번쩍거렸고, 이어서 또 다른 창문에서 다시 불빛이 번쩍였다.

The Adventure of the Six Napoleons

"저쪽에 있는 창문 밑에서 기다립시다. 저자가 밖으로 나올 때 덮치는 게 좋겠어요."

레스트레이드가 속삭였다.

그러나 우리가 미처 움직이기도 전에 남자가 밖으로 나왔다. 그가 희미한 불빛 속을 지날 때 보니, 뭔가 하얀 것을 옆구리에 끼고 있었다. 남자는 은밀하게 주위를 살폈다. 인적이 끊긴 길은 매우 고요했고 그는 안심하는 눈치였다. 그는 이쪽으로 등을 돌리고 끼고 있던 물건을 바닥에 내려놓았다. 그 순간, 무언가로 쩡 하고 때리는 소리와 동시에 와장창 부서지는 소리가 들렸다. 남자는 자신이 하고 있는 일에 정신이 팔려 우리가 잔디밭을 지나 다가가는 소리를 듣지 못했다. 홈즈는 남자의 등 뒤에서 비호같이 덮쳤고, 레스트레이트와 나는 양쪽에서 그의 손목을 낚아챘다. 그 순간 바로 수갑이 철컥 채워졌다. 남자를 돌려 눕히자 흉측하게 생긴 누르스름한 얼굴이 분노를 이기지 못하고 몸부림치며 우리를 노려보고 있었다. 그는 바로 우리가 가지고 있던 사진 속의 인물이었다.

그러나 홈즈는 체포한 자를 거들떠보지도 않았다. 그는 현관 계단에 쪼그리고 앉더니, 남자가 집 안에서 꺼내온 물건을 자세히 살폈다. 그것은 우리가 아침에 본 것과 똑같은 나폴레옹 흉상이었는데 비슷한 모습으로 부서져 있었다. 홈즈는 파편을 하나씩 들고 조심스레 불빛에 비춰보았고, 부서진 석고 조각들은 하나같이 비슷했다. 그가 막 조사를 마쳤을 때쯤 홀의 불빛이 밝아지더니 현관문이 활짝 열리고, 둥글둥글한 얼굴에 쾌활한 인상의 집주인이 잠옷 차림으로 나타났다.

"안녕하세요, 혹시 조시아 브라운 씨인가요?"

홈즈가 말을 건넸다.

"네, 그렇습니다만. 아, 홈즈 선생이군요? 아까 배달된 전보를 받고 거기 쓰여 있는 지시를 정확하게 이행했습니다. 문이란 문은 모두 안에서 걸어 잠그고 사태의 진행을 보고 있었습니다. 범인을 잡다니 매우 기쁘군요. 여러분, 모두 들어와서 잠깐 쉬시는 게 어떻습니까?"

하지만 레스트레이드는 한시바삐 범인을 안전한 곳으로 옮기고 싶어했다. 그래서 우리는 대기 중인 마차를 불러 타고 곧장 런던으로 향했다. 범인은 입을 다문 채 이글이글 타는 눈으로 우리를 노려보고 있었다. 한 번은 내 손이 자신의 사정거리 안에 들어가자 굶주린 늑대처럼 물어뜯으려고 했다. 우리가 경찰서에 머무는 동안 범인의 몸수색이 이루어졌는데, 그의 몸에서 나온 것은 동전 몇 개와 칼집이 달린 긴 칼 하나뿐이었다. 손잡이에는 최근에 묻은 듯한 피가 잔뜩 묻어 있었다.

"이제는 아무 문제없소."

헤어질 때 레스트레이드가 우리에게 말했다.

"힐은 이 패거리에 대해 모두 꿰고 있으니 이자의 이름도 알고 있을 거요. 선생은 내가 말한 마피아 설명이 모두 옳다는 것을 알게 되겠군요. 하지만 홈즈 선생, 선생이 능란한 수법으로 범인을 찾아준 것에 대해서는 정말 고맙소. 어떻게 그런 것을 모두 알 수 있었는지 아직 잘 모르겠지만 말이오."

"자세히 설명하기에는 시간이 좀 늦은 것 같습니다. 게다가 아직 해결되지 않은 문제가 한두 가지 있어요. 그것은 끝까지 파헤쳐볼 만한 가치가 있지요. 내일 6시에 다시 베이커 가를 찾아주시면, 범죄의 역사에서 전무후무한 것으로 기록될 이 사건의 정확한 의미를 알려

드리지요. 왓슨, 자네가 앞으로 내 사건들에 대해 기록을 계속해 나
갈 때, 이번 나폴레옹 상을 둘러싼 진기한 사건에 대한 설명으로 책
에 더욱 생기를 불어넣을 수 있을 거야."

　다음날 저녁, 레스트레이드는 범인에 관한 정보가 있는 서류 더미
를 안고 왔다. 그의 이름은 베포인데, 성이 무엇인지 아는 사람은 아
무도 없었다. 이탈리아 거류민 사이에서는 이름난 건달이지만, 한때
는 재간 있는 조각가이기도 했고 정직한 국민으로 일하면서 돈을 번
적도 있다고 말했다. 하지만 악의 길로 들어선 뒤에 벌써 두 번이나
감옥에 다녀왔는데 한 번은 절도죄로, 또 한 번은 동포를 칼로 찔렀
다는 죄였다. 영어는 유창했지만 나폴레옹 상을 부순 이유는 아직 밝
혀지지 않았다. 그 문제에 대해서는 어떤 질문을 해도 묵묵부답인데,
경찰에서는 문제의 흉상이 바로 그의 손을 거쳐 만들어졌을 가능성
이 높다는 사실을 발견했다. 왜냐하면 그는 겔더사 작업실에서 근무
했다는 것이 증명되었기 때문이다.
　레스트레이드가 가져온 이 모든 정보는 사실 다 아는 것들이었지
만 홈즈는 예의 바르게 경청해 주었다. 하지만 누구보다 홈즈를 잘
아는 나는 그가 딴생각을 하고 있다는 것을 쉽게 알 수 있었다. 냉정
하고 무표정한 얼굴 뒤에는 불안과 기대가 뒤섞인 표정을 엿볼 수 있
었기 때문이다. 갑자기 그는 의자에 앉은 채 움찔했고 어느새 두 눈
에는 밝은 빛이 감돌았다. 초인종 소리가 들린 것이다. 잠시 후 계단
을 올라오는 발자국 소리가 들렸고 곧이어 반백이 된 구레나룻에 얼
굴이 불그레한, 나이 지긋한 신사가 방 안으로 들어왔다. 사내는 오

Sherlock Holmes

른손에 들고 있던 낡은 여행 가방을 탁자 위에 내려놓았다.

"여기 셜록 홈즈 선생이 계십니까?"

홈즈는 가벼운 목례와 함께 미소를 보내며 물었다.

"레딩의 샌드포드 씨 되십니까?"

"네, 그렇습니다. 기차 시간이 맞지 않아서 좀 늦은 것 같군요. 선생은 편지에 제가 소장하고 있는 흉상에 대해 쓰셨더군요."

"네, 그렇습니다."

"여기 선생이 보내주신 편지를 가져왔습니다. 선생은 이렇게 쓰셨지요. '나는 데빈의 나폴레옹 상 복제품을 소장하고 싶은데, 귀하의 소장품에 대해 10파운드를 지불할 용의가 있습니다.' 이 내용이 맞습니까?"

"그렇습니다."

"사실 난 선생의 편지를 받고 깜짝 놀랐어요. 내가 그런 물건을 소장하고 있다는 걸 대체 어떻게 알았나요?"

"갑작스런 연락이라 놀라셨겠지만, 사실 간단한 방법입니다. 형제사의 하딩 씨가 샌드포드 씨에게 마지막 남은 석고상을 팔았다고 하면서 주소와 성함을 저에게 알려주었거든요."

"아, 그랬군요. 그런데 나한테 이걸 얼마에 팔았는지는 말하지 않았나 보군요."

"네, 그런 얘기는 못 들었습니다."

"전 별로 부자는 아니지만 정직한 사람입니다. 선생에게 10파운드를 받기 전에 사실을 알려드리고 싶어서요. 저는 그 흉상을 겨우 15실링 주고 샀습니다."

"샌드포드 씨, 당신은 양심을 지킬 줄 아시는군요. 하지만 이왕 값을 불렀으니 그대로 드리고 싶습니다."

"오, 홈즈 선생! 정말 후한 분이시군요. 전 선생 요구대로 흉상을 가져왔습니다. 바로 이것입니다."

그는 가방을 열고 나폴레옹 상을 탁자 위에 올려놓았다. 우리는 두 차례나 산산조각이 난 상태로 보았던 문제의 흉상을 처음으로 완전한 형태에서 볼 수 있었다.

홈즈는 주머니에서 종이를 한 장 꺼내고 탁자 위에 10파운드 지폐를 올려놓았다.

"샌드포드 씨, 여기 증인들 앞에서 그 서류에 서명해 주십시오. 내용은 특별한 것은 아닙니다. 당신이 이 석고상에 대해 갖고 있던 일체의 권리를 모두 저에게 양도한다는 뜻이지요. 저는 원래 꼼꼼한 사람입니다. 그리고 사람의 일이란 게 어떻게 될지 모르니까요. 서명 감사합니다, 샌드포드 씨. 돈은 여기 있습니다. 그럼 안녕히 가십시오."

손님이 방을 나가자 홈즈는 묘한 행동으로 우리의 시선을 끌었다. 그는 서랍에서 희고 깨끗한 천을 꺼내 탁자 위에 펼쳐놓았다. 그리고 방금 구입한 흉상을 천 한가운데 올려놓았다. 그러더니 미리 꺼내놓은 사냥용 채찍을 집어 들고 나폴레옹의 정수리에 일격을 가했다. 석고상은 산산조각이 났다. 홈즈는 고개를 숙이고 파편 더미를 꼼꼼하게 들여다보았다. 그리고 승리의 함성을 올리면서 파편 하나를 손으로 집었다. 푸딩에 박힌 건포도처럼 하얀 파편 한가운데 둥글고 검은 물체가 박혀 있었다.

"신사 여러분, 그 유명한 보르지아의 흑진주를 여기 소개합니다."

홈즈가 소리 높여 외쳤다.

레스트레이드와 나는 한순간 멍해졌지만, 잘 만들어진 영화의 클라이맥스를 볼 때처럼 충동적으로 크게 박수를 칠 수밖에 없었다. 홈즈의 창백한 볼은 달아올랐고, 그는 관객의 박수를 받는 대극작가인 것처럼 우리를 향해 고개를 숙였다. 그것은 그가 찬탄과 갈채에 대한 인간적인 애호를 드러내는 순간이기도 했다. 대중적인 평판에는 언제나 오만하게 등을 돌리는 자존심 강하고 내향적인 기질도, 진심에서 우러나온 친구들의 감탄과 칭찬 앞에서는 감동이 되기도 했던 것이다.

"그렇습니다, 여러분! 이것이 바로 현존하는 것 중 가장 유명한 진주입니다. 귀납적 추리의 연쇄를 거친 끝에 이 진주가 분실되었던 데이커 호텔 콜로나 왕세자의 객실에서 시작하여 스테프니의 겔더사에서 제작된 나폴레옹 흉상 여섯 점 세트의 마지막 석고상의 내부까지 추적할 수 있었던 것은 정말 행운이라고밖에 할 수 없습니다. 레스트레이드 씨, 당신도 이 귀중하고 유명한 보석이 없어진 다음 얼마나 큰 소동이 벌어졌는지 기억하고 있을 거예요. 런던 경찰청에서는 이 보석을 되찾기 위해 모든 방법을 다 동원했지만 헛수고에 그치고 말았지요. 저 자신도 그 사건에 대한 자문을 의뢰받았지만 아무런 도움을 주지 못해 안타까웠답니다. 이탈리아 출신인 왕세자비의 하녀와 그녀의 오빠가 용의자로 떠오르면서 런던에 있다는 사실이 드러났지만, 둘이 접촉했다는 증거를 찾아내는 데는 실패했지요. 왕세자비의 하녀는 루크레티아 베누치라는 여자였는데, 나는 이틀 전에 살해당한 피에트로가 그 여자의 오빠일 거라고 생각했지요. 낡은 신문철을 뒤져보니, 진주가 없어진 날은 베포가 폭행죄로 겔더사 공장 구내에서 체포되기 이틀 전이더군요. 마침 그때 겔더사에서는 이 흉상들이

The Adventure of the Six Napoleons

제작되고 있었고요. 자, 이제 사건이 어떻게 전개된 것인지 아시겠지요? 물론 여러분은 내가 사건을 인지한 순서와는 정반대로 진실에 접근하고 있긴 합니다. 베포는 어떤 방법이 되었든 결국 흑진주를 손에 넣었습니다. 피에트로에게서 훔쳐냈을지도 모르고, 그가 피에트로의 공범이었는지도 모르지요. 아니면 그가 피에트로와 누이동생 사이에 다리를 놓았을 가능성도 배제할 수는 없습니다. 사실이야 어찌되었든 그건 이제 우리와는 전혀 상관없는 일입니다.

중요한 것은 그자가 경찰에 쫓기고 있던 바로 그때 진주를 몸에 지니고 있었다는 사실입니다. 그는 일단 자신이 일하는 공장으로 향했지요. 하지만 이 엄청난 보석을 감출 시간이 고작 몇 분밖에 안 된다는 사실 때문에 당황했을 겁니다. 그대로 잡혀서 몸수색이라도 당하면 이 엄청난 사실이 발각될 게 뻔했으니까요. 그때 나폴레옹 상 여섯 점이 복도에서 건조되고 있었습니다. 그 중 하나는 굳지 않은 상태여서 아직 물렁했죠. 재간이 뛰어난 장인이었던 베포는 순식간에 물렁한 석고에 작은 구멍을 내고 그 속에 진주를 떨어뜨리고 다시 손질을 해서 구멍을 막았습니다. 진주를 감추는데 그보다 더 좋은 곳은 없었거든요. 그걸 찾아낼 수 있는 사람은 자신 외에는 아무도 없었을 테니까요. 베포가 1년형을 선고받고 복역하고 있는 사이, 나폴레옹 상 여섯 점은 런던 곳곳에 흩어졌습니다. 출소한 뒤 그는 보물을 찾기 위해 본격적으로 작업에 착수했습니다. 우선 겔더사에서 일하는 사촌을 통해 문제의 흉상을 가져간 소매상을 찾아냈지요. 그리고 모스 허드슨의 상점에 취직해서 세 점의 석고상이 팔려간 곳을 모두 알아냈습니다. 하지만 세 개의 석고상을 찾았어도 진주를 감추고 있는

Sherlock Holmes

것이 어느 것인지 육안으로는 알아낼 수 없었지요. 진주가 젖은 석고에 달라붙어 있을 테니 흔들어 보는 것도 소용이 없었고요. 그래서 석고상을 깨봐야만 했답니다. 석고상을 모두 깨보았지만 그곳에 진주는 없었습니다. 그래서 다음에는 이탈리아인 점원의 도움으로 나머지 흉상 세 점의 행방을 알아냈습니다. 처음에 그는 하커 씨네 집에 있는 흉상을 노렸습니다. 그때 베포가 진주를 빼돌렸다고 의심하고 있던 공모자 피에트로가 그곳까지 따라붙었고, 베포는 격투 끝에 그를 칼로 찔러 살해하게 된 것입니다."

"베포가 공모자였다면 피에트로는 왜 그의 사진을 갖고 다닌 걸까?" 궁금해진 내가 물었다.

"그의 소재를 알아내는데 필요했을 거야. 다른 사람들한테 그의 행방을 물어볼 때 긴요하게 쓰였을 테니까. 어쨌든 살인사건이 생기자 나는 베포가 행동을 더 서두를 거라고 판단했습니다. 그는 경찰이 진주의 비밀을 알아낼까 두려워했을 거고, 경찰이 선수 치는 일이 없도록 서둘러야 했을 테니까요. 물론 나는 베포가 하커 기자의 석고상에서 진주를 찾았는지 여부는 알 수 없었습니다. 그리고 그가 찾는 것이 진주라는 것도 몰랐습니다. 하지만 그가 무엇인가를 찾고 있다는 것은 분명했죠. 그렇지 않다면 흉상을 들고 다른 빈집을 지나 가로등 불빛이 비치는 집까지 찾아 들어가 부수지는 않았을 테니까요. 하커 기자의 석고상은 남은 세 점 중의 하나였기 때문에, 나머지 두 점의 석고상에 진주가 들어 있을 가능성은 그때 말한 대로 정확하게 반반이었습니다. 두 점의 석고상 중에서 베포가 런던에 있는 것을 먼저 해치울 것이라는 사실은 분명했습니다. 나는 또다시 비극적인 사건

The Adventure of the Six Napoleons

이 발생하지 않도록 그 집 사람들에게 미리 경고를 해두었지요. 그리고 우린 그곳에서 함께 만족스러운 성과를 거두었고요. 물론 그때 나는 베포가 찾고 있는 것이 이탈리아의 명문 보르지아 가문의 흑진주라는 사실을 정확히 알고 있었습니다. 피살당한 사내의 이름이 단서가 되었지요. 이제 남은 흉상은 레딩에 있는 것뿐이었습니다. 진주는 거기 들어 있는 것이 분명했고요. 나는 여러분이 보는 앞에서 주인에게 흉상을 사들였고, 그게 바로 이겁니다."

방 안에는 한동안 침묵이 흘렀다.

잠시 후 레스트레이드가 말했다.

"홈즈 선생, 나는 선생이 여러 가지 사건을 해결하는 걸 보아왔지만 이보다 더 교묘한 솜씨는 못 본 거 같소. 우리 런던 경찰청 사람들은 선생을 시샘하기는커녕 아주 자랑스럽게 생각하고 있소. 내일 본부에 들러주시면 가장 연장자인 경감부터 제일 어린 새파란 순경까지 모두 선생에게 악수를 청할 거요."

"그렇게까지 칭찬을 해주시다니 고맙습니다."

홈즈는 말했다.

그 말과 함께 그는 돌아섰고, 그 어느 때보다 인간적인 감정이 가슴을 채우고 있다는 사실을 나는 느낄 수 있었다. 그러나 잠시 후, 그는 원래의 냉정하고 실용적인 모습으로 돌아왔다.

"왓슨, 그 진주는 금고에 넣어두게나. 그리고 콩크 싱글턴 문서 위조 사건 관련 서류를 꺼내주게. 레스트레이드 씨, 당신이 어떤 문제를 가져오든 내 능력이 되는 한 기꺼운 마음으로 사건 해결에 협조하도록 하지요. 그럼 안녕히 돌아가시오."

Sherlock Holmes

위스테리아 별장
The Adventure of Wisteria Lodge

존 스콧 에클스의 기묘한 경험

내가 일기처럼 적는 노트에 그날은 1892년 3월 말의 바람이 강했던 날씨로 기록되어 있다. 점심을 먹던 중 홈즈는 전보 한 통을 받고 급하게 답신을 보냈다. 그는 아무런 말도 하지 않았지만 전보에 대해 계속 신경을 쓰고 있었다. 생각에 잠긴 듯한 얼굴로 파이프를 입에 물고 전보를 가끔씩 곁눈질하던 그는 갑자기 장난스러운 표정과 함께 눈을 반짝이며 내가 있는 방향을 향했다.

"왓슨, 자네는 의사이니만큼 평균보다 지적 수준이 높은 축에 속할 거라 생각하네. 그래서 묻는 것인데, '기괴하다.'는 단어가 무슨 뜻이라고 생각하나?"

"흠, 이상야릇하다 정도의 뜻을 가지고 있지 않을까?"

나는 떠오르는 대로 말했다.

어느새 장난기가 사라진 홈즈는 고개를 저었다.

"'기괴하다.'는 단어에는 이상야릇하다는 뜻 이상의 의미를 가지고 있네. 말로 표현하기 어려운 비극과 공포의 의미가 바닥에 깔려 있으니까. 자네가 정리한 사건들 중에서 기괴하다고 할 수 있는 것들을 생각해 보게. 처음에는 단지 기괴하다고만 생각했지만 범죄로 발전한 것이 얼마나 많은가. 특히 <빨간 머리 연맹> 사건을 떠올려 보게.

처음에는 기괴해 보일 뿐이었지만 결국 중대한 절도 미수 사건이 되지 않았는가. 연쇄살인으로 이어졌던 <다섯 개의 오렌지 씨앗> 사건도 있지. 이런 사건들을 겪다 보니 '기괴하다.' 라는 말은 오히려 나에게 경계심을 불러일으키게 한다네."

"전보에 그와 관련된 내용이 있는 거가?"

홈즈는 내 말에는 대답하지 않고 전보를 크게 읽었다.

도저히 믿을 수 없는 기괴한 일이 있습니다. 상담이 가능할까요?
— 스콧 에클스, 채링크로스 우체국

"보낸 사람이 여자인가, 남자인가?"

나는 홈즈에게 물었다.

"아, 물론 남자라네. 전보에 반송 우표까지 붙여서 보내는 여자는 거의 없지. 아마 여자라면 전보 대신 직접 방문하는 쪽을 택했겠지."

"전보를 보낸 사람을 만날 건가?"

"지난 번 캐러더스 대령을 잡은 뒤, 사실 난 매우 지루한 시간을 보내고 있다네. 내 마음은 마치 점화되어 있는 엔진과 같지. 그래서 할 일을 찾지 못하면 자폭할지도 모른다네. 생활은 매일 매일이 진부하고 신문은 더 이상 볼 것이 없어. 범죄의 세계에서 용기와 낭만은 더 이상 나타나지 않을 것처럼 느껴진다네. 이 상황에서 자네는 나한테 새로운 사건에 뛰어들 생각이 있느냐고 물을 필요가 없지. 아마 아주 하찮은 사건일지 몰라. 오, 내 생각이 틀리지 않는다면 의뢰인이 벌써 온 것 같군."

규칙적이고 절도 있는 발자국 소리가 계단에서 점점 가까이 울렸다. 잠시 후 큰 키에 체격이 좋고 회색 수염을 기른, 근엄하고 점잖은 분위기의 한 남자가 방 안으로 들어왔다. 그의 삶의 이력은 선이 굵은 얼굴과 오만한 태도에서 잘 드러났다. 짧은 행전(걸음을 걸을 때 발목 부분을 가뜬하게 하기 위하여 발목에서부터 무릎 아래까지 돌려 감거나 싸는 띠)과 금테 안경 등으로 미루어 보았을 때, 그는 철두철미한 보수파였을 뿐 아니라 국교 신자이자 선량한 시민임이 틀림없었다. 외적인 모습으로 보아 정통적이고 관습적인 인간형이 분명했지만, 지금 그는 타고난 침착성을 잃고 있었다. 그것은 새둥지처럼 헝클어진 머리, 화로 인해 달아오른 뺨, 흥분한 태도에 잘 드러나 있었다.

남자는 들어오자마자 이야기를 꺼냈다.

"홈즈 씨, 나는 매우 기이하고 불쾌한 경험을 했습니다. 내가 그런 꼴을 당한 건 난생 처음이었어요. 이렇게 부당하고 터무니없는 일이 일어나다니. 도대체 뭐가 어떻게 된 걸까요?"

그는 화가 나서 숨을 몰아쉬며 말했다.

"스콧 에클스 씨, 일단 자리에 앉아서 말씀해 주시지요."

홈즈는 그를 달래는 말투로 말했다.

"이제 이곳을 찾아온 이유가 무엇인지 제게 말씀해 주십시오."

"네, 그러지요. 사실 경찰에 이야기할 만한 일로는 보이지 않기도 해요. 하지만 이야기를 들어본다면 홈즈 씨도 제가 가만히 있을 수 없다는 것에 동의할 것이라고 생각합니다. 나는 사설탐정을 전적으로 신뢰하는 쪽은 아니지만 홈즈 씨는 명성이 있으신 분이니까요."

"무슨 말씀인지 알겠습니다. 그런데 왜 당장 달려오지 않았나요?"

"홈즈 씨, 그게 무슨 뜻인가요?"

홈즈는 시계를 살짝 들여다보더니 말했다.

"지금 시간은 2시 15분입니다. 에클스 씨가 전보를 보낸 건 1시 정도였고요. 지금 얼굴과 옷차림을 보니 잠자리에서 일어나자마자 방금 말씀하신 불쾌한 경험을 한 게 분명한데요. 그동안 무슨 일이 있었던 거죠?"

남자는 정돈되지 않은 머리와 면도하지 않은 턱을 매만졌다.

"홈즈 씨, 역시 예리하시군요. 저는 미처 제 모습은 생각하지도 못했네요. 그런 이상한 곳에서 빠져나온 것만으로도 너무 정신이 없었거든요. 여기 오기 전에는 좀 알아볼 것이 있었고요. 부동산 회사에 갔더니 가르시아 씨는 집세를 완불했다고 하고, 위스테리아 별장에는 전혀 문제가 없다고 했어요."

"에클스 씨, 진정하세요."

홈즈는 웃으면서 말했다.

"당신은 이야기를 거꾸로 하는 왓슨 박사와 비슷한 성격을 가지고 있군요. 아, 왓슨 박사는 여기 있는 제 친구랍니다. 일단 생각을 정리할 수 있도록 잠시 시간을 드리지요. 무슨 일 때문에 머리도 빗지 않고 면도도 하지 않은 부스스한 모습으로 나왔는지, 게다가 정장용 신발을 신고 조끼의 단추도 제대로 채우지 않고 도움을 받기 위해 이리저리 뛰어다녔는지 말입니다. 사건이 일어난 순서대로 정확하게 말씀해 주신다면 사건을 이해하는데 큰 도움이 될 겁니다."

남자는 서글픈 표정을 지으며 자신의 초췌한 모습을 내려다보았다.

"홈즈 씨, 저도 지금 제 꼴이 말이 아니란 것은 잘 알고 있습니다.

Sherlock Holmes

하지만 평생 이런 경험은 처음 해보았으니까요. 이제 그 이상한 일에 대해 다 털어놓겠습니다. 얘기를 듣고 나면 홈즈 씨는 내가 왜 이런 모습인지 이해할 수 있을 거예요."

하지만 그가 이야기를 시작하기도 전에 이야기는 끝이 났다. 갑자기 밖에서 시끄러운 소리가 나더니, 허드슨 부인과 함께 관리처럼 보이는 건장한 남자 둘이 방으로 들어왔기 때문이다. 그 중 한 명은 우리와 안면이 있는 런던 경찰청의 그렉슨 경위였다. 그는 용감하고 정력적인 사람으로 나름대로 능력이 있다고 할 수 있는 형사였다. 그는 홈즈와 악수를 나눈 뒤, 함께 온 사람이 서리 경찰대의 베인스 경위라고 소개해 주었다.

"홈즈 선생, 우리는 지금 사람을 찾는 중입니다. 그 사람을 찾기 위해 단서를 쫓고 있는데 여기까지 오게 됐군요."

그렉슨은 날카로운 눈으로 우리의 손님을 쳐다보았다.

"당신이 리에 있는 포팸 저택의 존 스콧 에클스 씨가 맞나요?"

"네, 그렇습니다."

"우리는 당신의 행방을 쫓고 있었습니다."

"아, 전보를 추적해서 이곳을 찾아낸 거로군요."

홈즈가 말했다.

"네, 그렇습니다. 우리는 채링크로스 우체국에서 전보를 보낸 주소를 확인하고 여기로 바로 달려왔습니다."

"그런데 저를 찾는 이유가 뭔가요? 저한테 무슨 용건이라도 있는 건가요?"

"스콧 에클스 씨, 물론 알고 있으실 거라 생각합니다. 지난밤 에셔

근교 위스테리아 별장의 주인 알로이지우스 가르시아 씨가 사망했습니다. 그 사건에 대해 우리는 당신의 진술이 필요하고요."

우리의 의뢰인은 멍하니 앉은 채로 그 이야기를 듣고 놀라서 얼굴이 하얗게 질렸다.

"뭐라고요? 그가 죽었다고요? 정말입니까?"

"네, 그렇습니다."

"아니, 어떻게 죽은 거지요? 무슨 사고가 있었나요?"

"더 수사해 봐야겠지만 지금 견해로는 살해당한 것이 틀림없어요."

"오, 이런 말도 안 되는 일이 일어나다니! 설마……, 그런데 용의자로 저를 의심하는 건 아니죠?"

"사망자의 주머니에서 당신 편지가 발견되었어요. 우리는 그 편지를 보고 당신이 어젯밤에 그의 집에서 묵기로 했다는 사실을 알게 되었고요."

"편지에 쓰인 내용은 사실입니다."

"아, 그 집에 묵기로 한 건 사실이군요."

형사는 급하게 수첩을 꺼내들었다.

"그렉슨, 잠깐만 기다려주십시오."

홈즈가 형사에게 말했다.

"당신이 가장 원하는 건 솔직한 진술입니다. 그렇죠?"

"네, 그리고 저는 스콧 에클스 씨에게 그의 진술이 나중에 불리한 증거가 될 수 있다는 것을 알려줄 의무가 있습니다."

"에클스 씨는 지금 모든 얘기를 하려던 참이었습니다. 왓슨, 이분에게 브랜디를 좀 갖다드리는 게 좋을 것 같군. 에클스 씨, 청중이 생각보다 많아지기는 했지만 아까 하려던 이야기를 있는 그대로 해보시지요."

남자는 내가 가져다준 브랜디 한 잔을 쭉 들이켰고 곧 얼굴에 화색이 돌아왔다. 그는 의심스러운 눈초리를 감추지 않고 경위의 수첩을 흘끗 쳐다보았다. 그리고 기상천외한 경험을 우리에게 털어놓기 시작했다.

"저는 혼자 살고 있습니다. 하지만 성격이 사교적이기 때문에 친구가 무척 많은 편이에요. 제 친구 중에는 켄싱턴의 앨버말 저택에 살고 있는 멜빌이라는 양조업자가 있습니다. 지금은 은퇴했고요. 몇 주 전에 가르시아라는 젊은 친구를 만나게 된 건 그 집의 식당에서였습니다. 제가 듣기로 가르시아는 스페인계인 데다가 대사관과도 어떤 관련이 있는 사람이었습니다. 유창한 영어, 붙임성 있는 태도, 얼굴까지 보기 드문 미남자였기 때문에 저는 그에게 호감을 갖게 되었습니다.

가르시아 역시 제가 마음에 들었는지 우리는 꽤 친해지게 되었습니다. 만난 지 이틀 만에 그는 리에 있는 집으로 저를 찾아왔습니다. 함께 이야기를 나누다가 에셔와 옥숏 사이에 있는 '위스테리아 별장'이라는 자기 집에 와서 며칠 쉬다 가는 게 어떻겠냐는 말이 나왔지요. 어제 저녁때 저는 그 약속대로 에셔로 갔습니다.

가르시아가 저희 집에 왔을 때 자기 집에 대해 설명해 주었습니다. 충직한 하인이 한 명 있는데, 같은 스페인 사람이고 집안일 외에도 자신의 시중까지 도맡아 한다고 했어요. 영어도 아주 잘하고요. 또 솜씨 좋은 요리사가 한 명 있는데, 여행하다가 만난 혼혈인으로 매 끼니 훌륭한 식사를 차려준다고 말했습니다. 가르시아는 서리 한복

판에 이렇게 묘하게 구성된 집은 없을 거라고 말했고 저 역시 그 말에 맞장구를 쳤지요. 막상 방문해서 보니 그 집은 제가 생각했던 것 이상으로 기묘한 집안이었습니다.

저는 에셔 남쪽으로 3킬로미터 가량 떨어져 있는 그 집까지 마차를 타고 갔지요. 집은 꽤 컸고 도로에서 다소 들어간 곳에 자리 잡고 있었어요. 진입로는 구불구불한 길이었고 양쪽으로 키가 큰 상록수들이 늘어서 있었습니다. 그런데 놀랍게도 그의 집은 다 쓰러져 가는 아주 낡고 황폐한 건물이었어요. 마차는 풀이 무성하게 자란 진입로를 지났고, 비바람에 얼룩진 현관 앞에서 멈췄습니다. 집에 감도는 이상한 분위기 때문에 저는 알게 된 지 얼마 안 되는 사람의 집을 방문한 것이 과연 현명한 일인가를 되묻게 되었습니다. 하지만 가르시아는 현관문을 직접 열어주면서 저를 극진하게 맞아주었어요. 검은 머리를 한 어두운 표정의 하인이 제 가방을 받아주었고 짐을 풀 수 있는 침실로 안내해 주었습니다. 침실까지 가면서 정말 집안 전체가 음침하다는 생각을 다시 한 번 했습니다. 저녁 식사는 단둘이 하게 되었는데, 가르시아는 저를 즐겁게 해주기 위해서 노력하고 있었지만 속으로는 다른 생각을 하는 것 같았어요. 계속 엉뚱한 화제를 던지곤 해서 저는 그가 무슨 말을 하는 건지 알아들을 수가 없었거든요. 그는 손가락으로 식탁을 계속 두들기기도 하고, 손톱을 이빨로 물어뜯기도 하면서 매우 불안해하고 있었습니다. 들은 것과 달리 저녁 식사는 서빙도 요리도 별로였습니다. 하인이 말없이 식탁 옆에서 음침하게 지키고 서 있으니 분위기는 더 나빠졌죠. 식사를 하는 내내, 저는 어떤 핑계를 대서 돌아갈 수 없을까에 대한 생각만 했습니다.

Sherlock Holmes

아, 그러고 보니 경찰이 조사하고 있는 사건과 관계가 있을 것 같은 일이 하나 있군요. 당시에는 별 생각이 없었지만요. 어색한 저녁 식사가 끝날 무렵, 하인이 편지 한 통을 가져왔습니다. 가르시아는 그 편지를 읽고 한층 더 멍해지고 정신이 이상해진 것 같았습니다. 저와 대화를 이어나가려던 노력도 더 이상 하지 않은데다가 말없이 줄담배를 피우며 생각에 잠겨 있었습니다. 물론 그 편지의 내용에 대해서는 아무런 말도 하지 않았어요. 밤 11시경에 저는 침실로 돌아갈 수 있게 되었고 그래서 매우 기뻤습니다. 그런데 방에 들어가고 잠시 후 가르시아가 방문을 살짝 열더니(그때 방은 어두웠습니다.) 저에게 혹시 초인종을 눌렀냐고 묻더군요. 저는 그런 적이 없다고 했지요. 가르시아는 새벽 1시가 다 되었다며 늦은 시간에 잠을 깨워서 미안하다고 말했습니다. 여행 때문인지 저는 금세 잠이 들었고 한 번도 깨지 않고 깊이 잠을 잘 수 있었습니다.

놀라운 일은 이제부터 시작됩니다. 아침에 잠을 깨어보니 방 안이 환하더군요. 시계를 보니 거의 9시가 다 되어가는 시간이었습니다. 8시에 깨워달라고 특별히 부탁까지 해놓았는데 늦잠을 자게 하다니 가르시아의 무심함에 기분이 상하기도 했습니다. 저는 침대에서 나와 하인을 부르려고 초인종을 눌렀지만 아무런 대답이 없었습니다. 저는 계속해서 초인종을 눌렀고 역시 아무 대답이 없어서 초인종이 고장나지 않았나 생각했지요. 저는 기분이 더욱 나빠졌지만 일단 옷을 대충 걸치고 따뜻한 물을 부탁하기 위해 아래층으로 내려갔습니다. 그런데 집에 아무도 없더군요. 정말 얼마나 놀랐는지 몰라요. 저는 홀에 서서 가르시아를 크게 소리 내어 불렀습니다. 역시 대답은 없었습니다. 저는 어떻게 해야 할지 몰라 이 방 저 방을 뛰어다니면서 인기척을 찾았습니다. 그러나 모두 텅 비어 있었어요. 가르시아가 전날 밤 저에게 자신의 침실을 보여준 기억이 나서 저는 그 방으로 달려가 방문을 두드렸습니다. 역시 대답이 없었고, 저는 문을 열고 안으로 들어갔습니다. 생각대로 방은 텅 비어 있었고 침대에는 사람이 잔 흔적조차 없었습니다. 외국인 주인과 외국인 하인, 그리고 외국인 요리사, 셋 모두가 밤과 아침 사이에 증발해 버린 것이지요. 저의 위스테리아 별장 방문에 대한 이야기는 이게 전부입니다."

홈즈는 평소 습관대로 두 손을 마주 비비고 있다가 이야기가 끝나자 킬킬거리며 웃었다. 그가 수집하는 이상한 사건들의 목록에 또 하나의 괴이한 사건이 추가된 것이다.

"제가 아는 사건 내에서도 당신의 경험은 매우 독특하군요. 그 다음에는 어떻게 하셨나요?"

홈즈가 남자에게 물었다.

"저는 정말 너무 화가 났어요. 처음에 든 생각은 가르시아의 어리석은 장난에 제가 당했다는 거였습니다. 저는 짐을 챙겨서 현관문을 쾅 닫고 그 집을 나왔습니다. 가방을 들고 에셔로 향한 뒤, 그곳에서 제일 큰 부동산 회사인 <앨런 형제사>를 찾아갔습니다. 위스테리아 별장을 임대해 준 곳도 마침 그곳이었어요. 저를 바보로 만들어봤자 얻을 것이 없었으니까 혹시 임대료를 내지 않으려고 이런 일을 벌인 것이 아닌가 하는 생각이 들었습니다. 지금은 4분기 지불일이 얼마 남지 않은 3월 말이니까요. 하지만 저의 이런 추측은 틀렸습니다. 부동산업자는 이미 집세를 선불로 받았다고 했거든요. 저는 곧장 런던

Sherlock Holmes

으로 와서 스페인 대사관을 찾아갔습니다. 하지만 대사관에서는 가르시아를 모른다고 하더군요. 그 다음에는 가르시아를 처음 만났던 멜빌의 집을 찾아갔습니다. 그 집 사람들은 저보다도 그에 대해 아는 게 적었습니다. 저는 고민 끝에 홈즈 씨야말로 이렇게 이상하고 까다로운 사건을 맡아줄 적임자라고 생각했습니다. 그래서 당신의 답신을 받고 여기까지 오게 된 것이고요. 그런데 형사님이 한 얘기를 생각해 보니 무슨 비극이 벌어진 게 틀림없습니다. 맹세하건대 제가 한 얘기는 전부 사실입니다. 제 입으로 말한 것 외에 가르시아라는 자에 대해 아무것도 모릅니다. 하지만 저 역시 이 사건을 해결할 수 있도록 최선을 다해 경찰 수사를 돕고 싶습니다."

"스콧 에클스 씨, 당신의 마음을 이해합니다. 그리고 지금까지의 이야기도 감사합니다."

그렉슨 경위는 매우 호감을 가진 듯한 말투로 말했다.

"지금까지의 이야기를 들어보니 우리가 파악한 사실과 거의 일치하는군요. 그런데 에클스 씨, 저녁 식사를 할 때 왔다는 그 편지가 궁금한데요. 혹시 그게 어떻게 되었는지 기억하십니까?"

"네, 기억합니다. 가르시아는 그 편지를 구겨서 난로 속으로 던졌습니다."

"베인스 경위, 당신은 이 일에 대해 어떻게 생각하시오?"

베인스 경위라고 불린 형사는 붉은 얼굴로 몸집이 매우 비대했다. 뺨과 이마에 굵게 잡힌 주름 사이에 숨어 있는 빛나는 두 눈이 아니었다면 그의 인상은 매우 평범했을 것이다. 경위는 멍한 미소를 지으면서 누렇게 변색된 꼬깃한 종이를 주머니에서 꺼냈다.

The Adventure of Wisteria Lodge

"홈즈 선생, 가르시아는 그 편지를 벽난로 뒤로 멀찌감치 던졌습니다. 샅샅이 뒤진 후에 잿더미 뒤쪽에서 불에 타지 않은 이 종잇조각을 찾아냈어요."

홈즈는 가볍게 웃었다.

"이 종잇조각 하나를 찾아내기 위해서 온 집안을 샅샅이 뒤졌겠죠?"

"네, 그렇습니다. 제 방식이 원래 그렇기도 하고요. 그렉슨 경위, 그 조각을 읽어볼까요?"

런던 토박이 형사는 고개를 끄덕였다.

"일단 이 종이는 아무런 무늬도 없는 보통의 크림색 종이입니다. 크기는 4분의 1절지. 그리고 날이 짧은 가위로 두 번에 걸쳐 잘라냈습니다. 그 뒤 세 번 접어서 진홍색 밀랍을 붙였고, 타원형 물체로 재빨리 눌러 봉인했어요. 수신인은 위스테리아 별장의 가르시아 씨로 되어 있고요. 이제 내용을 읽어드리겠습니다.

색깔은 녹색과 흰색. 열려 있을 때는 녹색이고 닫혀 있을 때는 흰색. 중앙 계단, 첫 번째 복도. 오른쪽으로 일곱 번째 녹색 나사 천. 행운을 바람. D.

이 편지를 분석해 본 결과, 여자가 촉이 가는 펜으로 쓴 것입니다. 그러나 수신자 주소는 다른 사람이 썼거나 또는 다른 펜을 가지고 쓴 것이 확실합니다. 편지에서 보다시피 봉투의 글씨가 훨씬 굵고 힘이 넘치니까요."

"오, 매우 특이하군요."

홈즈는 편지를 살짝 훑어보면서 말했다.

"베인스 경위, 편지를 조사할 때 세세한 부분에까지 주의를 기울인 것은 매우 칭찬할 만한 일이군요. 그 밖에도 사소한 점을 추가로 덧붙일 수 있을 겁니다. 타원형의 봉인은 커프스단추로 찍은 것이 분명해요. 이런 모양으로 찍혀 나올 수 있는 건 그것뿐이니까요. 그리고 종이를 자른 가위는 둥근 손톱 가위입니다. 여기를 봐요. 두 번 짧게 잘라낸 자국을 들여다보면 모두 똑같이 완만한 곡선을 그리고 있는 걸 볼 수 있어요."

시골 형사는 크게 웃음을 터뜨렸다.

"이런, 저는 중요한 요소는 모두 찾아냈다고 생각했는데 조금 더 남아 있었군요. 솔직히 말하자면 종이를 찾았어도 알아낸 것이 별로 없어요. 그자들이 매우 큰일을 앞두고 있었다는 것과 다른 사건처럼 배후에 여자가 있다는 것 말고는."

스콧 에클스 씨는 홈즈와 경찰과의 대화가 오가는 동안 내내 불안한 모습이었다.

"경찰에서 제가 말한 내용을 뒷받침해 주는 편지를 발견했다니 매우 기쁩니다. 그런데 가르시아 씨에게 무슨 일이 생긴 건지, 그리고 그 집 하인들이 어떻게 된 건지 아직 알지 못하니까 조금 답답하네요."

그러자 그렉슨 형사가 말했다.

"가르시아에 대해서라면 바로 대답해 드리죠. 그는 오늘 아침 자택에서 약 1.5킬로미터 떨어진 옥숏 공유지에서 시체로 발견되었습니다. 모래주머니와 같은 도구로 심하게 가격당해서 머리가 거의 으깨지다시피 했어요. 게다가 사건 현장은 반경 400미터 이내에 집이 한 채도 없는 외진 곳이에요. 가르시아는 뒤에서 공격당했고, 범인은 그가 죽은 뒤에도 한참 동안 구타를 계속한 걸로 보입니다. 정말 무시무시한 일이지요. 발자국을 비롯해서 범인에 관한 단서는 전혀 찾지 못했습니다.”

“도난당한 물건은 없나요?”

“없습니다. 뭘 훔치려는 시도는 없었던 것 같아요.”

“이렇게 무섭고 끔찍한 일이 생기다니!”

스콧 에클리 씨가 분노에 가득 찬 목소리로 말했다.

“안타까운 일이기는 하지만 저에게는 매우 곤혹스럽군요. 다시 말하지만 저는 집주인이 당한 슬픈 최후와는 아무런 관계도 없습니다. 그런데 제가 왜 그 일에 연루되었을까요?”

“매우 간단합니다.”

베인스 경위가 그에게 대답했다.

“피살자의 주머니에서 나온 유일한 문서는 당신이 보낸 편지였습니다. 거기에는 당신이 그날 밤 그 집에서 묵을 예정이라고 적혀 있었고, 편지 봉투에는 피살자의 이름과 주소가 적혀 있었지요. 오늘 아침 9시 넘어서 경찰이 그 집에 도착했을 때 집 안에는 아무도 없었습니다. 나는 위스테리아 별장을 조사하면서 런던의 그렉슨 경위에게 당신의 행방을 추적하라는 전보를 보냈고, 런던으로 올라온 뒤 그렉슨 경위와 합류하여 여기로 오게 된 것입니다.”

그렉슨이 일어서면서 말했다.

“이 문제는 공식적으로 처리되어야 합니다. 스콧 에클스 씨, 저희와 함께 경찰서로 가주시겠어요? 진술서를 작성해야 합니다.”

"물론 당장 가겠습니다. 하지만 홈즈 씨, 저의 사건 의뢰는 여전히 유효합니다. 진실을 파헤치는 일에 시간과 노력을 아끼지 말아주십시오."

홈즈는 시골 경위에게 시선을 돌렸다.

"베인스 경위, 제가 이 사건에 협력해도 괜찮을까요?"

"당연합니다. 오히려 영광입니다."

"경위의 일처리는 굉장히 신속하고 효율이 높아서 도움이 많이 될 것 같아요. 혹시 가르시아가 살해당한 정확한 시간에 대한 단서는 없습니까?"

"가르시아는 밤 1시경부터 거기 있었습니다. 그때쯤 비가 왔는데, 가르시아가 사망한 것은 분명히 비가 오기 전으로 추정됩니다."

"베인스 씨, 그건 말이 안 되는데요."

우리의 의뢰인이 소리쳤다.

"나는 그 친구의 목소리를 분명히 들었습니다. 밤 1시에 내 방으로 찾아온 사람은 가르시아가 틀림없다고요."

"놀라운 일이기는 하지만 전혀 불가능한 일도 아니군요."

홈즈는 웃으며 말했다.

"무슨 단서라도 있나요?"

그렉슨이 물었다.

"얼핏 보면 이 사건은 크게 복잡하지 않습니다. 상당히 신기하고 흥미로운 점이 있기는 하지만요. 구체적인 제 견해를 밝히기 전에 증거를 좀 더 살펴봐야 할 것 같군요. 그런데 베인스 경위, 그 집을 조사할 때 특별한 단서가 될 만한 것이 이 편지 외에는 없었습니까?"

시골 형사는 묘한 눈빛으로 홈즈를 쳐다보았다.

"한두 가지 매우 특이한 물건들이 있었습니다. 경찰서에서 일을 다 처리한 뒤에 현장으로 함께 내려가 의견을 들려주시는 건 어떨까요?"

"좋습니다, 그렇게 하지요."

홈즈는 초인종을 누르며 말했다.

"허드슨 부인, 이 신사분들을 밖으로 안내해 주세요. 그리고 아이 하나를 불러 이 전보를 부치게 해줘요. 반신료로 5실링을 주겠다고 하십시오."

손님들이 간 뒤 우리는 한동안 말없이 앉아 있었다. 홈즈는 눈썹을 찌푸리고 줄담배를 피웠다. 그러나 깊은 생각에 잠겨 있을 때처럼 고개를 내밀고 빛나는 눈을 가지고 있었다. 그는 문득 나를 돌아보며 물었다.

"왓슨, 이 사건에 대해 자네 생각은 어떤가?"

"글쎄, 나는 그 스콧 에클스의 이상한 경험에 대해서는 아무런 갈피도 잡을 수가 없군."

"그렇다면 살인사건은 어떤가?"

"피살자의 집 하인들이 사라졌다는 걸 감안한다면 하인들이 연루된 것은 아닐까? 사건에서 경찰의 추적을 피해 도피 중이라고 생각할 수도 있고."

"흠, 그렇게 볼 수도 있을 것 같군. 하지만 좀 이상하지 않나? 두 명의 하인이 주인을 살해하기로 계획했는데, 왜 하필이면 손님이 온 날 밤을 택해서 살인을 했을까? 좀 이상하지 않나? 주인이 혼자 있을 때 덮치는 게 더 수월했을 텐데 말이야."

Sherlock Holmes

"그렇군. 그럼 왜 도망갔을까?"

"바로 그거야. 하인들은 왜 도망쳤을까? 그것은 간과할 수 없는 중요한 사실이라네. 또 한 가지는 의뢰인 스콧 에클스의 기가 막히도록 이상한 경험이지. 이 두 가지 중요한 사실을 동시에 설명할 수 있는 가설을 세운다는 것은, 어쩌면 인간 지성의 한계를 뛰어넘는 일일지도 모르겠네. 하지만 그 가설이 이상한 글귀가 적혀 있는 의문의 편지와도 일치한다면 내가 세운 가설이 아마 잠정적으로 받아들여질 수도 있겠군. 앞으로 밝혀질 새로운 사실이 내가 그린 전체적인 그림과 어긋나지 않는다면 그 가설은 정답이 될 수도 있을 것이고."

"역시 벌써 사건의 실마리를 잡았군. 그 가설이란 어떤 건가?"

홈즈는 반쯤 눈을 감고 의자에 몸을 기댔다.

"일단 가르시아는 가엾은 스콧 에클스에게 장난을 친 건 아닐 거야. 하지만 결과적으로 중대한 사건이 발생했고 스콧 에클스를 위스테리아 별장으로 유인한 것은 이 사건과 모종의 관련이 있지."

"무슨 관련이 있다는 건지 난 잘 모르겠네."

"그럼 사건의 연결 고리를 하나씩 살펴보자고. 첫째로 스페인 청년과 스콧 에클스의 갑작스러운 우정은 부자연스러운 점이 있다네. 스콧 에클스에게 먼저 접근한 쪽은 스페인 청년이었어. 그는 에클스를 처음 만나고 바로 그 다음날, 런던의 반대쪽 끝에 있는 에클스의 집을 찾아간 거지. 그리고 긴밀하게 계속 연락을 주고받다가 마침내 그를 에셔의 자기 집으로 초대한 거야. 그렇다면 가르시아는 에클스한테 무엇을 원한 것일까? 에클스는 가르시아에게 무엇을 해줄 수 있었던 것일까? 나는 에클스에게 무슨 특별한 매력이 있는지 잘 모르겠네. 뛰어나게 지적인 것도 아닌 것 같고, 재기 넘치는 라틴계와 어울릴 만한 사람도 아니라네. 그렇다면 가르시아가 만난 여러 사람 중 에클스가 선택된 이유가 무엇일까? 그에게 특별한 자질이 있을 테지. 나는 아마 그럴 것이라고 생각한다네. 에클스는 전형적인 영국적 고결함을 가지고 있는 인물이야. 다른 영국인에게 깊은 인상을 줄 수 있는 증인으로는 적격이라네. 에클스의 진술은 평범한 것과는 거리가 멀었어. 하지만 두 형사는 아무런 의문 없이 그의 의견을 그대로 받아들이는 것을 자네도 보았지?"

"하지만 에클스가 무슨 역할을 해주기를 바란다는 건가? 난 잘 모르겠는데."

"결과적으로는 아무 역할도 못 하게 됐지. 하지만 일이 다른 방향으로 진행됐다면 증인으로서 아주 중대한 역할을 담당했을지도 모른다네. 적어도 나는 그렇게 보고 있네."

"그렇다면 에클스는 가르시아의 알리바이를 입증해 줄 수 있었다는 건가? 가르시아가 죽지 않았을 경우에 말이야."

"그렇다네. 에클스는 자신도 몰랐겠지만 가르시아의 알리바이를 입증하는 역할을 한 거지. 일단 위스테리아 별장의 사람들 모두 모종의 음모에 가담하고 있다고 가정해 보세. 그것이 어떤 것이든 그들이 계획한 일은 밤 1시 이전에 끝나야 했다네. 그들은 시계 바늘을 돌려놓는 등의 수법으로 스콧 에클스를 그가 생각하는 것보다 이른 시간에 침실로 보냈을 거야. 그러니까 사실과 관계없이 가르시아가 에클스의 침실로 찾아와서 지금 1시라고 말했을 때 사실은 12시밖에 안 됐을 가능성이 높은 거지. 만약 가르시아가 계획한 대로 무슨 일을 해치우고 앞서 말한 시간에 돌아왔다면, 그는 어떤 혐의도 물리칠 수 있는 강력한 증인을 갖게 되었을 거야. 흠잡을 데 없이 완벽한 분위기를 가진 영국인이 법정에 출두해서 피고인은 계속 집에 있었다고 증언해 주었을 테니까. 즉, 에클스는 최악의 상황에 대비하는 안전장치였네."

"자네의 설명을 들으니 이해가 가는군. 그런데 하인들은 왜 없어진 건가?"

"아직 사건을 제대로 조사한 건 아니지만, 해결하기 힘든 문제는 없을 것 같네. 하지만 자료 수집도 하기 전에 결론부터 내는 것은 큰 실수가 될 수 있어. 가설에 맞추다 보면 무의식적으로 사실을 왜곡할 가능성이 높거든."

"그렇다면 그 편지는 무엇일까?"

"그 편지의 내용이 뭐였지? '색깔은 녹색과 흰색.' 이건 아마 경마 얘기 같아. '열려 있을 때는 녹색, 닫혀 있을 때는 흰색.' 이건 어떤 신호가 분명해. '중앙 계단, 첫 번째 복도. 오른쪽으로 일곱 번째, 녹색 나사 천.' 이건 아마도 비밀스럽게 만나기로 한 장소일 거야. 사건의 배후에는 어쩌면 질투심 많은 남편이 있을지도 모르겠네. 그리고 그 밀회는 매우 위험한 것이지. 그렇지 않다면 여자가 행운에 대해 언급하지는 않았을 테니까. 'D'는 안내자의 이름이고."

"가르시아는 스페인 사람이지. 혹시 'D'가 스페인에서 흔한 여자 이름인 돌로레스(Dolores)는 아닐까?"

"왓슨, 좋은 생각을 했군. 정말 마음에 드는 생각이야. 하지만 그럴 듯하지는 않네. 같은 스페인 사람이면 스페인어로 쓰지 않았을까? 편지를 쓴 사람은 영국인이 분명하다네. 자, 우리는 그 훌륭한 경위가 돌아올 때까지 기다리는 수밖에 없을 것 같군. 그리고 그동안 권태가 불러일으키는 참을 수 없는 피로에서 벗어날 수 있게 된 행운에 감사해야 할걸세."

서리의 형사가 돌아오기 전, 홈즈가 보낸 전보에 대한 답신이 왔다. 홈즈는 답신을 읽은 뒤 그 전보를 수첩에 끼워 넣으려다가 호기심이 가득한 내 얼굴을 바라보았다. 그는 웃으면서 전보를 내게 보여주었다.

"자, 이제 우린 상류 사회로 이동해야 한다네."

전보에는 낯선 이름과 주소가 가득 나열되어 있었다.

딩글 저택, 해링비 공
옥숏 타워스, 조지 폴리엇 경
퍼디 저택, 치안판사 하인스 하인스 씨
포튼 관(館), 제임스 베이커 윌리엄 씨
하이 게이블, 헨더슨 씨
네더 월슬링 저택, 조슈아 스톤 목사

"이것은 우리가 조사해야 하는 범위를 줄여줄 거야."

홈즈가 말했다.

"베인스 경위도 꽤나 꼼꼼한 사람이니 아마 내가 세운 것과 비슷한 계획을 세웠을 거야."

Sherlock Holmes

"난 도무지 무슨 말인지 모르겠군. 설명 좀 해주게나."

"왓슨, 우린 가르시아가 저녁 식사 때 받았던 편지가 어떤 비밀스런 만남을 담고 있다는 결론을 얻지 않았는가? 편지의 내용이 정확하다고 가정했을 때, 이 약속을 지키기 위해서는 중앙 계단을 올라가서 복도에서 일곱 번째 문을 찾아야 하지. 생각해 보게, 이것만 봐도 밀회 장소가 얼마나 큰 저택인지 알 수 있지 않은가? 또 그 저택은 옥숏에서 2~3킬로미터 이상 떨어져 있을 수가 없다네. 여러 가지 정황을 고려해 보면 가르시아는 그 집에 걸어서 갔다가 걸어서 돌아와야 해. 그렇지 않으면 알리바이를 증명할 수 없을 테니까 말이야. 그렇다면 가르시다가 갈 수 있는, 옥숏 인근에 있는 대저택은 뻔하지 않겠는가. 나는 아까 스콧 에클스가 말한 부동산 회사에 전보를 보냈고, 그런 저택의 명단을 쉽게 입수했지. 이 전보에 있는 이름들이 큰 저택들일세. 이 중 어느 한 곳에 단서가 있을 거야."

우리가 베인스 경위와 함께 서리의 아름다운 마을 에셔에 도착한 것은 저녁 6시가 다 되었을 때였다. 홈즈와 나는 마을에서 가장 깨끗해 보이는 여관에 방을 잡고 형사와 함께 위스테리아 별장을 향해 출발했다. 3월 치고는 날씨가 꽤 쌀쌀했고, 날은 이미 어두워져 있었다. 강한 바람과 함께 내리는 비는 황량한 공유지와 사건의 배경으로 잘 어울렸다. 도로를 따라가다 보니 어느덧 목적지가 나타났다.

춥고 음산한 길을 약 3킬로미터쯤 걸어가자, 나무로 만들어진 높은 대문이 나왔다. 그 문은 곧장 음침한 밤나무 진입로로 이어져 있었다. 그늘진 진입로를 계속 걸어 들어가니 어둠에 잠겨 있는 집 한 채가 나왔다. 집은 어두운 회색 하늘을 배경으로 칠흑같이 검게 보였다. 현관 왼쪽에 있는 창문으로 희미한 불빛이 새어 나왔다.

"미리 경관 하나를 배치해 두었습니다. 제가 창문을 두드려보죠."

베인스는 말을 마치고 풀밭을 건너가서 손바닥으로 창문을 쳤다. 뿌연 유리창 너머에서 난롯가에 앉아 있던 사람 하나가 갑자기 벌떡 일어서는 게 보였다. 뒤이어 날카로운 고함이 터져 나왔다. 이윽고 얼굴이 하얗게 질린 경관이 숨을 거칠게 몰아쉬며 떨리는 손으로 촛불을 들고 문을 열었다.

"월터스, 무슨 일이지?"

베인스가 경관을 보며 날카롭게 물었다.

경관은 손수건으로 이마를 문지르더니 안도의 한숨을 내쉬었다.

"경위님, 이렇게 와주셔서 정말 다행입니다. 정말 긴 저녁이었어요. 저도 담력이 강하다고 생각했는데 제 생각만큼은 아닌 것 같습니다."

"월터스, 담력이라니? 자네가 그렇게 약한 성격을 가지고 있었나?"

"경위님, 집 안에는 아무도 없이 조용하고, 부엌에는 이상야릇한 물건들까지 있으니 무섭지 않을 리가 있겠습니까? 경위님이 창문을 두드렸을 때 저는 그게 또 온 줄 알고 깜짝 놀랐습니다."

"아니, 뭐가 또 왔다는 건가?"

Sherlock Holmes

"제 생각에는 악마 같습니다. 악마가 창가에 나타났어요."

"도대체 창가에 뭐가 나타났다는 거지? 언제쯤?"

"약 두 시간 전이었습니다. 막 어두워질 때쯤이었고요. 저는 의자에 앉아서 책을 읽고 있었는데, 누군가 쳐다보는 기운이 느껴졌습니다. 고개를 들어보니 아래쪽 창문에 얼굴 하나가 붙어서 저를 바라보고 있었어요. 오, 하나님, 그렇게 무서운 얼굴은 처음 봤습니다. 기억하고 싶지도 않아요."

"저런, 월터스. 경찰관으로서 그런 말을 하는 건 어울리지 않아."

"물론 저도 알고 있습니다, 경위님. 하지만 저는 무서워졌어요. 제가 본 그 얼굴은 검지도 않고 희지도 않은 제가 설명할 수 없는 색이었습니다. 꼭 진흙탕에 우유를 엎지른 묘한 색이었어요. 게다가 크기가 얼마나 큰 지, 경위님 얼굴의 두 배는 될 거예요. 그 생김새는 또 어떻고요. 저를 빤히 쳐다보는 그 커다란 툭 튀어나온 눈, 배고픈 짐승처럼 드러낸 하얀 이빨. 저는 그게 사라질 때까지 손가락 하나 움직일 수 없었습니다. 그것이 사라진 뒤 밖으로 나가서 관목 숲 사이를 돌아봤지만 다행히도 아무것도 없었습니다."

"월터스, 자네가 얼마나 괜찮은 친구인지 내가 몰랐다면 아마 벌점을 줬을 거라네. 만약 그게 정말 악마였다면 마땅히 체포했어야지. 경관이 악마를 체포할 수 없게 되어 다행이라고 하면 안 되지 않겠는가. 혹시 요즘 다른 일이 있어 신경이 예민해진 건 아니겠지? 허깨비를 볼 수도 있을 테니 말이야."

"그 문제는 제가 쉽게 밝혀낼 수 있을 것 같군요."

홈즈가 작은 휴대용 등에 불을 켜면서 경관에게 말했다.

"아, 그렇습니까?"

홈즈는 풀밭을 들여다보더니 말했다.

"32센티미터 신발입니다. 신체의 다른 부분이 발 크기와 비례한다면 아주 큰 것임에 틀림없군요."

"그자는 어떻게 되었지?"

"관목 숲을 지나서 도로 쪽으로 달아난 것 같습니다."

경위는 무거운 얼굴로 말했다.

"그자가 누구였는지 무엇을 원하고 있는지는 알 수 없지만 지금은 여기 없습니다. 그리고 우리가 살펴봐야 할 것이 집안에 더 있습니다. 홈즈 선생, 괜찮다면 제가 집안을 안내하겠습니다."

우리는 집 안에 있는 침실과 거실을 꼼꼼하게 살펴보았지만 특별한 것은 없었다. 가구에서 세간까지 모든 물건이 그대로 남아 있는 것을 보면 이 집 사람들은 거의 맨몸으로 집을 빠져나간 것이 틀림없었다. '막스', '하이 홀본' 등 브랜드가 있는 옷가지도 많았다. 이미 조회해 보았으나 막스 사에서는 신용이 좋다는 것 외에는 고객에 대해 특별히 알고 있는 것이 전혀 없었다. 그 밖의 소지품으로는 파이프 서너 개, 소설 네댓 권(그 중 두 권은 스페인어 소설), 구식 공이식(式) 리볼버, 기타 하나, 그리고 여러 잡동사니가 있었다.

"여긴 아무것도 없군요."

베인스는 손에 촛불을 들고 이 방 저 방을 다니며 말했다.

"이제 부엌을 보여드리겠습니다."

부엌은 집 뒤쪽에 있는 천장이 높은 어두운 방이었다. 한쪽 구석에는 요리사의 침대인 듯한 밀짚을 깐 자리가 있었다. 식탁에는 먹다만 음식과 지저분한 접시가 뒹굴고 있었다.

"여길 좀 보십시오. 도대체 이것은 뭘까요?"

베인스가 이렇게 말한 뒤 찬장 뒤편에 서 있는 물체 앞에 서서 촛불을 치켜들었다. 매우 마르고 쪼그라들어 주름투성이였기 때문에 원래 모습을 알아내는 것은 쉽지 않았다. 하지만 시커먼 가죽으로 되어 있었고 난쟁이 인간과 비슷한 데가 있었다. 내 눈에는 미라가 된 흑인 아기처럼 보였지만, 계속해서 보니 형편없이 쪼그라든 늙은 원숭이처럼 보였다. 나중에는 인간인지 짐승인지조차 알 수 없었다. 특이할 점은 두 줄로 된 하얀 조개껍데기 목걸이를 두르고 있었다는 것이다.

"오, 정말 흥미롭군요."

홈즈는 무엇인지 알 수 없는 형체를 자세히 쳐다보면서 말했다.

"다른 건 더 없습니까?"

베인스는 말없이 개수대 앞으로 가서 촛불을 들었다. 그곳에는 털을 뽑지 않은 커다란 흰 새가 있었는데, 잔인하게 온몸을 난도질당한 채 그 잔해가 여기저기 흩어져 있었다. 홈즈는 목이 잘린 머리에 붙은 볏을 가리켰다.

"흠, 흰 수탉이군요. 아주 재미있는 사건인 것 같습니다."

베인스 경위는 계속하여 소름이 돋는 전시품을 남김없이 보여주었다. 개수대 밑의 피가 들어 있는 양동이, 식탁 아래의 시커멓게 그을린 작은 뼛조각이 수북이 쌓여 있는 쟁반 등을 보여준 것이다.

"무언가를 죽이고 또 무언가를 불에 태운 겁니다. 이 뼛조각은 전부 화덕에서 끄집어낸 것이고요. 의사를 불러서 확인했는데 다행히도 인간의 뼈는 아니라고 하더군요."

홈즈는 웃으면서 두 손을 마주 비볐다.

"베인스 경위, 이렇게 독특하고 배울 점이 많은 사건을 맡게 된 것에 대해 축하를 드리고 싶습니다. 이렇게 말하는 건 다소 실례일지도 모르지만, 당신이 가진 능력을 발휘할 수 있는 기회가 적었던 것 같아서요."

홈즈의 말을 듣고 베인스 경위의 작은 눈은 기쁨으로 반짝였다.

"홈즈 선생, 저희는 지방에서 정체되어 있지요. 이러한 독특한 사건이 발생했으니 좋은 기회라고 생각합니다. 저는 이 기회를 놓치고 싶지 않고요. 선생은 이 뼈를 어떻게 생각하십니까?"

"새끼 양이거나 새끼 염소라고 생각합니다."

"그럼 저 하얀 수탉은 무엇일까요?"

"대단히 재미있는 일이라고 할 수 있습니다. 어떤 사건에도 비할 바 없이 독특한 사건임에 틀림없습니다."

"네, 홈즈 선생. 이 집에는 매우 독특한 행동을 하는 별난 사람들이 살았던 것이 분명합니다. 그리고 그 중 하나는 죽었지요. 이 집에 있던 두 하인이 그를 죽인 걸까요? 만약 그렇다면 그자들을 붙잡아야 합니다. 그들이 도망치고 있을지도 모른다고 생각하여 항구마다 경찰을 배치해 놓았습니다. 하지만 제 생각은 좀 달라요."

"그럼 무슨 가설이 있습니까?"

"홈즈 선생, 저는 이 일을 제 힘으로 입증하고 싶습니다. 오로지 저 자신의 명예를 위한 것이기도 하지요. 선생은 벌써 여러 가지 사건으로 이름을 날리고 있지만 저는 아직 그런 기회를 얻지 못했어요. 선생의 도움 없이 사건을 해결했다고 말할 수 있다면 정말 기쁠 겁니다."

Sherlock Holmes

홈즈는 기분 좋게 소리 내어 웃었다.

"좋아요, 베인스 경위. 당신은 당신 생각대로 하고 나는 내 생각대로 하지요. 하지만 당신이 요구한다면 내가 수집한 정보를 언제든지 제공하겠어요. 이 집에서는 더 이상 볼 게 없으니 다른 데로 가겠습니다. 앞으로 또 만납시다. 행운을 빌어요!"

다른 사람들은 그냥 넘겨버렸을 테지만 나는 홈즈의 태도로 보아 그가 이미 단서를 잡았음을 알 수 있었다. 그는 마치 구경꾼처럼 태연한 모습이었지만, 빛나는 눈과 한층 기민해진 태도에는 흥분의 빛이 보였다. 나는 결전의 시간이 멀지 않았음을 확신했고, 침묵을 지키는 그에게 아무것도 묻지 않았다. 그의 집중력을 방해하지 않고 범인을 체포하는 재미를 나누는 것으로도 충분했기 때문이다. 자세한 경위는 때가 되면 그가 친절하게 설명해 줄 거라고 믿었기 때문이다.

그러나 내 기다림은 아무런 보람을 얻지 못했다. 하루하루 시간은 갔지만 홈즈는 어떤 행동도 취하지 않고 있었다. 어느 날 아침, 그는 런던에 갔다 왔는데 지나가는 말을 듣고 그가 대영 박물관에 다녀왔다는 사실을 알게 되었다. 그 외출을 제외한다면 그는 대부분의 시간을 긴 산책이나 그동안 사귄 마을의 수다쟁이들과 잡담을 하고 있었다.

"왓슨, 우리가 시골에서 보내는 일주일은 매우 귀중한 시간이 될 테니 초조해 하지 말게. 관목 울타리에서 새순이 돋고 개암나무에서 꽃눈이 피는 걸 보니 매우 흐뭇하군. 모종삽이랑 양철 상자, 그리고 초보자용 식물도감을 들고 나가면 아주 유익한 하루를 보낼 수 있다네."

그는 여러 가지 도구를 들고 나가 마을을 배회했지만, 저녁에 여관으로 돌아왔을 때 채집해 온 식물을 보면 특이할 게 없었다.

The Adventure of Wisteria Lodge

우리는 산책을 하면서 가끔씩 베인스 경위와 마주치기도 했다. 그는 내 친구와 인사를 나눌 때마다 다소 붉고 살찐 얼굴에 미소가 흘러 넘쳤고 눈은 언제나 반짝거렸다. 사건에 대해 먼저 이야기를 꺼낸 적은 별로 없었지만, 한두 마디 흘린 얘기에 의하면 수사 진행 상황이 썩 나쁘지는 않은 듯했다. 하지만 사건 발생 닷새 후, 다음과 같은 제목과 기사가 실린 조간신문을 보고 나는 깜짝 놀랐다.

옥슛 사건 해결
용의자 체포

내가 기사 제목을 읽어주자 홈즈는 갑자기 벌떡 일어났다.
"이런!"
그는 소리쳤다.
"설마 베인스가 그를 잡아들인 건가?"
"바로 그렇다는군."
나는 이렇게 말하고 홈즈에게 기사를 낭독해 주었다.

지난밤 늦게 옥슛 살인사건의 용의자를 체포했다는 소식이 전해졌다. 에셔와 인근 지역은 흥분의 도가니로 빠져들었다. 위스테리아 별장의 가르시아 씨가 옥슛 공유지에서 시체로 발견되고 시신에 폭행의 흔적이 남아 있던 것, 그날 밤 그 집 하인과 요리사가 도망쳤다는 것 등은 이미 알려진 사실이다. 피살된 가르시아 씨가 집에 귀중품을 보관하고 있었고 이것을 강탈하기 위해 범행이 저질러졌다는 추측도 제기되었으나 이를 증명할 수 있

Sherlock Holmes

는 증거가 없었다. 이번 사건을 담당한 베인스 경위는 하인들의 소재를 백방으로 수소문하였고, 이들이 미리 준비해 놓은 은신처로 숨어들었다는 믿을 만한 증거를 확보할 수 있었다. 이들의 얼굴과 신체 사항을 이미 알고 있었기 때문에 이들을 찾아내는 것은 시간 문제였다. 창문 너머로 위스테리아 별장 요리사의 모습을 목격한 장사꾼의 증언에 따르면, 요리사는 대단히 특이한 외모의 소유자로서 흑인의 특징이 잘 나타난 누런 얼굴을 한 추악한 흑백 혼혈의 거인이었다. 사건 발생 당일 저녁, 요리사는 위스테리아 별장으로 다시 돌아왔다가 월터스 경관에게 발각되어 추격당한 적도 있다고 한다. 베인스 경위는 요리사가 집으로 돌아온 데에는 다른 목적이 있고, 다시 올 가능성이 높다고 보았기 때문에 위스테리아 별장을 비우고 대신 관목 숲에 경관을 잠복시켰다. 요리사는 지난밤 다시 위스테리아 별장으로 돌아왔고, 다우닝 경관과의 격투 끝에 드디어 체포되었다. 다우닝 경관은 격투 도중 요리사에게 심하게 물어뜯기는 부상을 당했다. 용의자가 치안판사 법원에 회부되면 경찰의 재구류 요청은 받아들여질 가능성이 높다. 이를 계기로 앞으로 사건 수사에는 보다 큰 진전이 있을 것으로 보여진다.

"당장 베인스한테 가야겠네."

홈즈는 바로 모자를 집어 들고 말했다.

"그가 집을 나서기 전에 반드시 만나야 해."

우리는 마을길을 서둘러 내려갔고, 다행히 막 집을 나서는 경위를 만날 수 있었다.

"홈즈 선생, 신문 보셨습니까?"

그가 우리에게 신문을 보여주며 물었다.

"물론 보았지요. 제가 충고를 한 마디 할 테니 무례하다고는 생각하지 마십시오."

"어떤 충고입니까?"

"저는 이 사건을 주의 깊게 조사해 왔습니다. 그런데 당신이 올바른 단서를 잡은 것 같지 않아요. 뚜렷한 확신이 아직 없다면 지나치게 깊이 들어가는 것은 좋지 않을 것 같습니다만."

"홈즈 선생, 저를 생각해 주시다니 매우 친절하시군요."

"경위, 나는 진심으로 당신을 위해 이런 얘기를 하는 겁니다."

베인스 경위의 작은 눈은 더욱 반짝 빛났다.

"홈즈 선생, 우리는 각자의 방식에 충실하기로 하지 않았나요? 저는 제 소신대로 하고 있습니다."

"당신의 말뜻은 알겠습니다. 제 말을 기분 나쁘게 생각하지는 마십시오."

"아닙니다. 저는 선생이 호의를 가지고 그런 말을 했다고 생각합니다. 하지만 홈즈 선생, 누구에게나 각자의 생각이 있습니다. 선생은 선생대로, 저는 저대로요."

"그럼 이 얘기는 여기까지로 하죠."

"저 역시 정보는 얼마든지 제공하겠습니다. 체포한 녀석은 말처럼 힘이 세고 악마처럼 성질이 흉악하고 포악합니다. 그자는 다우닝의 엄지손가락을 물어뜯다시피 했어요. 영어는 거의 한 마디도 못해서 우린 짐승 같은 신음소리만 들을 수 있었습니다."

"당신은 물론 그가 주인을 살해한 증거를 확보했겠지요?"

Sherlock Holmes

"홈즈 선생, 저는 그런 말을 한 적이 없어요. 하지만 누구한테나 나름대로의 방식이 있으니 저는 그렇게 하겠습니다."

말을 마치고 돌아서면서 홈즈는 어깨를 으쓱했다.

"저런, 도저히 말릴 수가 없군. 내가 보기엔 아주 위험한 수사를 하고 있는데 말이야. 경위 말대로 각자의 방식대로 하고 결과를 지켜봐야겠군. 저 사람은 이해가 안 가는 구석이 있어."

여관으로 돌아왔을 때 홈즈가 말했다.

"왓슨, 그 의자에 앉아보게. 오늘 밤에는 자네 도움이 필요할지도 모르겠군. 일단 자네에게 이번 사건에 대해 내가 지금까지 알아낸 걸 모두 말해 주지. 이 사건은 전체적으로 보면 매우 단순하지만 범인을 체포하는 것은 예상 외로 어려움이 클 거야. 아직 우리가 메워야 할 간격도 넓다네.

가르시아가 죽은 날 저녁에 받았다는 편지 기억나는가? 그의 하인들이 사건에 연루됐다는 베인스 경위의 생각은 고려할 가치가 없다네. 그것은 알리바이를 입증하기 위한 목적으로 온 스콧 에클스를 데려온 사람이 가르시아라는 것만 봐도 알 수 있는 부분이지. 그렇다면 그가 죽은 날 밤에 진행된 계획, 그것도 범죄의 냄새가 풍기는 계획을 세운 것은 가르시아 자신이었어. 그럼 그의 목숨을 노린 것은 누구일까? 아마 가르시아가 목표로 했던 상대였겠지. 여기까지는 틀림이 없어.

이 부분에서 가르시아의 하인들이 실종된 이유를 알 수 있지. 둘 다 범죄 음모의 공범들이었어. 가르시아가 계획에 성공했다면 아마 혐의는 우리의 고결한 영국인이 모두 막아주었을 거야. 하지만 그들의 계획은 매우 위험한 것이었고, 가르시아가 정해진 시간까지 돌아오지 않는다면 그는 죽었을 거라고 봐야 했네. 그런 경우, 두 사람의 하인은 미리 마련해 놓은 장소로 도피하고 후일을 도모하기로 계획해 놓았던 거지. 어떤가? 모든 사실과 제대로 들어맞는 가설이지?"

풀 수 없을 정도로 뒤얽힌 실타래가 한 번에 풀린 것 같은 느낌이었다. 항상 그랬지만 나는 왜 이렇게 명백한 사실을 보지 못했는가에 대해 의아해졌다.

"그런데 홈즈, 요리사는 왜 다시 집에 돌아온 것일까?"

"급하게 도망치느라 소중한 것, 도저히 두고 갈 수 없는 것을 남겨놓고 갔기 때문이겠지. 그래서 위스테리아 별장으로 되돌아간 거야."

"계속해 보게."

"가르시아가 저녁 식사 때 받은 편지 얘기 말일세. 그것은 상대편에 가르시아의 공모자가 있다는 걸 말해 주지. 그럼 상대편이란 어디일까? 그곳이 어떤 큰 저택을 가리키고 있다는 것을 이미 말해 주었네. 그리고 큰 저택은 얼마 안 된다는 것도 말이야. 이 마을에 와서 나는 여기저기 돌아다니며 식물 연구를 하는 사이 큰 저택을 답사했다네. 그곳에 사는 사람들에 대해서도 자세하게 조사했지. 그 중 내 시선을 잡아끈 것은 오로지 한 집뿐이었어. 그곳은 옥숏 외곽으로 1.5킬로미터, 비극의 현장에서는 겨우 800미터밖에 떨어지지 않은 곳으로, 제임스 1세(1601~1625) 시대에 건축된 하이 게이블 저택이었다네. 다른 저택 사람들은 평범하고 점잖은 이들이었지만 하이 게이블의 헨더슨 씨는 매우 흥미로운 사람이었어. 그래서 나는 헨더슨 씨와 그 저택의 사람들에게 관심을 갖게 된 것이지.

왓슨, 그 집 사람들은 매우 이상했지만 그 중에서도 가장 특이한 사람은 역시 헨더슨 씨였어. 나는 괜찮은 구실을 만들어서 마침내 그를 만날 수 있었지. 생각에 잠긴 듯한 깊이 파인 검은 눈은 마치 내 속마음을 꿰뚫어보는 것 같았다네. 나이는 쉰 살, 반백이 된 머리에 숱이 많은 검은 눈썹, 날쌘 걸음걸이, 활동적이면서도 강하고 독단적인 사람이지. 양피지 같은 얼굴 뒤에는 높은 기백을 숨기고 있으며, 마치 제왕 같은 풍모를 지니고 있었다네. 외국인이 아니라면 아마 열대지방에서 오래 살았을 거야. 누런 얼굴과 말랐지만 가죽 채찍처럼 질긴 얼굴을 하고 있었으니까. 그의 친구 겸 비서인 루카스 씨는 외국인이 분명하지. 그는 구릿빛 피부에 부드럽지만 교활한 성격을 갖고 있지. 말투가 역겨울 정도지만 상냥한 고양이 같은 사내일세. 왓슨, 이제 공통점을 알겠는가? 위스테리아 별장과 하이 게이블 저택 모두 외국인이 등장하면서 벌어졌던 간격을 차츰 좁힐 수 있었다네.

헨더슨과 루카스는 서로 비밀이 없는 절친한 친구 사이인 데다가 집안의 중심인물이지. 하지만 중요하게 부각되는 사람이 하나 더 있다네. 헨더슨에게는 11살과 13살인 두 딸이 있어. 이 아이들의 가정교사는 마흔 살 가량의 영국 여성 버넷 양이고. 그리고 충직한 하인이 하나 더 있지. 이 여섯 명은 진짜 가족처럼 함께 여행을 다니기도 한다네. 헨더슨이 여행광이라서 항상 돌아다니는 것을 좋아하거든. 이 가족이 1년 동안 집을 비웠다가 하이 게이블 저택으로 다시 돌아온 건 겨우 몇 주 전의 일이지. 사실 헨더슨은 엄청난 갑부라서 어떤 일이든 돈으로 다 만족시킬 수 있을 정도라네. 기본적인 가족 외에 그 집에는 규모가 큰 영국의 시골집답게 식욕 좋고 일하기 싫어하는

The Adventure of Wisteria Lodge

집사와 시종, 하녀들이 가득하지.

지금까지 말한 것의 일부는 마을의 소식통에게 들었고, 또 일부는 내가 직접 관찰해서 알아낸 것이라네. 불만을 가득 품고 해고된 하인보다 더 나은 소식통은 없는 법인데, 나는 다행히 그 적임자를 하나 찾아냈지. 사실 내가 열심히 찾지 않았다면 그런 요행은 없었을 거라네. 베인스 말대로 누구한테나 각자의 방식이라는 게 있으니까 말이야.

나는 내 방식을 통해 하이 게이블에서 최근까지 정원사를 하다가 주인의 비위를 건드려서 갑자기 해고된 존 워너를 찾아냈다네. 워너에게는 주인을 두려워하지만 동시에 싫어하는 하인 친구들이 많이 있었지. 그래서 나는 하이 게이블 저택의 비밀을 어렵지 않게 캐낼 수 있었어.

정보를 알아낼수록 그들은 정말 흥미롭더군! 내막을 다 설명할 수는 없지만 정말 흥미로운 사람들이야. 그 저택은 두 채로 되어 있는데 한 채는 하인들이, 다른 한 채는 가족들이 살고 있다네. 가족의 식사를 날라주는 헨더슨의 하인을 제외하면 그 두 채는 완전히 분리되어 있어. 두 채의 건물을 연결해 주는 문이 하나 있어서 필요한 물건은 다 그곳을 통해 나른다고 하더군. 가정교사와 아이들은 정원에 나가는 걸 빼면 외출하는 일이 거의 없고, 헨더슨도 무슨 일이 있어도 혼자 다니는 법이 없다더군. 온몸이 새까만 비서가 그림자처럼 항상 따라다닌다네. 하인들 사이에서는 주인이 무언가를 몹시 두려워하고 있다는 이야기가 돌고 있었어. 워너가 그러더군.

'돈을 받고 악마한테 영혼을 팔아넘겼다는 이야기가 있습니다. 그리고 악마가 빚을 받으러 오기를 기다리고 있다더군요.'

Sherlock Holmes

　주인 일가가 어디 출신인지, 또 어떤 사람들인지는 하인은 물론 마을 사람 그 누구도 모른다네. 게다가 헨더슨은 성격이 매우 난폭한 사람이라더군. 사람을 채찍으로 심하게 때린 일이 두 번이나 있었는데, 돈을 두둑하게 준 덕분에 법정에는 서지 않았다네.

　자, 이 새로운 정보를 토대로 상황을 판단해 보자고. 문제의 편지가 헨더슨의 집안에서 나왔고, 그것이 가르시아에게 어떤 계획을 실행하라는 신호였다고 추측할 수 있지. 그렇다면 편지는 누가 썼을까? 그건 성채 안에 있는 여자였네. 그렇다면 가정교사 버넷 양일 수밖에 없어. 어떤 면에서 살펴보아도 같은 결론이 나온다네. 나는 그것을 하나의 가설로 삼고 그 결과를 살펴보기로 했지. 버넷 양의 나이와 성격을 고려한다면 남녀 문제는 전혀 아니었어.

　만약 편지의 발신자가 버넷 양이라면 그녀는 가르시아의 친구이자 동료일걸세. 그렇다면 가르시아의 사망 소식을 듣고 그녀는 어떤 반응을 보일까? 그가 도의에 어긋나는 행동을 하다가 죽었다면 그녀는 입을 다물 거야. 그래도 마음속에는 그를 살해한 자에 대해 강한 증오심을 품을 것이고 복수하기 위해 모든 노력을 아끼지 않을 테지. 그렇다면 버넷 양을 만나서 도움을 청할 수 있지 않을까 생각했다네. 하지만 불길한 일이 생겼네. 버넷 양은 살인사건이 일어난 그날 밤부터 지금까지 종적을 알 수 없어. 그날 저녁부터 어느 누구의 눈에도 띈 적이 없지. 버넷 양이 지금 살아 있기는 한 건지, 아니면 그날 밤 자신이 불러낸 친구와 같은 운명을 맞이한 건 아닐지, 그것도 아니면 어딘가에 감금되어 있는 건 아닐지, 나는 아직 어떻게 된 건지 모르고 있네.

　이제 현재 상황이 얼마나 난감한지 자네도 알겠지? 지금 영장을 청구할 수 있는 근거는 전혀 없어. 치안판사 앞에서 이 모든 추리는 허무맹랑하게 들릴 거야. 가정교사가 실종된 사실도 아무것도 말해 줄 수 없을 것이고. 그렇게 이상한 집안에서 일주일 정도 누군가가 안 보이는 것은 별 일이 아니니까. 하지만 버넷 양은 생명의 위협을 받고 있을지도 몰라. 내가 유일하게 할 수 있는 일은 그 집에서 감시의 눈길을 떼지 않는 것과, 나의 요원인 워너를 정문 앞에 배치해 놓는 것뿐일세. 언제까지 이렇게는 할 수 없지. 합법적으로 할 수 있는 일이 더 이상 없다면 우리가 위험을 무릅써야 해."

"그건 무슨 뜻인가?"

"나는 가정교사의 방이 어디인지 알고 있다네. 창고 지붕으로 올라가면 그 방에 들어갈 수 있어. 나는 오늘 밤 자네와 함께 그 집으로 가서 수수께끼를 해결하고 싶다네."

그의 제안이라면 대부분 동의했지만 이날 밤의 제안은 썩 내키는 일이 아니었다. 살인의 그림자가 드리워진 대저택, 기이하고 무서운 사람들, 그 집에 접근했다가 당할 수 있는 위험, 게다가 가택 침입이라는 불법 행위를 저지른다는 생각은 나를 몹시 망설이게 했다. 그러나 홈즈의 논리적인 추리에는 그가 권하는 어떤 모험도 거절할 수 없게 하는 강한 설득력이 있었다. 그가 하자는 대로 하는 것이 유일한 해결책이었다. 나는 묵묵히 그의 손을 잡았고, 우리의 주사위는 던져지게 되었다.

하지만 우리의 조사 활동은 모험적인 과정이나 결말을 맞지는 않았다. 그림자가 길어지는 시간인 그날 오후 5시, 흥분한 마을 사람 하나가 방 안으로 들어왔다.

"홈즈 선생님, 그 사람들이 달아났어요. 마지막 기차를 타고 갔어요. 버넷 양이 기차에서 뛰어내려서 제가 마차에 태워서 이곳으로 모시고 왔습니다."

"오, 잘했군, 워너! 정말 잘했어!"

홈즈가 벌떡 일어나면서 그를 칭찬했다.

"왓슨, 사건 해결이 아주 가까워졌군."

마차에는 너무 흥분한 나머지 반쯤 기절한 여자가 타고 있었다. 매부리코에 바짝 마른 여자의 얼굴에는 비극의 흔적이 그대로 남아 있었다. 그녀는 맥이 풀린 듯이 고개를 떨군 채로 있다가 이윽고 멍한 눈으로 이쪽을 쳐다보았다. 커다란 회색 홍채 한가운데 동공이 까만 점처럼 졸아들어 있었다. 강제로 아편에 중독된 것이 틀림없었다.

"홈즈 선생님, 저는 선생님께서 말씀하신 대로 문을 지키고 있었습니다."

홈즈의 밀정이자 해고된 정원사가 말했다.

"그런데 집 안에서 갑자기 마차가 나오기에 역까지 따라갔지요. 버넷 양은 마치 자면서 걷는 사람 같았지만 그 사람들이 기차에 태우려고 하는 순간 정신을 차리고 저항했습니다. 그 사람들한테 밀려 기차에 타긴 했지만 재빨리 뛰어내렸지요. 저는 바로 달려가서 버넷 양을 모시고 나와 마차를 잡아타고 여기로 왔습니다. 그런데 버넷 양을 부축하고 나올 때, 기차 창문에 나타났던 얼굴은 정말 무시무시했어요. 까만 눈에 인상을 잔뜩 쓴 누런 얼굴의 악마가 마을에 살고 있다면 저는 오래 못 살 것 같습니다."

우리는 가정교사를 2층으로 옮겨서 조심스럽게 소파에 눕혔다. 진하게 끓인 커피 두 잔을 마시자 그녀에게 남아 있던 약 기운이 조금 사라졌다. 홈즈는 호출을 받고 달려온 베인스에게 간략하게 상황을 설명했다.

"아니, 선생은 내가 찾고 있던 그 증인을 벌써 확보하셨군요."

경위는 홈즈의 손을 잡고 흔들며 따뜻한 말투로 말했다.

"저는 처음부터 선생과 같은 단서를 추적하고 있었지요."

"아니, 그럼 헨더슨을 쫓고 있었습니까?"

"네, 그렇답니다. 선생이 하이 게이블의 관목 숲속에 엎드려 있을 때 저는 농원의 나무 위에서 선생을 보고 있었지요. 문제는 누가 먼저 증거를 확보하느냐였습니다."

"그렇다면 혼혈인 요리사는 왜 체포한 거죠?"

베인스는 큰 소리로 웃었다.

"헨더슨이라는 교활한 자는 자신이 의심받는다는 사실을 알고 있었습니다. 그러니 위험이 사라졌다고 생각될 때까지는 아무런 행동도 하지 않을 게 분명했습니다. 엉뚱한 사람을 체포하면 그를 안심시킬 수 있었을 테니까요. 저는 헨더슨이 방심하면 그 틈을 타서 버넷 양과 접촉할 수 있을 것이라고 생각했습니다."

홈즈는 감탄하며 경위의 어깨에 손을 얹었다.

"오, 베인스 경위! 당신은 형사로서 크게 성공할 겁니다. 직관력이 매우 뛰어난 분이라는 건 제가 증명하지요."

베인스는 얼굴을 붉히면서 기뻐했다.

"저는 일주일 내내 사복경관을 기차역에 배치해 두었습니다. 하이 게이블 사람들이 어딜 가면 반드시 따라붙으라고 했지요. 하지만 버

Sherlock Holmes

넷 양이 뛰어내렸을 때는 무척 난감했어요. 다행히 선생 쪽 사람이 그녀를 구출했으니 문제가 없었지만요. 숙녀분의 증언이 없으면 일당을 체포할 수 없으니 빨리 진술을 듣는 게 좋습니다.”

“버넷 양은 점점 회복되고 있으니 걱정하지 않아도 되겠군요.”

홈즈는 가정교사를 바라보며 말했다.

“베인스 경위, 그런데 헨더슨이라는 자는 대체 누군가요?”

“헨더슨의 본명은 돈 무리요라는 자입니다.”

경위는 대답했다.

“한때 산페드로의 호랑이로 불리기도 했지요.”

산페드로의 호랑이! 그의 인생이 파노라마처럼 뇌리를 스쳤다. 그는 한 나라를 지배한 군주 중에서 가장 음란하고 피에 굶주린 전제 군주였고, 그의 나라뿐만 아니라 전 세계에 높은 악명을 떨쳤다. 또한 두려움을 모르며 정력이 넘치는 인간으로 힘과 부를 모두 가지고 있었다. 돈 무리요는 10년 넘게 겁에 질린 국민을 상대로 온갖 악행을 함부로 저질렀다. 중앙아메리카에서 그의 이름을 듣고 떨지 않는 사람이 없을 정도였다. 그러나 결국 국민들이 그에 대항하여 들고 일어났다. 그는 잔인할 뿐만 아니라 매우 교활했기 때문에 반란 소식을 듣자마자 보물을 챙겨 충성스러운 지지자들과 함께 재빨리 달아났다. 다음날 국민들은 궁전으로 쳐들어갔지만 궁은 이미 비어 있었다. 독재자는 두 아이와 비서를 데리고 전 재산을 챙겨서 도망쳤고, 유럽의 신문에는 그의 행방에 대한 추측 기사가 수시로 지면을 장식하곤 했다.

“그가 바로 산페드로의 호랑이, 돈 무리요입니다.”

베인스는 말했다.

"홈즈 선생, 산페드로의 국기는 편지에 있는 것처럼 녹색과 흰색입니다. 나는 헨더슨이라는 자를 파리, 로마, 마드리드에서 바르셀로나까지 추적했지요. 1886년, 바르셀로나에 그의 배가 입항한 적이 있다는 걸 알아냈지요. 사람들은 그동안 복수를 하기 위해 그의 행방을 수소문했는데, 소재를 알아낸 건 최근의 일입니다."

"그자를 찾아낸 건 약 1년 전의 일이었어요."

자리에서 일어나 앉아 우리의 대화에 귀를 기울이고 있던 버넷 양이 말했다.

"그자를 암살하려는 시도는 벌써 한 번 있었어요. 하지만 악령이 지켜준 것인지 그자는 목숨을 구했습니다. 기사도 정신에 투철했던 고귀한 가르시아는 목숨을 잃고 그 괴물은 또 살아남았습니다. 하지만 정의가 실현되는 그날까지 또 다른 가르시아가 계속 올 것입니다. 그것은 내일 태양이 다시 떠오르는 것처럼 분명한 일이지요."

그녀는 여윈 두 손을 모아 쥐었다. 수척한 얼굴은 뿌리 깊은 증오심으로 다시 창백해졌다.

"버넷 양, 하지만 당신은 어떻게 이 일에 개입한 겁니까? 영국의 숙녀가 이런 살인 모의에 가담한다는 건 놀라운 사실이군요."

홈즈가 버넷 양에게 물었다.

"제가 이 일에 참여한 것은 정의를 위한 일이 이 길뿐이었기 때문입니다. 수년 전 산페드로에 피가 강물처럼 흐를 때, 아니면 그 괴물이 엄청난 보물을 밀반출했을 때, 영국 정부는 어떤 태도를 취했죠? 영국은 마치 다른 세상에서 벌어진 범죄라고만 생각할 뿐 아무런 도움을 주지 않았습니다. 하지만 우리는 슬픔과 고통 속에서 진실을 배웠어요. 우리에게 돈 무리요와 같은 악마는 없습니다. 희생자들이 복수를 원하는 한 우리의 삶에 안식은 없을 테니까요."

"안타깝지만 그것은 사실입니다."

홈즈는 말했다.

"그자는 버넷 양이 말한 그대로의 인간입니다. 저 역시 그자의 악독함에 대해서는 잘 알고 있습니다. 당신은 어떤 피해를 입은 겁니까?"

"모두 말씀드리지요. 그 악당은 자신의 경쟁자가 될 만한 인물이라면 어떤 구실이든 붙여서 살해했습니다. 제 남편은 산페드로의 런던 주재 공사였고, 제 본명은 빅토르 두란도입니다. 남편과 저는 런던에서 만나 결혼했고요. 그이는 세상의 누구보다 더 고결한 사람이었습니다. 그런데 무리요의 귀에 남편이 비범한 사람이라는 소문이 들어갔고, 무리요는 구실을 만들어 그이를 소환한 다음 총살했습니다. 그이 역시 자신의 운명을 예감했는지 따라가겠다는 저를 말리고 혼자 가겠다고 고집을 부렸어요. 그게 마지막이었습니다. 그이의 재산은 그 악당에게 몰수됐고 저는 빈털터리가 된 채 찢어지는 가슴과 불타는 복수심만 남았어요.

얼마 뒤에 폭군은 몰락했습니다. 하지만 그자는 재산을 모두 챙겨서 도망쳤지요. 그자 때문에 인생을 망친 숱한 사람들, 사랑하는 이들이 그자에게 죽음을 당한 유가족들은 가만히 있을 수가 없었습니다. 사람들은 똘똘 뭉쳐서 과업을 완수하기 전까지는 절대로 해체되지 않을 결사단체를 만들었어요. 그 악당이 헨더슨이라는 이름으로 살고 있다는 사실이 알려진 뒤, 저에게 그의 집에 침투해서 상황을 보고하라는 임무가 맡겨졌습니다. 저는 그 집에 가정교사로 들어가

The Adventure of Wisteria Lodge

주어진 임무를 다했어요. 그는 자신의 아이들을 맡긴 가정교사가 남편을 자신의 손에 빼앗긴 여자라는 걸 몰랐습니다. 저는 그를 보고 웃음을 짓고 아이들에게 의무를 다하면서 때가 되기를 기다렸습니다. 파리에서도 암살 시도가 있었지만 결국 실패로 돌아갔어요. 그는 추적자들을 따돌리기 위해 유럽 전역을 재빠르게 옮겨 다닌 뒤에, 처음 영국에 와서 사놓은 이 집으로 돌아왔습니다.

하지만 이곳에서도 정의의 사자들이 기다리고 있었어요. 그자가 돌아온다는 사실을 알고 산페드로의 전직 고관의 아들인 가르시아는 모든 준비를 했습니다. 하층 계급 출신의 믿을 만한 동료 둘도 함께 기다렸지요. 그 세 사람은 모두 똑같은 이유로 복수심을 불태우고 있었습니다. 가르시아는 낮에는 아무것도 할 수 없었습니다. 무리요는 잠시도 경계를 늦추지 않았으니까요. 로페즈라는 이름으로 불리는 심복 루카스를 대동하지 않고서는 한 발짝도 밖에 나가지 않았어요. 하지만 밤에는 혼자 자기 때문에 자객이 무리요를 해치울 수도 있었습니다. 어느 날 저녁, 저는 동지에게 사전에 약속한 대로 마지막 편지를 썼어요. 무리요는 항상 암살자를 경계했기 때문에 끊임없이 침실을 바꿨습니다. 저는 문을 열어놓은 다음, 진입로에 접한 창문에 녹색이나 흰색 등불을 내걸고 만사가 계획대로 되고 있는지, 아니면 거사를 연기해야 하는지 신호해 주기로 했어요.

그렇지만 모든 게 엇나갔습니다. 어떻게 된 건지는 모르겠지만 저는 비서 로페즈의 의심을 샀어요. 그는 제 뒤로 몰래 다가와서 편지를 다 쓰자 저를 덮쳤습니다. 그자는 주인과 합세해서 저를 방에다 끌어다 놓고 배신자라고 몰아세웠어요. 아마 뒤탈만 걱정되지 않았다면 그 자리에서 저를 죽였을 테지요. 둘은 한참 논란을 벌인 뒤 저를 죽이는 건 너무 위험하다는 결론을 내리더군요. 하지만 가르시아는 제거하기로 했지요. 그들은 저에게 재갈을 물렸고, 무리요는 제 팔을 비틀면서 가르시아의 주소를 말하라고 했습니다. 가르시아를 살해할 의도를 알았다면 팔이 떨어져 나가는 한이 있어도 입을 다물었을 텐데……. 로페즈는 제가 쓴 편지에 자기 손으로 주소를 적은 뒤 커프스단추로 봉인을 했어요. 그리고는 하인 호세를 시켜 편지를 보냈습니다.

가르시아를 어떻게 죽였는지 정확하게는 모르지만, 그를 때려눕힌 자는 무리요겠지요. 로페즈는 뒤에 남아서 저를 감시했으니까요. 무리요는 길모퉁이 덤불에 숨어 있다가 가르시아가 지나갈 때 덮친 것 같아요. 그들은 처음에는 가르시아를 집 안에 끌어들였다가 도둑으로 몰아서 죽이려고 했어요. 하지만 잘못 얽혀서 조사를 받다가 정체가 드러나면 자신들에 대한 암살 시도가 더 많아질 거라고 생각했지요. 그리고 그들은 가르시아가 죽으면 사람들이 겁을 먹고 자신들에 대한 추적을 중단할 거라고 생각했습니다.

그자들이 한 짓을 제가 분명히 알고 있다는 것만 빼면 이제 아무 문제도 없었어요. 그들이 저를 죽이려고 했던 적이 몇 번이나 있었습니다. 저는 감금당한 상태에서 매일 무서운 협박에 시달렸고, 그자들은 제 의지를 꺾기 위해 잔인하게 학대했습니다. 칼에 함부로 찔린 어깨와 온통 멍투성이인 양쪽 팔을 좀 보세요. 한 번은 창 밖으로 소리를 치려고 했더니 그들은 저에게 재갈을 물리기도 했어요. 닷새 동안 저를 이렇게 잔인하게 학대하고 목숨을 부지하기도 어려울 만큼의 음식만 겨우 주었지요. 그런데 오늘 오후 점심으로 꽤 많은 음식이 들어왔어요. 다 먹고 나서야 그들이 음식에 약을 탔다는 걸 깨달았지요. 저는 몽롱한 상태에서 끌려가다시피 걷다가 마차를 탔습니다. 그리고 같은 상태에서 기차에 태워졌지요. 기차 바퀴가 구르기 시작하면서 저는 지금이 아니면 탈출할 기회가 없다는 생각이 떠올랐습니다. 저는 기차에서 뛰어내렸지만 그자들은 저를 도로 태우려고 했지요. 아마 저를 마차에 태워준 그 착한 분이 없었다면 저는 아직도 도망치지 못했을 겁니다. 이제 드디어 그들의 손아귀에서 벗어났다고 생각하니 너무 기뻐요."

우리는 이 놀라운 증언에 온 정신을 집중했다. 긴 침묵을 깬 사람은 홈즈였다.

"하지만 아직 끝나지 않았습니다."

홈즈는 고개를 흔들며 말했다.

"경찰 수사는 끝났지만 법적 공방은 이제 시작이니까요."

"바로 그렇다네."

내가 말했다.

"수완이 좋은 변호사라면 가르시아를 죽인 것은 정당방위로 몰아갈 수 있어. 과거에 아무리 수많은 죄를 지었다고 해도 지금 재판할 수 있는 건 이것밖에 없지 않은가."

"그 부분은 걱정하지 마십시오."

베인스가 웃으면서 말했다.

"법적으로 그런 판결이 내려지진 않을 것입니다. 아무리 위협을 느꼈다고 해도 그를 살해할 목적으로 유인해 낸 것은 정당방위가 될 수

Sherlock Holmes

없습니다. 우리는 하이 게이블 저택 사람들을 다음번 길퍼드 순회 법정에 세울 수 있을 겁니다."

산페드로의 호랑이가 응당한 처벌을 받기까지는 더 많은 시간이 필요했다. 교활하고 대담한 무리요와 그 비서는 에드먼턴 가의 셋집에 잠시 들어갔다 커즌 광장으로 통하는 뒷문으로 빠져나가면서 추적자들을 따돌렸다. 그날 이후 그들은 영국에서 더 이상 볼 수 없었다. 6개월 뒤, 마드리드의 에스쿠리알 호텔 방에서 몬탈바 후작과 그의 비서 룰리가 살해된 사건이 발생했다. 그것은 아나키스트의 소행으로 추측되었으나 살인범들은 결국 잡히지 않았다. 베인스 경위는 살해된 사람들의 용모를 파악하여 베이커 가를 방문했다. 후작은 권위적인 용모에 사람을 현혹하는 이상한 힘을 가진 검은 눈과 숱 많은 눈썹의 소유자였고, 비서는 검은 얼굴이었다. 좀 늦은 감이 있었지만 마침내 정의가 실현되었다는 것을 확신할 수 있었다.

"이 사건은 정말 복잡하기 짝이 없었지."

홈즈는 저녁 식사를 하고 담배를 피우면서 말했다.

"자네는 깔끔하게 정리하는 걸 좋아하지만 이번에는 그것도 쉽지 않겠군. 두 대륙을 배경으로 정체를 알 수 없는 두 집단이 관련되었으니까 말이야. 게다가 스콧 에클스라는 고결한 영국인까지 끼어들면서 사건은 한층 더 복잡해졌고. 에클스가 사건에 얽힌 것은, 죽은 가르시아가 생각이 깊고 자기 보존 본능이 뛰어난 인물이라는 걸 보여주는 사례지. 또한 여러 가지 가능성이 실타래처럼 얽힌 상황에서 베인스 경위 같은 훌륭한 경찰을 만난 것도 복잡한 미로를 무사히 빠져나가는 데 큰 도움이 되었고. 자네, 아직도 이해되지 않은 부분이 있나?"

"아직도 해결이 안 된 게 있다네. 요리사가 위스테리아 별장으로 되돌아온 까닭은 대체 뭘까?"

"부엌에 있던 그 괴상한 물건 때문이겠지. 그 사내는 산페드로의 오지에서 온 미개인이었고, 그 물건은 그가 숭배하는 대상이었을 거야. 그가 동료와 함께 준비해 놓은 피신처로 달아날 때, 아마 동료는 그에게 그런 위험한 물건은 버리고 가자고 했겠지. 하지만 미련을 버리지 못한 요리사는 그걸 가지러 다시 돌아온 거야. 창문을 통해 집 안을 살피다가 경관 월터스가 집을 지키고 있는 걸 알고 사흘을 더 기다린 것이지. 베인스 경위는 노련하게도 내 앞에서는 그 물건들이 특별하지 않은 척했지만 아마 그 물건의 중요성을 이미 간파하고 있었을 거야. 그래서 주인이 그걸 가지러 다시 올 경우에 대비해 그물을 쳐둔 거지. 또 알고 싶은 게 있나?"

"토막 난 닭, 양동이 속의 피, 불에 탄 뼈, 부엌의 그 괴상한 것들은 다 무엇을 의미하는 건가?"

홈즈는 그의 수첩을 뒤적이면서 웃었다.

"내가 대영 박물관에 갔던 걸 기억하나? 그곳에 가서 그 내용에 대한 책을 찾아보았지. 에커먼의 《부두교와 흑인 종교》에 이런 구절이 있었어.

'부두교 숭배자들은 중요한 일이 있을 때마다 부정(不淨)한 신들을 달래기 위해서 제물을 바치는 의식을 반드시 치른다. 극단적인 경우에 인간을 제물로 바치고 인육을 먹는 의식의 형태를 취하기도 한다. 좀 더 일반적인 제물은 흰 닭, 검은 염소이다. 닭은 산 채로 토막 내고 염소는 목을 딴 다음 불에 태운다.'

Sherlock Holmes

자네도 알겠지만 그 미개인 친구는 제대로 의식을 치른 것뿐이야.
이 사건은 처음부터 끝까지 모두 기괴하지 않은가?"

홈즈는 천천히 수첩을 덮으며 덧붙였다.

"전에 내가 말한 것처럼, 기괴한 것과 끔찍한 것과의 거리는 한 걸
음 차이라네."

은퇴한 물감 제조업자
The Adventure of the Retired Colorman

그날 아침 유난히 울적해 하던 홈즈는 철학적인 감상에 빠져 있었다. 그의 예민하면서도 현실적인 정신 상태는 그런 반응을 자주 일으키곤 했다.

"자네, 지금 그 사람 봤나?"

홈즈가 물었다.

"방금 나간 노인을 말하는 건가?"

"그렇다네."

"봤지, 집에 들어오다가 마주쳤다네."

"그 노인을 보니 어떤 느낌이 들던가?"

"흠, 슬프고 허전해 보였어. 낙담한 사람 같았지."

"왓슨, 맞아. 슬프고 허전하지. 하지만 인생이란 원래 그런 것 아닌가? 그 노인의 인생이 모든 삶이 가는 길을 대표하는 것 같더군. 우리는 손을 뻗고 닥치는 대로 아무거나 움켜잡지. 하지만 마지막에 자신의 손에 무엇이 남아 있을까? 아마 비참함일 거야."

"그 노인은 자네 의뢰인인가?"

"그렇게 볼 수 있지. 런던 경찰청에서 노인을 이리로 보냈다네. 의사들이 가끔 불치병 환자를 돌팔이 의사한테 보내는 것처럼 말이지. 그들은 더 이상 방법이 없다고 말하면서 환자에게 무슨 일이 생겨도 현재 상태보다 더 나빠지지 않을 거라고 주장하지 않던가."

"그 노인은 무슨 문제로 온 건가?"

홈즈는 탁자 위에서 약간 지저분한 명함을 집었다.

"노인의 이름은 조사이어 앰벌리. 노인이 한 말에 따르면, 미술 재료를 제조하는 회사인 브릭 폴 앤 앰벌리사의 부사장이었다고 하더군. 아마 그림물감 상자를 찾아보면 그 회사 이름을 볼 수 있을 거야. 영감은 재산을 꽤 모은 뒤 61세의 나이로 은퇴했다네. 그리고 루이섐에 집을 사고 평화로운 노년을 즐기려고 했지. 누구나 노인이 상당히 안정된 미래를 보낼 것이라고 생각했겠지."

"내가 생각해도 그렇군."

홈즈는 봉투 뒷면에 적어 놓은 메모를 살짝 쳐다보았다.

"노인은 1896년에 은퇴했고 1897년에 스무 살 연하의 여성과 결혼했어. 사진이 실물보다 나은 게 아니라면 그의 아내는 상당히 미인이군. 여유 있는 재산, 젊고 아름다운 아내, 편안한 집에서의 일상……. 노인의 앞날은 그야말로 탄탄대로였지. 하지만 자네도 좀 전에 본 것처럼 노인은 2년 만에 저렇게 비참한 몰골로 돌아다니게 되었다네."

"무슨 일이 있었던 건가?"

"왓슨, 사실 흔해 빠진 얘기라네. 배신한 친구와 바람난 마누라 이야기지. 앰벌리의 유일한 취미는 체스였다더군. 그런데 노인이 사는 루이섐에서 그리 멀지 않은 곳에 체스를 두는 젊은 의사가 살고 있었어. 여기에 그 의사의 이름인 '레이 어니스트 선생'을 적어두었지. 어니스트는 체스를 두기 위해 앰벌리 노인의 집에 자주 드나들었고 자연스럽게 부부와 친해지게 되었지. 그런데 우리의 불운한 의뢰인의 내면까지는 잘 모르겠지만 적어도 외모에서 풍기는 매력은 별로 없는 사람이지 않던가. 결국 그 의사와 앰벌리 부인은 지난주에 같이

The Adventure of the Retired Colorman

도망가 버렸다는군. 두 사람의 행방은 아직도 알아내지 못했다네. 게다가 그 부정한 여인은 도망치면서 영감의 거의 전 재산이 들어 있는 서류 상자를 가져가 버렸어. 과연 우리가 그녀를 찾아낼 수 있을까? 돈도 전부 다시 찾고? 흔해 빠진 사건에 불과하지만 조사이어 앰벌리한테는 생사가 걸린 중요한 문제가 되는 거지."

"자네는 이제 어떻게 할 생각인가?"

"사실 지금 당장의 문제는 내가 아니라 자네라네. 자네가 인심 좋게 내 역할을 대신해 준다면 말이지. 자네도 알겠지만 나는 지금 두 콥트교(이집트에서 가장 오래된 교황제의 기독교 종파) 장로 사건에 매달려 있는데 오늘이 고비가 될 거라네. 그래서 루이섐에 갈 시간이 없어. 그런데 이 사건은 현장 증거를 수집하는 것이 상당히 중요할 것 같아. 노인은 나에게 끈질기게 와달라고 졸랐지만 나는 어려울 것 같다고 설명했지. 지금 노인은 내 대리인을 맞을 마음의 준비가 되어 있다네."

"물론 당연히 가야지."

나는 시원스럽게 대답했다.

"그런데 솔직하게 말해서 내가 얼마나 도움이 될지는 잘 모르겠군. 하지만 할 수 있는 한 최선을 다하겠네."

그런 이유로 어느 여름 오후, 나는 루이섐을 향해 출발했다. 그때까지만 해도 내가 맡은 사건이 영국 전역을 발칵 뒤집어놓을 거라고는 꿈에도 생각하지 못했다. 나는 저녁 늦게 베이커 가로 돌아갔고 내가 한 일에 대해 홈즈에게 보고했다. 홈즈는 푹신한 의자에 몸을 파묻고 앉아서 내 이야기를 들었다. 파이프에서는 독한 담배 연기가 피어올랐고, 그는 졸고 있는 사람처럼 눈을 감고 있었다. 그러나 내가 말을

Sherlock Holmes

잠깐 멈추거나 뭔가 미심쩍은 대목이 나오면 날카롭게 빛나는 눈을 반쯤 뜨고 탐색하는 듯한 시선으로 나를 바라보곤 했다.

"조사이어 앰벌리의 집은 헤이븐 저택이라고 불린다네."

내가 설명을 시작했다.

"아마 자네도 그 집을 보면 상당히 흥미로울 거야. 그 집은 신분이 낮은 무리 속으로 떨어진 인색한 귀족 같은 느낌이라네. 자네도 그 지역에 대해선 이미 알고 있을 거야. 단조로운 벽돌 건물이 늘어선 거리, 지루한 교외의 도로 등이 있지. 그 한가운데 오래된 집이 고색창연한 문화와 안락함 속에 마치 섬처럼 자리 잡고 있더군. 햇볕을 받아 뜨끈하게 달궈진 높은 담은 지의류로 뒤덮여 있고 맨 위에는 이끼가 자라고 있었다네."

"왓슨, 시는 그만 읊는 게 좋겠군."

홈즈는 매정하게 내가 하는 말을 잘랐다.

"그냥 높은 벽돌담이라고 말해도 될걸세."

"알겠네. 나는 길거리에서 담배를 피우는 어느 남자한테 물어보고 나서야 그 집이 헤이븐 저택이라는 걸 알 수 있었지. 내가 굳이 그 남자 이야기를 하는 데에는 이유가 있다네. 그는 얼굴이 새카맣고 키가 큰 남자였는데, 콧수염을 잔뜩 길러서 꼭 군인처럼 보이더군. 내 질문에 고갯짓으로 그 집을 가리키고는 묘하게 살피는 듯한 눈으로 나를 쳐다보았네. 그리고 잠시 후에 그를 다시 보게 되었지. 대문 안에 들어서자마자 앰벌리 씨가 진입로를 내려오는 게 보였어. 오늘 아침 그 노인을 언뜻 보았을 때도 꽤 묘한 느낌을 받았는데, 환한 햇살 속에서 보니까 그가 훨씬 더 비정상적인 사람처럼 보였어."

"노인 얼굴이야 나는 자세히 봤지만, 자네는 어떤 인상을 받았는가?"
홈즈가 말했다.

"자네에게 들은 말 그대로 근심에 억눌린 사람 같았어. 등은 무거운 짐을 진 사람처럼 구부정했지만 겉모습과는 달리 아주 약골은 아니었네. 어깨와 가슴이 거인처럼 떡 벌어졌더군. 하지만 몸통은 점점 가늘어져서 다리는 두 개의 물렛가락처럼 가늘더군."

"왼쪽 신발은 쭈글쭈글하고 오른쪽 신발은 매끈한 것도 보았는가?"

"그건 못 봤는데."

"나는 노인을 처음 봤을 때부터 의족을 했다는 걸 눈치 채고 있었다네. 하던 얘기를 계속하게나."

"낡은 밀짚모자 밑으로 구불구불 흘러내린 반백의 머리와 굵은 주름살이 깊이 팬 사납고 열띤 얼굴을 보고 나는 그만 깜짝 놀랐지 뭔가."

"오, 훌륭하군. 노인이 뭐라고 말하던가?"

"앰벌리 씨는 자신의 괴로운 이야기를 털어놓기 시작했어. 우리는 진입로를 같이 걸어가게 되었고, 나는 주위를 유심히 살폈다네. 그렇게 형편없이 방치된 곳은 처음 봤어. 정원은 완전히 잡초밭이더군. 얼마나 무관심하게 버려두었는지 정원에 있는 풀과 나무는 인공미를 완전히 잃어버리고 자연 상태가 되어 있었지. 집안의 주부가 어떤 여자였는지 이해가 가지 않았어. 그런 상태를 견딜 수 있다니 말이야. 물론 집 안도 똑같이 난장판이었지만 가엾은 노인네는 그것을 의식하고 좀 고쳐보려고 노력하는 것 같더군. 홀 중앙에 커다란 녹색 페인트 통이 놓여 있고 노인은 왼손에 큼직한 붓을 들고 있었으니까. 내가 도착했을 때는 벽에 페인트를 칠하는 중이었다고 하더군."

노인은 나를 음침한 서재로 안내했고 우리는 사건에 대해 긴 대화를 나눴네. 자네가 오지 않아서 노인은 무척 실망한 눈치였다네.

'물론 나처럼 보잘것없는 사람이, 게다가 엄청난 재정적 손실을 입었으니 셜록 홈즈 선생 같은 유명인사의 관심을 끌 수 있다고 생각하진 않았소이다.'

노인은 이렇게 말했지. 나는 돈 문제에 대해서는 걱정할 게 없다고 노인을 안심시켜주었어.

'그렇겠지요. 홈즈 선생에게 예술은 그 자체가 목적이니까요. 하지만 범죄의 예술적인 측면을 놓고 본다면 이 사건에서 뭔가 배울 만한 게 있을 거요. 왓슨 박사, 인간성에 대해 생각해 본 적 있소? 아, 그 배은망덕함이라니! 나는 아내의 부탁을 한 번도 거절한 적이 없소. 나처럼 모든 응석을 다 받아준 남편은 아마 없을 거요. 그리고 그 젊은 의사……, 나는 그놈을 아들처럼 대해 주었소. 놈은 우리 집을 마치 자기 집처럼 드나들었소. 그런데 그들이 나를 이렇게 대접하다니! 왓슨 박사, 정말 무서운 세상이오!'

노인은 한 시간 이상 같은 얘기를 쉼 없이 되풀이했네. 두 사람이 간통했다고 철석같이 믿고 있더군. 그 집에는 낮에 출근했다가 저녁 6시에 퇴근하는 일하는 여자 하나를 제외하면 부부가 단둘이서 살고 있었어. 그들이 도망친 날 저녁, 앰벌리 노인은 아내를 기쁘게 해주기 위해 헤이마켓 극장 2층의 원형 관람석 표를 두 장 구입했다고 하더군. 그런데 부인이 머리가 아프다면서 가지 않겠다고 해서 노인이 혼자 갔다더군. 그 점에 대해서는 재론의 여지가 없었어. 노인은 쓰지 못한 표 한 장을 꺼내서 보여주었다네."

The Adventure of the Retired Colorman

"오, 정말 놀라운 이야기군."

홈즈는 내가 이야기를 할수록 사건에 점점 흥미를 느끼는 것 같았다.

"왓슨, 계속하게나. 자네 얘기를 들어보니 정말 재미있구먼. 그런데 표를 직접 봤나? 물론 좌석번호를 기억하지는 못하겠지?"

"이번에는 좌석번호까지 기억하고 있다네."

나는 자랑스럽게 대답했다.

"사실, 학창 시절의 내 번호와 똑같았거든. 31번, 그래서 머릿속에 쏙 들어왔지."

"정말 잘했군! 기대 이상이야! 그럼 그 노인의 좌석 번호는 30번 아니면 32번이겠군."

"그렇지."

나는 어안이 벙벙해져서 대답했다.

"그리고 B열이었네."

"정말 마음에 쏙 드는군. 또 무슨 얘길 했나?"

"나한테 금고를 보여주었다네. 은행에 있는 것과 똑같더군. 철문에 철제 덧문까지 달려 있었으니까. 노인 말대로 완벽한 도난 방지 시설 같았어. 하지만 부인이 열쇠를 복제해 두었던 것 같아. 그래서 남자와 같이 도망칠 때 7천 파운드 상당의 현금과 유가증권을 가져갔다고 하더군."

"유가증권이라니! 그걸 어떻게 처분할 생각이었을까?"

"노인은 경찰에 주식 목록을 제출했다고 하더군. 두 사람에게 그게 무용지물이 되기를 바란다면서 말이야. 하던 얘기를 계속하겠네. 그날 자정쯤에 극장에서 돌아와 보니 집 안은 난장판이었고 문과 창문

Sherlock Holmes

은 활짝 열려 있었다고 말하더군. 두 남녀는 이미 도망치고 없었다고 했네. 편지나 무슨 얘기 같은 것도 없었고, 그 후론 아무 소식도 듣지 못했다고 하네. 노인은 곧장 경찰에 신고했지."

홈즈는 잠시 동안 생각에 잠겨 있었다.

"아까 자네는 영감이 페인트칠을 하고 있었다고 했지. 어느 곳에 페인트를 칠하던가?"

"음, 복도였네. 하지만 방문과 방금 말한 금고의 나무 벽에는 벌써 페인트칠이 꽤 되어 있었어."

"그런 상황에서 페인트칠을 하다니 좀 이상하지 않나?"

"노인은 그것에 대해 이렇게 설명했네. '사람은 아픔을 잊기 위해서는 뭔가를 해야 하지요.' 물론 괴상한 행동이긴 하지만 그 노인부터가 아주 괴상한 사람인 것 같았어. 내 앞에서 부인의 사진을 미친 듯이 거칠게 찢더군. 그러면서 이렇게 마구 소리를 질렀네. '이 몹쓸 여자의 얼굴은 다시 보고 싶지 않소.' 라고 말이야."

"왓슨, 그 밖에 다른 건 없나?"

"아, 자네가 물어보니 한 가지 더 생각나는 게 있군. 나는 마차를 타고 블랙히스 역으로 가서 기차를 탔다네. 기차가 막 떠나려는데 어떤 사내가 내가 탄 다음 칸으로 잽싸게 뛰어오르는 게 보였어. 홈즈, 자네가 아는지 모르지만 나는 사람의 얼굴을 상당히 잘 기억한다네. 그는 내가 헤이븐 저택이 어딘지 물어봤던 거리의 그 까만 키다리가 틀림없었어. 나는 런던교에서 그를 한 번 더 보긴 했지만 인파 속에서 그만 놓치고 말았지. 하지만 그자는 내 뒤를 따라온 게 분명해."

"그건 틀림없는 것 같군."

The Adventure of the Retired Colorman

홈즈가 말했다.

"얼굴이 시커멓고 콧수염을 잔뜩 기른 키다리라. 혹시 회색 선글라스를 끼지 않았나?"

"홈즈, 자네는 마치 마술사 같군. 내가 말하지도 않았는데 그자가 회색 선글라스를 끼고 있다는 사실을 알다니!"

"게다가 프리메이슨의 넥타이핀을 꽂고 있었지?"

"아니 홈즈! 대체 그걸 어떻게 아는 건가?"

"사실 알고 보면 그건 아무것도 아니야. 하지만 실제적인 문제로 들어갈 필요가 있군. 솔직히 말해서 처음에 이 사건은 내가 나설 필요가 없을 만큼 단순해 보였네. 그런데 급속도로 전혀 다른 양상을 드러내고 있군. 자네는 임무를 수행하는 과정에서 중요한 것을 다 놓쳤지만 우연히 자네 눈에 띈 것들도 예사로운 것이 아닌 듯해."

"내가 무엇을 놓쳤다는 건가?"

"왓슨, 기분 나빠하지 말게. 나는 배려가 부족한 사람이지 않은가. 누구라도 자네보다 잘하지는 못했을 거야. 하지만 자네가 핵심적인 요소 몇 가지를 놓쳤다는 건 분명해. 앰벌리라는 노인과 그 아내에 대한 동네 사람들의 의견은 어떠한지, 어니스트 선생은 어떤 사람인지 혹시 바람둥이는 아니었는지를 알아보지 않았으니까. 자네의 타고난 좋은 성격을 이용했다면 아마 마을의 모든 여자들이 자네를 도우려고 나섰을걸세. 우체국 아가씨나 야채 장수 마누라도 있지. 나는 자네가 블루 앵커의 새파란 아가씨한테 의미 없는 부드러운 말을 속삭여주고 답례로 쓸 만한 얘기를 얻어듣는 모습을 상상했다네. 그런데 자네는 이런 일을 전혀 하지 않았지."

Sherlock Holmes

"그런 일은 앞으로 다시 할 수 있지 않은가?"

"사실 내가 벌써 했다네. 전화와 런던 경찰청 덕분에 이 방에서 나가지 않고도 핵심적인 정보를 수집할 수 있었어. 내가 수집한 정보에 따르면 노인이 자네한테 한 이야기는 모두 사실일세. 앰벌리는 그곳에서 소문난 구두쇠인 데다가 부인에게도 모질고 가혹하게 굴었던 것으로 유명하더군. 자택 금고에 거액의 돈을 보관했다는 것도 틀림없는 사실이야. 어니스트라는 미혼의 젊은 의사가 노인과 체스를 둔 것도 사실이고 아마 그의 마누라와도 놀아났을 거야. 모든 게 완벽한 조건을 이루고 있기 때문에 사람들은 더 이상 얘기할 게 없다고 생각하고 있지. 하지만 내가 보기에는 그 외에 다른 게 더 있는 것 같아."

"어디에 문제가 있는 건가?"

"아마도 내 상상 속이겠지. 이제 그 얘기는 그만하자고. 음악이라는 또 다른 문을 통해 지루한 일상에서 벗어나 보세나. 오늘 밤, 카리나가 앨버트 홀에서 노래를 부르는데, 우리에겐 정장을 차려입고 가서 만찬을 들며 즐길 시간이 있다네."

다음날, 나는 아침에 일찍 일어났지만 토스트 부스러기와 달걀 껍데기 두 개를 보니 홈즈는 여느 때처럼 나보다 더 빨리 일어난 것이 분명했다. 식탁 위에는 급하게 쓴 쪽지가 놓여 있었다.

왓슨,

조사이어 앰벌리 노인 사건과 관련해서 내가 연락을 취해야 할 곳이 두어 곳 있다네. 그렇게 하면 우린 사건을 해결할 수 있을 것 같

353

The Adventure of the Retired Colorman

군. 물론 아닐 수도 있지만. 오늘 3시경에 집에 있어주면 좋겠군. 물론 내 부탁을 들어줄 수 있겠지?

- S. H.

온종일 홈즈는 집에 그림자도 비치지 않았다. 하지만 쪽지에 적힌 시간이 되자 생각에 잠긴 심각하고 냉정한 얼굴의 홈즈가 집으로 돌아왔다. 나는 지금 같은 상황에서는 그를 그냥 내버려두는 게 낫다는 걸 잘 알고 있었다.

"앰벌리가 혹시 여기를 다녀갔나?"

"아니 오지 않았는데."

"이런, 여기 올 줄 알았는데."

하지만 홈즈는 실망할 필요가 없었다. 얼마 안 되어 노인이 무척 근심스럽고 당황한 모습으로 찾아왔기 때문이다.

"홈즈 선생, 나한테 전보가 한 통 왔소. 그런데 무슨 말인지 도저히 이해할 수가 없소."

노인은 전보를 홈즈에게 건네주었고 홈즈는 큰 소리로 낭독했다.

당장 와주시오. 귀하가 최근에 입은 손실에 대한 정보를 제공하겠소.

- 엘먼, 목사관.

"리틀 펄링턴에서 2시 10분에 전송되었군."

홈즈가 말했다.

"리틀 펄링턴은 에섹스에 있는 지역 같군요. 아마 프린턴에서 멀지

Sherlock Holmes

않을 겁니다. 당장 출발하는 게 좋겠군요. 이 전보는 책임 있는 인사인 교구 목사가 보낸 것이니까요. 내 성직자 인명부가 어디 있지? 그래, 여기 있군. J. C. 엘먼, 문학 석사, 리틀 펄링턴과 무스무어의 목회자.' 왓슨, 기차 시간을 확인해 주게."

"리버풀 가에서 5시 20분에 한 대 있군."

"좋아. 자네가 노인을 모시고 같이 가게. 무슨 도움이나 조언이 필요할지도 모르니까. 이 사건은 중대한 국면을 맞게 된 것 같네."

하지만 의뢰인은 별로 내키지 않는 표정이었다.

"홈즈 선생, 내가 보기엔 어리석은 일 같소. 목사가 이 사건에 대해 아는 게 뭐가 있겠소? 거기 가는 건 시간 낭비고 돈 낭비일 거요."

"아무것도 모르면서 앰벌리 씨에게 전보를 쳤을 리가 없습니다. 당장 가겠다고 답신을 보내주십시오."

"난 갈 생각이 전혀 없소이다."

홈즈는 아주 단호한 표정을 지었다.

"앰벌리 씨, 이렇게 명백한 단서가 있는데도 조사하는 걸 원치 않는다면 저는 물론이고 경찰에서도 아주 좋지 않은 인상을 받을 겁니다. 우리는 당신이 사건 조사에 별로 열의가 없다고 생각할 수도 있고요."

노인은 펄쩍 뛰었다.

"아니, 선생이 그런 식으로 생각한다면 물론 갈 거요. 그냥 느낌이지만 그 목사라는 사람이 뭘 알 것 같지 않아서 그랬소. 하지만 선생 생각이 그렇다면 갈 거요."

"네, 제 생각은 그렇습니다."

홈즈는 정색을 한 채 대답했고 우리는 바로 출발했다. 홈즈는 우리

The Adventure of the Retired Colorman

가 방을 나서기 전 나를 한쪽 구석으로 데려가서 조언을 한 마디 했다. 그는 이번 일을 무척 중요하게 여기는 것 같았다.

"무슨 일이 있더라도 반드시 노인과 함께 있게. 노인이 다른 곳으로 가거나 집으로 돌아가면 가까운 전화 교환국으로 달려가서 '도주'라는 한 마디를 하게나. 나는 자네가 여기로 전화하면 당장 내가 있는 곳으로 연락이 닿도록 조치해 놓겠네."

리틀 펄링턴은 외진 곳에 있었기 때문에 찾아가기 쉬운 곳은 아니었다. 그 여행의 추억은 전혀 아름답지 않았다. 날씨는 매우 더웠고 기차는 느린 데다가 동행인은 입이 잔뜩 나와서 비꼬는 투로 거기 가도 소용없다는 얘기를 툭툭 던질 뿐 내내 입을 다물고 있었다. 드디어 우리는 작은 역에 도착했고, 목사관까지는 역에서 마차를 타고 3킬로미터를 더 들어가야 했다. 목사관에 도착하자 체격이 크고 근엄하며 조금 살집이 있는 목사가 서재에서 우리를 맞았다. 그의 앞에는 우리가 보낸 전보가 놓여 있었다.

"자, 신사 여러분! 제가 무얼 도와드려야 할까요?"

목사가 물었다.

"저희는 목사님의 전보를 받고 왔습니다."

내가 설명했다.

"제가 전보를 보냈다고요? 전 그런 적 없소만."

"목사님께서 조사이어 앰벌리 씨한테 이분의 부인과 돈에 대해 써 보낸 전보 말입니다."

"아니, 지금 저에게 장난을 하고 있는 건가요? 대체 무슨 말이죠?"

목사는 벌컥 화를 내면서 말했다.

Sherlock Holmes

"선생이 말한 신사는 알지도 못할 뿐만 아니라 오늘 누구한테도 전보를 보낸 적이 없소."

노인과 나는 어이가 없어서 서로 마주보았다.

"아마 무슨 착오가 있었나 보군요. 여기 목사관은 두 개인가요? 여기 저희가 받은 전보를 가져왔습니다. '엘먼'이라는 서명이 되어 있고 주소는 '목사관'이라고 적혀 있어요."

"선생, 목사관은 여기 하나뿐이고 목사도 나 하나요. 이 전보는 조작이군요. 누가 이걸 보냈는지는 경찰에서 조사하도록 하지요. 더 이상 이런 대화를 계속하고 싶은 생각이 없으니 나가주시오."

앰벌리 씨와 나는 영국에서 제일 후미지고 으슥해 보이는 마을길로 나오게 되었다. 우리는 전신국을 찾아갔지만 이미 문이 닫혀 있었다. 다행히 레일웨이 암스 상점에 전화가 한 대 있었고, 홈즈와 겨우 연락을 취할 수 있었다. 나는 이 놀라운 여행 결과에 대해 보고했다.

"오, 정말 이상한 일이군!"

홈즈의 목소리가 유난히 멀게 들렸다.

"왓슨, 오늘 밤에는 돌아오는 기차가 없는데 이를 어쩌나. 나도 모르게 자네를 시골 여인숙으로 몰아넣게 되었군. 하지만 항상 아름다운 자연이 곁에 있지 않은가. 또 조사이어 앰벌리 씨도 있고 말이야. 자네는 그와 친해질 수 있는 시간을 가질 수 있을 거야."

홈즈가 수화기를 내려놓으며 웃는 소리가 들렸다.

노인이 마을에서 구두쇠로 소문난 데에는 그럴 만한 까닭이 있었다. 노인은 여행 경비 문제를 놓고 불평을 하면서 삼등칸을 타자고 주장하더니 이제는 숙박비가 너무 비싸다고 소란을 피웠다. 다음날 아침,

The Adventure of the Retired Colorman

런던에 겨우 도착했을 때 나는 노인 못지않게 마음이 꼬여 있었다.

"가는 길에 베이커 가에 들르는 게 좋겠군요. 홈즈 선생이 새로운 정보를 줄지도 모르니까요."

"이번에는 지난번보다 나아야 할 거요."

앰벌리는 심술궂은 표정으로 말했지만, 노인은 나와 함께 베이커 가로 갔다. 나는 홈즈에게 도착 시간을 미리 전보로 알려놓았지만 집에 가보니 그는 없었다. 오히려 루이셤에서 우릴 기다린다는 메모가 남아 있었다. 우리는 깜짝 놀랐지만 다시 노인의 집에 도착했을 때는 더욱 놀라지 않을 수 없었다. 거실에는 홈즈만이 아니었다. 냉정하고 무표정한 남자가 옆에 앉아 있었던 것이다. 그는 시커먼 낯빛에 회색 선글라스, 그리고 넥타이에는 큼직한 프리메이슨 핀이 꽂혀 있었다.

"조사이어 앰벌리 씨, 이쪽은 제 친구인 바커입니다."

홈즈가 말했다.

"제 친구도 당신 사건에 관심이 아주 많답니다. 우리는 그동안 따로 활동했지만 당신한테 묻고 싶은 건 동일하군요."

앰벌리 씨는 몸을 도사린 채 앉아 있었다. 노인은 위험이 다가오는 걸 느낀 듯했다. 긴장한 눈매와 부들부들 떠는 안면 근육을 보면 다르게 생각할 수가 없었다.

"홈즈 선생, 나에게 묻고 싶은 게 뭐요?"

"알고 싶은 건 하나예요. 시신 두 구를 어떻게 했죠?"

노인은 쉰 비명을 지르며 벌떡 일어섰다. 그리고 뼈마디가 불거진 손으로 허공을 긁으며 입을 딱 벌렸다. 순간적으로 그는 무시무시한 맹금류처럼 보였다. 우리는 잠깐이었지만 조사이어 앰벌리의 본모습,

즉 육체만큼이나 뒤틀린 영혼을 가진 무서운 악마를 본 것이다. 노인
은 도로 의자에 주저앉으며 터져 나오는 기침을 틀어막으려는 듯이
손으로 입을 막았다. 홈즈는 재빨리 달려가서 노인의 얼굴을 붙잡고
아래로 눌렀다. 숨이 막혀 벌어진 입술 사이로 하얀 알약이 떨어졌다.

"조사이어 앰벌리, 쉬운 지름길을 택하게 할 수는 없지. 품위와 질
서를 지키는 게 나을 거야. 바커, 내가 말한 것은 어떻게 되었나?"

"바로 문 앞에 마차를 대기시켜두었어."

과묵한 홈즈의 친구가 말했다.

"경찰서까지는 겨우 몇 백 미터밖에 안 된다네. 같이 가도록 하지.
왓슨, 자네는 여기서 잠깐만 기다리게. 30분 안에 돌아올 거야."

어깨가 떡 벌어진 늙은 물감 제조업자는 사자 같은 완력을 갖고 있
었지만 거친 남자를 다루는데 익숙한 두 사람 앞에서는 힘을 쓰지 못
했다. 노인은 몸부림치고 몸을 비비 꼬며 대기 중인 마차를 향해 끌
려갔고, 나는 혼자 남아서 이 불길해 보이는 집을 지키고 있었다. 홈
즈는 그가 말한 대로 30분이 채 되기도 전에 똑똑해 보이는 젊은 경
위와 함께 집으로 돌아왔다.

"일처리는 바커한테 맡겨놓고 왔네."

홈즈가 말했다.

"왓슨, 자네는 아마 바커를 처음 봤을 거야. 서리 해안에서 그는 나
의 가장 좋은 적수이기도 해. 그래서 자네가 얼굴이 까만 키다리 얘
기를 했을 때 나는 그가 누군지 바로 짐작할 수 있었다네. 그는 몇몇
사건을 훌륭하게 해결한 적이 있지. 경위, 그렇지 않은가?"

"몇 번 간섭한 적이 있는 건 분명하지요."

The Adventure of the Retired Colorman

경위는 무뚝뚝한 말투로 대답했다.

"그 친구의 방식도 나만큼이나 변칙적이야. 그런데 그 방식이 유용할 때가 꽤 많다네. 경위 자네가 앰벌리에게 정해진 규칙대로, 당신이 한 말은 불리한 증거로 사용될 수 있다고 아무리 경고해도 그 악당의 자백을 끌어내지는 못했을 테지."

"그랬을 겁니다. 하지만 홈즈 선생님, 그래도 우리는 결국 목적을 달성한답니다. 경찰이 이 사건에 대해 아무 생각이 없었고, 결국 범인 체포에 실패했을 거라고 상상하지 마십시오. 우리는 선생님께서 중간에 끼어들어 경찰이 쓸 수 없는 방법을 이용해 공을 가로챌 때면 정말 마음이 좋지 않답니다."

"매키넌, 그런 가로채기는 없을 거라네. 분명히 말해 두지만 나는 이제부터 발을 빼도록 하지. 그리고 바커는 나에게 사건의 진상을 들은 것 빼고는 전혀 한 일이 없어."

경위는 매우 안심하는 눈치였다.

"홈즈 선생님, 정말 관대하시군요. 선생님은 칭찬을 받든 비난을 받든 별 문제가 될 게 없을 겁니다. 하지만 신문에서 질문 공세를 퍼붓기 시작하면 우리 경찰한테는 완전히 다른 문제가 되거든요."

"뭐 그렇겠지. 하지만 질문 공세를 받게 될 거라면 대답을 미리 준비해 놓게. 만약 똑똑하고 열정 넘치는 기자가 의혹을 품게 된 경위와 진실을 깨닫게 된 결정적인 계기가 무엇이냐고 물으면 자네는 뭐라고 대답할 건가?"

경위는 잠시 당황한 듯이 보였다.

"홈즈 선생님, 아직 완벽하게 진실을 파악하지는 못한 것 같습니다.

선생님께서는 아까 용의자가 세 명의 증인이 보고 있는 데서 자살 미수에 그쳐 자신이 아내와 그 정부를 살해했다는 것을 사실상 자백한 것이라고 말씀하셨지요? 다른 사실은 아직 파악하지 못하셨습니까?"

"가택 수색은 어떻게 되어가고 있나?"

"지금 경관 셋이 수색 중입니다."

"그렇다면 곧 결정적인 증거가 나오겠군. 시신은 집 안에 있을 테니까. 지하실과 정원을 비롯하여 그럴듯한 장소를 파본다면 아마 오랜 시간이 필요하진 않을 거야. 아, 그리고 이 집은 수도관보다 더 오래된 집이니 우물이 있을 거야. 그 속을 찾아보게."

"대체 이 모든 사실을 어떻게 아셨습니까? 도대체 이 사건의 진실은 무엇입니까?"

"먼저 사건 경위부터 말해 주도록 하지. 그 다음에 시종일관 중요한 역할을 해준 끈기 있는 내 친구 왓슨 박사도 듣고 싶어할 설명을 해주도록 하겠네. 하지만 먼저 그 노인의 정신 상태에 대한 내 입장을 밝히고 싶군. 노인은 아주 보기 드문 정신 상태인 것 같아. 내가 보기엔 교수대보다는 브로드무어 수용소(정신 장애 범죄자 수용소)로 가야 한다고 생각하네만. 노인은 현대 영국인이라기보다는 중세 이탈리아인의 기질에 가까운 성격을 가지고 있지. 매우 극단적인 정신 상태라는 뜻일세. 그는 정말 지독한 구두쇠였는데 너무 인색하게 굴어서 부인에게 비참함을 느끼게 만들었어. 부인은 그 생활이 너무 힘들고 괴로운 나머지 아무리 매력 없는 남자한테라도 달려갈 준비가 되어 있었다네. 그런데 갑자기 체스를 두는 의사가 나타난 거지. 앰벌리는 실제로 체스를 매우 잘 뒀다네. 그건 교활한 정신의 징표라고

The Adventure of the Retired Colorman

볼 수 있기도 해. 구두쇠들 대부분이 그렇지만 노인 역시 질투가 매우 심했는데, 그의 경우 질투심은 광란으로까지 발전했지. 주인공이 모두 사망했으니 사실 여부는 이제 알 수 없지만 노인은 둘의 간통을 의심했다네. 그래서 복수하기로 결심하고 악마적인 교활함을 발휘하여 계획을 세운 거야. 이쪽으로 와보게!"

홈즈는 마치 그 집에서 살아본 사람처럼 앞장서서 거침없이 복도를 지났고 금고의 열린 문 앞에 섰다.

"이런, 페인트 냄새가 정말 지독하군요!"

경위가 소리쳤다.

"이게 우리의 첫 번째 단서였지."

홈즈가 말했다.

"자네는 그 점에 대해 왓슨 박사의 관찰력에 감사해야 할 거야. 비록 적절한 추리를 끌어내는 데에는 실패했어도 이 점은 완벽하게 파악했지. 내가 이상한 낌새를 처음 느꼈던 것은 바로 페인트였네. 노인이 하필 지금 집 안을 강한 냄새로 채운 이유는 무엇일까? 분명히 다른 냄새를 숨기고 싶어서였을 거야. 그건 남의 의혹을 불러일으킬 만한 범죄와 관련된 거였겠지. 그러자 바로 여기 있는 철문과 철제 덧문이 달린 밀폐된 방이 생각났네. 두 가지 사실을 합쳐보면 생각나는 게 있지 않은가? 나는 이 집을 직접 살펴봐야 결론을 내릴 수 있다고 생각했지. 사실 이 사건이 예사롭지 않다는 것은 진작부터 간파하고 있었어. 왜냐하면 왓슨 박사의 날카로운 안목 덕택에 헤이마켓 극장 매표소의 입장 현황을 살펴보게 되었거든. 그날 밤 2층 원형 관람석 B열의 30번과 32번은 모두 공석이었고, 이것은 앰벌리가 극장에 가지 않았다는 걸 증명하는 것이며, 그의 알리바이 역시 성립되지 않는 것이지. 영감이 눈치 빠른 내 친구한테 아내를 위해 샀다는 극장표의 번호를 보여준 것은 오히려 그에게 덫이 된 셈이지. 이제 문제는 어떻게 이 집을 조사해야 하는가였네. 나는 상상도 하기 어려운 외진 마을로 요원을 보내 용의자를 초대하도록 했지. 그날 밤 안으로 돌아올 수 없는 시간을 택해서 말이야. 혹시라도 어긋나는 일이 없도록 왓슨 박사를 함께 보냈고. 그 선량한 목사님의 이름은 물론 내 성직자 인명부에서 선택했지. 내 말이 이해되는가?"

"오, 정말 뛰어난 능력을 갖고 계시는군요. 뭐라 할 말이 없습니다."

경위는 존경심이 가득한 목소리로 말했다.

"노인이 집에 없었기 때문에 나는 방해받을 염려가 없었지. 사실 내가 가장 자신 있는 장기는 도둑질이라네. 나는 이 집에 침입해서 조사를 해보고 싶었지. 내가 전면에 나설 필요가 있는 사건이라는 것을 확신하고 있었기 때문이야. 내가 발견한 것을 잘 살펴보게. 저기 벽 아래쪽을 따라 가스 배관이 지나가는 게 보이나? 가스 배관은 모서리에서 위로 올라가고 저 귀퉁이에 밸브가 달려 있어. 그리고 가스관은 계속 이어져 금고가 놓여 있는 방 안으로 들어가 천장 한가운데로 올라가서 끝나네. 가스 배관은 벽의 흠과 장식으로 교묘하게 위장되어 있고. 그런데 배관 끝은 그대로 열려 있어 언제든지 바깥에서 밸브를 돌리면 방 안은 가스로 가득 차게 되는 구조라는 것을 알 수 있지. 금고실 문과 철제 덧문을 잠그고 꼭지를 최대한 열어놓으면 저 작은 방에 갇힌 사람은 2분도 안 돼서 의식을 잃고 말 거야. 영감이 어떤 수단을 써서 그 두 사람을 저 방으로 유인했는지는 아직 모르겠네. 하지만 일단 저 안에 들어간 뒤에는 탈출할 방법이 없었을 거야."

경위는 흥미로운 듯이 가스관을 살피며 말했다.

"경관 하나가 가스 냄새가 난다는 얘길 하긴 했습니다. 하지만 그때 창문과 문은 활짝 열려 있었고 이미 페인트칠을 시작한 뒤였습니다. 앰벌리 씨 얘기로는 그 전날부터 페인트 작업을 시작했다고 했고요. 홈즈 선생님, 그런데 그 다음은 어떻게 된 겁니까?"

"그 다음에는 나도 전혀 예상하지 못한 사태가 벌어졌지. 이른 새벽에 식기실 창문을 타넘고 있는데 갑자기 누군가 내 목덜미를 잡아채고 이렇게 말하더군.

'이 못된 녀석, 여기서 무슨 짓을 하는 거냐?'

간신히 고개를 돌려보니 내 친구이자 적수이기도 한 바커가 있더군. 이 이상한 조우에 우리 둘은 서로 웃을 수밖에 없었네. 알고 보니 그 친구는 어니스트 선생 가족의 의뢰로 사건 조사에 뛰어들었다더군. 나처럼 이미 살인사건이 벌어졌다는 결론을 내리고 있었기 때문에 바커는 며칠 동안 이 집을 감시하고 있었지. 그래서 이 집에 찾아온 왓슨 박사를 보고 수상한 인물로 점찍은 거지. 왓슨을 체포할 수는 없었지만 내가 식기실 창문을 타넘는 걸 보고 현행범으로 붙잡으려고 한 거야. 물론, 나는 그 친구한테 사실대로 털어놓았고 우리는 함께 조사를 계속하기로 했지."

"왜 하필 그분입니까? 왜 경찰을 부르지 않으셨나요?"

"이미 마음속으로 계획을 다 세워놓고 있었으니까. 그리고 결과적으로 사건은 해결된 셈이지. 게다가 아무리 생각해도 자네들이 내 계획에 동조할 것 같지 않더군."

Sherlock Holmes

경위는 빙그레 웃었다.

"그렇군요. 홈즈 선생님, 이제부터 사건에서 발을 빼고 조사 결과를 전부 우리한테 넘겨주겠다고 하신 건 아직도 변함없겠지요?"

"물론이라네. 나는 항상 그렇게 해왔다네. 걱정하지 말게나."

"경찰의 이름을 대표해서 선생님께 감사드립니다. 선생님 말씀대로 사건은 명확하게 규명된 것 같군요. 시신을 찾는 것도 별 어려움이 없을 것 같습니다."

"자 그럼, 마지막으로 자네한테 움직일 수 없는 증거를 보여주지."

홈즈는 경위에게 말했다.

"앰벌리는 그걸 못 본 것이 분명해. 경위, 사건을 수사할 때는 항상 다른 사람의 입장에 서서 내가 그 사람이라면 어떻게 했을까를 생각하게나. 그럼 좋은 결과가 나올 거야. 상상력이 좀 필요하지만 충분한 보상이 따르는 일이야. 자네가 이 작은 방에 갇혀서 살 시간이 2분밖에 안 남았네. 그리고 문 밖에서 자네를 비웃고 있는 악마한테 복수하고 싶다고 가정해 보세. 자넨 무엇을 하겠나?"

"메시지를 남기겠습니다."

"바로 그거라네. 자네는 사람들한테 자네가 죽게 된 경위를 말해 주고 싶을 거야. 종이에 글을 써봤자 소용없을 테지. 범인한테 발각될 테니까. 하지만 벽에 글씨를 써놓는다면 누군가의 눈에 띌지도 모르지 않겠는가? 자, 여기를 보게! 벽면 아래쪽에 지워지지 않는 자주색 연필로 급히 휘갈겨 쓴 글씨가 있어. '우리는 ㅅ'저것뿐이지만."

"선생님은 저 글자에 대해 어떻게 생각하시나요?"

"글이 씌어 있는 곳은 바닥에서 겨우 30센티미터 위야. 그 가엾은

The Adventure of the Retired Colorman

의사는 바닥에 쓰러져 죽어가면서 쓴 것이지. 게다가 끝까지 다 쓰기도 전에 의식을 잃었을 거야."

"'우리는 살해당했다.' 라고 쓰려고 한 것 같군요."

"나도 그렇게 생각했지. 시신에서 지워지지 않는 연필이 나온다면 말이야."

"저희가 찾아보겠습니다. 걱정하지 마십시오. 그런데 유가증권은 어떻게 된 건가요? 분명히 그걸 도둑맞은 사실은 없습니다. 그런데 노인은 주식을 소유하고 있었거든요. 우린 그 점을 분명히 확인했습니다."

"어딘가 안전한 곳에 잘 감추어두었을 테지. 아내가 다른 남자와 도망간 사건이 잊힐 때쯤 갑자기 찾아낸 것처럼 하려고 했을 거야. 죄 많은 남녀가 마음을 고쳐먹고 훔쳐간 물건을 돌려보냈다고 할 수도 있고 아니면 중간에 버렸다고 떠들어대려고 했을 테지."

"정말이지 모든 의문을 풀어주시는군요."

경위가 감탄하며 말했다.

"그런데 노인은 왜 선생님을 찾아갔을까요? 정말 이해가 되지 않습니다."

"지나치게 자만했던 거야!"

홈즈는 대답했다.

"노인은 자기가 너무 잘나고 똑똑해서 자길 건드릴 사람은 아무도 없을 거라고 생각했네. 혹시라도 의심스럽게 생각하는 이웃이 있으면 이렇게 말해 줄 수 있었을 테니까.

'내가 어떻게 했는지 봐라. 경찰에 신고했을 뿐 아니라 심지어 셜록 홈즈한테도 찾아갔다.'"

Sherlock Holmes

경위는 껄껄 웃었다.

"홈즈 선생님, 그 '심지어'는 제가 이해해 드려야겠군요. 이렇게 멋지게 사건을 해결하는 건 저 역시 처음 봤으니까요."

이틀 뒤 홈즈가 격주로 발행되는 《노스 서리 옵서버》를 내게 던져 주었다. '헤이븐 저택의 공포'에서 시작하여 '눈부신 성과를 올린 경찰 수사'로 끝나는 화려한 제목 아래 사건의 전모를 최초로 밝히는 장문의 기사가 실려 있었다. 맨 마지막 구절은 기사의 논조를 잘 대변해 주고 있었는데 그것은 다음과 같았다.

매키넌 경위가 페인트 냄새를 맡고 그것이 어떤 다른 냄새, 즉, 가스 냄새를 은폐하기 위한 것이라고 본 예리한 통찰력은 매우 훌륭했다. 또한 금고실이 죽음의 방이 되었다는 사실을 밝혀낸 대담한 추리와 연이은 조사를 통해 개집으로 교묘하게 위장해 놓은 쓰지 않는 우물 속에서 시신을 발굴해 낸 일은 우리 경찰 수사진의 지혜를 드러내는 실례로서 범죄사에 길이 남을 것이다.

"그래, 매키넌은 참 좋은 친구군."

홈즈는 너그럽게 웃으며 말했다.

"왓슨, 그 사건을 문서철에 잘 끼워놓게. 언젠가는 진실이 밝혀질 테니까."

Sherlock Holmes